U0527260

大清王朝

青未了 著

③ 擒龙的勇士

长江出版传媒　长江文艺出版社

目 录

第 一 章　私下串联，拥睿派阴谋夺嗣……001

第 二 章　福临继位，睿亲王借势伐明……019

第 三 章　明朝覆亡，众大臣洋相百出……033

第 四 章　胡作非为，大顺军拷官助饷……055

第 五 章　阳奉阴违，山海关波澜不惊……073

第 六 章　暗度陈仓，吴三桂借力打力……090

第 七 章　调虎离山，李自成出兵东征……104

第 八 章　黑云压城，山海关风雨欲来……126

第 九 章　三强相争，李自成梦断关河……143

第 十 章　美人卧怀，豪格送来的尤物……162

第十一章　昙花一现，李自成匆忙登基……179

第十二章　招降旧部，洪承畴深夜入京……199

第十三章　宵衣旰食，多尔衮稳定局势……220

第十四章　迁都燕京，顺治帝封赏功臣……241

第十五章　醉生梦死，南明朝不知国恨……254

第 十 六 章	挥师西北,清朝征伐李自成	275
第 十 七 章	同甘共苦,豫亲王突袭西安	286
第 十 八 章	国家之光,史可法以身殉道	301
第 十 九 章	穷途悲歌,九宫山闯王出家	319
第 二 十 章	扫平割据,大清朝一统天下	336
第二十一章	勇士落幕,多尔衮身死名灭	352

第一章 私下串联，拥睿派阴谋夺嗣

硕托、罗洛浑、阿达礼、瓦克达送礼亲王回府后便各自散去。

硕托没有回府。因为礼亲王府离郑亲王长子辅国公富尔敦府邸极近，硕托想快些知道大殿嗣议的结果，便去了富尔敦府打听情况。正好，富尔敦刚从宫中回来，便兴高采烈地向硕托讲了结果。

"他是什么东西，也配做大清国的皇上？"硕托脱口骂了一句。

富尔敦一听大惊失色。而硕托并不管富尔敦吃惊不吃惊，径自扭头去了——他去找阿达礼和瓦克达了。

阿达礼与瓦克达从礼王府出来则去了颖王府，硕托在那里把消息告诉了他们。阿达礼听后甚为气愤，瓦克达则十分失望。

硕托怒道："不能就如此完事！"

瓦克达则说道："不就如此完事，难道还有什么戏唱？"

硕托哼道："戏都是人编的，人唱的。生米不是还没做成熟饭吗？我就不相信咱们不能重做它一锅出来！"

经他这样一鼓动，阿达礼也来了精神："好，咱们就商量商量，一起来把这锅饭给它做出来！"

三个人找的第一个人是衍僖郡王罗洛浑。

罗洛浑听到阿达礼等讲明结果后，倒认为这是睿亲王的一招妙棋。当他知道阿达礼等人并不赞成由福临继位的意向后，大为吃惊，问道："难道这样不好吗？"

硕托听后道："有什么好？让一个吃奶的孩子做皇上那不叫人家笑掉大牙吗？"

罗洛浑一听这话忙道："你怎么能如此讲话！"

"是这么一回事，就这么个讲法。"硕托停了一下又道，"原本好好的，十四叔做了，名正言顺，这下好，皇帝成了傀儡，他成了玩小人儿的，坏了自己的名声，画虎不成反类犬了——还不遗臭万年？"

罗洛浑见硕托越讲越离了谱儿，便问道："那你们打算如何呢？"

硕托道："推翻重来！"

罗洛浑听后大惊道："那怎么使得呢？"

硕托道："有什么使不得？事在人为，那小子不是还没登基吗？"

罗洛浑道："虽没登基，可已经议定了。嗣立大事，非同儿戏，如何能随便推翻重来？"

硕托一看话不投机，便道："找你以为是个依靠，没承想你是这也使不得，那也动不得，真令人扫兴！"

罗洛浑见硕托如此说，忙劝道："老叔，您不要如此风风火火，冷静些，此事可不是闹着玩的……"

硕托一听越发气了，道："谁跟你闹着玩了？我们这是提着脑袋来跟你商量的！"

罗洛浑闻言则劝道："既然知道厉害，那就停下吧。"

硕托道："停下？事不做成，誓不罢休！"

罗洛浑也急了，道："那到底是为了什么呀？"

硕托道："为了天理良心，不然心中难平！"

罗洛浑摇头表示不解，天理良心，难道睿亲王的安排就不是天理良心？你们的天理良心是什么呢？

硕托见罗洛浑如此，生气地领着阿达礼和瓦克达要走，临走前气道："你睡你的安稳觉，我们是死是活，与你无关。"

罗洛浑是一个反应虽不甚机敏，但思想深沉的人。他越想越觉得问题的严重，因此，他追上硕托等人又道："你们去哪里？不要再这里那里跑了，停住吧！你们也晓得事情的利害，可你们真的想过后果吗？"

硕托道："既你图清净，还有什么好讲的？利也罢，害也罢，横竖与你无关就是了……"

罗洛浑急道："怎么无关？即使无关，也不能看着你们往火坑里跳。"

硕托打断了罗洛浑，道："赴汤蹈火，在所不辞！"说完，拉着阿达礼和瓦克达走掉了。

了得吗？嗣立已定，谩骂新君，另行谋立，不但是死罪，而且要满门抄斩的！

罗洛浑坐不住了，怎么办？

他原想去找祖父礼亲王。但他想到，事情牵涉到祖父的两个儿子、一个孙子，现在让他知道了，还不把他急死？而找了别的人，神不知鬼不觉地把事了了，岂不更好？因此，他想起了宁完我。

宁完我原为萨哈林府包衣，看着阿达礼长大，与他感情深厚。现在何不去找宁完我，让他劝劝阿达礼，使三人停下这危险的把戏！

可宁完我现在会在哪里呢？

罗洛浑想，宁完我已经进了京城，城中如此形势，他不可能回去。一是住在颖王府，二是住在睿王府。

于是，他先去了颖王府。

宁完我果然住在那里，但并不在府上。罗洛浑又去了睿王府找，以回复礼亲王身体状况的名义进去了。

宁完我果然在那里，与他在一起的还有范文程和刚林。

罗洛浑向睿亲王道："祖父并无大碍，只是累了些，回府休息后觉得好多了，让侄孙前来禀报，请叔祖父放心。"

睿亲王点头回道："知道了，回去告诉王爷，无大事不再打扰他，请他好生养上几日。"

罗洛浑又与范文程、宁完我、刚林说了一会儿话，辞别而去。

临行前他寻了个机会，悄悄对宁完我道："有大事相商，我在府中等你。"

宁完我不知出了何事，见罗洛浑是悄悄对他讲的，便知事情不便让睿亲王等人知道。于是他寻了一个理由，出睿王府疾奔老成王府。

"出了大事。"罗洛浑一见宁完我到了，遂将事情的经过向他讲了一遍。

宁完我听罢大惊失色，思虑了片刻才道："咱们快去找他们。"说罢，二人出府,先去颖王府,看他回来了没有。

刚走到颖王府门,正好阿达礼回来了。

宁完我一见赶快将阿达礼拉进府内,到了大厅便劈头就道:"王爷,再不停下,就要大祸临头了!"

阿达礼一见罗洛浑领来了一个说客,十分不悦,冷笑道:"今日,你那三寸不烂之舌该轮到说我了!"

宁完我道:"王爷,臣这次与您讲话,是用心,而不是用舌!"

阿达礼听后再次冷笑道:"又是一场说项的绝妙开场白!讲下去吧!我哪里又触犯了天条……"

"王爷,现在已容不得你我再费唇舌了。王爷定要悬崖勒马,不然悔之晚矣……"宁完我已泣不成声,并且跪了下来。

阿达礼这才认真起来,忙道:"你这是从哪里说起,有话讲嘛!"

宁完我跪着继续道:"或者,现在为时已晚……可臣要讲的话不能不讲,臣要做的事不能不做。"

阿达礼又道:"起来讲话。"

宁完我道:"王爷不答应臣之所求,臣将跪死在这里。"

阿达礼道:"要答应你却难。"

宁完我一听,竟放声大哭了起来。

"我也跪下求你了!"罗洛浑一听宁完我哭了,也双膝跪地。

阿达礼一看道:"我担待不起,也跪了,谢你们。"

"王爷一定要听我等一言,停下来吧!"

这样,三个人一起跪在了大厅中央。

阿达礼也激动起来,落下了眼泪,道:"大丈夫生于世,当光明磊落,人不敢想之事敢想,人不敢做之事敢做,既知是赴汤蹈火,亦在所不辞。这样,才死而无悔,死而无憾。我已经看好了,在我面前是一片火海。可我认定了,我要赴之,蹈之,死而无悔,死而无憾。"

两人一听越发感到茫然,也越发感到悲哀了,于是同声问道:"可为了什么?值得吗?"

阿达礼道:"为了什么?为了天理良心,为了世间的正义,因而是值得的。"

宁完我道:"难道睿亲王的安排没有天理良心？王爷您的天理良心又是什么呢？"

阿达礼见问，回道:"你们可记得老汗辞世之后的事吗？"

宁完我问:"王爷指什么？"

阿达礼道:"老汗大渐之时，驾到瑗鸡堡，他召了谁去？"

宁完我回道:"礼亲王和大妃。"

阿达礼问道:"讲了些什么？有何安排？"

宁完我回道:"王爷又是指什么？"

阿达礼道:"继位之事。"

宁完我回道:"并未安排。"

阿达礼听罢冷笑道:"当时是这样讲的，而时至如今，就该还其本来面貌了。"

宁完我一下子明白了，原来阿达礼、硕托、瓦克达等人如此冲动，那个结竟在这里，便回道:"据我等所知，那就是其本原面貌。"

阿达礼听后又冷笑道:"好一个就是其本原面貌！秘而不宣是宫中之惯技，可谎言包不住真情。老汗把祖父、大妃召去干什么？不就是下旨把汗位传给十四爷爷吗？可结果阴差阳错，八爷爷继了位。八爷爷继位也有它的合理性，继位之后干得也好，我们不讲什么。可现如今八爷爷去了——既如此，就应该把江山还给应得之人。另一方面讲，十四爷爷这几年忠心耿耿为了朝廷，没有任何一点对不住人之处。如今，凭人品，凭本领，哪一个能够赶得上他？他做这个皇上当之无愧，且众望所归。而他做不上这个皇上，那就背了天理，背了良心！有人不赞成，那是他们自己想得到那个位置。可他不拿镜子照照，看看自己长了个啥模样？阿猫、阿狗也来坐我大清的江山吗？对他们当寸步不让！血流成河就血流成河！总之不能把江山交到这种人的手里，不能让该坐江山的人得不到自己的江山。可好，最后一个崽子得了便宜，成了大清的皇上。巧了，正赶上祖父昏倒，要把他送回府去，趁我们不在，闹出这么一个结果——可他凭了什么？我跟罗洛浑讲过了，原本睿亲王做了皇上，名正言顺，这下可好，皇帝成了傀儡，他成了玩小人儿的，坏了自己的名声，画虎不成反类犬了，还不遗臭万年！看来，十四爷爷完全忘了皇上九宫口的那次谈话，皇上还是亲口对他讲的呢。

皇上说，看一看历朝历代，那些所谓'龙子龙孙'们，有几个是像样的？别说是人主，就是做普通百姓，他们中又有哪个是够格的？南朝皇上做到万历那份儿上，还奢谈什么'溥天之下，莫非王土；率土之滨，莫非王臣'？为什么会是这样？劣根就是那'真龙天子''龙子龙孙'一说。生下来就在万人之上，就是溥天之下的共主，就是率土之滨的人王，他还学什么本事？毫不费劲儿地就坐了龙廷，既然江山被认定是他的，几十年不上朝理政，也就自然了。皇上还讲，我们这些人可从未有过'金龙显身'，也不见一丝一毫的上苍之庇护及佑助。我们靠的是什么？靠的全是自家的奋力有为，要一门心思地富国强兵。依了他们的恶论，我们没得'金龙显身'，生来就不是'真龙天子'，还奋什么力，富的哪号儿国，强的哪号儿兵，瞎折腾个什么劲儿！可我们就不相信靠了我之奋奋，却战不倒彼之昏昏！如此下去，我们也不信上苍有一天就不站到我爱新觉罗氏一边。但有一件，我爱新觉罗氏有朝一日得了江山社稷，万万不能再捡起这'真龙天子'的破烂儿、靠什么'龙子龙孙'的一套来蛊惑自己的子孙。皇上讲得很清楚，'要靠力量，要靠智慧，要靠德性'，这将是我们的传国之宝。皇上还明讲，像汉献帝那样被人欺负，做人的傀儡，实际上就已经不再够格当那个皇上了。受人所骗、得人所嘲，那则是身坐龙位却弱智、无德之辈应得的报应。皇上讲，一旦我爱新觉罗氏打下了江山，如若不幸出了不肖子孙，成了汉献帝那样的可怜虫，与其坐着活受罪，还挡了人家的道，倒不如把江山送给曹孟德更好些。可现如今怎么样了？让那么一个小孩子做了皇帝，凭的是啥？还不就是袭了'真龙天子''龙子龙孙'一说的劣根！让一个毛孩子当上了皇上，还不就是生下来就在万人之上，就是普天之下的共主，就是率土之滨的人王？这样，他还学什么本事？说得好听，什么'天资聪慧，苦恋诗书，性格淳厚，已显帝王之质，必成大器'。屁！真想不明白，既然皇上有这些话，自己又完全是皇上所希望的、所要求的那个样子，那就该理直气壮坐上那个位置，而不应该找出一个阿斗来。可事与愿违，成了眼下这个样子！目今怎么办？看来，我们所要做的，除去还往事以本来面貌，还正义于人间之外，又多了一层，那就是拯救睿亲王的名声。你们想一想，我们想的，我们做的，是不是还有些道理？"

这一番话讲完，阿达礼也好，硕托也好，瓦克达也好，他们冲动的症结都被看了个一清二楚。

问题的严重性已经超出了宁完我原来的想象,三个人依然跪着,每个人的脑中都在翻江倒海。

宁完我还想做最后的努力,道:"王爷,您错了,睿亲王辅佐的是周成王。"

阿达礼打断了宁完我的话道:"周成王?顶多是一个蠢阿斗!"

宁完我道:"辅佐一个阿斗也没什么不好。"

阿达礼道:"说好的,那是你!"

宁完我又道:"王爷,对皇上九宫口、辽河岸君道之论的真谛,臣是明白的,想睿亲王对此的认识不比臣差。那睿亲王……"

阿达礼再次打断了宁完我的话,他已经不耐烦了,站起来将手一甩道:"没工夫听你们瞎叨叨,起来干你们的正经事去好了,要是愿意继续跪着,悉听尊便。"说罢,他竟转身走了。

宁完我与罗洛浑见状,面面相觑。

两人商量了一下,想到眼下还得去惊动礼亲王。这样,他们立即奔向礼王府。

在宁完我、罗洛浑在颖王府费劲地劝说的时候,硕托与瓦克达正在与礼亲王进行艰难的对话,他们问道:"十八年前,老汗临终之时将您召到身边,到底讲了些什么?"

礼亲王见儿子和孙子问起往日之事,不知何故,便道:"我到老汗身边时,老汗已处于弥留之态,并没有讲什么。"

硕托气道:"阿玛,这事您隐瞒了十八年,现在该对儿子和孙子讲出实情了。"

礼亲王听后感到莫名其妙,怒道:"什么我隐瞒了十八年了?你们到底要干什么?"

硕托道:"阿玛,您隐瞒了老汗的遗嘱,可世人并不怪罪于您……"

礼亲王打断了硕托道:"什么怪罪不怪罪的?我到底做了什么见不得人的事?'隐瞒了老汗的遗嘱'?老汗有什么遗嘱?你们捕风捉影,从哪里听来的这些乱七八糟的事?荒唐!"

硕托又道:"阿玛,您不要再隐瞒下去了,现如今……"

"现如今又怎么样?"礼亲王又打断他,可随后又冷静一想,今日这两个人是怎么啦？劈头问起如此荒唐的问题，他们想干什么呢？便接续道，"现如今又怎么样？你们到底想干什么？说来我听听。"

"阿玛，外面早就盛传，当时老汗召您前去有遗旨传下，他辞世之后，由十四叔或者十五叔继承汗位。可后来发生了变故，继承汗位的成了八叔。在当时，这也不为一个稳定大金江山的解决之法。平心而论，八叔继位之后干得很好，因此，大家也就认了，不再讲什么。可现在八叔去世了，既如此，就应该把江山还给应得之人。另一方面讲，十四叔辅佐八叔，忠心赤胆，成就卓著，有目共睹。目今，皇座空虚，凭人品，凭本领，有没有哪一个能够赶上十四叔的？故此，十四叔做这个皇上当之无愧，且众望所归。而不如此，天理难容……"随后，硕托又讲了阿达礼向宁完我和罗洛浑讲了的那几层意思。

还没等这些意思讲完，礼亲王已经怕得心惊肉跳了，他大喝一声道："你们给我跪了！"

硕托与瓦克达应声跪了。

礼亲王气得眼泪涌了出来，怒道："孽种！孽种！这些怪念头是从哪里来的！你们简直发了疯，这是诛灭九族的大罪……我问你们，这些话你们都向谁讲了？"

硕托与瓦克达并无惧色，齐道："只跟罗洛浑讲了，而后从他那里直接到了这里。"

礼亲王觉得自己挺不住了，强挣扎着站起来，道："你们给我退下，老老实实待在府里，哪里也不能去！"

两人对此不以为然，但话不能不听，退下了。

礼亲王吩咐家人去找罗洛浑。

正在这时，宁完我与罗洛浑到了。罗洛浑与宁完我将事情的来龙去脉讲了一遍后，礼亲王问道："那孽种去了哪里？"

两人回道："他匆匆而去不知去了哪里。"

礼亲王越发感觉到了事情的严重性，立即吩咐家人道："快分头去把阿达礼找来，找不回来就甭要你们的脑袋！"

众家人急忙分头去找，礼亲王又吩咐贴身随从道："去看看，二阿哥和四阿哥是不是在府上？告诉他们，哪里也不许去！"

一听这话，罗洛浑和宁完我相互交换了一下眼色，知道硕托和瓦克达都在礼王府。

不一会儿，家人回来禀报，说两位阿哥都在后堂，并说爷的吩咐已经转告了。

礼亲王一直摇着头，等候外出去找阿达礼的消息，这期间他又问道："他们说没说，这些混账话，是不是对外人讲了？"

罗洛浑回道："他们三人一起从孙儿那里走的。孙儿去找了宁先生，我们一同去了颖王府，他刚刚从外边回来，并没有问他去了哪里，也没有问二叔和四叔去了哪里——从祖父刚才的吩咐看他们在这里……"

礼亲王听后又吩咐随从道："叫二阿哥和四阿哥！"

不一会儿，硕托和瓦克达到了。

他们见罗洛浑和宁完我在场，便不怀好意地向他们点了点头。

礼亲王劈头问道："我来问你们，你们这些混账话都向哪些人讲过了？"

硕托回道："没向别的什么人讲过。"

礼亲王听了仍不放心，又问："从老成王府出来你们可去了别的地方？"

硕托又回道："从老成王府出来，阿达礼说他要去找七叔，我们则直接来到了这里。"

一听阿达礼去找了阿巴泰，礼亲王、罗洛浑和宁完我都大惊失色。

就在这时，阿达礼被找来了。他一看这么多人在场，先是吓了一跳。没等他开口，礼亲王便问道："你去找了七爷爷？"

阿达礼回道："去找了……"

礼亲王等人一听先是吓得魂不附体。但接着，阿达礼补充道："可想到他在宫中守灵，去找了他就出不来了，又感到有些疲劳，就回了府——碰上了他们俩。"说着以手指罗洛浑和宁完我。

礼亲王听了喘出了一口大气。

正在这时，家人突然进来禀报道："刑部承政在府外讲，奉两位辅政王之旨，拘捕阿达礼、硕托、瓦克达，问三人是否在府上？"

众人听罢大惊。

礼亲王急忙吩咐家人将硕托、瓦克达、阿达礼锁了，备轿去皇宫见辅政王。

好歹吃了点东西，睿亲王就进宫了。

宁完我匆匆离去，一直没有回来，他感到奇怪，但并没有深想。

当夜又轮到他守灵了。

下午本来是阿达礼和阿巴泰守灵。议嗣没结束，阿达礼陪礼亲王回了府，一直没有再回宫守灵。睿亲王到时，只有阿巴泰在那里。睿亲王知道缘由，并没有讲什么。

阿巴泰离去了。

不一会儿，肃亲王派人来告假，说"身体不适"，不能前来守灵了。睿亲王听后笑了笑，任他去了。

有一段时间崇政殿内很静。睿亲王想到近两日的事变，看到皇太极的棺椁，忍不住地又落下了泪来。

他清楚嗣立的结果并非皇太极之愿，他一直记着皇太极九宫口对他讲的那些话。他是非常赞成那番话的，他也想不折不扣地照那个意思办。但是他知道，实际上他没能做到。

按皇太极的意思，继承大清皇位的，应该是一个德才兼备的人，是一个不但能使大清的江山得以确保，而且要把江山推向中原，使先皇的遗愿得以实现的人。

现在的结果是，福临继位虽能使大清的江山得以确保，但由他把江山推向中原，显然是做不到的。

睿亲王跪在了皇太极的灵前，泪如雨下。

正在此时，图赖进来奏报，说两黄旗将领求见。

睿亲王想不出此时此刻这些人会有什么事来见他，便吩咐让众人进来。

大家进来了，他们是正黄旗二等梅勒章京鳌拜，正黄旗三等梅勒章京索尼，正黄旗三等梅勒章京何洛会，正黄旗三等梅勒章京谭泰，镶黄旗固山额真达尔哈，镶黄旗三等梅勒章京巩阿岱。

众人给睿亲王跪了，图赖也入班跪了，为首的达尔哈道："臣等七人，奏请辅政王，诸王、贝勒、贝子、宗室子弟议立九皇子继位，我正黄旗、镶黄旗将士无不欢欣鼓舞。臣等铁心拥戴新的皇上,拥戴二位辅政王辅政。可臣等听到,有人要推倒原议,正在四处活动,另谋新主。臣等七人已誓于三官庙,誓死保卫九皇子,誓死保卫二位辅政王辅政,与谋立新君者不共戴天。今向辅政王奏明,祈辅政王做主。"

睿亲王一听大惊,道:"有这等事?你们先且退下,待我查明再议。"

达尔哈等七人走后,睿亲王陷入深思。会有这样的事吗?会有人在确立了皇位继承人之后还要推倒原议,另谋新主?

无风不起浪,或许有人昏了头。

但那能是谁呢?

睿亲王叫回图赖、索尼和鳌拜三人,问他们到底出了什么事。

索尼故意等了一下,意思是要鳌拜先开口。

这两天,索尼没有闲下来。

他是正黄旗的,对两黄旗的将领们欲立皇子的心情他十分理解。但是,他不认为两黄旗的利益高于一切——高到可以损伤大清江山根本的地步。

对叔叔希福谋立肃亲王他并不赞成,他不认为肃亲王是继承皇位的最好人选。更对希福为达目的,不惜损伤大清根本的做法不以为然。

从他的内心讲,睿亲王倒是继承皇位的最为理想的人。这倒不是他是吏部启心郎,向着自己的上司。他和睿亲王接触多,因此对睿亲王的人品、能力和超群的智慧看得清楚,对睿亲王在朝中所起的积极作用看得明白。

他不认为叔叔希福操有胜券,但他也看不见睿亲王有登基的可能。从他对睿亲王的了解看,在此情况下,睿亲王是不愿意登基的。

这样,结局将是怎样的呢?可能要选一个两方都能接受的人。可这个人是谁呢?索尼千思万想,也想不出这样的一个人来。

第一天夜里他被叫到肃亲王那里,他借上厕所的机会向希福表示了自己的看法。后来,肃亲王被召入宫中,希福把大家打发走了。索尼晓得这是希福不想让更多的人参与谋划,对他来说倒是巴不得的。

当日很晚了,鳌拜来找他,向他讲了国母福晋懿旨的内容,讲了楞额礼的死。鳌拜对时局的看法与索尼相仿,他们一起对局势进行了分析。

第二天上午皇太极入殓,忙了一个上午。当日下午,崇政殿诸王、贝勒、贝子及宗室子弟议立新帝的结果传到索尼耳朵里的时候，索尼既惊又喜。惊的是，睿亲王确实高人一等，在如此尖锐复杂的局面中，指挥若定，最终安排了一个既出人预料，又让各方都能接受的结局。喜的是，最终这一结果，不用说对两黄旗来讲是十分有利的，而且，对大清的江山社稷更是有利的。

他松了一口气，但是他没有闲下来。他正要去找鳌拜，鳌拜就到了。

鳌拜是一个很有心计的人。得到皇太极逝世消息的当天，为了掌握睿亲王那边的动向，他就采取了一项行动。

鳌拜的管家叫廷汀儿，廷汀儿的儿子格度娶阿达礼的管家巴赫的女儿絮里扬为妻。鳌拜知道廷汀儿与巴赫的这种关系。于是，他找来廷汀儿，让他打发儿媳絮里扬回了娘家。廷汀儿是个聪明人，知道此时此刻要儿媳回家的用意。于是，他向儿子格度如此这般布置了一番。格度照计而行，向絮里扬做了交代，絮里扬颠儿颠儿地回家去了。

第一天絮里扬没能打听到要紧的信息，可到了第二天的晚上，她有了重大收获。并且，她打听到那重大消息竟然没有费什么周折。

原来，絮里扬在娘家有一个相好的名叫阿巴托，絮里扬做姑娘时两个人就已经卿卿我我，这阿巴托现为阿达礼的贴身侍卫。晚间，宁完我和罗洛浑进颖王府与阿达礼在大厅三人对跪的场面，自然是阖府关注之事。别人是听到的，阿巴托却是亲自见到的。于是，阿巴托向絮里扬从头至尾把事情的经过讲了一遍。絮里扬听完将阿巴托抱在怀里，把阿巴托那脸上上下下亲了个遍，然后离开了颖王府。

鳌拜来告诉索尼的，就是这样的一个消息。

听了鳌拜的讲述，索尼都惊呆了。

鳌拜和索尼遂邀了隶属正黄旗的巴牙喇章京图赖、正黄旗三等梅勒章京何洛会、正黄旗三等梅勒章京谭泰、镶黄旗固山额真达尔哈、镶黄旗三等梅勒章京巩阿岱等七人，决定誓保九皇子，并晋见辅政王多尔衮。

鳌拜果然先开了口，回道："臣的管家廷汀儿的儿子格度娶的是阿达礼管家巴赫的女儿絮里扬。这几天，絮里扬正在娘家……"

接着，他讲述了絮里扬所听到的颖王府阿达礼、罗洛浑和宁完我三人跪堂的经过。

"原来宁完我去了那里！"睿亲王一听大惊，吩咐三人下去。

睿亲王越想越觉得事情严重，他再次叫来图赖，吩咐他速去请郑亲王进宫议事。

图赖去不多时，郑亲王到了。郑亲王听睿亲王讲述之后也感到心惊肉跳，两人连忙决定立即拘捕阿达礼、罗洛浑、硕托、瓦克达。

礼亲王携罗洛浑等人进了宫，他向两位辅政王说已将孽子阿达礼、硕托、瓦克达、孙罗洛浑带进宫来，听候发落。

睿亲王命将三人押进刑部大牢，礼亲王、罗洛浑回府听候处置。

肃亲王豪格直接回了府，他几乎要发疯了。进门之后，他一头扎进了书房，家人进来侍候，他把他们轰了出去。

他出宫时，崇政殿嗣议之事还没有结果，但他的结果已定，别的结果他不想去管了。

他怒上心头，先是随手摔坏了桌上的一套名贵的茶具，仍不解气，又转身抄起长几上两个平时心爱的古瓷瓶，将它们摔了个粉碎。

不一会儿，家人来报，道："鳌拜大人和何洛会大人求见王爷。"

肃亲王听罢将手一挥 道："不见！"

可话音未落，鳌拜和何洛会已经进来了。肃亲王没有讲什么，也不理他们。

两人进来之后，见肃亲王如此，不便讲什么，呆呆地站在那里。

肃亲王看他们进来并不讲话，越发地怒从胸起："没话可说就滚吧！"

两人忙道："王爷息怒。"

肃亲王又问："希福呢？他去了哪里？"

两人连忙回道："他在宫外打听结果……"

"打听结果？还没有结果吗？都完蛋了！他的神机妙算，所得到的——一场空！哼！"随后肃亲王哈哈大笑了起来，笑得是那样地令人毛骨悚然。

鳌拜和何洛会相互看了一眼，无可奈何地站在那里，不知如何是好。书房里静了下来，肃亲王一屁股坐在一把椅子上，望着天花板出神，鳌拜和何洛会则站在那里不敢动。

如此过了很长的时间，家人又报告道："希福大人到。"

肃亲王还没有缓过神来,呆了半天,才道:"来就来吧。"

希福进来了,肃亲王一直呆呆地盯着他。

希福叹道:"想不到的事……"

肃亲王一听火儿了:"什么叫想不到的事?你神机妙算,还有想不到的事?"

希福不晓得肃亲王何所指,停了下来。

肃亲王又道:"两黄旗那百把人干什么吃的,人家几句话就败下阵来,哼!"

希福一听判定肃亲王在讲他自己败下阵来之事,便道:"臣说的是,皇位由福临做了。"

"什么?"肃亲王听后惊呆了,"你说什么?"

"皇位由福临坐了。"希福又讲了一遍。

肃亲王听明白了,尽管他不再关心哪个来做皇帝之事,但一听做皇上的是福临,他还是大吃了一惊。随后,他骂出了那句话:"他算什么东西,也配做大清的皇上!"

肃亲王讲出这样的一句话,令希福吃了一惊。守着鳌拜和何洛会,他不能不讲上一句,于是道:"王爷又过于冲动了……"

肃亲王还想讲什么,希福做了一个强有力的手势,肃亲王停下了。

这时,肃亲王道:"我累了,你们退下吧,让我一个人待会儿。"

三个人一起退出,进了后花园。看来,三个人谁也不愿意开口。希福独坐在一个亭子的雕漆围板上,陷入了深思。没能如愿,肃亲王没能做皇上。他后悔自己在肃亲王面前一味地铁嘴钢牙,没有讲一句软话,只强调了有利的、成功的一面,而没讲不利的、可能失败的另一面。不错,他那样做,坚定了肃亲王的决心。肃亲王是一个意志极其脆弱的人。不坚定其决心,他就会动摇不定。希福看得很清楚,两黄旗的将领,并不是铁了心跟定肃亲王的,有的对肃亲王甚至很不以为然。他们暂时聚在肃亲王这杆大旗之下,是因为论军功,两黄旗如今只能找到肃亲王这么一位皇位继承人的人选。在此情况之下,只有肃亲王自己坚定了,才能将那些三心二意的两黄旗将领拉至旗下,形成一股像样的力量。希福明白,自己那样做是一种冒险。因为最后达不到目的,就很不容易转弯子,很难使肃亲王安定下来。希福甚至认为此次行事很可能以失败而告终。一方面,他认识到对方是过于强大了。不但在阵势上,而且在实力上占据了压倒的优势。另一方面，自己这方面实力不足，将不齐心，帅无谋略。肃亲王却看不到自家的不足，不是礼贤下士，收拢人心——临时做做姿态也是好的——而是毫无自知之明，大摆其王爷的架子，毫不顾及麾下人员的情绪，任着自己的性子来。结果，闹得人心涣散。

还有一层，由于希福看到对方各方面都占据优势，他便采取了虚张声势的策略，以便鼓舞士气，从气势上压倒对方。可肃亲王一味地自满自足，对己方的实力估计过高，对对方的实力估计过低，认为双方势均力敌。而这一点希福又无法向肃亲王指明，相反，为了坚定肃亲王的信心，为了坚定两黄旗将领的信心，他还得不断地向肃亲王、向两黄旗的将领这样强调。而这，越发地增强了肃亲王的盲目性。到头来，还得由自己喝下自己酿造的这杯苦酒。

而眼前的局面明摆着，绝对不能再闹。再闹就出了线、越了轨，不能被允许了。眼下需要的是保全自己、步入正轨、别作良图。

总而言之，必须使肃亲王安定下来，不然，不晓得会闹出什么事来。

刚才那样的一句话，恰好说明了肃亲王的心态。希福了解这个人，知道此人凡事总是只想到自己，只看到自己眼皮底下那么一点的地方，而且，一遇挫折，碰到不顺，总是怨天尤人，诿过于人。这次事关重大，更会是如此。

好在最终的结果还是能够接受的。两黄旗的特殊地位和特殊利益保住了，皇上的位置没有落到睿亲王的手里。尽管他知道，睿亲王得到了实权。

最后，希福拿定主意，要抓住肃亲王在崇政殿的那个失误，迫使肃亲王冷静下来，接受既成事实，以便保存自己。想好了，他仰起头来，看着天空的蓝天白云，心情感到舒缓了许多。

正在这时，肃王府一个家丁进了后花园，他走至鳌拜身旁讲了些什么。接着，鳌拜和何洛会凑在一起讲了些什么，两人便走至希福身边道："外面有事，我们出去一下，就不去打扰禀报王爷了，大人见王爷后替我们讲一声。"

希福点了点头，两人离去了。

希福正打算想办法支开他们，他们却自己走了。他没有多想便返回了书房。

肃亲王依然是一个人坐在那里，希福进来他连看都没有看一眼。

希福先讲话了，单刀直入道："王爷，今日崇政殿王爷的一招棋输掉了全盘。"

肃亲王不相信自己的耳朵,这是希福在讲话吗?他瞪大了眼睛,看着希福。

希福又重复了一句:"臣是说,今日崇政殿王爷的一招棋输掉了全盘。"

"你,你,你……"

希福再次重复着:"臣是说,今日崇政殿王爷的一招棋输掉了全盘。"

"你说什么?"肃亲王站了起来。希福还从未看到过肃亲王如此震怒、如此逼人的神态。

希福镇静地重复着:"臣是说,今日崇政殿王爷的一招棋输掉了全盘。"

到这时,肃亲王彻底爆发了:"滚!你给我滚!"

希福平静地说道:"王爷,你这样冲动,臣怎么能跟您讲话呢?"

肃亲王依然是暴跳如雷:"讲什么讲?你有什么好讲的?统统是我的错!我是个混蛋,自认倒霉!"

希福道:"王爷平心讲一讲,那一招儿是不是输掉了全盘?"

"是!是!是!统统是我的错!我自作自受!"

希福道:"是王爷作,大家受。"

"你放肆!你们受什么你们?竟敢埋怨到了我的头上!你们看爷不成了,是不是?错!爷我还是爷!爷我还能够叫你们吃不了兜着走!你瞧着吧,你!"

希福不动声色。

肃亲王还没有发作完毕:"你们想飞高枝?我看你们能飞到哪里去!看看你孙猴子能不能跳出我如来佛的手心儿!我弄输了全盘?你那几招儿又如何?瞧你布置的那百十号人,真所谓不战即溃,丢人现眼!嗣议之时你找的那些人哪里去了———一个个乌龟般缩着脖子,还不都是银样镴枪头!是我讲了一句客气话,可睿亲王接过我的话茬儿后,他们为什么不讲话,再让我把话圆回来?我一招儿错棋?你们哪一招儿走对了,走漂亮了?"

这时希福堵了他一句:"要是爷顺着睿亲王让你干的话说下去,而不讲那句客套话,何须别人去圆它!"

"你……你……你……"肃亲王一时没有了话,气得在书房之内猛然转起圈子来。

希福看着肃亲王转了半天又不再讲什么,想他内心的火气在收,因此道:

"王爷息怒,请问王爷,下一步您要叫臣做什么呢?"

这话问得肃亲王没了词儿,于是,他只好自我解嘲道:"还有什么好做的?你们都埋怨起了本王,把不是都推到了本王一个人的头上……"

希福笑了笑道:"臣等这样做,无非是要王爷不要怨天尤人,也不要自暴自弃,而要振作起来,接受现实、保全自己、别作良图。"

肃亲王听后道:"你讲什么?再讲一遍。"

希福道:"接受现实、保全自己、别作良图。"

"接受现实、保全自己、别作良图……"肃亲王沉下心来,细细地琢磨着,然后道:"只是这口气咽不下。"

"小不忍则乱大谋。"

希福还提醒肃亲王,夜间该轮到肃亲王值守灵,时间不多了,让他做些准备。

肃亲王不想再与睿亲王一起待上一夜,就派人进宫去告了假,说身子不适。

肃亲王的家丁来找鳌拜时,何洛会不愿意一个人留下来看希福那张一直阴沉着的脸,便乘机与鳌拜一起离开了。

出府后,鳌拜回府,何洛会也回了自己的家。

家人来找鳌拜,就是絮里扬从颖王府带回了消息,急于向他禀报。

鳌拜听后又惊又喜,便先见了索尼,两人商量后急忙去找了何洛会、谭泰、达尔哈、巩阿岱,随后一起到了三官庙,将图赖从宫中叫出,把那惊人的消息向众人讲了一遍。众人听罢无不惊愕,遂发誓保卫幼主,并决定立即去见辅政王。

阿达礼等人被送往刑部大牢后,鳌拜要回府,何洛会拉住他道:"怕是应该去肃王府一趟。"

鳌拜一听有理,便与何洛会一起去了肃王府。希福已经走了,肃亲王仍在书房中,由鳌拜向肃亲王讲了刚刚发生的事。

一听鳌拜的讲述,肃亲王恼了怒道:"这样的大事你们竟不来禀报,而是擅自做主了。我算心明眼亮了,你们眼里再也没有了我这个爷!哼!一个个都是些善喝上水儿的东西,要投靠新主子。那随你们的便就是,我又没法儿治你们!滚吧!何须雨后送伞呢!滚!"

何洛会有几次真想转身离去，但都控制住了。最后，当肃亲王讲出那个"滚"字时，他为了控制那满腔的怒火，舌头都被咬出了血。

鳌拜已经注意到了何洛会的激动情绪，他用一只手在背后捅了何洛会一把，并对肃亲王道："王爷多想了，我等岂是那种忘恩负义、见风使舵之徒！"

肃亲王仍然不清醒，怒道："我看你们正是那种忘恩负义、见风使舵之辈！寻找新的靠山——可你们得看看能不能靠得住！一个毛孩子，傀儡一个，你们却声声'保卫幼主'，这谁看不出，你们要保卫的是那位辅政王！你们贴上去，人家要不要你们靠还两说呢。就是让你们靠，他是不是靠得住？一个病秧子——他能活几日！滚吧！滚吧！去投靠你们的新主子去吧！"说着，他挥了挥手，真的在赶他们出去。

鳌拜道："王爷，不是这样的……"

肃亲王依然挥着手："我不听！"

鳌拜无奈道："臣等先行退下，等王爷心情好些时再来……"

肃亲王道："不要来了，有种就一辈子别登我肃王府的大门！"

两人退出了，鳌拜赶上何洛会，见他已是泪流满面。两人无语地出了府，何洛会飞身上马，狠狠地向马身上抽了几鞭，飞奔而去。

鳌拜紧紧地追了上去。

第二章　福临继位，睿亲王借势伐明

还记得老人马达吗？何洛会等人在肃亲王那里备受折磨时，马达正与一位要好的后生在一家酒馆里见面。

这位后生名叫蓝器儿，是肃王府的一名家丁。十几年前，马达做肃亲王的管家时，在街上看见一伙无赖正在围打一个十来岁的孩子。马达见那孩子被打得十分可怜，便赶走了那帮无赖，将那孩子救了。经询问，马达知道那孩子叫蓝器儿，自幼没爹没妈，流浪街头。马达救下蓝器儿后，见他一副聪明伶俐的样子，便把他留在了府中，成了府中一名包衣。自此，蓝器儿像亲爹一样对待马达。这蓝器儿既聪明，又争气，自己学会了认字，并读了不少的书，成了包衣中一个出类拔萃的后生，他得到了肃亲王的喜爱，做了肃亲王的一名侍卫，现正打算通过科考解除包衣的身份。

"三王案"之前，马达已经做了好几年的肃王府管家。"三王案"期间，马达做了一件大事。原来，他早就看出了肃亲王心术不正，对其所作所为一直保持着警觉。"三王案"事出后，马达虽不了解全部内情，但蛛丝马迹他看到了不少。有一次，他无意之中听到了肃亲王与十六阿哥诬陷罗洛浑的一次密谈，但他不敢去向皇上奏报。他知道睿亲王在断那个案子，他决定去见睿亲王。

当时，睿亲王派宁完我见了他，他把自己所知道的一切毫无保留地说了。

事后，他得到的答复是——回府去干你的管家，朝中之事不要再管。宁完我还嘱咐他不要再与任何人提起这事。

马达回去后静观事态的发展，最后"三王案"宣布了处理结果。马达对处理结果不甚满意,他认为自己"不能再与虎狼同穴",便提出辞去管家之职,离开肃王府单独生活。

肃亲王不知底细,留他,他死活不应,肃亲王便由了他。他在福陵之侧建了一处柴室,成了宁完我的一个邻人。

当时,蓝器儿并不知底细,提出与马达一起离开。这事马达想过了,他离开,只是不想与狼为伍。他老了,蓝器儿年纪还轻,跟他去有什么出路?他将蓝器儿嘱咐了一番,蓝器儿留了下来,他走了。

皇太极也不知原委,曾提出要他回到身边去。他原想回去,但后来改变了主意,对皇太极说他老了,干不动了。皇太极也由他去了,只是让图赖经常去看他,并给他在宫中时的俸禄。

睿亲王从宁完我那里晓得了马达的情况,本想暗中给马达一些接济,后来听说皇上给了他原来的俸禄,料他够吃够喝,也就罢了。

马达在福陵之侧住下,与宁完我经常来往,学到了不少见识。

皇太极的死令马达十分悲痛,当天他就进了城。下午就被允许进宫哭悼了皇太极,然后随宁完我住进了颖王府。

谁会继承皇位?马达对此甚为关心。他关心这一问题的出发点与众人不同,他打定了主意,要是肃亲王继承了皇位,他就给皇太极殉葬。后来他得知肃亲王没能当上皇帝,他高兴了。由睿亲王辅佐幼主,他更为高兴,他当然也改变了随皇太极而去的主意。

蓝器儿打听到马达进了城,并且进宫哭悼了皇上。他与马达很长时间没有见面了,他一直找不出时间到福陵那边去看马达。这次他想,无论如何也要与马达见见面。当日黄昏,他来了。

别看一个王府不小,可没有两个人待的地方。他们又觉得,彼此将有一肚子的话好讲。所以,他们离开了颖王府,找到了一处酒馆。酒馆的招牌上写的是"蓬莱阁",从名字看,像是一个僻静的所在,但进去一看,不少的人已经将大堂挤满,更有几杆大烟袋,弄得大堂里乌烟瘴气。

两人一看转身要离开,跑堂的赶快上来道:"二位爷图清静请上楼去,正好还有一间候着爷。"

两人遂随跑堂的上了楼。一上到二楼便见有五六个门洞排在那里,每个门上都贴有额联和对联。跑堂的指了指第一间,这间的额联是——

　　云海初到身是客
　　瀛台一登世事无

　　两人进去一看,整齐的苇箔贴着墙壁,房子中央是一张八仙桌,周围围着八把椅子。房子的一角上有一个盆架,上面有一个雅致的铜盆,搭着一块洁白的手帕。右手的墙上有一幅字画,字画的下方靠墙有一个竹制小方几,两旁各有一把木椅。整个房间雅致而清洁。

　　两人道:"就这里了。"

　　进房间后,两人摘掉了缎子瓜皮小帽,也摘了腰间的荷包,由跑堂的张罗着,把它们挂在了墙上的衣帽钩上,又在铜盆里净了手,两人便在那个竹几儿旁的椅子上坐了下来。

　　这时跑堂的问道:"两位爷要点啥?"

　　蓝器儿从腰间掏出一块碎银子,把它放在了竹几儿的一个小盘子里道:"一碟绍兴四季豆,一碟西湖酥鱼,一碟苏州酱鸭,一碟白山滑蘑,一壶酽酽的碧螺春。"

　　跑堂的等他说下去,见他没有再添的意思,便问:"要些什么热菜呢?"

　　蓝器儿道:"就这些。"

　　跑堂的道:"爷的银子……"

　　"不够吗?"

　　跑堂的忙哈腰道:"不,爷,小的是说,爷的银子点两桌菜都富余了……"

　　蓝器儿闻言摆了摆手:"拿走吧!"

　　跑堂的连忙称谢,转身去张罗了。

　　马达心里一直称奇,赞赏蓝器儿好记性。几年前,在他离开肃王府前,在外与蓝器儿道别时,他要的就是这四样小菜,只是那时是一壶酒,而不是这样的一壶茶。

　　等菜之时,蓝器儿仰起头来看墙上那幅字画,画的是牡丹美人图。画面构图拙劣,红红绿绿的牡丹堆着,中间露出一个手里拿着圆扇用它半遮着脸的美人儿，上面还题了两句诗：

　　洛阳花期秋富贵
　　妩媚枝间香袭人

落款是吴人唐寅，日期写成了"丑辛"，蓝器儿看了心中不由得笑了起来。再看两边的对联，写的是：

　　愁肠百转因杯顺
　　柴室半间仗君明

蓝器儿边看边摇头，从笔迹看，门口的对联与这里面的字画同出一人之手，门联其文虽白，见了还能唤起一番境界，若顺着下来，这里或许有佳句出来，可谁知隔着一扇门，竟断了文气，结果弄出了这不伦不类的东西来。

正如此想着，菜和茶上来了，跑堂的问放在哪里。

中央的方桌是吃饭的地方，蓝器儿他们坐的那方几儿，是人未到齐时供人暂坐之处。菜茶上来，蓝器儿和马达依旧坐在那里，所以跑堂的才有一问。

蓝器儿没有动地儿，指着那竹几道："就放这里。"

就两个人，也没要主菜，上那大大的方桌那边去，确显空荡。放下之后，跑堂的站着张罗着，好像不如此，就对不住那块银子。

蓝器儿见状又道："你去忙你的，不叫便不必过来，省得搅了我们的雅兴。"

跑堂的唯唯诺诺退去。

两人先道了些离情别苦，又讲了近期各自的状况，渐渐谈到了皇上的过世，声音也随着内容的渐进机密而放低。

这次马达见到蓝器儿，觉得有一句极为要紧的话要跟他讲，那就是明着告诉他想法离开肃王府，到别的府上谋一个差使。

没想到这话马达还没有提起，蓝器儿倒先把问题提了出来，他说道："我不想在那里干了。"

马达忙问："为什么？"

蓝器儿站起来，走过去关了门，回来坐下道："别扭。"

马达听后想了想，点了点头。

"还危险。"蓝器儿又加了一句。

马达一听便问："这话怎么讲？"

蓝器儿道："昨天夜里狗头军师与他嘀咕了大半夜，癞蛤蟆想吃天鹅肉，要谋大清的皇位，不成，给憋了回来。刚刚狗头军师又到了，九皇子成了皇帝——您猜王爷听后说了句啥？"

马达在等他讲下去，蓝器儿随后道："他说，'他是个什么东西，也配做我大清的皇上'！"

马达一听吓得一下子站了起来，并赶紧走到门边，悄悄开了一扇门，向外看了看，好在没人听到。

马达回到了座位上，低声道："我正想要你离开那里。经你这一讲，那是非离开不成了，他讲的这话是要灭九族的。何必跟这样的人一起，给他陪葬呢！"

两人商妥，要通过宁完我的关系，到颖王府或别的府上谋一个差使。

他们又谈了些别的，拿好了自己的东西便离开了酒馆。

可俗话说，隔墙有耳。又说，没有不透风的墙。

当时，在这家酒馆楼上的一个房间里，也有两个人正在讲悄悄话儿。

他们与蓝器儿和马达只有一墙之隔。而那面墙是什么样的墙啊——中间是一张高粱秸编成的箔，两面糊上了一层纸，外面各有苇箔的装饰，从两个房间看，根本就不晓得它是这样的。

隔壁那两个人比马达他们警觉得多，说话也格外地小心，声音放得很低。他们讲话门外听不见，隔壁也听不见。这样，马达他们就根本没有察觉到隔壁有人能够听到他们的谈话。他们只注意到了门那边，而没有注意到墙那边。

那两个人并不想成心听他们的谈话。马达他们谈着，声音断断续续传了过去。他们感兴趣的话题，就静下来听一阵子，完了彼此乐一乐，并不放在心上。后来他们听出了些门道，这样，他们就开始对马达他们的谈话留意了，清楚地听到了蓝器儿讲的肃亲王那句要命的话。

他们是谁呢？其中的一个叫红应儿，是睿王府鼎鼎大名的亲王大随从呼尔格的小舅子。他忙里偷闲，邀了一位朋友来聊聊，正好碰上了马达他们在这里。

与红应儿一起的是颖王府管家之子名叫呼拉,他一听马达的声音便对红应儿道:"这是跟宁完我一起来住在我们府上的那个老头儿。听说侍奉过皇上的,后来还做过肃亲王的管家。"

红应儿认识蓝器儿,一上来就听出了蓝器儿的声音。红应儿也知道肃亲王原有一个叫马达的管家在崇德初年莫名其妙地辞去管家职务,去东郊孤零零地一个人住下了。听呼拉这一说,又听了他们的谈话,红应儿也觉得与蓝器儿谈话的就是马达。

听到这样的话是不能隐瞒的,特别是两个人同时听到了,要隐瞒,两个人一来得够得上铁哥儿们,二来还得明着订立同盟,发誓谁也不讲出去。可事关豪格,两人都认为没有这个必要。于是,两人当时就商定,由红应儿回去报告。

回府之后,红应儿就将蓝器儿那句话报告给了呼尔格,呼尔格听后觉得隐瞒不得,便禀报了睿亲王。

何洛会一直奔驰到抚远门才停了下来。

鳌拜跟过来也停下了。

两人并马而立,何洛会脸上的泪水还在流。鳌拜无言地看着他。

何洛会像是在自语,又像是在向朋友倾诉:"自幼还没受过——老子都没如此训过的……狗血喷了头,就成了他家的狗了……他凭什么?我等当差吃粮,靠了自家的本事,他算是什么东西?"

鳌拜肚子的气憋得不比何洛会少,他已经忍无可忍,这时冒出了一句:"告他狗日的!"

这话一出口,连何洛会都惊得浑身颤了一下。

"可……可……狗都不干这种事呀!"何洛会道。

"我们是人,不是狗!"鳌拜大声喊了一句。

何洛会转过身来看了鳌拜半晌,最后做了一个坚定的手势,鳌拜会意。两人几乎是同时拨马而回,向皇宫那边驰去。

崇政殿内显得空空旷旷,皇太极的灵柩停在大殿的中央。灵柩又上了一遍漆,味道在大殿之中弥漫着。灵柩的两旁,各有四名虎贲笔直地站着,他们分别来自正黄旗、镶黄旗、正白旗、镶白旗、正红旗、镶红旗、正蓝旗、镶蓝旗。

睿亲王独自在大殿的东侧站定，思虑着呼尔格向他报告的有关肃亲王的情况。单凭肃亲王那句话，就可以治罪了。不知除那句话外，肃亲王还讲了些什么。睿亲王可不希望此时此刻肃亲王再出什么事，阿达礼他们的事已经够大了，宣布之后定然会震动朝野。如果肃亲王这边再出事，那震荡就会不可收拾。

睿亲王不希望肃亲王出事，还有一个原因，那就是觉得会对他自己不利。谁都知道，肃亲王原是与睿亲王争皇位的。如果肃亲王出了事，那大家会不可避免地认为那是睿亲王依仗自己辅政王的权势，在对肃亲王施行报复。

还有一层，肃亲王毕竟是皇子。虽然皇太极生前并不喜欢他，但亲情总是存在的。皇太极尸骨未寒，就让豪格受到惩治，那皇上九泉之下如何安生呢？

睿亲王派人把郑亲王接进了宫来，郑亲王听后很赞成睿亲王的想法。两人并商定，既然肃亲王讲那句话时希福在场，那就把希福找来，警告的事让希福去做便了。

正要派人去召希福，鳌拜和何洛会进了宫，他们将肃亲王告下了。

次日是八月十一日，八旗奉两位辅政王之旨恢复原有驻地，福临的登基仪式在紧锣密鼓地进行准备。皇太极陵墓选址之事也在加紧进行之中，有关人员正等待两位辅政王前去察看，做出定夺。

这期间，福临已经搬入清宁宫，国母福晋已经从清宁宫迁出，暂且住进了关雎宫，永福宫已与麟趾宫对调位置。

八月十二日，两位辅政王去了隆山，认为此地风水极好，皇太极的墓址最后定了下来。礼部、工部组成专门人员，由罗洛浑主总，开始设计、建造工作。

八月十三日，睿亲王早早地进了宫，对一些急事进行了必要的料理，当即下旨去刑部大狱。

孙童儿和呼尔格惊了一下，大清早的，去刑部大狱做甚？

两人也不敢多问，便吩咐了。

睿亲王见他们要惊动好多人，便对孙童儿道："就你一个陪了。"说着便出宫。

刑部大狱离皇宫不远，睿亲王既没搭轿，也未乘马，步行而至。

狱卒见是辅政王，急忙打开第一道牢门。一名刑部当值参将来给辅政王请了安,也不敢问什么,便跟在了辅政王身后,一同往里走。

这时,睿亲王才道:"打开阿达礼等人关押的牢门。"

连孙童儿也才知道,原来睿亲王是来见阿达礼等人的。

那名参将不敢怠慢,立即在前引路。

牢中光线不足,十分昏暗。参将一边向前,一边吩咐身边的随从去取几支蜡烛过来。到了阿达礼等人的牢房前,蜡烛已经取来,放在了木栅栏的横杠上,牢房顿时亮了起来。

阿达礼、硕托和瓦克达都因这强烈的光线而眯起了眼睛,个个都用手遮住了脸。

参将喊了一声:"辅政王驾到!"

三个人这才慌得一骨碌爬了起来。

牢门打开了,参将问睿亲王道:"王爷,是不是换一个地方……"

睿亲王摇了摇头,走了进去。阿达礼等三人见睿亲王进了牢房,当即跪了下来。睿亲王看了他们半晌,泪水便淌了下来,随后吩咐众人:"你们都去吧。"

临走时,孙童儿与那位参将都问:"是不是取把椅子过来?"

睿亲王道:"罢了。"

睿亲王俯身将三人搀起,三人均泪流满面地站在一旁。

睿亲王道:"来,我要跟你们说两句话。第一句话是要告诉你们,所传的那个老汗传位给我或十五爷的遗旨是不存在的。你们没有弄清楚,就是由于这个不存在的遗旨被看成了是真有的,十八年前的今天,我的额娘命丧黄泉……"

往事悠悠,睿亲王有些讲不下去了。

阿达礼等三个人听了都是一愣。"十八年前的今天",他们细细一想,果不其然,大妃生殉,果是十八年前的八月十三日。

睿亲王接着道:"如今,你们又是把这不存在的遗旨看成了是真有的……倘若有更多的人信了你们,就又不晓得会闹出什么悲惨的局面。第二句话,是我的差错,令你们身陷囹圄,大难临头……"说着,睿亲王再次流下了泪来。

三人互相看了一阵,也大泪滂天。

睿亲王喊着硕托的名字,喊着瓦克达的名字,喊着阿达礼的名字,道:"我忙昏了头,绝没有想到你们会被鬼缠了身,故而没能及时地把刚才的第一句话向你们讲明白……我好悔呀！可悔之晚矣！"

三人明白了，这是睿亲王在他们死之前给他们一个交代，让他们死个明白。阿达礼复又给睿亲王跪了，哭诉道："十四爷爷不必自责，此皆我等鬼迷心窍，铸成大错，反给十四爷爷增添了无穷的烦恼和难办之情，悔之莫及。我等愿受国法惩处，只是……"

睿亲王见阿达礼停了下来，便说道："有话明讲。"

阿达礼听罢续道："孙儿之母自父亲逝去，多年寡居，请以万死赎母……"

硕托也跪了下来，道："侄儿终日昏昏，偏听了不实之言，铸成不改大错，甘愿以死相抵。只是侄儿亦有一事相求，父亲年迈，他的几个儿子一个个都先他而去。大哥和六弟最先走了，跟着是三弟，剩下了我们这些不中用的，也要离他而去了。我死不足父亲伤怀，可唯有四弟自幼是父亲最上心的，这次亦身陷囹圄，性命不保。我向十四叔申明，四弟全是由愚侄拉下了河的，且他也并没讲什么、做什么，故愿以愚侄之万死赎四弟，留他一条性命，以慰父心。"说罢起身退向一边。

瓦克达听罢跪倒在地，道："十四叔多年的教训，侄儿却有了今日之下场，此番愧杀了侄儿！活着还有何面目事亲人、见世人！对新皇不敬之至，又以何资事君！我虽为年迈之父心爱之子，然惹此大祸，又有何颜面事父！此不忠不孝之人，活有何用——但求一死而已……"说着，泪流啼血。

三人既均认了错，睿亲王稍感舒缓。但心想这是最后一次与他们见面了，心中又凄楚起来。他又想多待上一会儿，又怕过于伤情，弄得大家伤怀不已。于是硬了硬心肠，便走了出来。

这日，诸王、贝勒、贝子在崇政殿议阿达礼、硕托、瓦克达之罪。最后议定阿达礼、硕托谋废另立，罪当诛，且抄灭全家；瓦克达参与谋立，罪当诛。然后奏与辅政王。

睿亲王探监的当日，已将探监的实情向郑亲王讲明。郑亲王心里明白，论阿达礼、硕托所犯之罪，诸王所断是合适的，即当抄灭全家。瓦克达胁从，至少也是个死罪。睿亲王详细地讲了他们的话，这是有意照阿达礼所求，赦其母，照硕托之求，赦瓦克达不死。论彼此的关系，郑亲王与三人说不上过密，但想到萨哈林生前与己关系甚好，萨哈林的福晋也是一位贤惠之人，要诛灭全家，亦觉萨哈林一家甚为可怜；自己与礼亲王关系也好，真的因此让这个已经失去了三个儿子的老人一下子再失去两个儿子、一个孙子，不死也得脱层皮了。在与睿亲王最后议决时，郑亲王便主动提出只杀阿达礼、硕托，留瓦克达一命的意见。

睿亲王看出郑亲王领略并顺从了自己的想法，两人遂议定：颖郡王阿达礼因新君既立，听谣传谣，谋废另立，赐死，收没家产归罗洛浑，家人亦由罗洛浑收养；贝勒硕托因新君既立，谋废另立，赐死，收没家产归礼亲王，家人亦由礼亲王收养；贝子瓦克达因听谣传谣，参与废立，夺爵，降为庶人，收没家产归礼亲王，家人亦由礼亲王收养。

旨既下，当日刑部遵旨行事。

又过数日，诸王、贝勒、贝子、台吉聚于大政殿，议定肃亲王豪格之罪。豪格没有人缘，诸王、贝勒、贝子、台吉均不喜欢这位亲王，遂议定：肃亲王豪格，辱骂新君，蔑视辅政王，图谋不轨，论罪当诛。

两位辅政王商议，肃亲王豪格辱骂新君，蔑视辅政王，图谋不轨，论罪当诛。但皇上初逝，殒子不吉，于国不利，改判夺爵，降为庶人，没收家产，分归其弟叶布舒、颖塞、高塞，家人亦由三家分别收养。

为了减小震动，两位辅政王议定，无论是阿达礼等人案件，还是肃亲王案件，都要尽可能地缩小范围，避免惩治更多的人。这样，两案凡是知情未报之人，均未受到追究。

八月二十六日，福临的登基大典在大政殿举行。

大典的筹备是照睿亲王的旨意进行的。睿亲王认为，一来是值国丧之期，不宜办得热烈、红火；二来新君年幼，不宜繁杂、冗长。

当日天气晴朗，和风习习，红日在东方的辉山升起时，诸王、贝勒、贝子、台吉、文武百官已经在大政殿之前、十王亭之间站定。

国丧时期，因官员们的顶子上饰有红缨，故都用黑纱罩了。身上倒没有了孝服，因官员的官服都是暗色、冷色，众人均穿着官服。

左侧的左翼王亭和右侧的右翼王亭，分别是皇太极的近卫军、骠骑兵各两百人。

左翼第二亭为镶黄旗王亭，两侧由镶黄旗的两百名将士站了。

左翼第三亭为正白旗王亭,两侧由正白旗的两百名将士站了。

左翼第四亭为镶白旗王亭,两侧由镶白旗的两百名将士站了。

左翼第五亭为正蓝旗王亭,两侧由正蓝旗的两百名将士站了。

右翼第二亭为正黄旗王亭,两侧由正黄旗的两百名将士站了。

右翼第三亭为正红旗王亭,两侧由正红旗的两百名将士站了。

右翼第四亭为镶红旗王亭,两侧由镶红旗的两百名将士站了。

右翼第五亭为镶蓝旗王亭,两侧由镶蓝旗的两百名将士站了。

巳时正牌,福临所乘之辇出现在门首,有司高唱道:"皇上驾到!"

诸王、贝勒、贝子、台吉、文武百官纷纷跪倒,整个皇宫鸦雀无声。

福临坐在龙辇上,身上穿了一件黄色的龙袍。头上的皇冠,本来缨子是猩红的,现已改为黄色。龙辇从留出的御道之上缓缓而过,至大政殿前下辇。福临款步登上大殿丹墀,步入大殿,在龙椅之上坐定。

两位辅政王从跪着的王爷行里起身步入殿中,给皇上跪了,称道:

"臣济尔哈朗叩见圣上,请圣上赐位,行辅政之职。"

"臣多尔衮叩见圣上,请圣上赐位,行辅政之职。"

福临道:"二卿平身,赐座,二卿即行辅政之职。"

随后,福临下旨群臣前趋、叩见。

诸王、贝勒、贝子、台吉、文武百官的前方,原离殿墀十步的距离,听宣后,大家起身向前紧趋几步,前排便到了墀下,然后复又跪了,山呼:"吾皇万岁,万岁,万万岁!"

在百官前趋的过程中,福临在殿内看见第一排的第一人是礼亲王代善。等众臣山呼完毕,福临站了起来,以手指礼亲王道:"二伯不要跪。"说着又对旁边的礼部官员道,"给二伯搬把椅子坐了。"

那礼部官员听后一时不知如何是好。福临生了气,训斥那官员道:"你没听到吗?"

那礼部官员只得垂手道:"臣听到了。"

福临一听越发生气了,道:"听了为什么不动?你要抗旨吗?"

那礼部官员听后越发诚惶诚恐,连忙跪了。

郑亲王目视睿亲王,睿亲王遂对那礼部官员道:"去传旨吧。"

那礼部官员这才起身,出殿宣道:"圣上有旨,礼亲王平身,赐座。"

群臣听罢无不惊愕。

礼亲王哪敢起身?跪着磕头道:"臣岂敢越轨行事?望圣上……"

这话福临听到了,仍站着道:"二伯偌大年纪,要你坐,坐就是了。"

礼亲王自然难以接受,道:"臣着实不敢……"

福临一听板起脸来,道:"你也要抗旨吗?"

礼亲王一听更是鸡啄米一般磕起头来:"臣……岂敢……"

礼部有司已搬过一把椅子,礼亲王无奈,只得诚惶诚恐坐了。

别人都跪着,唯独礼亲王一人坐在那里,如坐针毡。

小小的插曲之后,仪式重又步入正轨。

接着,由郑亲王代福临宣即位诏,宣告新帝年号为顺治,明年正月起为顺治元年。由睿亲王宣了辅政王的誓词,由罗洛浑宣了群臣的贺词,随后祭天地。

此后,顺治帝出宫,率众臣去崇政殿拜了先皇皇太极。而后出宫,率群臣去了太庙,拜了先圣,尊皇太极为应天兴国弘德彰武宽温仁圣睿孝文皇帝,庙号太宗。

回宫后,福临重登大政殿,尊清宁宫国母福晋为母后皇太后,尊永福宫庄妃为圣母皇太后。

此时,李自成占领了北京,崇祯皇帝吊死煤山,明朝灭亡。

眼看着让李自成占了北京,灭了明朝,大清的将领很少有沉得住气的。在李自成势如破竹地向北京进军的过程中,将领们就三三两两地进入睿王府,要求快快出兵,赶在李自成之前将北京攻陷,占得先机。

但睿亲王稳坐钓鱼台,一直不动。将领们不解其意,议论纷纷。

李自成攻陷北京后,睿亲王有了动静,令范文程写一条陈,发牛录章京以上将领传阅,其文曰:

中原百姓罹丧乱,荼苦已极。黔首无依,思择令主,以图乐业。虽间有一二婴城负固者,不过自为身家计,非为君效死也。是则明之受病种种,已不可治。河北一带定属他人,其土地人民,不患不得,患得而不为我有耳。盖明之劲敌唯在我国。而流寇复蹂躏中原,正如秦失其鹿,楚汉逐之。我虽与明争天下,实与流寇角也。

为今日计,我当任贤以抚众,使近悦远来。蠢兹流孽,亦将进而臣属于我。彼明之君知我规模非复往昔,言归于好,亦未可知。倘不此之务,是徒劳我国之力,反为流寇驱民也。夫举已成之局而置之,后仍与流寇争,非长策也。

曩者弃遵化屠永平,两经深入而返,彼地官民必以我为无大志,纵来归附未必抚恤,因怀携贰,盖有之矣。然而有已服者,有未服宜抚者。是当申严纪律,秋毫勿犯,复宣谕以昔日不守内地之由,及今进取中原之意。而官仍其职,民复其业,录其贤能,恤其无告,将见密迩者绥辑,遐听者风声,自翕然而向顺矣。夫如是,则大河以北可传檄而定也。

此行或直趋燕京,或相机攻取,要当于入边之后,山海长城以西,择一坚城顿兵而守,以为门户。我师往来,斯为甚便。唯众察之。

睿亲王之所以迟迟不动,是出自他的"一个敌人"的战略思考。谋士们曾多次探讨过,在李自成向燕京进军的过程中,八旗军是否猛扎过去,抢先占据燕京。那有明显的好处,确实可以占得先机。但那样做的毛病也是显而易见的,清军得先与明军进行一番苦战,方可攻下燕京。攻下燕京之后,接着要对付义军。义军来势凶猛,有不可阻挡之势。清军占据燕京孤城,处于被动挨打的地位,军粮从哪里筹,兵员由哪里补?如何久支?这是为帅者所必须考虑的。经过深思熟虑,大家认为这是不可取之策。

要让李自成打过去,占领燕京之后,其锐气自消。然后,趁李自成立足未稳杀过去,必取奇胜。

与义军作战的方略也经过了精心研究最后制定。总的是不与义军抢占城池,而是充分运用清军机动的特点,集中兵力,各个歼灭,最终取得完全的胜利。义军也是善机动的,但义军得了地盘,得分兵据守,难以集中兵力。清军赢,就赢在既机动,又集中上。

有一个特殊因素必须想到,这就是驻扎在山海关的吴三桂。

吴三桂手中有近四万人马,皆精兵强将,训练有素。山海关占据战略咽喉之地,可以东进,亦可以西攻。义军在西面,轻易动不着他。明亡,吴三桂是投降义军,还是与义军抗衡,是一个未知之数。如果降了义军,清军从长城突入,吴三桂在清军背后,对清军是一巨大制约因素。如果吴三桂与义军继续抗衡,则有一个如何处理与他的关系的问题。究竟如何,一定程度上决定清军的成败。因此,吴三桂的动向不能不密切注意。

那日,睿亲王将八旗牛录章京以上将领集于大政殿前,向他们讲解了他的方略,同时宣读了范文程的条陈。

对睿亲王的方略,将士们是不难理解和接受的,先前只是急着要打过去,没有想得许多。现在经睿亲王一讲,个个心明眼亮,觉得一切对头,遂又摩拳擦掌,跃跃欲试。

四月九日,顺治帝在大政殿视师,赐多尔衮大将军印,统大军十万,往定中原。

随行的有豫亲王多铎、衍僖郡王罗洛浑、英郡王阿济格、恭顺王孔有德、怀顺王耿仲明、智顺王尚可喜、饶余贝勒阿巴泰、固山贝子尼堪、固山贝子德克勒浑、辅国公满达海、辅国公杜尔祜、辅国公穆尔祜、辅国公特尔祜、镇国公格尔楚浑、镇国将军巴思哈、镇国将军阿拜、镇国将军汤古代、镇国将军额必伦、辅国公博和托、镇国将军和度、奉国将军额克亲、奉国将军巴布泰、奉国将军邓什库、奉国将军赖慕布、奉国将军达尔察、镇国公傅勒赫、镇国公汉代、镇国公塔海、镇国公务达海、辅国公固尔玛珲、辅国公富尔敦、辅国公济度、辅国公勒度、护军统领图赖、正黄旗固山额真鳌拜、镶黄旗固山额真达尔哈、正白旗固山额真喀克笃礼、镶白旗固山额真伊尔登、正红旗固山额真额驸和硕图、镶红旗固山额真叶臣、正蓝旗固山额真觉罗色勒、镶蓝旗固山额真宗室篇古,大学士范文程、宁完我、刚林、洪承畴,新建理藩院承政张存仁、刑部承政李云等。

八旗人马杀牲祭纛、誓师,鸣炮六十四响,随即出动。

十五日,师次翁后,这里是通向喀喇沁部蒙古和山海关两条大路的交会处。过夜后,多尔衮命全军勿动,仍在原地驻扎。众将不解,忙问其故。

睿亲王不答,命诸将"只管听令歇息"。

原来,睿亲王是在此等待来自北京和山海关方面的军报。

第三章　明朝覆亡，众大臣洋相百出

李自成是三月十九日进入燕京的。

十一日李自成大军据宣府，十五日破居庸，十七日围京师。十七日下午，据守内外城的襄阳伯李国桢投降，把守彰义门的太监曹吉祥第一个打开了燕京的大门，义军一拥而入，迅速占领全城。

十七日下午，李自成派李岩进城，安排入城事宜。李岩进城后，在大街小巷广贴告示，并找到了明朝首辅大学士魏德藻，向他宣读《招官诏》，魏德藻着手协助李岩召集亡明的官员，听候训令。

李岩进城所张告示有三种，第一是李自成于当年二月颁布的《李自成檄明臣庶文》，写的是：

上帝鉴观，实唯求莫；下民归往，只切来苏。命既靡常，情尤可见。粤稽往代，爰知得失之由；鉴往识今，每持治忽之故。咨尔明朝，久席泰宁，浸驰纲纪。君非甚暗，孤立而炀蔽恒多！臣尽行私，比党而公忠绝少。甚至贿通官府，朝廷之威福日移；利入缙绅，闾左之脂膏尽竭。公侯皆食肉纨绔，而倚为腹心；宦官悉龁糠犬豚，而藉其耳目。狱囚累累，士无报礼之思；征敛重重，民有偕亡之恨。肆昊天既穷乎仁爱，致兆民爰苦于灾祲。

朕起布衣，目击憔悴之形，身切恫之痛。念兹普天率土，咸罹困穷；讵忍易水燕山，未苏汤火。躬于恒冀，绥靖群黎，犹虑尔君尔臣未达帝心，未喻朕意，是以质言正告。尔能体天念祖，度德审几；朕将加惠前人，不吝异数。如杞如宋，享祀永延，用彰尔之孝；有室有家，民人胥庆，用彰尔之仁。凡兹百工，勉保乃辟。绵商孙之厚禄，赓嘉客之休声。克殚厥猷，臣谊靡忒；唯今诏告，允布腹心。君其念哉，罔恫怨于宗工，忽贻危于臣庶。臣其慎哉，尚效忠于君父，广贻谷于身家。谨诏。

另外两诏一是《安民诏》，一是《招官诏》。《招官诏》中有这样的话："文武各官，即当投呈职名，次日见朝。后愿为官者量才擢用，不愿者听其回籍。"

李岩在早已进了城、被李自成定为皇宫总管双喜的陪同下，察看了紫禁城的布防，察看了李自成将要住进的武英殿，并在魏德藻的协助下安排了紫禁城降官的迎驾事宜，查勘了李自成预定的进城路线，沿路安排了民众的迎驾事宜，便与双喜一起返回向李自成复命。

李自成与丞相牛金星、军师宋献策、汝侯刘宗敏最终议定了进城后的几项大政和当做之事，于十九日晨动身入城。

李自成自德胜门进入城中。

德胜门门洞很深。在李自成之前，早有两队亲兵迅速进入后分列两边站定。李自成骑一匹炭黑的骏马第一个露面，他戴着平日那顶大檐毡帽，上面那个馒头大的红缨格外显眼。他身上穿的是一件深灰色的战袍，腰里系着同样颜色的带子，一把长剑横在腰际，脚上蹬着一双黑色的长靴。为准备进城仪式，双喜曾特为李自成赶制了一身新装，李自成看了一眼那套新装，便放下了，道："不就是让百姓看嘛，还是让他们看到心中想到的那个李自成为好。"

本来，牛金星、宋献策、刘宗敏等人也备了新装，见李自成如此，也都穿了旧装。

原还准备了黄盖，李自成也免去了，道："遮了看不周详。"

且说李自成在城门口一露面，街道两旁便响起了欢呼声，接着便是鞭炮齐鸣、锣鼓喧天。李自成放眼望去，只见街道两旁黑压压站满了人，百姓们扶老携幼，手里拿着各色的旗子，挥动着，欢呼着。细细听去，百姓们喊的是：

"迎接大顺永昌皇帝圣驾！"

"大顺永昌皇帝万岁！万万岁！"

"顺天王万万岁！"

旗子上写的也是这类文字。

李自成心中激动，不由得伸出手来，频频向民众挥动。接着，刘宗敏、牛金星也跟了上来。随后是宋献策、李岩、刘希尧、李过、张鼐等人，紧接着是浩浩荡荡迈着整齐步伐的大队人马。

欢迎的声浪一浪高过一浪，李自成在欢呼的声浪中徐徐前行。

行至三不老胡同口时，见一官府模样的宅院，朱漆大门上挂了几枝松枝，另有几束白花，再看门上赫然有"故给事中张显停丧于此"的文字。李自成看了，回头召李岩上来问："这是你讲的那个礼部给事中吗？"

李岩回道："是。"

李自成点了点头，继续前行。

大顺军攻下燕京后，礼部给事中张显不降，自缢而死。李岩进城听到报告后，即令其家人收了尸，并令大顺军在他的家门之上写了那一告示，以防大顺军前来打扰。回去后，李岩向李自成奏报了此事，得到了李自成的赞同。

行至厂桥街口，这里街道宽阔，两边人山人海。

按行进路线，李自成要在这里拐弯向东，因此行速缓了下来。就在这时，一人从人群中跃出，直奔李自成马前。亲兵们紧张异常，以为是刺客，有两名在李自成马前的亲兵已拦在马前。那人在李自成马下匍匐于地，两名亲兵见其不像刺客，便仗剑而立，看那人到底要干什么。

那人跪着像是讲了句什么，两边欢声雷动，李自成听不清那人的讲话。

这时，大队已经停了下来。

后面的李岩见此光景，便赶了过来，下马俯身听那人讲话。

只听那人道："兵部职方司主事秦阡恭迎圣驾。"

李岩将那人的话重复了一遍。李自成听后道："让他起来。"

李岩遂俯身对那秦阡道："圣上命你平身回话。"

那人听后磕了三个头，便站起身来。

李自成没等那秦阡讲话，便问道："你为什么拦驾？"

秦阡大声喊道："臣不是拦驾，是迎驾。"

李自成听后笑了笑,道:"对,是迎驾。别的官员都去了宫里,你为啥不去,而是来到了这里?"

秦阡回道:"百官争相见纳,臣要做京城第一个见驾的……"

李自成明白了,问:"你叫什么名字?"

秦阡回道:"臣秦阡,兵部职方司主事。"

李自成道:"记下了,一旁站了吧。"

秦阡一听,又跪下磕了三个头,站起身来退着离去。

也许是由于这秦阡心情紧张,又是退着,脚后跟无眼,碰在街面一块突出的石头上,结果身下一滑,便仰面朝天一骨碌倒了下去。两旁的百姓看了都大笑了起来,李自成的亲兵乃至将领也都乐了。

李自成并没有乐,他正在思索着。真是龙生九子,兔下七崽。崇祯有了这样的一个宝贝,称得上怎样的崽儿呢?皇城刚刚陷落,皇上生死未知,这里就有迫不及待要争做"京城第一个见驾的",可叹也夫!可悲也夫!

李自成不再理会那个争做第一的,继续前行。

拐了几个弯儿,李自成大队人马已经到了北长街,从一些小胡同向东望去,紫禁城的高墙殿角可以看到,身旁的刘宗敏不时地用马鞭给李自成向那边指路,李自成的心情也便越发激动起来。

过北长街,进入南长街,出南长街便是长安大街。南长街口有一牌坊似的拱门,一出拱门,双喜带着几十名亲兵前来接驾,正等在那里。见李自成后,他赶紧上来叩头,道:"臣接驾——眼看就到了。"

李自成点了点头,双喜起身闪在了一旁,队伍向东行进。不一会儿,奉天门的高大城楼便出现在眼前。

出南长街不远,百姓迎驾的队伍就断了头儿。再往前,便是空旷的门前广场——当时被称为天街。

春日的阳光像金子般洒下来,和风习习。金水河水泛着粼粼清波,无声地流淌着。两旁的杨柳发着青绿,长长的柳丝随风飘荡。到了金水桥边,李自成立于马上,仰头看着那雄伟的承天门。

按照原来的安排,李自成要在此下马。李自成虽没有下马,但刘宗敏、牛金星等已经纷纷下了马。双喜赶紧招呼亲兵上来接了马缰,等李自成等人进承天门之后,再将马匹拉入社稷坛内。

且说李自成并没有注意其他人已经下了马,他对那巍峨壮丽的承天门看了片刻后,便向身边的双喜做出了手势。双喜知道李自成是要弓、箭,赶紧从随行的御营亲兵弓箭手那里拿了弓和箭,递给李自成。众人正不知李自成索要弓箭何意,就见他勒住了坐骑,昂首挺胸,拉了个满弓,瞄向承天门楼那边。弦响镞飞,众人再看,那支箭已正中承天门上书有"承天门"的匾额,稳稳地插在了"天"字之上。

队伍之中顿时爆发出"皇上万岁,万万岁"的欢呼声。

李自成向门匾那边看了片刻,这才下了马。然后整了整衣冠,在双喜的指引下上了金水桥。

刘宗敏等人也跟了过来,大队人马则留在了原地。

进入奉天门大路中央有一条石砌御道,李自成事先被告知,他走时一定要走在御道之上,别的人则要走在两旁的石道上紧随其后。李自成走上了御道,其余的人则分作两班在两旁跟着,队伍的中央形成了一条长长的空当。

李自成在前,众人在后,除了靴子践踏地面的声音之外,再无别的声息。

前面便是午门。

李自成知道这午门是紫禁城的南门,只见午门呈"凹"字形,门楼高耸入云。李自成被告知午门下有三门,他须走中间那个大门。现见门楼之下果然有三门,中间的门大,两边的门小。李自成走进了中间那个大门。

进午门后,又有金水桥,过桥后便是太和门。明朝的百官们均在太和门内候着,李自成进入太和门之后,他们将在那里跪迎圣驾。

一进太和门,果见前面广场上黑压压一片,向他倒了下来。乐声徐起,随后,便听到了响彻云霄的嗡嗡声,细细听去,分明是:

"罪臣迎候大顺皇上圣驾!"

"敬请大顺皇上圣安!"

"大顺永昌皇上万岁!万岁!万万岁!"

李自成站定,看了看跪在眼前的明朝官员,足有千余名。他们按照紫袍、青袍和红袍的顺序匍匐在那里。李自成的目光越过他们,向上远远地望去,便见正面有一大殿,在高高的丹墀之上,红体黄瓦,气宇轩昂,这就是紫禁城第一殿太和殿了。

李自成要在武英殿受群臣和降官参拜,没有去太和殿那边,而是转向了左方,他对身边的牛金星道:"还是让他们站起来候着吧。"

牛金星吩咐下去,双喜出列向太和殿那边走了几步,大声道:"圣谕,百官平身,立定候旨。"

百官听了齐呼道:"谢圣上,圣上万岁!万岁!万万岁!"

而后众人站了起来,谁也不敢讲一句话,一阵呼呼啦啦的声响之后,午门广场又静了下来。

李自成在双喜的引领下到了武英殿前。李自成自正门入殿,一阵檀香味扑鼻而来。外面阳光灿烂,殿内却有些昏暗,尽管中央的平台之上、巨柱之上、四周的墙壁之上均燃着蜡烛。李自成进殿之后,把双手掐在腰际,向四周环视着。

这时,李岩赶了过来,等候李自成的询问。

李自成看了片刻,回过头来看着李岩、牛金星、宋献策和刘宗敏等人道:"这就是咱们的金銮殿了?"

众人一听不知如何回答,宋献策急忙说了一句:"我大顺朝的金銮殿。"

李自成又指着平台上那把巨大的椅子道:"那就是龙位了?"

还是宋献策回道:"正是。"

"坐上去看看。"李自成说着,大步走上平台,端坐在椅子上。他故意挺直了腰板,双手拍打着两边的扶手看着众人。

气氛活跃了,刘宗敏也想凑凑热闹,道:"史官记了,大顺元年某月日某时某刻,大顺永昌皇帝于燕京武英殿践天子位。"

李自成听罢开怀大笑,道:"朕就不再上下折腾了,下面不是要参拜吗?咱们就如此开始不好?"

众人均道:"皇上圣明。"

接着就由宰相牛金星和军师宋献策安排,照文站东、武站西的规矩,按官爵的高低分列站定。文班以牛金星为首,武班以刘宗敏为首,而后众人跪倒在地,拜了下去,齐声高呼:"吾皇万岁!万岁!万万岁!"

李自成道:"众卿平身吧,多日辛苦,还得辛苦几日或可平静些,就有劳了。进城的诸项大计已定,照着做起来就是——还会有些意想不到的事冒出来,到时大家商量着办。今天这样的事不能不办,可咱别把工夫花在这些繁文缛节上。今日就到这里了,大家回去各干各的事。"

文武百官呼了声"万岁万万岁"起身陆续出殿。李自成又笑着对牛金星等人道:"去召那些宝贝儿吧。"

牛金星等人领旨出殿。

趁那些人还没到,李自成把刘宗敏、李岩召到平台之下,向他们询问了一些事情。不一会儿,牛金星复旨:"他们到了。"

被召见的是明朝三品以上官员。

刘宗敏、李岩等退到两厢。李自成坐定,看着那些人进殿。第一个进殿的是一个四十来岁的干巴矬子,身上穿着紫袍,在迈大殿的又高又厚的门槛时,可能是由于紧张,竟差一点摔倒在地。幸亏他身子灵活,跟跄了一下,还是站住了。后面的人大量涌入,他们也文武两班两厢站了。站定后,牛金星喊了声:"跪拜圣上!"

那些人听后齐声呼道:"参见大顺皇帝陛下!"

按照牛金星、宋献策等人的设计,此后,是要这些人一直跪下去听候李自成的训令。

李自成放眼望去,见大殿之中黑压压一片,都差不多被挤满了,估计人数有两百。他不想让这些人一直跪下去,因此道:"平身讲话。"

众人又齐道:"谢陛下!"

李自成道:"今日召诸位大人来,大家见见面。古人有句话:'皮之不存,毛将焉附?'我大顺义军进了燕京,我等君臣进了紫禁城,明亡了,你们得有个着落才是。何去何从?我朝的《招官诏》想必诸位都已经见了,就是那两句话,愿为官者量才擢用,不愿者听其回籍。去留个人自决自便。"

这时站在文班第二位置一个穿紫袍的向前紧急迈了两步,道:"臣久闻皇上圣明,今日参见,果尧舜之君也。臣愿守平台之下,听候陛下训令。"

李自成正要问他的名字,就听班内有人道:"不必捷足先登,我等既来参拜,就统统是归顺了的……"

话还没有讲完,就听殿内嗡嗡道:"正是,我等既来参拜,就是归顺了的,何必站出来抢先呢!"

"臣等皆愿守平台之下,听候陛下训令。"

大殿之内竟是一片的"愿""愿"之声。

李自成故意让那些人喊了一阵,等下面的声音稍息,便道:"虽如此,那两句话不可废。其中愿为官者量才擢用,这事将由我朝丞相监办。诸位大人有愿留的,散后就去找他便了。"

下面这才平静了下来。李自成注意到,刚刚第一个进殿差一点儿摔倒的那位一直没有吭声。那人第一个进来,又站在了文班之首,可能就是李岩向他讲的那个魏德藻。李岩说此人满腹经纶,不乏真知灼见,接触中见还有些本领,这次召集官员朝见,就是此人一手操办的。只是此人书生气十足,近于呆愚,用时当用其才,避其不足。

想起李岩的这番话,李自成决定与这位先生过几句话,遂看着那人问道:"这位大人尊姓大名啊?"

那人见问,立即垂手奏道:"臣魏德藻。"

"近前讲话吧。"随后,李自成又问,"大人身任何职呀?"

魏德藻向前走了两步,回道:"内阁首辅、文渊阁大学士。"

李自成点了点头道:"官儿不小了,什么时候做的官哪?"

魏德藻道:"崇祯十年进士及第,初授编修之职。"

李自成又问:"哪一年入的阁?"

魏德藻回道:"崇祯十六年入阁。"

李自成道:"够快的,什么时候擢升为首辅的?"

魏德藻道:"三个月前任首辅。"

李自成心想此人话讲得还利落,看看应对如何?于是道:"不济的事都让你给赶上了!"

魏德藻听后叹了一口气,不再讲话。

李自成又问道:"先生有什么难言之隐?"

魏德藻又叹了口气,道:"不讲也罢。"

李自成道:"朕倒想听听。"

魏德藻遂道:"新进三载,叨任宰相,明主不听臣言,始有今日。"

李自成听后道:"干了三年就擢升当朝一品,不简单了。你道明朝皇上没有听你的话,'始有今日',那你定然是给崇祯出了些好主意了?"

魏德藻听不出李自成的话音儿,便真想将他向崇祯的奏谏讲给李自成听一听。他刚想张口,李自成便道:"这些咱日后再谈。魏大人,朕来问你:你的那些奏谏怎见得就是真知灼见,怎么断定崇祯因没有听了你的意见,便'始有今日'呢?"

魏德藻又要讲他的奏谏,以便向李自成证明他的正确性。

李自成再次打断了他,道:"先生不要讲了。既是真知灼见,崇祯依了,朕岂不就进不了紫禁城了?"说罢哈哈大笑。

魏德藻这才知道自己失了言,扑腾又跪了,一时周身大汗浸出,不知所措。

待了片刻,李自成又道:"起来起来,一句戏言。崇祯因没有听你的,便'始有今日';这次朝拜亏了你,朕'始有今日'——忘不了你的。"

魏德藻这才起身。

这时,刘宗敏见朝事将散,遂大声问:"李国瑞是哪一位?"

就见青袍班中一人应声道:"下官便是。"

刘宗敏随声看去,见那应声的乃一矬矬墩墩黑面中年人,又问:"嘉定伯周奎是哪位?"

无人应声。

刘宗敏大声道:"不愧国戚,好大的架子,请不动啊!"

这时,青袍班中一人道:"据下官所知,周奎卧病不能前来。"

刘宗敏一听便问:"大人你又是哪位?"

那人道:"下官倪元璐。"

刘宗敏听后道:"正好下面要找的就是大人。"

倪元璐不知吉凶,垂下头去。

刘宗敏又问:"哪位是陈演?"

下面有人应了一声,刘宗敏看去,就是方才那位赞颂李自成为尧舜之君并第一个表示愿守平台之下,听候陛下训令,被别的人斥为捷足先登的。

刘宗敏向他点了点头,道了声"幸会",又问:"哪个是岳瑜大人?"

紫袍班中一人轻声道:"下官是。"

刘宗敏点了点头,便不再问下去。

李自成微笑着看了刘宗敏一眼,而后环视了一周,道:"散了吧。"

下面众人又跪了,再次响起"圣上万岁万万岁"的喊声,而后不知是谁问了一声:"敢问在何处投呈职名、待选录用?"

接着,众人皆附和问:"对,在何处投呈职名、待选录用?"

李自成没想到众人会如此急切,听后看了牛金星一眼,牛金星遂道:"在文华殿中。"

话音未落,轰的一声,众人不再按班顺序而出,而是一窝蜂般地出殿,争先恐后向文华殿那边奔去了。

魏德藻是最后一个出殿的。

刘宗敏见魏德藻首屈一指的大明首辅对答失策,心中早就深感腻烦;更让他难以容忍的是,既然三年的时间崇祯就让这魏德藻当了首辅,那不能说崇祯不信任他,而他竟在大殿之上当着众位同僚的面,把罪责一股脑儿推给提拔了他而现时生死未知的崇祯,实是可鄙可恨。想到这里,他向李自成奏道:"臣去去就来。"说罢出了大殿,赶上魏德藻,大声喝道,"魏德藻停下!"

和魏德藻一起走在后面的,一个是文渊阁大学士方岳贡,一个是东阁大学士范景文,一个是东阁大学士岳瑜。出殿后,岳瑜与魏德藻并肩默默地走着,范景文回头对岳瑜道:"岳公被点名,怕是凶多吉少了。"

岳瑜平静地说道:"一死而已。"

范景文听后道:"死,我愿陪公。"

方岳贡亦回头道:"不才愿随诸公。"

这话刚刚讲完,魏德藻就听到了那一叫声。他转过身来,见一将追来。他方才见这人在李自成面前旁若无人的样子,便料定此人必是汝侯刘宗敏。现在见来喊他,便站定想看刘宗敏讲些什么。

"你在这里站了,等我回头找你问话。"刘宗敏说罢,转身去了。

魏德藻不知为了何事,独将自己一人留在了这里,还说要"问话"。

方岳贡等见如此光景,又想到方才李自成跟魏德藻的一番对话,知李自成并不高兴,判定魏德藻凶多吉少,三人齐道:"魏公勿忧,倘生不测,便由我等相陪。"说罢拱手去了。

明朝的官员们离开之后，李自成又与刘宗敏、牛金星、宋献策等人对即将做的几件事最后敲定，特别是对追寻崇祯的事又商量了一番，决定一方面下令驻扎在京东防备吴三桂的大顺军严加盘查，以防崇祯逃向那里；另一方面在全城搜寻，将举报崇祯下落的赏金从白银一万两，提高到两万两。商定之后，牛金星便第一个出了武英殿。他一出殿就看到了魏德藻，感到诧异。牛金星走近魏德藻，见他一脸怒气，便问道："魏大人如何一个人站在这里？"

魏德藻听罢转过头来，他也不知道站在自己面前的就是名扬天下的大顺丞相牛金星，因此并没有回答。

牛金星以为魏德藻没有听到他的问话，便又提高了嗓门儿问道："魏大人如何一个人站在这里？"

魏德藻这才回道："方才一位将爷叫住了下官，要下官在此等候。"

牛金星听了一想，知道魏德藻讲的那位"将爷"便是刘宗敏，没再讲什么，点了点头，就要离去。恰在此时，就见双喜从太和门那边奔了过来，跑到牛金星跟前停下，连歇带喘禀道："崇祯找到了！"

牛金星听清楚了，但还是问了一句："找到了？"

双喜道："找到了。"

牛金星又问："活着？"

双喜道："死了。"

牛金星一听担心崇祯是被义军杀了，便急忙问："怎么死的？"

双喜回道："上吊死的。"

牛金星听罢没有再问，便拉着双喜向武英殿奔去。

这边魏德藻听得真切，立刻洒下泪来。

且说双喜与牛金星一起进殿，一进殿就大声喊道："启奏皇上，崇祯找到了！"

刘宗敏、宋献策还在李自成的身边，三个人听了立即兴奋起来。李自成忙问道："他现在在哪里？"

双喜奏道："他死了。"

李自成一听道："快讲讲细情。"

双喜奏道："崇祯的尸体是一个太监发现的。那太监在皇宫后面的煤山先是看到一匹马，认得是崇祯平日喜欢骑的。他寻了一会儿，便在煤山东坡看到上了吊的崇祯。一起死在那里的还有一个太监，名叫王承恩。"

李自成问："你可曾去看了？"

双喜道："臣尚未前去，只见了寻得崇祯的那个太监，听过他的讲述就跑来了。"

李自成又问："那边是不是已派人去察看？"

双喜道："已经派人过去，并吩咐他们保护好现场。"

李自成一听沉思了片刻，对宋献策道："你过去看看。"

宋献策领旨出殿，由双喜陪了前往煤山。

李自成与刘宗敏、牛金星都喘出了一口大气。

刘宗敏感叹道："我说他插翅难逃嘛！"

李自成道："怎么处理他为好？"

刘宗敏道："怎么也得给他口棺材吧？"

李自成道："那是自然。我在想是不声不响地埋了他，还是做点文章？"

牛金星道："怕是做做文章好。"

李自成笑道："讲实情，现在我对这位崇祯皇爷倒恻隐起来。有道是：'国君死社稷。'还记得咱们那讨明檄文里我添了那句'君非甚暗'吗，当时也并不是专说给崇祯听，好让他转弯子降了，而是听久了他朝中人议论的传言，确觉得这个皇爷还不是太坏。他没有降，'死于社稷'，看来总比阿斗强些就是。对这样的一位皇爷，我们总还要表彰表彰才对。"

牛金星道："再就是那些旧臣旧民们，他们见我仁义至此，自会喜欢。"

李自成道："这也是不能不想到的。"

这边议着，宋献策与双喜召了几个认得崇祯的太监来到煤山，在兵士的引领下绕到东坡，远远地看到，两棵歪脖树上各有一个人吊在那里。两人近前，见其中一人是太监打扮，另一人赤足轻衣，乱发盖面，想那太监就是王承恩，那赤足者便是崇祯了。看守的军士只得到"保护现场"的命令，未敢轻动，所以崇祯他们还在那里吊着。宋献策便命军士们将崇祯和王承恩的尸体放下，正要找点什么东西将崇祯的尸体遮了，便看到树下有一黄袍。宋献策再看，见那袍襟上写着什么，细细看去，见是两行紫红小字，才知是崇祯咬破手指写下的：

> 朕凉德藐躬，上干天咎，致逆贼直逼京师，皆诸臣误朕。朕死，无面目见祖宗，自去冠冕，以发覆面。任贼分裂，无伤百姓一人。

宋献策让双喜看罢，叫几个太监过来认了，便将黄袍给崇祯盖上，回武英殿去向李自成复命。

宋献策与双喜向李自成奏报了察看详情，李自成认为崇祯既然死了，便让宋献策照方才他与刘宗敏等商定的崇祯丧事规格前去料理。在东华门设崇祯与在宫中自缢的周皇后的灵床，一日后入殓，停棺三日，前明官员可自行吊唁，而后将他们葬于昌平先前死去的崇祯爱妃田贵妃墓中。

宋献策认为应给崇祯"礼葬"，把规格提高一点，因此问道："他们作何穿戴？"

李自成道："自然是帝后冠服。"

宋献策又问："当用何棺收殓他们？"

在一旁的刘宗敏没等李自成讲话，便随意说了一句："弄个柳木疙瘩的不就成了？"

李自成想了想，道："松木朱漆恰当些。"

刘宗敏不再讲话，宋献策领旨而去。

崇祯的死讯给魏德藻很大的打击。

崇祯刚愎自用，最后的年月变得脾气暴躁，很少听臣下劝谏。魏德藻正月入阁，大明江山已风雨飘摇，危如累卵。魏德藻给崇祯出了两个大主意，一是提出南迁的动议。崇祯本想依从，但前怕狼后怕虎，顾虑重重，最后失去时机，走不掉了才对群臣讲："祖宗辛苦百战，定鼎此土，贼至而去，何以责乡绅士民之城守者，何以谢失事诸臣之得罪者，且朕一人独去，如宗庙社稷何？如十二陵寝何？如京师百万生灵何？国君死社稷，朕将焉往！"

此后魏德藻又提出，请太子监军，让太子随军躲到南京去，以防万一。崇祯不依，道："朕经营天下十几年，尚不济，孩儿家做得甚事？"

而京师眼看就要失陷，崇祯才又想到把太子送出去，先让魏德藻想主意。

见魏德藻无计可施，便让魏德藻找来驸马都尉巩永固，要他率家兵护太子南下。巩永固无奈道："亲臣不准藏甲,臣岂敢拥有家兵？"二人只好相向而泣。

京师失陷，太子被执，崇祯不知吉凶。魏德藻一时倒忘了崇祯的这些可恨可悲之处，而想起了崇祯的种种好处来。

接着他开始检讨自己近日的行为。

前天夜里，以建极阁大学士陈演为首的十几名官员引大顺制将军李岩来到他家，说大顺皇上不日进京，届时要举行原明官参拜仪式，请他出面召集。李岩和颜悦色地向魏德藻讲了李自成《招官诏》的内容，强调这次参见只是一种礼仪，并不是就算降了，此后降与不降，自决自便。

一念之差，当时魏德藻应了下来，遂与李岩一起见了方岳贡、范景文、岳瑜等人，又由众人分头去联络，忙了半夜，次日又奔跑了大半天。每到一家，魏德藻也是强调，"参见只是一种礼仪，并不是就算降了，此后降与不降，自决自便"。这样，便有几十名官员表示"愿往"。

没想到此事一传十，十传百，到了次日晨，表示"愿往"的大小官员竟有了几百名。

此时的魏德藻才怕起来，并开始后悔，悔不该一念之差，竟号召了如此多的人参拜昔日的"闯贼"！崇祯生死不知，自己竟为虎作伥，罪莫大焉。他并不晓得，当时之势，不管崇祯是生是死，大明的官员们大多已经看准了李自成的门庭，巴不得有块遮羞布，以便大摇大摆归顺。"愿往"和"愿降"只是前脚后脚而已———些本"愿降"的，自然"愿往"；"愿往"的接着就变成了"愿降"的。他的奔走，只不过是为这些人在编织那块遮羞布而已。

其实，魏德藻本人又何尝不是想要一块遮羞布呢？

崇祯生死不知，但大明朝的寿终正寝，稍有点见识的人都是看得清楚的。所传义军烧杀抢掠，魏德藻知道，那都是朝廷自欺欺人的谎言。李自成的英武清正，是妇孺皆知的。改朝换代的种种迹象，不能不触动每个人的神经。任何人都会思考自己的出路，魏德藻自然也不例外。他的"愿往"也只是前脚，向前迈上一步，那就是"愿降"，或者他本就是"愿降"的。

但魏德藻并不是死心塌地认准了那个"降"字。《招官诏》有两句话："愿为官者量才擢用，不愿者听其回籍。"他要降，但要看一看，情况尚好，他就为官；

情况不好，他就回籍。

参拜李自成，李自成给他的印象甚好。没有任何腐臭气，朴实、自然，又具王者之风，确像一阵清风拂面，令人感到清新。但到了李自成问话时，他不得要领回了那样的一番话，看来李自成并不高兴，他自己想来也不满意。后来，那个刘宗敏大殿之上不顾君臣之仪，未经李自成的恩准，竟然点了几位大臣的名字。他开始反感，但接着又想，这或许是他们预先就商定了的，便对李自成的好印象打了折扣。到后来，有的人大喊大叫，问在何处投呈职名、待选录用。后又一窝蜂般涌出殿去，看来是奔向文华殿，好抢占一个领先的位置。他对那些人嗤之以鼻，对自己召集这些人的行为引起的负疚感则越感强烈。

出殿时几个同行者给了他极大的安慰，而他们那准备赴死的气概既使自己感到鼓舞，更使自己感到愧疚。就在这时，他听到了刘宗敏的叫声。当时他就要发作，但他还是控制住了。岳瑜等几个人走后，他一个人留在了那里，胸中之火继续燃烧。他忍着，一等不来，二等不来，他觉得自己受到了侮辱。士可杀不可辱。后来牛金星来了，他仍被留在那里。接着双喜来了，带来了崇祯的死讯，他再也无法忍耐了，便大步走向太和门。

宋献策走后不久，便有南线紧急军情送达。李自成赶紧命亲兵找回宋献策，与刘宗敏、牛金星一起商议了一番。这之后，宋献策又去办崇祯的丧事。牛金星被李自成留住，就处理太子之事商量了一番。刘宗敏独自走出殿去，心里还惦记着南线的战事，竟把留魏德藻的事全然忘在脑后了。等他快走到太和门时，突然想起原叫魏德藻在殿前等着，怎么不见他的人影儿？他回头看了看，那边空空的，一个人也没有。这魏德藻会去了哪里？被亲兵带入东三阁了？又一想，不对。叫住魏德藻只有他一个人知道，别人怎么会带他去东三阁？跑了？刘宗敏问在太和门站哨的军士，是否看到一个穿紫袍的明朝官员独自一个人过来？那军士想了想回道："有一个，从那边过来出门向外去了。"

刘宗敏又问："去了多大一会儿？"

那军士回道："差不多半个时辰了。"

刘宗敏一听怒从胸起，道："这还了得！"他立即回东三阁，命亲兵前往魏府捉拿，吩咐道，"如他在家，立即捉来见我。"

再说李自成与牛金星商量了对太子的处理事项后，便对牛金星道："你那边定然热闹非常，咱们一起过去看看那些宝贝儿可好？"

牛金星听后，便陪李自成来到文华殿。

远远地就看到了殿前排起的长龙。走近时，那些排着队的官员个个垂手站定，口中不停地喊着："圣上龙体安康！""皇上安康！""皇上……"

李自成微笑着，与牛金星进殿。

吏部的官员已经坐定，牛金星没有来，递交职名的工作还没有开始。吏部官员见李自成进殿，急忙站起，垂手立定。李自成让众人坐了，有司给李自成搬了一把椅子过来。李自成并没有坐，牛金星自然也不坐，问道："就开始吗？"

李自成回道："这里需听你的。"

牛金星笑了笑，便对官员们发话："开始吧。"

大殿之中并排放置了八张案，第一批便放入八人。

李自成看到第一个进入大殿的，就是在武英殿第一个喊叫，问在哪里递交职名的人。随后是陈演——李自成已经听人讲过这个人，刘宗敏喊他的名字后，李自成特别注意看了此人——小小的个子，白白的面皮，有一撮小胡子，一脸的奸相。第一批进来的，还有那个叫李国瑞的人。

八个人都带了自己的名帖，恭恭敬敬地递了，看来这些人早有准备。

八个人规规矩矩地回答了礼部官员的问话后，个个欢天喜地地出殿去了。

又叫了第二批八个。其中一个花白头发的进殿时又出现了武英殿魏德藻那一出，连着几个踉跄，最后还是没站住，摔倒在地。只是这老人顽强得很，一骨碌爬起，没事人一样奔到了案前，双手举起了他的名帖。

牛金星忍住笑，对那老人道："大人多大年纪了？"

那人回道："回相爷，下官六十六岁。"

牛金星听后道："我说嘛，头发都白了。年纪这么大了，歇了不好吗？"

那人一听急了，忙道："相爷说哪里话来？头发白了？年纪大了？可为大顺朝当差，头发会变黑，年龄会变小……"

李自成都听乐了，问："老先生贵姓大名？任什么官职？"

那人一听李自成在问，连忙离案向李自成这边紧走几步，跪了道："皇上万万岁！臣考功司郎中刘廷谏见驾！"

李自成道："起来起来，名字知道了，去办你的事吧。"

刘廷谏一听又磕下头去，呼道："谢主隆恩！吾皇万岁！万岁！万万岁！"

李自成又道："起来起来。"

刘廷谏一听又磕下头去，呼道："谢主隆恩！吾皇万岁！万岁！万万岁！"而后站起身来，手舞足蹈高呼，"我被恩准录用了！我被恩准录用了！我被恩准录用了！"

众人深感诧异，李自成更是不知刘廷谏这话从何而起，因此问道："朕怎么就准了录用你？"

刘廷谏垂手道："君无戏言。皇上说'去办你的事吧'，就是给了差使让臣去办，这还不是恩准？"说罢，一溜烟地向太和门那边跑去了。

李自成看了，则不住地摇头。

第三批八个人又进来了。趁殿内乱着，李自成问礼部官员，崇祯的死讯是否跟明官们讲了？礼部官员回说已经讲了，并向众人讲了将要在东华门装殓。那些官员听了，有几个落了泪，但没有一个动窝儿。

刘廷谏等人的拙劣表演，已经引起李自成对眼前这些人的厌恶，而听了礼部官员所讲这些人对崇祯之死如此冷漠的态度，他的心中泛起了更加强烈的厌恶感。李自成本来对起用明朝的官员是抱有很大期望的。在进军的路上，各府各县都用了降官，收到了一定成效，很大程度上弥补了自己官员储备上的不足。他来文华殿前向牛金星说来"看看热闹"，实际上他是过来看看实情。看到这些人的拙劣表演，他感慨万分，兴致已经完全被破坏。于是，李自成没有再讲什么，转身回武英殿去了。

魏德藻走出太和门，身后就是紫禁城，再后就是煤山，他心里想的是崇祯。

崇祯在大明江山日薄西山之时继承皇位，当时是一个十七岁的天真少年。万历皇帝是他的祖父，在位四十八年。万历皇帝十岁即位，由张居正摄政。张居正谋求复兴，清丈全国土地，推行一条鞭法，治理黄河，政绩卓著，大明江山出现了短暂的中兴。张居正死后，万历亲政，清算了张居正的政策，而后期长期不理朝政，已经潜伏下的危机进一步加深。万历死后，崇祯的父亲泰昌皇帝继位。不到一年泰昌皇帝驾崩，崇祯的哥哥朱由校继位，是为天启皇帝。天启皇帝"性好走马",又"好盖房屋",以此自取其乐。在此期间,宦官魏忠贤的势力迅速膨胀,最后把持朝政,首辅、阁员都成了唯阉党之命是听的傀儡,政治的腐败到了无可救药的地步。天启皇帝在位七年,死后将一个烂摊子传给了朱由检。

朱由检登上皇位后就表现出与皇祖、皇兄完全不同的风格。他"不迩声色,忧勤畅励,殚心治理",显出中兴皇帝的气度。他的《即位诏》也不同凡响,言简意赅,给人以耳目一新之感:"朕以仲人统承鸿业,祖功宗德,唯只服于典章;吏治民艰,将求宜于变通。"

随后,他以迅雷不及掩耳之势,将阉党一网打尽。

他还诏谕决心严治贪佞、巩固边防、举贤任能、励精图治。早朝议事的制度认真执行着;废弛多年的经筵、日讲得以恢复并一丝不苟地实行起来;对阉党余孽"除恶务尽",亲点"首逆同谋""结交近侍"六等三百余人,从处斩到充军、贬为庶民,进行了果断的处置;贪官、污吏,凡举必查,查有贪污劣迹,严惩不贷;破除"非进士不入翰林,非翰林不入内阁"的故章,不拘一格选用人才,加强内阁;复召受阉党排挤的官员;整筑边防,起用制敌骁将……如此等等,似乎千疮百孔、摇摇欲坠的大明江山,真的赶上了一位中兴之主!

开局闹得轰轰烈烈,且亦有成效,这使得缺乏自知之明的朱由检越来越刚愎自用,陷入盲目的自赏自信泥坑之中,难以自拔。

当时的大明江山已病入膏肓,绝非人力可挽。他虽有"中兴"的宏愿,也表现了"中兴"的热忱,但客观上已无"中兴"之可能,何况他也没有"中兴之主"所拥有的才能。

崇祯死了,魏德藻所想的,正是崇祯登上皇位就表现出来的与皇祖、皇兄完全不同的风格;就是他"不迩声色,忧勤畅励,殚心治理",显出"中兴皇帝"的气度;就是他先是不动声色,稳住魏忠贤阉党,接着,以迅雷不及掩耳之势,将阉党一网打尽并"除恶务尽"的作为;就是他严治贪佞、巩固边防、举贤任能、励精图治的决心。早朝议事的制度认真地被执行、废弛多年的经筵和日讲得以恢复并一丝不苟地实行着,所有这一切,是令人难以忘怀的。

尽管党争愈演愈烈,总还是反对结党;尽管奸佞之徒充斥了朝廷,愿望上总还是唯才是举;尽管宦官之势大增,总还是严治过内臣;尽管贪赃之风日甚,总还是毫不留情,有贪必惩;尽管最后将不治兵,兵不杀敌,总还是精心整饬了兵备;尽管没能做了"中兴之主",成了"亡国之君",毕竟履行了"国君死社稷"的圣训。

魏德藻一边走着,一边想着往事。他亲历的,他听到的,一桩桩、一件件都在脑中闪现。

在交付部院科道的章奏上,"类朱批时日,以防壅遏,多有子、丑时者,盖批阅至丙夜不休也"。由于"鸡鸣即起,夜分不寐",正常的生活秩序被打乱,加之劳累过度,崇祯经常处于精疲力竭的状态之下。神宗的昭妃刘氏,性情宽厚谨慎,对崇祯十分疼爱,崇祯让她居慈宁宫,掌太后玉玺,"礼之如大母",每逢岁节,都去谒见问候。一次,崇祯按例朝见昭妃刘氏,礼毕,坐下后便睡着了。刘氏吩咐大家不要惊扰,并叫人轻轻给崇祯身上盖上一件衣服。顷刻,崇祯醒来,撩开盖上的衣服谢曰:"神祖时海内少事。今苦多难,两夜省文书,未尝交睫,在太妃前,困不自持如此。"太妃为之泣下。

崇祯三年久旱不雨,崇祯以为上天不予眷顾,是由于君臣的过失引起,先斋居文华殿,仍不雨,他又在宫中祷雨。雨仍未下,崇祯身着苎袍,去掉黄伞,烈日炎炎之下,步行十几里到南郊祷雨,沿途百姓无不为之泣涕。

淫乐是帝王的常性,所谓十君九淫,无君不乐。而崇祯是帝王之中既不淫又寡欢的一个。崇祯初即位时,魏忠贤为了使他成为熹宗第二,选了四个绝色佳人进献。当时,崇祯为了稳住魏忠贤,没有辞却,但一直远离她们。后来,一名小太监无意之中发现了其中一人身上带有香丸一粒,立即报告给了崇祯。经检查,她们每个人身上都有这种香丸,名曰"迷魂丸"。这种香丸只要一接触到,立即会魂魄荡漾,色心顿起。崇祯下令将它们销毁了。有一天,崇祯批阅奏章,忽然有一种异样的感觉,他立即起身,命太监秉烛,四处查找,也没发现有什么异常。他接着批阅奏章,但还是有异样的感觉,抬起头来,忽见大殿一角的墙根下有荧光微微发亮,近看墙下有一小孔。他立即命人毁壁入观,只见一名小太监在其内,手里的一根香还燃着。一经询问,小太监供认此由魏忠贤指使,焚香旨在诱发皇上欲念,并道此系宫中旧方。崇祯呵斥毁了,不许再做。

周皇后是嘉定伯周奎之女,崇祯做信王时即为信王妃,崇祯登基后册封皇后。她给崇祯生了三个儿子,长子朱慈烺立为太子,三子朱慈炯封为定王。周皇后为人端庄淳厚,母仪天下,受人敬重。崇祯节俭,皇后深懂崇祯之心,在宫中也以节俭为先。神宗时歌舞升平,宫中"设百戏",供皇上和后妃取乐。周皇后仅留过锦戏一种,其余一概革除。这过锦戏也不单纯为了取乐,就在天旱崇祯祷雨那年,中原飞蝗四起,盗贼猖獗。皇后命演戏,让戏子演百姓驱蝗、避盗贼之难。崇祯看着锁紧了眉头,皇后见罢,慢声对崇祯道:"此类事可有吗?"边说边掩面而泣。崇祯见皇后如此,脸上也挂上了无奈的泪花。

崇祯十一年,灾异迭见,崇祯为政事劳心,日复憔悴,周皇后看了心中十分难过。八月,崇祯见国事日非,战乱日频,决计斋居永寿宫,每餐仅以蔬菜充饥。周皇后不忍,亲自调馔,进献皇上。崇祯为皇后的举动所感动,刚刚拿起匙箸,顿感心酸,遂与周皇后相对而泣,泪盈盈沾案,在一旁的宫女太监无不垂泪。

田妃是崇祯最喜欢的妃子,她不仅姿色倾国,而且琴、棋、书、画样样精通,连马骑得都好。她给崇祯生有四子,其中便有永王朱慈炤。田妃体恤崇祯执政的难处,尽量给崇祯以温情与芳韵。让崇祯听琴,是让他精神得以放松的最有效手段。说到田妃的琴,还不能不让人想到由此而产生的她与崇祯之间的一点小小的感情波澜:有一次,崇祯想到,大家闺秀或小家碧玉会有多少人去学弹琴鼓瑟呢?作为大家闺秀,田妃的琴怎会弹得如此好?崇祯对田妃的身世产生了怀疑,便立即召了田妃,决定问个清楚。田妃回答琴技是跟母亲学的。崇祯为了验证,便把田妃的母亲召进宫来,当面弹了一曲,琴技在田妃之上。自此,崇祯越发喜爱田妃。平日一有兴致,便让田妃弹上几曲,自己还亲自收集了《崆峒引》《敌父歌》《据桐吟》《岑同契》和《烂柯游》五首琴谱让田妃习奏。

对于后妃,崇祯爱而不宠,她们有过失绝不迁就。前不久,就是否南迁之事朝中进行了辩论。周奎是不同意南迁的。为了说服崇祯,他找了皇后,要皇后向崇祯施压。非常之时,皇后向崇祯讲了此事,崇祯大怒,认为周皇后干了政。先前,田妃之父田弘遇因横行乡里,多行不法,遭御史弹劾,田妃向崇祯求解,崇祯恼怒道:"祖宗之法不可私。"遂将田妃打入启祥宫省愆。

崇祯自己身教言教,对子弟要求严格。对太子的培养尤为关心经心,一心要把太子造就成为一个雄才大略、力挽狂澜之君。崇祯十年,太子开始读书,他给太子安排了一个阵容强大的老师队伍:礼部尚书姜逢元、詹士姚明恭、少詹士王铎侍班;礼部侍郎方逢年,修撰刘理顺,编修吴伟业、杨延麟、林曾志讲读;编修胡守恒、杨士聪校书。在这些饱学之士的教导之下,太子学业日进,崇祯十分满意。

定王也是崇祯所喜欢的儿子,对他的教育抓得也紧,但与太子的要求就不太一样。教定王读书,崇祯选的也是国内饱学之士。学问家方以智为训讲,刘明翰为仿书。定王聪慧,方以智学问高深,但为人古板,不为定王所喜。方以智讲书,表情严肃,声音洪亮,定王听着往往感到枯燥无味。一天,定王实在听得不耐烦,便叫刘明翰来训讲。太监听了连忙劝阻,说皇上所定,不可更动,定王才作罢。方以智让定王背当日所讲之书,定王掩卷一口气背完,道:"先生可先出,我与刘先生仿书。"方先生出,定王如释重负,便与刘先生仿书。为了多与刘先生一起,定王对训讲和仿书的时间做了改动,崇祯知道了定王喜刘不喜方的事,便苦口婆心地对儿子进行训导,但让儿子希望多与自己喜欢的先生多在一起的愿望得到了满足,同意改了训讲与仿书的时间。

魏德藻走得很慢,走了一个多时辰才到了家。一进门家人就告诉他,说大顺军来找过他。他没有把它放在心上,自己一个人安安静静地待在书房里,继续想自己的事情,想崇祯的事情。

"皇上也够难的。"魏德藻叹了一口气,自言道。

他想起了不久前一次早朝过后,崇祯留下阁员们喝茶的情景。谈到饷银之事,在场的大学士岳瑜道:"库藏久虚,外饷不至,一切边费刻不容缓,所持者皇上内币耳。"

崇祯听后半晌没有讲话,良久方道:"今日内币有难告者。"

对话中,崇祯又问:"先帝时,年兵饷几何?"

岳瑜回道:"正统时年数万两,万历时不过三百万两。"

崇祯听后沉吟良久,道:"现年饷两千余万两,据说兵员之数实少于以往,银子去了哪里呢?"

在座的都痛心疾首,知崇祯为边官边将皆以剿匪、抗虏增兵为名,虚报冒领,国库的银子都进了私家钱袋的现实而无奈。

最后崇祯交了底:"三十六衙搜刮已尽。"但表示可以"看看可有变卖之物",最后想到了宫中所藏千年老参。议起办法来,叫官员助饷已是老生常谈,且不再有多大实效。就是前些天,大同姜镶"饷银告急",崇祯再次让官员捐助,并不顾九五之尊,向皇亲和太监讨起钱来。崇祯写了诏书给国丈嘉定伯周奎："休戚相关，无如戚臣，务宜倡自十万至十五万，协力设处，以备缓急。"命太监刘高到周府传旨。刘高宣旨后，哭诉崇祯的难处，请周奎看在皇上和皇后的份儿上解囊相助。周奎死活两个字："没有。"

捐助不济，有的阁员们又出了不少的主意，有的提出实行"赎罪制"，官员出了错，犯了法，可以拿银钱"赎罪"；有的提出借民房暂租一年。后来，这两个主意真的被崇祯采纳了，只是，义军节节胜利，京城一片混乱，文武百官不受节制之事层出不穷，所谓法不责众，"赎罪制"并没有落实。而"借民房暂租一年"的告示刚贴不久，租金没有得到，崇祯的绰号却到了手——重征。

魏德藻一直想着，直到家人来报，说大顺军在东华门设了崇祯的灵床，说原明朝官员可以往吊，这才使他回到了现实。

他出了门，这次走得很快。

渐进东华门，街道上变得热闹起来——人来人往，议论纷纷，魏德藻听得出，大家所议论的正是崇祯停灵的事。有的说去看过了，有的说想去看不敢去，有说可怜的，有说活该的……

魏德藻一直大步向前，远远地已经看到东华门那边有一伙人站在那里，又走了几步，他看清楚了，竟然是太子！再看，又看到了定王和永王。看清楚之后，魏德藻奔了过去，跪在了太子脚下。太子一见是魏德藻，也跪了下来，与魏德藻抱在一起大哭不止。定王和永王也奔了过来，四个人放声大哭。哭了一阵，魏德藻这才看到有一大顺官员站在一旁。他在武英殿见过这个人——此人站在丞相牛金星的身边，魏德藻估计这人便是李自成的军师宋献策。魏德藻没有理他，离开太子等人后就扑到了崇祯的灵前，跪下去大哭道："皇上……臣要随你去了！"

第四章　胡作非为，大顺军拷官助饷

刘宗敏追赃对象本没有魏德藻，只是他在武英殿看了魏德藻的表现，才想问他一问。他发现魏德藻不见之后，便派出多批军士，到各处搜寻。

魏德藻找不到，他便决定让陈演做第一个。

拷逼室设在宫中的东三阁，就在文华殿的后面，即后来建文渊殿的地方。这里原是明朝内阁所在地，一排共有三间房。

这里对陈演来说是再熟悉不过了，第二间房子里就有他的办公专案。而他被带入的，正是他平日办公的那间房子。只是，这里已经不见了往日的布置和陈设，靠墙设了一案，上有纸砚笔墨，案前有一把椅子，两侧靠墙站着四五名军士，手里拿着大棒。而他们的脚下，是几截三尺多长两个两个彼此相连的胳膊粗的木棍。这让陈演一下子想到了公堂，因此，刚刚进门就吓出一身冷汗。

他看到了在案后站着的刘宗敏，刘宗敏身边还有几名大顺的文官。

他并不认识刘宗敏。在武英殿，刘宗敏曾经叫过他的名字。在他之前，刘宗敏已经点了几个人。当时，陈演心想，在那样的场合，并未经李自成准许，一个臣下竟然有那样的举动，这在大明朝是难以想象的。另外，在那样的场合，被点了名的，还是未被点名的，都会想到事情的吉凶。可先叫了李国瑞，接着叫的是周奎，下面是倪元璐，三类不同的人，这叫陈演不得要领，失去了判断。正想着，刘宗敏便点到了他。而后又点了几个，陈演把被点的人翻过来排了一阵，调过去排了一阵，反复捉摸，依然是不得要领。

他既认定自己面前的就是刘宗敏，为了给自己壮胆，便满脸堆笑，拜了下去,口中道:"学生陈演给爵爷请安。"

只见刘宗敏听罢一笑,道:"免礼。"然后指着案前那把凳子,"坐那里。"

陈演道了声"谢爵爷",便在凳子上坐了。

刘宗敏依然站着,等了片刻道:"本朝新有了一项制度,就是凡前朝官员,都要助我朝之需——先生好运气,成了大顺进京后第一个掏口袋的人。先生是个聪明人,想来不必让我多费唇舌了。"

意思陈演明白,但他心里还糊涂着,怎么?要银子?自己成了第一个?

他要投大顺,颜面、辛劳,一切都准备交出去,就是没有想到要交钱财——他不是舍不得,而是压根儿没有想到。

不容他不信,刘宗敏就是这样讲的,他不但需要相信,而且还要做一个"聪明人"。想到这一层之后,他立马应了一声:"学生明白。"

不管怎样,到了这一步,要想往前走下去,就得依从。而要走下去,就要走得漂亮。想到这里,他又道:"学生书生一个,不善经营,家中未致殷富,愿罄尽全力助大顺,出银五十万两。"

话音未落,那边刘宗敏开怀大笑了起来:"痛快!痛快!痛快!"然后他绕到了案前,对陈演道,"先生就请这边来……"他指了指案上的笔墨。

陈演明白想要他干什么,听罢站起来走到案前,毫不犹豫地在纸上写上了自己的名字,在其下挥笔写就"白银五十万两"六字。

陈演走了。刘宗敏没想到事情进展得如此顺利,他想起了李国瑞。这李国瑞是国戚,崇祯曾祖母的后人,爵至武清侯。崇祯十二年时,崇祯要李国瑞出银四十万两助饷,李国瑞死活不缴,反拆屋毁房,把桌椅板凳、旧衣烂裳摆在大街上变卖,以示一无所有。崇祯拿他没办法,断了要李国瑞捐资之念。刘宗敏想找一个难的,要见识一下这李国瑞何等人也,看看他对付得了崇祯,能不能对付得了他刘宗敏。

李国瑞进房之后,环视了房间后,便有些感到诧异的表情。刘宗敏依然站在那张案前,他指着前面那个凳子,示意让李国瑞坐了,便喊了一声:"李国瑞!"

李国瑞坐了,回道:"下官在。"

刘宗敏道:"贵府的房子可都整修好了?"

李国瑞闻言感到莫名其妙,问道:"侯爷何所指呢?"

李国瑞武英殿被点了名,后来便很快打听到了点名的就是堂堂的汝侯刘宗敏,所以这里便称了一声"侯爷"。

刘宗敏听后笑了笑,道:"听说你的府上拆过房的……"

李国瑞听后也笑了笑,道:"这倒有过,只是那是几年前的事了。"

刘宗敏假装不知细情,问:"那时为了什么事拆了房呢?"

李国瑞回道:"往日之事,何须提它。"

刘宗敏听后收敛笑容,道:"我就想问问!"

李国瑞这才道:"皇上让群臣捐资助饷,下官无力,便扒了房子、清点了家什,以便卖掉助饷之用。"

刘宗敏一本正经,问:"后来呢?"

李国瑞道:"皇上见下官一无所有,便免了对下官所征之数。"

刘宗敏又问:"皇上要你出多少?"

李国瑞道:"四十万两。"

刘宗敏听后沉了一沉,而后道:"本朝初进燕京,粮饷也紧得很,需要各官资助。若请侯爷也出那个数,有难处吗?"

李国瑞听后方知自己进了圈套,但想到既有言在先,也便没有什么好怕的,因道:"大顺军入京,本当相助,但下官一无所有,爱莫能助了,总……"

他停了下来,刘宗敏立即接上道:"总不能再让你扒房拆屋、清点家什到大街上去卖,是吧?"

李国瑞笑了笑,道:"侯爷英明,大顺皇上圣明。"

刘宗敏也笑了笑,道:"英明不英明,圣明不圣明,这且不去说它。我就不相信崇祯会叫你玩的把戏骗过了——无奈你何而已矣!可有一样,大顺朝的君臣绝不像崇祯那样无能,被你们这些无赖给整治住。我实话告诉你,本朝决定要贵大人捐资助军,数目不多不少,还是崇祯讲的四十万两——一分不多要,一厘也不得少。你掂量着来,痛快呢,今天就认了……"说着,他把那张纸拿给李国瑞看了,"这是陈演大人第一个捐了的,痛快就学他;不痛快,你可以回去扒屋卖锅,但今日必须答应这四十万两。"

李国瑞见刘宗敏这一席话绵里藏针,早已浸出一身汗来,听后道:"下官真的……"

刘宗敏截住了他的话道："别的话少讲,你莫在我这里道一句哭穷叫街的话。崇祯让你出四十万两,不会是平白无故的。崇祯时的捐资状况,我这里是有一笔账的,哪些家资万贯却铁公鸡一毛不拔的,哪些拿出一星半点糊弄过去的,这次我要统统会一会,看看他们的铜头到底有多硬,铁皮到底有多紧。还是那话,今日必须答应这四十万两。你掂量着来,三日之期,如数交来,请勿失约。"

李国瑞已是全身大汗,但还在犹豫。

刘宗敏故意转过身去,看着那些夹杠,而后转过身来对李国瑞道："崇祯当年没有预备这些家伙吧?"

李国瑞已是浑身筛糠,战战兢兢走到案前,拿起笔来在陈演之后写上了"李国瑞银四十万两"八个大字,然后精神恍惚地走了出去。

这时亲兵进来禀报,说魏德藻找到了。

刘宗敏一听便问："在哪里找到的?"

亲兵回道："宋军师带太子去东华门吊唁崇祯,在那里碰见了他。"

刘宗敏又问："可带到了吗?"

"就在外面。"

刘宗敏没有讲话,做了一个把人带入的手势。

魏德藻被带了进来,刘宗敏见了便怒从胸起,道："好一个不本分的首辅大臣,我要你留下,你却跑了,难道你就没有听说马武爷三只眼吗?"

魏德藻平静地说道："三尺之躯,父母所给,去留行止,用哪个来支使不成?别说有眼三只,就是三头六臂,谁怕谁呢!"

刘宗敏一听变调了,心想这家伙硬气起来,也好,是看看你的嘴硬,还是爷的夹杠硬!遂转怒为喜道："我倒宁愿碰上一个硬核桃,也不想捏到十个烂柿子。来来来,坐下讲话。"

魏德藻不客气地坐了,等待刘宗敏开口。

"你说三尺之躯,父母所给,去留行止,不受别人支配,那就全且自定了?"

无非气话而已,要论起来,这样的话题得做一篇八股文章。与这等人理论,岂不是对牛弹琴?魏德藻没有作声。

刘宗敏说了一声:"我问你哪!"

魏德藻依然闭口不应。

刘宗敏又喊了一声:"我问你哪!"

魏德藻还是闭口不应。

刘宗敏恼了,啪,一只手向案上一拍,大声道:"你好汉!问话三不应,不声就嫌腥。你嫌我腥气,不屑礼遇!可我还觉得你臭不可闻呢!我来问你,你一个堂堂首辅,大庭广众之中,不知崇祯死活之时,竟讲他的坏话,什么居心?是不是辱君以求荣?你这样做,也是君子之所为吗?"

这几句话戳到了魏德藻的痛处。不管他对刘宗敏原有怎样的看法,但他认为这些话刘宗敏讲得对,斥得好!他确有弃主以求荣之念,便做了辱君以求荣之事。他对不住死去的皇上,他违背了圣人的教诲,他已经没有颜面再见世人。他落下了泪来,而且抽抽咽咽,痛哭不能自禁。

刘宗敏知道魏德藻刚从崇祯的灵前来,想必在那里做了忏悔,良心发现。因此,刘宗敏停了下来,半天没有问什么,也没有讲什么……

黄昏时,李岩紧急进宫见李自成请安后道:"臣有三本陈奏。"

李自成道:"讲。"

李岩问道:"葬崇祯的事做了怎样的安排?"

李自成把他与牛金星等人商定了的办法向李岩讲了一遍。李岩道:"崇祯当以礼葬之,一可示我大顺知礼;二可示我大顺大度;三可慰明之遗官遗民。崇祯帝死,现停灵东华门,犹如陈尸,必令明之遗官遗民心寒。当尽快制棺入殓,选一清净之所,搭建祭棚,我官先祭之,后令前明太子、永王、定王与百官往祭,而后葬之。另外,古来'兴灭国,续绝世,举逸民,天下之民归心焉',明国既灭,太子在执,当释之,并封王爵。以上是臣的第一本。"

李自成点了点头,示意他讲下去。

李岩稍停,续道:"另一本,还是大军驻城之事。以臣之见,还是依丞相之议,将大军迁出城去。"

李自成听后问道:"可听到军士有不轨之举吗?"

"大军进驻,军民混杂,磕碰之事岂能免除?臣之忧在里不在表,在久不在暂。一是等磕碰之事积少成多,积小成大,酿成祸患,届时再迁,为时已晚。二是请神容易送神难。今日驻下皆大欢喜,届时搬出怨气横生。三是天长日久,军士享乐成性,再也不思争斗。而我榻前榻后,非狼即虎,并非太平天下。"

李岩讲完,李自成陷入深思。

进军燕京的路上,李自成与牛金星、宋献策和刘宗敏等商量,破城之后,大军是驻扎在城外,还是驻扎在城内。牛金星力主大军驻扎在城外。他援引刘邦的例子,说刘邦攻下咸阳,未入宫,而是"封秦重宝财务府库,还军霸上",约法三章,始有天下。而刘宗敏则极力主张大军留在城内。他说弟兄们盼望进入北京已非一日,北京攻下了,我们这些人待在京城里,让弟兄们搬出城去,不近情理,士兵必生怨言,而怨言既生,再难统制。至于扰民、掠民之事,那无须担心。义军一向爱民如子,军民鱼水之情,焉能出掠民之事?至于扰民,百姓见了义军还高兴不过来呢,军民同乐,如何谈到什么扰不扰?事先严令烧杀奸掠者杀,出一两个不轨之人,治了,杀了,就没事了。见刘宗敏执拗如此,李自成最终决定大军驻城,严禁烧杀奸掠的诏谕也下达了。但情况究竟如何,会不会是像刘宗敏说的那样,太平无事,或者大体太平无事,李自成心中并不踏实。

现在听李岩这么一讲,还不仅仅是一个扰民、掠民的事。李自成认为李岩想得细,想得远。事关大局,必须慎重考虑。但要改变需与众人商量,尤其要跟刘宗敏商量,所以回道:"容我再思再想。那第三本又是什么呢?"

李岩道:"皇上,臣听有拷官追赃一事,不知情由何出?"

李自成道:"你进城时,我与汝侯等商定。我军粮草没有着落,便想到了这个办法。要说'情由何出'嘛,汝侯讲:'民脂民膏,取之非为不义。'丞相讲:'卿相所有,非盗上则剥下,皆脏也。'我觉得这些话有些道理,便定了下来。"

李岩听罢嘟囔了一句:"想不到连丞相也糊涂了起来!"

这话李自成自然是听到了,心想李岩还留了点让我退缩之处,没骂我糊涂。

对这项所谓"大计",李自成本来心中无底,是在试试看的心态之下认定的。就实际情况而言,崇祯卿相的家产大多是丰盈的,有的可以称得上富可敌国。因此,从他们手里弄出上千万的银子,怕不是困难的。另一方面,那些家产十有九成是'非盗上则剥下',取之也说得过去。可人家降了,结果被威逼,被拷打,要把私产拿出来。是为义否？逼而取之,是为仁否？

李自成知道,汝侯自幼受苦,对贪官污吏恨之入骨。他又是全军之副帅,当家人知道柴米贵,京城周围几万名军士的吃喝,他得筹划。由于进军神速,后勤辎重跟不上,筹措无方。贪官污吏搜刮的民脂民膏就摆在那里,他说这是"大计"。

当时规定了数目:内阁十万,部院、京堂、锦衣七万或五万,三万,科道、吏部五万,三万,翰林三万,二万,一万,部属以下以千计,勋戚之家数目不定。如此分了三六九等之后,李自成进而强调区分清浊,对那些清廉的,或大体清廉的,百姓口碑较好的,不要追逼。

李自成心中一直感到这是一件不踏实的事,时时挂在心头。现在见李岩问起,遂把商议的情况和他的忧虑讲了一遍。

李岩听后思虑良久,道:"圣上之忧臣知道了。只是,这事的立论就欠妥。以臣之见,还是尽快停下。圣上虽说区分清浊,可我君臣刚刚进城,孰清孰浊,如何分得清呢？正像圣上所训,人家降了,投了你来,结果不加呵护,反而整治人家,是为不义。家当私产,逼而取之,是为不仁。不仁不义之事,我朝如何做得呢？明朝内阁首辅大学士魏德藻,有名的清苦之人,近两日与臣接触,办事出力不小,就是这样的人,听说竟成汝侯杖下之囚了。"

李自成听后惊道:"有这等事？"

就在此时,殿门口传来刘宗敏的霹雳之声:"确有这事……而且糟糕的是,魏德藻竟骨脆如柴,本想吓他一吓,可谁承想,一上夹杠,他竟哀哉了。"

"他死了？"李自成惊问。

刘宗敏道:"死了。"

李自成与李岩都愣住了。

接着,刘宗敏诉说详情:"他一进来就火气十足,我问他话,他闭口不答。后我揭了他的伤疤,道他一个堂堂首辅,不知崇祯死活,大庭广众之下,竟讲崇祯的坏话,是不是辱君以求荣？骂他如此做法非君子之所为,大概戳到了他的痛处,他竟大哭不止。我想到,他刚从东华门那边来,去崇祯灵前哭过,大概是良心发现,经我这一说,愧疚难忍,便落下泪来。我找他,原本见他金殿辱君心里有气,知道他平日还算清廉,没想逼他吐出什么油水,见这书生还有点良心,哭得像个孩子,又想到他近日为召集明朝官员参拜出了些力,也便软下心来,说放他回去。可这书生不知哪根筋别扭着,放他走,他却不离开,问这里俨然一个公堂,把他带到这样一个地方来到底要做什么。我回答他,这与他无关。他还不走,问:'既然无关,又带我来做什么?'你说呆不呆?我耐着性子又向他说,无关就无关——日后你就知道了。你猜怎的?他仍不离开,一定要我说清楚,带他到这里来做什么。我把真情给他讲了,说见他金殿辱君有气,本要问问他,现见他还有点良心,便放他回去。听后他倒安定了下来,但不一会儿又问:'倘若认定我辱君求荣,那将如何?'我笑道:'那就让你吃点苦头了。'听罢,他问:'这房中刑具,就是为我准备的了?'我回答说:'那倒不是——另有用项。'他问有何用项?我说:'日后便知。'他又来了劲儿,说现就想闹个明白。见他如此,我就把追赃之事跟他讲了。谁知,不讲便罢,一讲他倒来了邪劲儿,问我:'所谓追赃,意自何来?'我说:'卿相的家产,不是刮上就是剥下,统统都是民脂民膏,我大顺替民说话,为民作主,取赃官的不义之财,天经地义。'他一听越发来了精神,便引经据典,跟我辩了起来。我哪里辩得过他?再说我也没有那等穷工夫与他穷对付。我不耐烦起来,他却抓住不放,越讲越有劲——还越讲越有气。最后我恼了,轰他滚蛋。他骂了我,而且还点了皇上的名讳。我真的恼了,便给他上了刑——实在说,也是吓唬吓唬他。可他并不害怕,上了刑,骂得反倒更厉害了。原来夹了他的双腿,他骂,又夹了他的两条胳膊。他还不服,便又夹了他的脑袋。这回坏了事,看上去掌刑的还没用劲儿,可那个小脑瓜竟像一个熟透了的脆瓜……"说到这里,刘宗敏停了下来。

李岩听了一阵毛骨悚然,连李自成都闭上了眼睛。

正在这时,宋献策进来了。他十分兴奋,说太子终于开口了。李自成让他慢慢讲。

宋献策道:"臣以柔术,终使太子开口。他道,我军进入燕京的当日,崇祯召太子、定王、永王到自己身边,听候训教。那时,崇祯听到我军入城急报。他便在宫中大呼:'李国桢所练之兵安在?'太监王廉在一边道:'陛下哪还有兵——现只有速速逃了是正理。'太监张殷则劝帝投降,被崇祯一剑戳死。随即皇后和袁妃被召到跟前,崇祯连呼左右进酒。崇祯自己狂饮数杯,之后挥剑向袁妃刺去,袁妃应声倒下,令皇后急回坤宁宫自缢。长公主在一旁痛哭不已,崇祯叹道:

'汝奈何生吾家！'遂向公主一剑砍去。公主断臂，昏倒在地。接着将太子、定王、永王召到身边，亲自给他们脱掉了衣冠，换了便装，让他们快快避于民间，一再叮咛：'今后慎毋露帝皇家形迹！'命太子等出宫。太子他们先去了姥姥家，家人进去通报，再无音息，久久叩门，无人应声，只好再去田贵妃之父田宏遇家，路上遇到了一个太监，那太监骗了太子等，说可到他家躲藏。谁知，那太监竟把太子等稳在家中，自己向我军报了。"

李自成听后感叹了半晌，刘宗敏则骂了起来："周奎老狗，我原以为他只是吝啬，想到女儿死了，他又病着，本要饶过他。现知他亲外孙有难不救，真是禽兽不如了！"说着，便摩拳擦掌。

李自成见状道："你且少安毋躁。"说罢让双喜去召牛金星。

牛金星到后，李自成把李岩的三道奏本大意讲了一遍，说事关重大，究竟如何才好，要大家商议商议。

刘宗敏第一个不高兴。李岩的三条，两条是对着他来的。他一言不发，坐在那里搓大腿。

追赃助军牛金星虽讲了句"卿相所有，非盗上则剥下，皆脏也"，但他本心眼儿里是不赞成的。他附和了，一是出于此事由刘宗敏提出，将相不和军中已有议论，现刚刚进京，事关重大，他不想与刘宗敏发生冲突；二是刘宗敏对这事执着，除他对贪官污吏的仇恨之外，还有筹措军饷的考虑。而眼下，这倒是解决军饷问题的一个简便办法。他作为宰相，筹措军饷官需是义不容辞的职责，而如今，除去采用这种办法，还真的没辙。他也知道这种办法无异于饮鸩止渴，但不得已而为之。在这之前，李岩曾为此找了他，问他对此有何主张。牛金星知道李岩耿直，肚中难以存下不鸣之言，考虑到此事干系重大，又涉及刘宗敏，不想把心里话讲给李岩听，便笼而统之讲了两句，态度模棱两可，让李岩听了不得要领。李岩也知道牛金星的难处，便没再多讲，直接来到了武英殿。现牛金星见李岩把问题向李自成提了出来，知道会引起一番激烈的争执，便也缩着头不讲话，但看事情的发展状况再做道理。

宋献策对追赃助军的做法一直是不赞成的，但他并没有激烈地表示反对。他除与牛金星的想法有共同之处外，还想到李自成并不是一个盲从的人，下面出什么主意，总是经过深思熟虑，根据事情的是非曲直而定，而不是像吃东西那样,按照自己喜欢的口味来取舍。此事既然干系重大,他相信李自成必三思而后行。既然李自成同意了,便自有他的道理。定错了,他也会改过来。现在李自成召众人重议,就说明李自成意识到了其中的弊端,感到不踏实。这样,他认为应该讲一讲自己的见解,以便李自成兼听则明,做出妥当的判断。自然,道理他要讲,但语气当和缓,话不能讲得激烈,因为还有个刘宗敏。

宋献策看到李自成听得很是用心,刘宗敏则时有不屑一顾的表情。

完了李岩又把自己的意见讲了一遍。他先是把"民脂民膏,取之非为不义""卿相所有,非盗上则剥下,皆脏也"这两句话拿出来驳了,道:"我等所穿所用,难道是我们自家产的?说民脂民膏,我们又何尝不是靠民脂民膏活着?说'民脂民膏,取之非为不义',那我们的财物也当被追缴了!说起卿相,也不是天下老鸹一般黑的,即使乱世,即使大厦将倾之时,卿相之中亦有清白者。像魏德藻,他就可以称得上一个清廉的卿相,结果如何?如此下去,连包文正都会在我杖下做鬼了。说'卿相所有,非盗上则剥下,皆脏也',岂不谬甚!另外,我一入京,就不分青红皂白,一律追赃,定什么'内阁十万,部院、京堂、锦衣七万或五万,三万'……让这些人的颜面往哪里放?他们踊跃投我,是要倚我为靠山,结果,我却对他们夹杠伺候,他们岂不寒心?不错,大潮涌来,泥沙俱下,我们不能不分优劣,一概收容,故有'量才擢用'一说。泥沙俱下之际,也会有巧取钻营之徒,对于他们我们看在眼里,弃之不用就是,无须让一颗耗子屎,坏我一锅粥。"李岩越讲越激动,最后道,"结果是,文华殿招贤,东三阁拷官,东华门陈尸,此政不停,亡国之道也……"

李自成有一泡尿已经憋了半晌了,见李岩停下,他站起身来道:"你们先议着,我去去就来。"说着,走到李岩身边轻轻道,"平静些方好。"然后离开了。

刘宗敏一向高傲,这次拷死魏德藻,心中本有些愧疚,而李岩偏不放过,戳他的痛处,他自然不悦。后又听李岩"亡国之道"云云,更是按捺不住。正赶上李自成离开了,刘宗敏越发没有了顾忌,便道:"秀才,话讲这么重吓唬谁呢!这且不去管它。你的话与那魏德藻简直是一个模子里印出来的——这也不去管它。不该追赃,你说了一千,道了一万,对与不对,这仍不去管它。我只想问你,不如此,你得给我拿出个办法来,千军万马的吃喝,到哪里去想辙?"

李岩见问便顶了一句:"要听秀才之言,何至于今日!"

很明显，刘宗敏称他"秀才"，带有显而易见的轻蔑之意。对此，李岩往日是不计较的。现在他有气，话中便顺便还了一句。

刘宗敏一听乐了，道："不听你的——是不听对了还是不听错了？三个月不到便进了京，按你的说法，咱们应该停在路上别过来，站在城外别进来……世上有嫌慢的，却没听到有嫌快的……哈哈哈！"

李岩不再理他。

这时李自成回来了。他大概已经想清楚，今天这样一个题目，这样一种气氛，刘、李在顶牛，牛金星、宋献策不能无所不言，很难议出个子丑寅卯。刘、李的最后争执，他听到了只言片语，虽不知其详，但晓得是又翻出了老账，他装作没有听到，便说事关重大，大家再想一想，他也再想一想，改日再做定夺，就让大家散了。

刘宗敏等散去后，李自成静下心来，对李岩的三本进行了认真的思考。最后他决定接受李岩的建议，礼葬崇祯，大军迁出城去。安葬崇祯的事仍由宋献策去安排，调大军出城的事则由刘宗敏去落实，关于停止追赃的建议，他要看一看再说。

几万名部下涌进了城内，吃喝是一个大问题。李自成知道，宫中的财宝不计其数，但他压根儿就没有打算动用哪怕是一颗珍珠，一件金器、银饰来解决问题。一进宫，他就下达了命令，哪个敢动宫中一草一木，定斩无赦。李自成曾亲自察看了大内银库，可令他大失所望，可谓"仓廪荡荡，一净如洗"，偌大一个皇库，有的是破烂的袋子，敞了口的箱子，竟无一个铜钱了。且上面满是灰尘，也不像被人抢掠了的。

大内银库空虚这李自成原先是想到了的，但竟无一个铜钱内存的景象他并没有想到，心想几十箱银子，成堆的金砖、金条总该有吧！

大军的粮草供应没有着落。有人曾提出，为了区别崇祯的横征暴敛，应该颁布诏书，免天下三年税赋。主意是好的，但过不久几十万人马都要断炊，免了税赋，吃啥喝啥？追赃助军虽有李岩所讲那些弊病，但看来还难以停下。

夜里，李自成睡在了武英殿的暖阁。按牛金星他们的意思，当由太监和宫女来侍候。李自成没有依，他对太监心存偏见，一想到与这些人生活在一起就感到恶心。再说，没有一个是知根知底的，让他们待在自己的身边，就这么放心!李自成不想睡什么舒坦觉,他想睡一个踏实觉。这样,他依然由原来的亲兵侍候着。

他情绪兴奋,心里有事,哪里睡得着?他起了身,在殿中踱步。武英殿里空空旷旷,李自成陷入了深思。

回想近几天的事,犹如在梦中。事态发展之快,进展之顺利,实在是出乎意料。月初他还在山西,下太原、占大同,十一日据宣府,十五日破居庸,十七日围京师,十九日进京城,真叫势如破竹,摧枯拉朽。原想进攻京城总有一战,崇祯定会垂死挣扎,负隅顽抗,燕京会血流成河、尸堆如山,紫禁城会化为灰烬。可没想到大明竟会如此腐朽不堪,兵不血刃就丢了城池。

这说明了什么呢?李自成自然而然地想到,这说明要改朝换代了,他李自成就是这新朝新代的开国圣君。十八子主神器,这才应验了!

进城的一天忙得不可开交。除了几件大事,还有头绪繁杂的事项都要请李自成示下。入宫前原在宫中便自尽了的几十名宫女也处理了,每人好歹弄了一口棺材,收殓了,送入西山脚下埋葬。宫中还活着的嫔妃和宫女尚有几千名,最终如何处置,不能不费一番心思。有人建议将她们分赐给将领。李自成想,这也不外是一种办法,又赏赐了有功人员,这些人又有了出路。但他先下旨让她们各回各宫,暂时安顿下来,容后再做处理。如此等等。

有高兴的事叫他亢奋不已,也有揪心的事令他坐卧不宁。

大军驻城的事是解决了,但刘宗敏会不高兴。追赃助军的事还在继续,但要想出筹粮的办法。就是说此事还悬着。

这两日,"登基"大概是人们讲得最多的一个词,劝进之风越刮越盛。不错,既拿下了燕京,就面临着登基之事。这是多少年为之奋斗的目标,谁不去想它,谁不去盼它。一下子,这个目标就在眼前,此时此刻,又有哪个不想一步就做了?

可"登基"并不能算是最终的目标,路还长。那把椅子就在眼前,一屁股就可以坐上去。可坐上去之前,你总得看一看椅子放得牢不牢,摸一把,看看它脏不脏。想要在那把椅子上坐稳、坐牢,长久地坐下去,那就不能匆匆忙忙。

榻边还有人在窥视。

谁?

在进军的路上,得报盘踞在河南、两湖的左良玉,扬言兴兵北上。李自成紧急命留守陕西的袁宗第率军出潼关进击,现不知胜负。

还有关外的大清国。

李自成忘不了那个在河南给他出了大主意的清军将领忽必烈。一个参将,竟出了那样一个大主意、好主意!李自成清醒地认识到,如果不是接受了那个主意,他不会如此顺利地接近这把金交椅。

大清国有能人。这是李自成一个坚定的意念。

李自成知道,前不久,大清国的国君皇太极去世了,大清国没有乱。有的人嘲笑说,一个娃娃成了大清国的圣人,李自成却不敢有一丝一毫的蔑视之态。相反,他越发地看到了大清国的厉害。根基纹丝未动,可龙位上坐上了一个孩子。尽管不了解内里之情,却不能嘲笑它。如果把这比作一篇文章,而把这看成那篇文章的题目,仅从这题目就可判定,这是一篇好文,一篇奇文,不能等闲视之。嘲笑它,只能说明自己的无知和浅薄。

令李自成不解的是,大清国为什么没有了动静?国主新丧,幼主初立,诸多事情需要调整,无暇顾及。这不能不是一个解释,但不能令人信服。国事再多,中原逐鹿,千载难逢,此时不动,更待何时?李自成摇了摇头,也想不通这个问题。之后,他记起了在河南见忽必烈时的一幕。

李自成问忽必烈道:"今日好不容易见到将军,以解我往日之惑,贵国如何看中原之事?"

忽必烈听罢笑道:"闯王直问,末将就直告。不知闯王知不知明前兵部尚书陈新甲之丧?"

"略知一二。为与贵国谋和事,但不知其详。"

忽必烈回道:"前兵部尚书陈新甲力避与贵军及我军战时腹背受敌,在山海关外被我战败,遂向明廷皇帝进言,与我款和。明廷皇帝秘密派使者去了盛京,我国致明廷皇帝书,提出以宁远为界,以北所占之地为我国境,让其使者带回。陈新甲家人误将密函抄塘报传送百官,朝中鼎沸,起而指责陈新甲'媚夷妄主'。明廷皇帝不敢承其咎,遂将陈弃市,平息了百官的怨气……"

李自成抓住了忽必烈所言之要旨,问道:"贵国兵精粮足,几次杀入中原,每每明朝损兵折将,不堪一击,贵国如何就只提'以宁远为界'？"

忽必烈听罢道："实不瞒闯王,我军几次杀入中原,非为略地,实为掠财。每每明朝损兵折将,不堪一击,非我军固强也,乃明军忒衰所致。闯王与明军周旋了数年,必知明军前后之变。我军是乘虚而入,寻隙而进,以己之强击彼之弱,故有明朝损兵折将、不堪一击之象。我举国兵不过十万,能战者不过三五万,战时粮草多靠朝鲜供给。每入中原,必自大墙入,为避宁远、山海关敌故也。宁远、山海关之敌我多次欲下而不能,焉有宁远以远之奢望乎？"

李自成记得当时他说了句话："晓得了,贵国之君圣明……"

他明白这是大清国的韬晦之策,佩服忽必烈精明的对答。李自成并不相信大清国会囿于天之一隅。现在,他依然不相信大清国会对中原逐鹿之势无动于衷。

但大清国究竟会如何动作呢？

在进入直隶看见胜利之光时,李自成与宋献策商妥,当时就向关东派出了一批谍报人员,从独石口出长城绕蒙古进入大清国。按路程计算,他们刚刚到达,即使有情报送回,也是在路上,多少天后方可送达。

还有吴三桂。

他知道吴三桂手下有四万精兵。前些天吴三桂奉旨入关勤王,带了三万人马,经永平向燕京进发,行至半路,燕京就陷了。原来他以为这支大军是义军攻陷燕京的一大牵制力量,结果发现吴三桂进军缓慢,十七日燕京攻下时,他才到了丰润。之后,吴三桂大军又西行,打探到现在正在玉田。

从吴三桂进军速度来看,李自成知道他勤王是三心二意的。正是由于看到了这样的一点,李自成才派了一万人马绕道去通州,在那里扎下营盘,以观吴三桂的动静。

吴三桂究竟是一个什么样的人？

向燕京行进的路上,李自成曾就这一问题问了新降的唐通。因为李自成知道,明清松锦之战时,唐通与吴三桂都是洪承畴的部下,一起共过事。

唐通知道吴三桂已照崇祯之旨率军勤王正在路上,李自成的发问与此有关。但发问的真正动机何在,他摸不准,对吴三桂其人,他只笼统地讲了讲。他与吴三桂只是松锦之战时一起共过事，且时日不长，当时是八个总兵，分受洪承畴统制，彼此接触不多，不能算是了解。弄得李自成听后不得要领。

只是从吴三桂的勤王行动，看到他并没有一听皇上旨下，就剑及履及、不顾一切地一头扎过来，由此判定，吴三桂并不是一个愚忠之人。

现在吴三桂按兵不动，分明是在静观京城动静，决定下一步该怎么走。

行军中他们对清军和吴三桂的情况议了几次，但时间仓促，议得不透，措施没有跟上。想到这里，李自成认为不能再耽误，必须立即议出个结果，拿出对策。

"人呢？"李自成喊了一声，几个亲兵听到招呼，立即走了过来。

"去叫丞相、军师和刘爷。"李自成依然用他往日的习惯用语。

牛金星还在文华殿，宋献策正在牛金星那边商议事情，刘宗敏正在东三阁看着部下拷问明朝的官员，也尚未回府。不一会儿，三个人都到齐了。

李自成开宗明义，把要议的问题摆明了。

先议大清国的事。

刘宗敏先开了口，他一向反对讲话拐弯抹角，便道："不用自吓自，没什么复杂的，老的死了，新的是个孩子，没缓过劲来，自然就待在那里不敢动。机会再好，没劲折腾也是枉然。"

李自成知道，经刘宗敏这一闹牛金星他们不好讲话了，因道："像你讲得这样简单，我何必深更半夜急如星火找你们前来呢？"说着他转脸对牛金星道，"丞相琢磨了这几天了，有了什么见解？"

李自成讲了这话，刘宗敏并没有不高兴，笑道："一家之言嘛！我讲了又挡不住他们那两条三寸不烂之舌瞎布楞。"

众人先笑了一阵，牛金星道："既如此，臣就布楞布楞。"

众人又笑，牛金星接着道："动不怕，静才可怕。一动，就能让人看出他的底细。不动，毫不露声色，你就得猜它，猜它会不会动，会向哪里动，会怎么动。它现在不动，臣只好猜了。它会不会动？一是它不会动，像刘爷所讲的那样，老的死了，新的是个孩子，劲儿没缓过来，待在那里不敢动，机会再好，也不敢动——或者由于别的什么原因，它不动。二是它会动。没动不等于它不动。时机不到，静如处子，藏于九地之下。而一旦时机成熟，便会动起来——不动则已,动,犹如脱兔,动于九天之上。那么,到底它动不动呢?臣以为,大清国必动。它觊觎中原久矣!中原逐鹿,这是几百年难遇之机,焉能不动?会向哪里动?这不用说,来中原逐鹿。会怎样动?这是事之关键。往日,清军入袭中原,皆绕山海关毁墙而入。此次如何?或问:这还用问?山海关有吴三桂把守,他不绕关而入,难道先损兵折将攻下山海关而后进入中原吗?事或有其可,或有其不可,可与不可,全以形而定,以势而定。形与势会是怎样的?这由山海关的吴三桂而定。倘若吴三桂在他们入关前降了我,他们自然仍走老路,绕关毁墙而入;倘若吴三桂联了他们,他们就会自山海关而入……"

说到这里,李自成打断了他,道:"这才是事之关键。"

众人听了都细心地琢磨,牛金星也停了片刻。

李自成见牛金星停了下来便做了一个手势,让他继续讲下去。牛金星续道:"故此,得看一看吴三桂的情形。此人我等君臣并不了解,只能从其动作上分解。崇祯下旨让他入关勤王,本是火烧眉毛之事,吴三桂接旨后本当急如星火,率兵前来。可看看他的动作,一日几十里,不紧不慢,什么道理?没有看清形和势,不想贸然陷入,难以自拔。现他屯于玉田,按兵不动,又要干什么?依然是没有看清形和势,不敢盲动。吴三桂下一步怎样走?我等君臣并不了解此人,故而只能做些妄断了。吴三桂会如何行动,要看他是一个什么样的人。如果是一庸才,他现就投过来;如果是一个中才,他就领兵回去,然后与我进行一番较量,然后再投过来;如果是一个奇才,他就会联合大清,与我抗衡,谋求三国鼎立之局……"

说到这里,刘宗敏打断了他,道:"这三条你细细说说。"

牛金星道:"现他投过来,就与其他的降将一样,半斤八两,不分伯仲,身价只值他那个'平西伯'而已;他与我较量一番再降过来,身价就高了数倍;而与大清联合之举,虽必以败局而终,然豪迈者必图之……"

刘宗敏听罢道:"你讲得好不吓人!'谋求三国鼎立之局'!可凭啥?就凭他那不死不活的三四万人马?"

李自成看了刘宗敏一眼,没有讲什么。他转过身来看着宋献策,又问道:"献策,你看呢?"

宋献策回道:"丞相分解得透彻,臣就没有更多的新话要奏了。臣夜观天象……"

正说到这里,不知从哪里传来一阵奇异的响声,像牛吼,像闷雷,只是它们都是从地下发来的。没等四人做什么反应,整个大殿就颤抖了起来,再看那殿中粗大的柱子,竟像垂着的根根面条一样在作蛇动。

刘宗敏大叫了一声:"地动!"说着,伸出一条胳膊,把李自成夹在腋下,一口气跑到了殿外。

牛、宋也跟着奔了出来。

皇宫之内立即乱成了一锅粥。

双喜和李过已经奔了过来,忙跪下道:"皇上受惊了。"

李自成看了看刘宗敏,想自己是个高个子,这刘宗敏是哪里来的力量,竟把他像一捆柴那样,轻而易举地就携出了殿来!真是危急之际,不但显出了忠贞,而且有了顶天之力!想到这里,对刘宗敏道:"卿弄得朕好疼……"

刘宗敏这才缓过劲儿来,知道自己干了什么,于是,立即跪倒在地道:"臣鲁莽,有欺君之罪。"

李自成道:"何罪之有呢?我喜你危急之际,显出了忠贞和果敢!"

双喜和李过不晓得他们在讲什么。李自成恢复了往日的称谓,牛、宋二人才意识到,李自成刚刚用"朕"和"卿"说了一句俏皮话,笑了一笑,道:"陛下诙谐。"

谁都知道,地震意味着不吉,意味着灾难。这一层李自成心里明白,牛、宋心里明白,刘宗敏等心里也明白。但此时此刻,谁也不想捅破这层窗户纸。也正因为想到了这一层,李自成立刻道:"还会震起来没完没了?走,进殿去,咱干咱的事……"说着,就往里走。

刘宗敏上来拦道:"皇上,还是小心为是。"

李自成不听,进殿去了,边走边道:"双喜,快把众人轰进去,别在外面乱嚷嚷!就没遇到过地震咋的?有这么可怕?"

双喜、李过应诺而去,牛、宋、刘跟了进来。

"咱们继续谈。"李自成道。

四个人又谈了一阵,但情绪被破坏了,每个人都有了心事,另外每个人心里都怕再次地震。刘宗敏靠近李自成坐着,看那样子在随时准备一有风吹草动,就再行将李自成携出殿去。牛、宋则也随时准备逃出去。李自成并没有接刚才的话茬儿,问宋献策观天象看到了什么。宋献策想到自己一提天象,就来了地象,怕李自成想这地震是他招的,继续讲下去,李自成心绪不佳,但凡有犯忌之言,不是玩儿的,见李自成不再追问,正巴不得。

不过,最终还是议出了一个结果。吴三桂庸才也罢,中才也罢,奇才也罢,先做庸才对待,派出一个使团,携白银四万两、黄金一万两、缎一千匹,前往说降。如降,保留"伯"爵,还另有封赏。

派使团还有一个目的,就是对吴三桂进行进一步观察、了解,备作良图。因此,人选有些讲究。使团由新降的唐通、张若麟和义军将领刘希舜率领,名义上唐通是头头,实际头头是刘希舜。定于次日出发。

至于大清国的事,实是没有来得及细议,只说既然大清的动作因吴三桂而定,那先摸一摸吴三桂的情形再做道理。

搅了李自成君臣议事的这次地震震中在西山。大明亡了,李自成还没有自己的史官,所以,官方史书没有记载。但西洋在华传教士汤若望记录了这次地震,见之于所著《古今交食考》。

第五章　阳奉阴违,山海关波澜不惊

关宁总兵吴三桂是三月十四日接到崇祯勤王急谕的。当日,他遵照皇上的旨意,刚刚把关外宁远以南的部分居民接回,还没来得及安置。接勤王的圣旨后,他便将将领们召集在一起,请钦差宣旨。之后立即传令大军集于校场,宣读崇祯之旨。勤王自然要求十万火急,但给吴三桂带来的钱粮等实物一概没有,只有一个"平西伯"的空爵。吴三桂对皇上口惠而实不至之事表现出毫不介意的样子,而对皇上的封赐却无限感激,痛哭流涕,表示誓与社稷共存亡,立即发兵勤王。在场者见罢无不感动,一时群情激昂,将士们摩拳擦掌,高呼勤王!

吴三桂遂对钦差道:"大人请先行回京复命。圣上之急即臣下之辱,更何况圣上加官晋爵,皇恩浩荡,岂敢不肝脑涂地以谢圣意?请圣上放心,臣即起兵,日夜兼程,不日至京畿矣。"

"某先行一步,敬候佳音。"传旨官员听后越发喜悦,辞别而去。

传旨官员去后,吴三桂号令大军散去,令各部各做准备,定于次日晨出发。

吴三桂抽空下令将难民临时在城内安置了,布置了搭建帐篷、分发食品诸项。大量的难民挤在城内,怕出瘟疫,有人便向吴三桂建议,抽调郎中防疫。吴三桂认为有理,便又安排了。

十五日,吴三桂点齐人马,鸣炮出征。

大军行至抚宁境内,吴三桂由两人陪同离开了队伍,向南奔去。

他如此行动,并没有引起人们的注意。大军行进之中,将领们骑马,前前后后,临时离开队伍,那是司空见惯的事。

在抚宁海边的一片森林里有一座寺院,名叫能仁寺,寺中的住持原姓华,法号无际,原是五台山的一名僧人。但有人说这僧人有些来历,曾是明朝的一位高官,后不知什么原因皈依了佛门,是带发出家。两年前,这无际和尚见朱明失鹿,天下英雄纷争,便有了入世的冲动,遂来到抚宁的能仁寺,一面做住持,一面又捡起放下多年的阴阳之学、纵横之术,等待时机。

吴三桂离开队伍来找的,就是这个无际大师。

随同吴三桂来的,一个是他的亲兵,另一个是他的谋士孙应援。

吴三桂并不认识无际大师,但听孙应援不止一次地提起过。孙应援几次建议吴三桂见见这位无际大师,但吴三桂本人高傲,闻得此人孤傲超群、放荡不羁,本不喜欢,便屡屡推辞。

此次,吴三桂眼见时局变化到了关键时刻,自己胸有大志,但苦于无计,心想动乱之际,碰上伏龙凤雏般的人物,也未可知。

三人到了山门,孙应援先上前。看山门的小僧认得孙应援,便请了安,道:"先生要小僧进去禀报吗?"

原来,孙应援经常来此,每次来均是无须通报的。此次小僧见孙应援带来了别的客人,才这样问了一句。

孙应援道:"进去禀报,就说我陪贵人来访。"

吴三桂一听"贵人"二字,知道孙应援对自己的称呼升了格,但也没有讲什么。

小僧应声而去,另几个小僧出寺将孙应援等人的马缰接了。

去不多时,一个五十多岁的灰袍僧人出了内院向这边走来。远远望去,见那僧人中等身材,瘦瘦的,一头黑发,额上有一头箍将头发束向后方,头箍上有一月牙儿饰物。吴三桂心想,这就是无际大师吗?看上去倒是仙风道骨,毫无放荡痕迹。正想着,那僧人已经走近,先是把手放在胸前,嘴里念了一声"阿弥陀佛"。吴三桂看到,在僧人的手腕上,有一块红痣,像一个"山"字,又像一个燃烧着的火焰。

随后,那僧人笑着对孙应援道:"应援先生,这位就是你说的贵人吗?"

孙应援上前迎了,道:"正是,这便是平西伯吴将军。"

那僧人听后分明一愣,孙应援这才解释道:"刚有圣旨到,吴将军封伯了。"

那僧人听后向吴三桂拱手道:"可喜可贺。将军驾到,未曾远迎,失礼了。"

然后,孙应援又指那僧人对吴三桂道:"这就是学生讲的无际大师。"

吴三桂这才释了疑,连忙还礼道:"久仰大师大名,没得一见,今日打扰,一见大师果如孔明、伯温一般人物。得见大师,三生之幸也。"

无际大师听后道:"这样比拟岂是敢当的!六匝狂飙平地起,一棵蓬草随风飞,墙头草而已。"

大家听后笑了一阵,遂随无际大师进了寺院。

寺院很大,外院套内院。内院中并无许多房舍,古木参天,坐北有大雄宝殿一座。

吴三桂被让进了殿后一间房舍。

大家又说了些闲话,吴三桂道:"此次冒昧造访,求教于大师,我奉旨勤王,剑及履及,挥军直入京师,誓与圣上共存亡。且圣上皇恩浩荡,封伯赐爵,敢不肝脑涂地。然此去心中无底,不知吉凶,望大师不吝赐教。"

无际听罢忍不住一笑,然后问吴三桂道:"将军前两日去了哪里?"

吴三桂回道:"奉旨迁关外之民,刚刚回来,就接到了勤王圣谕。"

无际又问:"关外之民迁入多少?"

吴三桂见问略想了片刻,道:"五十万。"

无际听罢笑了笑,道:"将军诈也。"

吴三桂听后心中一震,亦笑道:"诈却不是诈大师……"

无际打断他的话道:"这将军讲的是真话。我一蓬草,一不发将军之饷,二不供将军之粮,何诈之有?关外宁远之民,在金初次进犯之时,有两百万人逃入关内,十几年过去了,那里兵灾未息,居民陆续逃入关内者众。推算起来,那里撑破天还有居民二十万。这次将军去迁他们,来去匆匆,在那边只待了两天不到,又赶上清军来犯,百姓藏匿山林,如何有这么多的人就知道将军去接他们?此其一。其二,就是听到了圣谕,知道将军去接他们,可真心跟将军来了的,又会有多少?他们不能不想,舍家带口,一呼啦跟将军入了关,他们会受到怎样的安置。最早许多汉人逃入关内,那是不愿做金人的奴隶,不得已。但他们逃入关内之后吃尽了苦头,要房没房,要地没地,要吃没吃,要喝没喝。人们得了教训,再往后,凡逃入关内的,都是事先有了安排。这次猛然间来接他们,他们毫无准备,有几个会贸然跟将军过来呢?故而,将军一说'五十万',知为诈言也……将军既剑及履及,还来这里做甚?既誓与圣上共存亡,还问吉凶做甚?及提到封伯晋爵,那不就是一块骨头吗?"

吴三桂听罢一愣,顿感尴尬,但最后一句未免刺激过甚,脸上火辣辣的,遂反驳道:"三桂虽不才,然大师把吴某人比作一条狗,岂非过甚?"

无际见吴三桂如此,又笑了笑道:"将军心怀大志,绝不做即亡之君的奴才才来找我的。无际喜欢直来直去,开诚布公。战国之时,既选将,兵权给之,军令不授,任将奔驰疆场,克敌制胜而已矣;既选相,政权给之,君令不行,任相运筹帷幄,克敌制胜、收拾江山而已矣。现中原失鹿之态日显,既失其鹿,则天下共逐,捷足者先登,器利者先获。将军既来,求器之利、足之捷也。我以计说将军,为将军筹划。将军以为是则听之,以为不是则去之,而已矣。"

吴三桂闻言心里踏实了些,道:"请大师赐教。"

无际问道:"敢问将军,现今天下大势纵横分合何如?"

吴三桂道:"此正是来讨教于大师者。"

无际道:"大明亡矣。中原有李自成正势如破竹,摧枯拉朽,大半个中国在其掌握中。东北有大清国,降朝鲜,镇蒙古,也据有大片的山河。西南有张献忠,东南为明山半壁。张部囿于天之一隅,成不了气候。东南明之余焰,能发光几日,未可知也。在人们的眼里,争天下的,就剩了个李自成和皇太极。人叹诸葛出师未捷身先死,皇太极是师还未出就死了,只是这并未动摇大清的根本。在一般人眼里,天下就由着这两家来折腾了。而只有上天才看得到,在他们两家中间,还有一家,这就是将军!"

吴三桂心中一震,但内心的激动并没有表示出来,就听无际继续道:"将军雄踞大关,有精兵数万,心怀冲天之志,而善韬晦之策。藏,静如处子,藏于九地之下;动,快如脱兔,动于九天之上。此成大器之人为之,凡人不见其踪。"

听到这里,吴三桂心中越发激动,遂讲了一句:"知我者,大师也。"

无际继续分析道:"精兵四万,平时不足挂齿,然现时却是帝王之资。汉末之时,曹孟德引八十万大军南征,时吴侯兵只有三万,刘豫州则率残兵败将与曹对峙于大江之上,赤壁一战,鼎足三分成。李自成兵多将广,可他身边能够拉得动的兵马不足十万。大清八旗军马,能够出关的,也就十万。将军虎踞险要之地,兵精粮足,待时而动,不可限量。倘天使我成,将军倚山面水,左担大顺,右担大清,鼎足之势定矣。"

吴三桂听罢心里兴奋至极,道:"汉末得三足鼎立,实因大江之险,我除山海关一隘,无坚可守,恐天不成我也。"

无际摇摇头道:"东吴之胜,表面看是靠了大江之力,实天定人功使之然。要单靠大江之险,还唱什么群英会呢?曹占天时,东吴占地利,刘备占人和。三方各占其一,在大江之上各显神通而已!"

吴三桂又思索良久,道:"养精蓄锐,我知之矣;待时而动,还请大师教我。"

无际听后道:"敢问将军,既要养精蓄锐,勤王如何便出三万之众呢?"

吴三桂笑道:"号称三万,实则两万,且有一万是从难民中新征的士卒。"

无际闻言笑了起来,孙应援在一旁也笑了起来。

无际道:"那将军就不怕撞上李自成,让他给吃掉?"

"知己知彼罢了。"吴三桂说罢,大家笑了一阵。吴三桂又道,"待时而动,还请大师教我。"

无际听后大笑道:"将军如此相逼,看来是舍不得在榻前留一席之地给贫僧了?"

吴三桂听了大悟,随后发出一阵大笑:"我还想大师要让我三顾方出茅庐呢!"

无际笑着道:"我跟将军说过了,喜欢直来直去。我值不了孔明那样的大价钱,也没有那样的大架子。我跟应援讲过了,本是打算上门卖出去的。将军快赶队伍去吧,人马想来已经走出三十里了。"

吴三桂听罢问:"大师难道不随我等同去吗?"

无际回道:"将军与应援自去,去那里用不着我,我留下来还有事做。"

吴三桂与孙应援遂辞了无际,三人快马加鞭一个多时辰,在洋河东岸便赶上了队伍。吴三桂立令大军停止前进,就地驻扎,埋锅做饭。饭后,又下令搭建营帐,在此过夜。众将士不解,如何就停下来不走了?且前不着村,后不着店,就停在这样的一个地方?

吴三桂不答,反令诸将严守将令。

在此住了一夜,次日鸣号起床做饭。饭后众将以为吴三桂会下令开拔,谁想,吴三桂竟下令各部操练。将领们又不解,但这次不再发问。

如此操练了一整天,晚间又住了下来。

次日下达了开拔将令,大军这才继续缓慢西行。

如此这般,一直到十八日中午,吴三桂的大军才到了永平。十九日,大军抵达玉田,又驻扎了下来。

这时,首先传来李自成进入燕京的消息,接着,崇祯自缢的消息传来。诸如唐通献城归降,大顺军不战而据居庸关,把守京城的太监纷纷降敌,致使李自成兵不血刃便进了城,等等细节渐渐传了过来。

有关大顺军入城后一些举动的传言,也传到了吴三桂的耳里。

二十日晨,吴三桂下令撤军,急回山海关。

唐通、张若麟和刘希舜是准备二十日出京的,但有关吴三桂大军撤离的消息快马送达宫中后,李自成不得不对劝降之事重新进行部署。最后,李自成令唐通等人立即动身,能在路上赶上吴三桂自然最好,赶不上,那就到山海关见吴三桂。

唐通、张若麟和刘希舜带了一支人马,携白银四万两、黄金一万两、锦缎一千匹,并携有吴三桂之父吴襄的一封亲笔信。

吴襄原任总兵,后来崇祯借故让吴襄留在了京城,实际上成了制约吴三桂的人质。李自成进城之后,他便又成了李自成用来制约吴三桂的人质。吴襄降了李自成,李自成找他给儿子写了一封劝降信。

别看吴三桂来时慢慢腾腾,回时却旋风般快,唐通等人追了一路也没有追上。

唐通等有千余人护送——倒不是为对付吴三桂,而是使团带有金银之物,怕路遇强人或散兵游勇,以防不测。他们在离关城三里之处停了下来,唐通给吴三桂写了一函,命人送至城下。

约莫过了半个时辰,西门那边有了动静,十余骑冲出城来。唐通看去,为首的就是吴三桂本人,于是悄悄对身边的刘希舜道:"吴三桂自己来接了,前面骑白马的便是。"

刘希舜看去,见吴三桂一身戎装,三十出头的年纪,中等身材,皮色白皙。

转眼间，吴三桂等人已经近前。他滚鞍下马，边向这边奔来边大声道："唐伯、若麟先生、刘将军辛劳，末将正在校场，没来得及更衣就奔了来，有失远迎，得罪了。更不晓得诸位就在我军的后面，若知道，怎会让诸位辛苦跑到这边来！"说着他已经到了唐通等人身边，看了半晌才道，"唐兄发福了。"

唐通戏道："饱食终日，尸位素餐，如何不胖？"

众人笑了笑，吴三桂又转向张若麟道："张先生则似显憔悴，怎么，大顺皇上没让先生吃饱吗？"说着大笑起来，众人也笑。

张若麟道："刚刚得了一场大病。"

吴三桂一听收了笑容，问："现在可痊愈了？"

张若麟道："已无大碍。"

听完这话，吴三桂这才走向刘希舜，道："将军辛苦，久仰将军及将军之兄大名，今日得见将军，三生之幸。"

刘希舜道："日月经天世人仰之，将军日月之体，末将慕之久矣。今日得见，末将目中之将军，恰似心中之将军，一见如故，幸甚幸甚。"

刘希舜讲完这番话，吴三桂愣了一下，像是有些吃惊的样子，完了立即调整了容颜，大笑道："如此说来，我等就全是故人相逢了！"

笑了一阵，吴三桂又将身后的孙应援向大家介绍了。唐通、张若麟与孙应援是老相识，三个人讲了几句别后重逢的客套话，孙应援又见了刘希舜。吴三桂便上来携了刘希舜的手，然后又走到唐通、张若麟身边，说了几句亲近的话，大家上马，向城中行进。使团所带金银礼物用大车拉了，跟随其后。

路上唐通心想，吴三桂知李自成派人劝降，定然在城中列队，表面上是欢迎，实为扬威——不降，震惊使者，不能等闲视之；降，亦震惊使者，提高要价。

可令他感到吃惊的是，进城之后，却不见一兵一卒，层层叠叠的帐篷映入眼帘。大街两旁的店铺都在营业，人们进进出出，并无一丝的紧张状态。唐通等虽身着大顺官服，但百姓们不认得，并不晓得他们就是李自成的人。吴三桂很少在百姓面前露面，百姓们也不认得他。因此，吴三桂引唐通等人在大街上走动，并没有引起百姓们的特别注意。

唐通与吴三桂并辔，悄悄问道："吴兄奉旨迁回关外之民，是做了件大德之事。不然，可怜的百姓只好任清军蹂躏了。"

吴三桂听罢道："可我添了多大的累赘！大明亡了,大顺会管吗?五十万人,一日光粮食就是五十万斤呢！唐兄是久带兵的,知道粮草的可贵。"

唐通惊道："五十万？竟如此众多？"

吴三桂道："这我在那边只待了两日,再待几日,说不定会是一百万呢。"

唐通听罢啧啧而叹,不再言语。

离总兵公署不远就是驿馆。吴三桂先将唐通等人在驿馆安置了,说请三位暂歇片刻,过后即过来请公署大堂见面。

唐通、张若麟、刘希舜进馆先洗漱了,等待来请。

不多一会儿,吴三桂亲自来请。三人在他的引领下,进了公署大堂。

大堂内坐了二十余名将领,吴三桂引唐通、张若麟、刘希舜进入大堂,尚未坐定便解释道："使者来,大事一桩,故召了众将,大家见见面。乘机彼此相识、相交,做个朋友,降了,我等将一朝为官,大家有个照应；不降,既是朋友,疆场见时,也彼此关照,刀下留情……"随后,他先向众将介绍了三位使者,而后,又向使者介绍了在座将领。

"这是副总兵祖大同……"

"这是副将黄显影……"

"这是副将汤禁……"

"这是参将杨显……"

一个个介绍着。

吴三桂每介绍一位将领,都有一些插科打诨的讲解,或褒贬被介绍者的相貌,或讲出被介绍者的绰号,引得众人笑声不断,严肃的场合,气氛已被吴三桂弄得相当轻松。

最后介绍了一位年轻将领："这是参将吴三椿——末将的胞弟……"

吴三桂话音未落,刘希舜不由得道："好名字！"

吴三桂先是一愣,停住了,刘希舜见吴三桂如此,便笑了笑道："弟兄俩都占了好名字。'桂'者,圭也,贵也。读《晋书》,有《郤诜传》,记郤诜任雍州,武帝于东堂会送,问诜曰：'卿自以为如何？'诜对曰：'臣举贤良对策,为天下第一,犹桂林之一枝,昆山之玉片。''一'桂如此,吴将军'三'桂,前途何量？"

吴三桂听罢大笑道："再好也是等着被人折的主儿！"

众人也笑。

唐通道:"讲了三桂,还没讲三椿呢。"

刘希舜续道:"《庄子·逍遥游》道:'上古有大椿者,以八千岁为春,八千岁为秋。'将军三椿,其寿几何?而其意不仅在寿字。《逍遥游》之后,便有了'椿萱'的称头。以末将之见,椿萱者,除寿长外,还含有'亲近长者'之意。故说吴将军占了一个好名字。"

在一旁的唐通听罢笑道:"亏了将军明白,不然,我等老粗儿去哪里体会去!"

气氛已变得十分热烈。

介绍完后,吴三桂道:"现请众将退去,晚间三桂将设宴为使者洗尘,届时众将作陪,听使者教训。"

众将退去了。

吴三椿退至刘希舜跟前时,轻声道:"将军保重,末将失陪。"

堂内只剩下了吴三桂、唐通、张若麟和刘希舜四人。

众人坐定,亲兵们上了茶。稍微沉默了一阵,吴三桂先开口道:"三位来意三桂已知,有话现请明言,三桂洗耳恭听。"

唐通道:"大顺皇上久闻将军贤德,早就欲结交将军,共谋大计。今明厦倾覆,皇上占有中原,谕我等前来见将军,请将军不吝劳顿,择日赴京,君臣商安邦定国大计于庙堂。皇上大贤大德,应天之命,众望所归,今有天下。古人道,智者待时而动,良禽择木而栖。弟与若麟先生不才,先行了一步,已然归顺。皇恩浩荡,已封弟为定西伯,若麟先生亦得封赏。皇上谕旨,赐将军白银四万两、黄金一万两、锦缎一千匹。若将军如约,亦沿平西伯之爵,过后另有封赏,此望将军斟酌。来时,令尊有一书相托……"说着,将信交与吴三桂。

吴三桂连忙接了,见信未封口,遂抽出信函,快速地看了一遍。未曾讲话,眼里先滴下泪来,良久才道:"仁兄道明厦倾覆,小弟玉田即风闻崇祯皇上已没,未知真假,又怕大顺军威逼,不敢久驻,便回了这里。现看椿堂家书,知所传实矣!"

唐通也把发现崇祯自缢之事讲了一遍。吴三桂听罢,洒泪道:"三桂不才,受皇上知遇之恩,加官晋爵,君不负我,我负君甚,临崩之前,降旨勤王,我剑及履及,不敢丝毫延误,但未曾救了圣驾,无功而返,有何颜面再见天下之人!"

众人劝了,皆道:"明厦倾倒,明帝殒没,天数也。将军如此,实乃忠贞之士,令人钦佩。还请将军节哀……"

"原只听传言,未敢造次,今既得准信,我当令全军缟素,以表哀臣拳拳之心。请诸位少坐,三桂失礼离开片刻。"吴三桂说着起身,已是摇摇晃晃。

刚到门口,众人就见吴三桂身子僵直地晃了三晃,接着倒了下去。众人大惊,忙上来搀扶——见吴三桂已是人事不省,直挺挺地倒在了地上。

大堂里立刻乱成了一团,由孙应援出面照应唐通等人,亲兵们将吴三桂抬了出去。

唐通等人见如此光景,只好对孙应援道:"我等先行退去,过后再去探望。"

孙应援领唐通等人回到了驿馆,随后去探望吴三桂。去了约半个时辰,孙应援返回,唐通遂问道:"吴将军可好些?"

孙应援道:"醒醒睡睡——醒时也不是真醒,嘴里不断地讲着什么……"

唐通又问:"可是旧疾?"

孙应援回道:"倒不曾听说犯过这种病症。"

唐通道:"我等过去探望,可方便吗?"

孙应援回道:"唐伯与吴伯为故交,要去探望,还讲什么方便不方便的?何时去,待在下向里面通报一声就是了。"

唐通支吾道:"要去,怕随行的刘将军同去妥当些。"

孙应援听后苦笑了一下道:"那是自然。"

唐通又道:"怕还得请上张先生。"

孙应援道:"自然。"

唐通拱拱手道:"既如此,现在就去。待我去请刘将军和张先生,有劳先生向里通报。"

不一会儿,刘希舜和张若麟到了。三人在孙应援的陪同下出了驿馆,步行不一会儿工夫便到了总兵府邸。

孙应援向里通报了。待了片刻,里面走出一家将。孙应援问家将道:"三位使者前来探望……大人可好些了?"

"并未见好——急死人了。"家将说着,引唐通、张若麟、刘希舜、孙应援等人进府。

总兵府为二进大院,进二门之后,有一山虎石做影壁,两边各有两棵巨大的松树。方砖墁地,东西各有厢房数间,正房五间,前面有宽宽的廊子。

家将将唐通等人领入正房,进门便是一间正厅。看去,迎面竖一巨大屏风,屏风后面北山开有后门,通向后院。屏风前有一八仙桌,两旁各有一把椅子。东墙上有临摹的岳飞所书诸葛孔明的《前出师表》,西墙的对称部位有临摹的岳飞所书诸葛孔明的《后出师表》。下面是长几,几上摆着不少玉雕和木雕,其中两个玉如意十分显眼。进厅后,家将目视孙应援,那意思是征询意见。

孙应援见状便问唐通、张若麟和刘希舜道:"是先在厅中坐一会儿,喝口茶,还是就去见将军?"

此时,从里屋传来吴三桂的吆喝声:"快去,快去,误了爷的事仔细你的脑袋!"

家将一听道:"一直如此……"随后又摇起了头来。

唐通一见如此,便问道:"去见见无妨吗?"

家将遂撩起了门帘儿,让唐通等人进入。进入的第一间还不是吴三桂的卧室,家将赶在前面,又将第二道门帘儿撩起。

唐通让刘希舜先进,刘希舜让唐通先进,最后还是刘希舜被唐通推入,自己与张若麟随后跟了进去,孙应援也随后跟进。

进房后,早就有一股檀香飘了过来。吴三桂仰卧在一个榻上,面色蜡黄,双目紧闭,脸上时时出现痛苦之状。

唐通看了走上前去,叫了声:"长白兄!"

就在此时,只听吴三桂喊道:"快!快!给我捉了!"讲完,又双目紧闭,不再言语。

刘希舜和张若麟也上来轻轻叫了一声:"吴将军!"

吴三桂依然双目紧闭,不言不语。

趁此时刻,唐通的目光迅速向房间里扫了一遍。

榻放置在靠西墙的一侧,榻的左边并排有两个巨大的红木橱柜。橱柜的左侧抵着一面墙,那面墙将卧室分开,形成了一个内室——门上有一个门帘儿,也许那里边是一间暗室。那面墙的左边下方有一个长几,也是红木的,上面放着一张琴,几的上方墙上挂着一把剑。榻的右边是一个很大的矮几,上面有一个烛台,有一些书籍。吴襄的那封信也在那上面。

东山墙上挂着天蓝色的幔帐,遮了整个墙壁。

这时,吴三桂翻了个身,呻吟了两声,便又安静下来。

刘希舜示意该离开了,唐通等人会意,三人便悄悄出了吴三桂卧室。

唐通、张若麟和刘希舜是分住了的,他们分住在三个驿馆之中。三个驿馆离得很近,这给人的印象是吴三桂对李自成的使者很为重视,接待规格极高,让三位使者互不干扰,彼此离得又不远,要想商量事情也很容易。

且说当日黄昏,孙应援来到唐通驿馆,正好张若麟也在,便对他们道:"真可谓群龙无首,没有了主事人,一切都乱了套。"

尽管唐通、张若麟与孙应援是老相识,但现毕竟各为其主,自己又是客方,不好讲什么,只是淡淡一笑。

孙应援也讪讪一笑,道:"也不怕大家笑话……"

张若麟道:"非常之时,非常之事,奈何不得。"

孙应援续道:"我以为那吴少将军会出面设宴为诸位洗尘,可谁知他竟自去了一片石,去料理什么军务!"

张若麟从话里听出,孙应援不但对吴三椿在发泄不满,而且对吴三桂也有了怨言,心中不由得一震。

孙应援见唐通、张若麟不讲话,便道:"我有一宴——个人的,为二兄洗尘。人生苦短,我们分而又聚,去喝两杯,以解心头之郁,如何?"

唐通、张若麟齐道:"那就叨扰了。"

孙应援遂在前面领了,三人出馆,到了一个僻静的小街。那里有一馆子,叫"横云楼",门面不大,内里却不小。在小厮的引领下,三人上了楼,来到一个房间,小厮打开了门。房子中间有一圆桌,四周围着椅子,侧面的墙上挂着玉米、蒜头等物,正面的墙根下有一白木长几,上面放着一辆纺车,幽静而别致。

唐、张两人问道:"农家风情,先生是常客吗?"

孙应援道:"说不上常客,只是闷了过来坐坐。"

孙应援叫店小二将多余的椅子搬开,只留了三把。他又叫了四样小菜:琥珀菜心一碟、姜汁漏鱼一碟、白油鹅掌一碟、游龙戏凤一碟。四个热菜:酿禾花雀、百鸟朝凤、宋嫂鱼羹、黄猴云梯。一壶酒。

小菜和酒很快上齐。孙应援给唐通、张若麟斟了酒,自己也斟了,三人举杯齐道:"干!"

一杯下了肚,又斟了一杯。孙应援道:"两位仁兄还记得两年半前那场大败吗?"

唐通、张若麟道:"惊心动魄,如何不记得?"

孙应援随后叹道:"世态多变哪!两年的工夫,竟天翻地覆!"

张若麟亦感慨万分,道:"谁会想得到,大明的大厦,竟倾覆得如此之快呢!"

孙应援道:"改朝换代,那原是我等从书上读到的,可谁承想,就让我们给赶上了呢?"

张若麟若有所思,道:"学生少年曾有壮志,要做岳鹏举那样的人,不仅收复为东房所掠之地,还要精忠报国,谁知……"说着,眼圈儿红起来。

孙应援一见忙道:"先生也别那么想,此一时也,彼一时也。人道识时务者为俊杰,我等既身置失鹿之时,择枝而栖,择主而立,豪杰之所为,先生何必感慨系之!"

唐通也道:"就是,你我身为使臣,负有使命。你瞧,我等没说得孙兄,倒让孙兄来解劝我们,岂不是天大的笑话!"

张若麟听了,拿起酒壶给唐、孙斟满了,举杯道:"是的。先干了这一杯。"

三人举杯干了。

张若麟又道:"当日的败情犹在眼前。回想起那场大败,为弟行了陈新甲的速决之论,督促洪公大军盲进而溃,是久愧不已的。"说罢又落下泪来。

"瞧瞧,又来了!"唐通说着,也抄起酒壶,给三个杯中斟满了,道,"干!"

三人又干了。

还是张若麟道:"洪大人也是为弟的给断送了的……说洪大人殉国了,可又传洪大人并没有死,而是降了大清。皇太极为了保护洪家在燕京的家眷,在马绍愉使盛京时,平地弄了个坟头儿,将崇祯帝骗过了。孙兄离得近,可知果是如此吗?"

孙应援道:"有此一说,真假如何,崇祯已没,恐怕就难见分晓了。"

"往日之事,白白地让人心里不受用,又提它做甚?喝!"唐通又将三个杯子斟满。

三人端起杯来,各想各的心事。片刻,孙应援问道:"常言道:'君从故乡来,必知故乡事。'我等撇开场面话,谈朋友之心,敢问二位仁兄,大顺那边的情形究竟如何?"

唐通、张若麟见问,相互看了一眼,唐通道:"你问的是哪些呢?"

孙应援道:"在玉田,闻京中在拷问降官,逼迫交银交物,可实否?"

唐、张二人听罢不语。

孙应援见状道:"那就是真的了?"

唐通道:"果有这事,且威逼甚甚。我等离开时,听说已有几人不堪忍受,自缢了。"

张若麟亦道:"也有被活活拷死了的。"

孙应援听后叹息道:"就没有向闯王苦谏的吗?"

张若麟道:"听说此事由汝侯主持,有的他竟亲自拷逼,看来皇上也是依了的,如此谁敢劝谏?"

孙应援只是感到不解,道:"这怎么成呢?"

唐、张二人无话。

孙应援又问:"还听说大军住在城内,抢掠奸淫之事已出了多起。"

张若麟道:"这也是实的。虽定了几条规矩,可大军陷城之后驻扎城内,这样的事情如何会避免?"

唐通道:"皇上一向英明,我想他会自省,改了这些糊涂事的。"

话谈到了这份儿上,双方已经不再有戒心,明摆着,不管唐、张二人对大顺有何看法,毕竟是李自成派出来的招降使者,他们要履行自己的使命,就要对某些情况进行了解,而孙应援正要找他们,有话跟他们讲。这样,一些问题自然而然地谈开了。

此时热菜开始送来,孙应援让唐、张一一尝了,两人道了声"自便",三人又谈。

唐、张先问了难民之事。

唐通问:"进城的路上,我问吴将军,他道难民有五十万,可有此数吗?"

孙应援一听笑道:"此人诡诈——怎么会有五十万？宁远我是与他一起去了的,在那里两天不到,撑破天是这个数……"

孙应援伸出了三个指头。

唐通、张若麟眼睛盯着孙应援的指头,看得甚准。

唐通又道:"他说吃粮是个大难题。"

孙应援道:"这倒是真的。原来这里的粮草,多从海路由天津那边运来,这条路的粮食供应已断了半年。关外宁远那边,是一粒粮也供不了的。故只靠永平州和昌黎、抚宁、滦州一带提供。巴掌大的一点地方,养几万人马,实为杯水车薪。现就靠那些存粮了,作为总兵官他怎么不难？"

张若麟听后道:"城中百姓会是多少呢,他们也得吃喝呀？"

孙应援道:"那是自然。城中百姓是有准数的,上个月正好看了一下管钱粮的千总给吴总兵的条陈,上面写着城中有居民一万两千三百八十八人。"

张若麟又道:"原来宁远之军粮在笔架山,现那里还为清军所占吗？孙兄知道,小弟在军之时,也是吃粮不管米的,故而当时就没注意。丢了那笔架山之后,我军的粮草存在哪里……"

孙应援道:"你是京官,自然不管这些,不像我们,不管就断了咽喉。笔架山丢后,大军退到宁远、山海关,军粮先是囤于前卫所,后来又分散,一部分仍在前卫所,一部分则囤于海中的船上。现在前卫所丢了,便全部集中在海上。"

张若麟道:"这倒十分保险,清军袭来,他们没有海船,只好望洋兴叹了。现青黄不接,看来粮源已断,如何是好呢？"

孙应援道:"这正是问题之所在了。为了这些,我们这里降与不降的已经闹翻了天,在回师的路上就争了起来……"

唐通一听来了精神,忙道:"结果呢？"

孙应援道:"没有结果——你们来了,表面上看还平静,与众将见面时,总兵大人谈笑风生,没事一般,若钻到他肚里看看,那五脏六腑还不知怎么拧滚呢！只是在使者面前,他要表明仍控制着局面而已。"

张若麟抢问道:"是他要降,众人不降,他着急呢,还是他不降,众人要降？"

孙应援道:"自然是他不想降！他若想降,他还有什么愁的——那还不是一句话的事！"

房中静了下来。唐通、张若麟思索了片刻,张若麟问:"吴将军打算如何收拾局面呢?"

孙应援道:"他见众将已生离志,为加以约束,便与大家定盟:共同商定,互不为叛。实际上他仍旧难以控制。"

张若麟又问:"愿降的是哪些呢?听孙兄的口气自然是愿降的,可孙兄是领袖吗?"

孙应援回道:"我自然是愿降的,说到领袖,那自然轮不到我。我等的领袖就是吴三椿将军。"

唐通、张若麟听后有些吃惊——他们同时想到了饭前孙应援讲的对吴三椿那句不满的话。

孙应援见状笑了笑,重复了一句:"我等的领袖就是吴三椿将军……"

唐、张不想打岔,听孙应援讲下去。

孙应援续道:"双方针锋相对,已非一日,从在玉田时就开始辩了,有时会辩得吵起来。还有一次,汤禁将军竟与吴三桂本人吵了起来……"

张若麟又问:"这汤禁将军又是一个什么样的人?"

孙应援回道:"行伍出身,多有战功,现为副将,是一个天不怕地不怕的人物,只是行事鲁莽些。"

接着孙应援讲了愿降的和拒降的各自所坚持的理由。唐通、张若麟又陷入深思。过了片刻,唐通问道:"就没有让三桂将军转弯子的可能了?"

孙应援道:"那也不尽其然,要看形与势如何发展。只要断了他的念想,走投无路,他还能一条路走到黑?可看来不易。就说大顺方面,咱们刚才所议,进了城那样地走下去,他如何不等待观望?还有大清那边……"

张若麟惊道:"是呀,他与大清联手的念头不会没有,可大清会动吗?动,会依他吗?"

孙应援道:"这或是事之关键所在,这方面倒不是他所希望的。去年皇太极突然去世,听说诸子之争十分激烈,八旗差一点自己打起来。后来双方妥协,找了一个小孩子坐上了龙位,可争斗并没有停息。小皇帝登基前,有几位王爷被杀,登基后,皇太极的长子又被贬,降为庶人。原来,大清是以夺得中原江山为目标的。可中原失鹿当群雄追逐之时,它却很在那边不见动静。这似说明它已元气大伤,经不起一动了。"

唐通和张若麟听了频频点头。

孙应援续道:"不管三桂他如何,我们是铁了心的。他能降,我等之福,大顺之福,万民之福。他不降,我们降,总不会给他陪葬就是。"

唐通又问孙应援:"如果那样,你们能够拉出多少人呢?"

孙应援回道:"从目前看,至少可有一半。"

唐通、张若麟又在深思,他们想得比孙应援细些、远些。这边的形势既然如此,就绝不是拉出要降就完事大吉的。

时间已经不早,唐通与张若麟十分兴奋。没费吹灰之力,就大体摸透了情况,而且有了孙应援这样的一个内应。如此开端,何愁大事不成?他们已经非常满足了。

唐通道了句"来日方长",三人又举起了酒杯,站起身碰杯后一饮而尽。

放下杯时,张若麟还是没忘了孙应援开始埋怨吴三椿的事,遂问道:"孙兄,你道吴三椿将军去了一片石,现在他去那边做什么呢?"

孙应援听后笑道:"哪是去了什么一片石?他跟下边人如此讲了,小弟初也就跟两位如此学了。其实,他去会了刘希舜将军,现恐怕两人正谈得投机呢!"

两人听了大吃一惊,齐道:"原来如此!"

第六章 暗度陈仓，吴三桂借力打力

当天黄昏前，吴三椿来到了刘希舜的驿馆。刘希舜出厅迎了，将吴三椿让进厅中，驿馆的人上了茶。

刘希舜问了吴三桂的情况，吴三椿只是摇头。

而后，吴三椿问道："还住得惯吗？"

刘希舜讲了几句客套话谢了。

吴三椿遂对刘希舜道："今晚末将设一薄宴为将军洗尘，先生如需梳洗，末将敬候。"

使臣到达，主人设宴款待这是惯例。吴三桂原说晚间要设宴洗尘，吴三桂一病，晚宴自然吹了。现在这吴三椿并没有讲明是代其兄设宴，是一种疏忽吗？既是设宴款待，邀请的就不应是他刘希舜一个人。因此，刘希舜问了一声："可告知了唐通、张先生？"

吴三椿见问，似显有为难之状，向门外瞥了一眼低声道："只将军一人。"

刘希舜一听大悟，遂不再追问，说了句"去去就来"，便回到内室更了衣，出来跟吴三椿走出大厅。

吴三椿领刘希舜出馆到了一个小院儿。院里很静，见吴三椿进了门，一个仆人模样的人上来迎了，垂手而立，听吴三椿的吩咐。吴三椿说了句："去吧！"那人便退到门边，关了门，就在门边站定。

吴三椿引刘希舜进了正房——这正房有五间，中间为正厅。进门便看到正中设了八仙桌一张，两边各有一把椅子，桌上已经摆满了菜肴和酒器。刘希舜立即明白,这桌席只有他和吴三椿两个人。

吴三椿将刘希舜让进,请刘希舜坐了客位,又有仆人端过了盆,拿过了手巾洗了手。

吴三椿亲自给刘希舜满了酒,自己也斟了,举杯道:"将军鞍马劳顿,末将冒昧敬将军。"说罢一饮而尽,而后又道,"不成敬意,也请将军干了。"

刘希舜不知吴三椿的葫芦里到底要卖什么药,便道:"末将不胜酒量,让将军笑话了。"遂少少地喝了一口。

吴三椿听后道:"那请将军自便,只是菜是要吃的。"遂给刘希舜夹菜。

刘希舜道:"多谢了,这也自便岂不更好!"

吴三椿听后道:"那样最好。听将军谈吐,似出于书香之家的。"

刘希舜听后道:"这倒不错。末将的祖父是万历年间进士,但未做官。先父也满腹经纶,但怀才不遇。末将原是一介书生,投靠义军,如鱼得水,得圣上提携,始有今日。"

吴三椿听了,自己满满地斟了一杯,又是一饮而尽。

之后,吴三椿频频地摇着头,又斟满了酒,引颈而尽。接下来是长吁短叹,自言道:"大丈夫生于世,或当运筹帷幄,决胜千里;或当冲锋陷阵,叱咤风云。将军择得明主,历尽了艰难险阻,体验了人生成功之乐,真大丈夫之所为!"

刘希舜见此光景,觉得正是说降之时,因此劝道:"将军大才,前途无量。大顺皇上,起于布衣,然应天承命,便有今日。将军思之,圣上兵出山西,一路所向披靡,势如破竹,下大同、进居庸、入燕京,转瞬间耳。于路百姓引领如盼时雨之至,此无他,改朝换代之兆也。且圣上素怀大志,我等非知其详。据信,圣上要建前无古人之国,做前无古人之君,故屡屡下旨诫众臣,占领燕京,登基践位,实为始,而不为终。将军与将军之兄三桂将军雄才大略,如见之于圣上平台之下,何患英雄无用武之地?何患功之不成,名之不就?"

吴三椿已经喝得差不多醉了,他听了又斟了一杯,端在手里摇摇晃晃地说道:"将军……将军,这些话是……是无须跟末将讲的!末将生不逢时——否则,同样的年纪,将军却是一番光景,而我,我,却是另一番模样!是怨我生在了一个倒霉的门第!对!就是这样!末将恨不能一下子投过去……可,可,难呀!难呀!"

刘希舜觉得自己似乎已经摸到了吴三椿的想法，他很想趁势谈下去，便道："将军的心情末将是能够体味的。八年前，末将与兄长曾各怀大志，然志向不同。末将之兄欲走祖父老路，科考谋仕。末将对朝廷心怀不满，欲投闯王。我家书香门第，家规甚严，所谓'父死从兄'，己志难申，走投无路，感慨系之，唯天可表……"

吴三椿显然对刘希舜的故事极感兴趣，忙问道："结果如何？"

刘希舜回道："结果家兄屡试不中，走上了先父的老路……"

吴三桂又问："令尊大人也曾要科考谋仕吗？"

刘希舜道："不错，但屡试不中，又遇豪强欺压，忧郁而终。"

吴三椿听罢摇着头，问："将军的兄长后来如何？"

刘希舜道："多次碰壁后，始见世道不爽，后来又遇了些滩头坎坷，又赶上闯王大军路过末将的家乡，我们二人便投了义军。"

吴三椿道："这回好了。"

刘希舜续道："兄长靠他的满腹经纶，入义军后竟如鱼得水，一发不可收拾。"

吴三椿一听忙问："敢问，将军之兄何人也？"

刘希舜答道："皇上右营制将军刘希尧便是。"

吴三椿听后离座，拱手道："将军原来是刘希尧将军之弟，末将真可谓有眼不识泰山，失敬失敬！"说着，身子一个劲地晃悠着。

刘希舜让吴三椿坐了，问："末将冒昧，将军方才连道两个难字，难道将军与三桂将军亦各怀己志，彼此难以契合吗？"

吴三椿听后只是摇头，又斟了一杯，要喝下去。刘希舜见吴三椿已经七分醉了。虽道酒后吐真言，但他觉得适可而止为上。今日讲了不少，觉得吴三椿的想法他已经掌握。看来吴三桂一半天还好不了，可以再找出时间相谈。而且自己也有非常重要的话要向吴三椿讲，而那些话，可不是吴三椿醉醺醺时当讲的。想到这里，他道："将军乏了，时间也已不早，且……"

吴三椿那杯酒已经入了肚，他一听这话便道："且什么？将军怕你我之言被人听了去？莫怕莫怕，都是我的人，他们不会对任何人泄露一点风声。再说了，被人听了又如何，我既请你来了，也就不怕他们晓得。人各有志，可各奔东西，怕他何来呢？"

吴三椿说着站起来。这一站不要紧，肯定是感到头重脚轻，然后强装好汉，伸手又要去提那酒壶，身子晃了两晃，便棉花包一般瘫在了桌下。

两天之后，即三十日的黄昏前，吴三桂醒来了。据家将讲，吴三桂醒来时大叫一声："好睡！"遂逐渐清醒，并渐渐回忆起了往事。吃喝过后，即刻传令全军缟素，以悼圣上。又吩咐孙应援立即拟写祭词备用，还安排盛宴为使者洗尘。

消息传到驿馆，唐通等人心里十分复杂，既为吴三桂的苏醒而高兴，因为招降之事离了他是不会有任何进展的，又惧怕吴三桂的态度，因为事情究竟会如何，他们心中没底。近两日，他们又与吴三椿、孙应援等人进行了进一步的接触。希望他们能让吴三桂想明白，率领全军一起降了。但结果到底会怎样，现在还很是难说。

宴会就在总兵府大堂举行。唐通、张若麟、刘希舜等人到时，将领们已经在等他们。吴三桂出堂迎了，依然是一身疲惫的模样，脸色苍白，手还在不停地哆嗦着。

唐通、张若麟、刘希舜等快速迎上去，慰问道："吓死我等了，将军现在感觉如何了？"

吴三桂道："不知怎的，就一下子……从没有过的。现在没事了。"

唐通、张若麟、刘希舜等人齐道："谢天谢地！"

吴三桂道："过了三日才为诸位洗尘，失礼失礼。"

张若麟道："将军何必如此，执意要做这些客套——一来养好身子要紧，何必又出面劳累！二来我等现皆为故人，将来又一朝为官……"

讲到这里，吴三桂打断了张若麟道："三位可见了？全军已经缟素。请诸位见谅，末将与皇上君臣一场，略表臣子之情耳。"

唐通、张若麟、刘希舜等人忙道："这是应该的，足见将军高风。"

吴三桂引三人入席，众将在原位与三人点头示意，三人则拱手道："今又相聚，甚幸甚幸。"

众人坐了。吴三桂、唐通、张若麟、刘希舜、吴三椿、孙应援一桌，其余将领分了两桌。吴三桂复又起身道："今日设宴，一为使者洗尘，二为使者饯行。"

讲到这里，全座皆惊。堂中顿时交头接耳、嗡嗡之声四起。

吴三桂稍停了停，等嗡嗡声渐消后续道："使团来已经三日，三日不复命，大顺皇上要问起罪来，我等担当不起。可恨赶上我身患莫名之症，把事情给耽搁了。今后之事，干系到名声，干系到前程，干系到性命，得与诸将共同商定，这又不是一时半会儿能够确定的。曹孟德下江南，率军八十万，可东吴之臣还是有讲战的——事情并不是简单可决，故我不能强留使者在这里。使团走后，我等可继续商量，一有定论，即刻向大顺皇上通报。"说着，举起杯来道，"此一杯，悼大明已崩皇上……"将杯中酒缓缓洒于地上。众人也照做了。

吴三桂又命人满了，举杯道："此一杯，为大顺皇上顺利入京，早登龙位……"说着饮了。

众人也饮了。

吴三桂又斟了一杯，举杯道："此一杯，敬唐将军、张先生、刘将军！"

众将一齐举杯，道："敬唐将军、张先生、刘将军！"

大家干了。唐通、张若麟、刘希舜没有坐下，道："谢吴将军及众位将军！"

而后，唐通续道："我等奉大顺皇上之旨来见吴将军，今与诸位将军会，三生之幸。大顺皇帝应天承命，剪灭腐明，进入帝京，将践天子位。皇上要建前无古人之国，做前无古人之君，屡屡诫我臣工，占领燕京，登基践位，实为始，而不为终。三桂将军与诸位将军雄才大略，皇上思贤如渴，早就……"

吴三桂趁唐通喘气之间，打断了他的话道："这些话无须与在座诸将讲下去，他们是决心降过去的，唯三桂昏顽，一时不曾想得开。因此之故，现在咱们喝咱们的酒，那些话咱回头单独理论……喝！"说着，自己又喝了一杯。

堂内气氛顿变，一时堂中鸦雀无声。

可憋了片刻，只听一人大声打破沉寂："恕末将多嘴了，将军的做法实难令末将想得明白。使团来，你一个人跟人家谈，也不知谈了些啥？结果，你病了，人家白白地候了三天。你好了，结果又攮人家走。你刚才讲了……"

吴三桂一见说话的是副将汤禁，便拦了他，厉声道："这些话也是你在这里当讲的？当着使者，成何体统！"

汤禁一听越发来了气，顶撞道："你刚才讲了，今后之事，干系到名声，干系到前程，干系到性命，得与诸将共同商定。既说得这样重，为何不让我等知晓大顺方面有些什么话讲？刚才唐将军要讲几句，你也给截了，还讲什么他们是决心降过去的,就你一个不想降,是这个样子吗?你……"

吴三椿一见起身道:"什么场合,成何体统!还不快住嘴!"

吴三桂早已大惊失色,此时浑身颤抖着,道:"你别拦他,看他会闹到什么份儿上!"

汤禁仍然不服,续道:"事到了今日,确关乎前程和性命,还管什么体统不体统呢,大不了一走了事……"

这吴三桂无法容了,起身道:"众将听见了,他是一切都不顾了,还要'一走了事'!可你别忘了,现你还是我吴三桂麾下之将!既如此,我就可以治你……"

汤禁并不收敛,继续顶撞道:"要什么威风,大不了把头给我砍下来,我倒看看你吴三桂有没有这个勇气!"

吴三桂闻言怒不可遏,大叫一声:"来人!"

几名军士站在了门口。

吴三桂喝道:"将汤禁拖出去砍了!"

一声令下,几名军士将汤禁捉了,拖他出堂。

汤禁边被推搡,边大声喊叫:"吴三桂!你真够交情——够狠够狠!我汤禁跟你多少年,风里来,雨里去,赴汤蹈火,从不讲一个不字。现非常之时,我稍稍有了点意见,不合了你的意,你就大施淫威……"喊叫着被拖到了院中,依旧大喊大叫。

吴三椿、孙应援,还有几个将军离座,跪在吴三桂面前哀求道:"汤禁唐突无理,实当处斩。但念非常之时,众人心情浮躁,汤禁一向鲁莽,但忠心不变,求将军饶他一条性命。"

吴三桂一听道:"不错,我等确置非常之时,可心情浮躁的,不是众人——只有这么几个,哪个心情浮躁,我心中自是有数的!"说着,向外边大喊,"砍了!看他还心情浮躁否!"

吴三椿、孙应援依然跪着,面面相觑。

这时唐通等人坐不住了,忙起身离座齐道:"此由我等引起,没承想伤了将军内部和气,求吴将军看在我等面上,饶过汤将军。"

吴三桂拱手道:"三位使者不必自己讨疚,我等争执非从今日起。我已与诸将定盟:共同商定,互不为叛。今汤禁在使者面前如此背约相逼,妄借使者逼我就范,非可容者,请诸位归座欢饮。"说完,他又对吴三椿等道,"你们也起来归座,陪使者续饮。"

唐通等人又道:"虽如此,望将军网开一面,饶了汤将军的性命。"

吴三椿等亦道:"看在使臣的面上,饶汤禁一死。"

吴三桂道:"别人不晓得,你们也不晓得?将令既出,哪回我撤过的?"

吴三椿等道:"但请看在使者的面上网开一面,下不为例。"

唐通等人也道:"我等求将军了。"

"三位体谅三桂之难——非常之时,倘允部下猖獗如此,如何带兵呢——我这里也求三位使者了:让吴三桂顺行此令,日后方好统制。末将与汤禁,一起冲杀十余年矣,各自身上有多少伤处,都在哪里,我们彼此均如数家珍,岂是杀而后可的。然非常之时,各生心志,一时难以求一,并不为怪。可他今日之事已经出了范围。不杀……不杀……"吴三桂泣不成声,遂向外做了一个手势。

门外几名军士一直紧紧抓住汤禁,在等吴三桂最后发话。见吴三桂的手势,便扭了汤禁往外拖。

"杀了我汤禁,你杀不尽那些愿降的弟兄——你会得报应的!"汤禁大叫着,被拖到了门外。

吴三椿和孙应援见跪求无果,便站了起来。

吴三桂道:"众将听了,今杀汤禁,不因他主降,在座主降的还有,不必怕,使者走后,降与不降,我等再行商定。"

不一会儿,武士回报汤禁已杀。众人望去,一颗血淋淋的人头已在军士手中。

唐通等人注意到,吴三椿的脸变得纸一样白,手中的箸也在哆嗦着。孙应援靠着吴三椿,正用一只肘悄悄地触着吴三椿,显然是提醒他不可失态。

吴三桂向外面挥了挥手,武士退去了。

吴三桂回头招呼三位使者继续喝酒,唐通等人不得不应付着。另外两桌上已经有几名将领放下了筷子,坐在那里一动不动。吴三桂肯定看到了那些人的状况,但装作没有看见,继续劝唐通等人喝酒吃菜。

这样不一会儿工夫,孙应援起身对吴三桂道:"使者已到三日,送使者回京,也是正理。学生有一言不知当讲否?"

"讲。"吴三桂一脸的不高兴。

孙应援续道:"正使无果而归,已属无奈。可留几位副使,让他们多住几日,以候我等。但凡有个结果,则请他们回京复命,岂不显我一片诚意!"

吴三桂脸上露出明显不过的不屑之情,问道:"但不知使团有没有副使?"

刘希舜一听知孙应援深意,忙道:"孙先生虑得周全,我等无果而返,确不便复命,正为此犯愁。留副使一说,解了我等的难题。副使名义上是没有的,但可以留下二三人,届时我等回京,见了皇上就有话好讲了。"

这时,张若麟主动请缨道:"学生愿留下,敬候佳音。"

吴三桂一肚子的不高兴,但见刘希舜如此说,又见张若麟自告奋勇留下,不便拒绝,便道:"那就委屈先生几日了。"

众人又说了一些别的,晚宴结束,唐通等人回了驿馆。

唐通、张若麟、刘希舜更了衣,正聚在刘希舜处商量对策,就听外面有些动静。三人出门看了,就见驿馆周围被吴三桂所派军士围了起来。三人大惊,以为吴三桂要下手捉他们。就在这时,一名出席了晚宴的参将上来与三人见了礼,道:"末将奉吴将军吩咐前来见三位使者,将军考虑到席间给使臣们带来了尴尬,为避免窘境再行出现,将驿馆隔离了,并已向诸将下令,不管何人,没有吴将军之令,不得擅自前来驿馆。将军一再向末将交代,要向三位使者当面讲明了,不要出现误会。"

唐通等人苦笑道:"多谢吴将军美意。"说着,便送那参将回去了。

回到院中,唐通便道:"这招儿真够绝的。"

张若麟和刘希舜也摇头不语。

次日就要离开,本还有些事要与吴三椿、孙应援等人秘密协商,这下完了。而且,吴三椿、孙应援等为汤禁求情时,从吴三桂不阴不阳地讲的那几句看,吴三桂似乎掌握了吴三椿、孙应援的把柄,对他们提出了警告。

但警告不警告,看样子在驿馆周围放岗,意在断绝吴三椿他们与使团的往来,反正离开前不会再见到他们了。

果然,一夜无人再到驿馆里来。次日,唐通等人离开,只有吴三桂和几名将领送了他们,吴三椿、孙应援都没露面。三人在吴三桂的陪同下出了驿馆,出了城。

除张若麟外,使团还有三人留下,其中一名叫何田,是刘希舜的内弟。众人离开驿馆时,驿馆仍被吴三桂的军士包围着。四个人将唐通等人送出驿馆,就返回了。

刘希舜临行时已向张若麟和何田交代,情况复杂,形势危急,只在驿馆待着,不可轻动,一旦得了这边降与不降的准信儿,即刻回京。

张若麟和何田按刘希舜的嘱咐,没出驿馆一步,他们等待着。第一夜无事,但谁也没有睡好。次日又无事,他们熬不过,睡了一个好觉。可一觉醒来,便听到馆外有不寻常的动静。他们赶快穿了衣裳,走到驿馆门外向外观看,原是大队人马在行动。将士们全部缟素,一脸的严肃,无语地行进着。再看原包围驿馆的军士,发现人数也增加了。门前的军士见他们出来,有几个迅速奔了过来,在他们身旁站定,并不讲什么。四个人心中都敲起了鼓来,不知这是为何故,更不知是吉是凶。

四个人退入馆内,彼此对望着,静候着事态的发展。他们又发现,原来在馆内侍奉的人员已经不见,而各个门口都站了全副武装的军士。

这样又过了一段时间,外面渐渐静了下来。四个人你看我,我看你,均不知将要发生什么事。

这时,有一队军士进了馆门。他们径直向张若麟和何田等走来,为首的一个道:"有请各位。"

张若麟和何田忙问:"要我们去哪里呢?"

那军士道:"去后便知。"

四个人点了点头,便跟军士们出了驿馆。

东拐西弯,军士们领着张若麟和何田等人向前走。不一会儿,出了一条胡同,便到了一个广场。那里已是人山人海——却全是军士。军士们按方队站了,个个全身缟素,整齐划一。

四个人被军士们带着,穿过队列甬道,向一个高台那边走去。再看那高台之上,中央站定的便是吴三桂。还有几位将领围着他,个个皆是一脸的严肃。

离高台二十余步,领张若麟和何田等过来的那为首的军士高声喊道:"使者带到。"

喊后,台上的吴三桂并没有应声。军士们继续带领张若麟和何田等人前行,到了台下才停了下来。军士们令张若麟和何田等转过身来,面向广大军士站好。

没有风吹,军阵中的旗帜低垂着,整个广场全无一丝声息,连军士们的呼吸都像是停止了。突然,周围响起了炮声,张若麟和何田等被这突如其来的巨大声响震得几乎倒了下去。炮声持续着,震撼着人们的心灵,震撼着燕幽大地。

待炮声停了,吴三桂大声道:"崇祯十七年四月二日……"

正说之间,忽然狂风骤起,阴云自西天滚滚而来,顿时布满天空,接着一声闷雷,雨点铜钱般大地下了下来。

吴三桂满目泪水,续道:"先帝哀逝,感天动地,神鬼为之痛泣,况我遗臣乎!今大明平西伯吴三桂率众将士誓于兹:贼人李自成违天抗命,聚乌合之众,偷取燕京,致我圣君不测,罪莫大焉!窃据神禁,拷我臣工,威逼呈阎罗之凶;盘踞内城,掠我黔首,驱赶显豺狼之性。呜呼!君迫臣辱,君辱臣死!今三桂雪辱赴死,聚众祭旗,灭贼人自成,复大明社稷。拳拳之心,唯天可鉴。"

说到这里,下面军士齐声高呼:"灭贼人自成,复大明社稷!"

之后,吴三桂正要继续讲话,就听下面吼了一声:"叛逆吴三桂,休要张狂,违天逆命,你还有好下场吗?"

吴三桂看去,见是张若麟在下面喊叫,听后怒道:"正音之所,焉容邪声!抓把牛粪,把他的嘴给我塞了!"

下面的武士早就备好了一块手帕,听吴三桂令后,便强行把手帕塞入张若麟的口中——张若麟再也无法喊叫,身子也已被按住,动弹不得。

吴三桂继续道:"李自成派人来说降,封爵赐银,好不热乎。可鬼蜮之性难改,使者来,便暗暗放了四名奸细在我城中,不是我等早有提防,让他们隐藏了,祸害无穷。他们现在我手,今日杀之,以惩凶顽——拉过来!"

令下,便有几名武士从后面推出四个人来——全都是城中百姓打扮。

张若麟扭头看了,心想这又是吴三桂诡诈,说"暗暗放了四名奸细在我城中",我怎么不知?这四人百姓打扮,又有谁知他们不是用四名百姓冒充呢!

这时,就听吴三桂问道:"张若麟,我来问你,你口口声声说你们的皇上如何如何仁义,可做出这等卑鄙龌龊之事,仁在哪里?义在何方?"

张若麟被堵住了嘴,呜噜呜噜有话说不出。吴三桂命道:"给他挖出来,看他有何话讲！"

　　军士一听将手帕给张若麟拉出，张若麟道："小孩子的伎俩，只能骗骗你的部下罢了！"

　　吴三桂道："你说他们是假的？"

　　张若麟冷笑不语。

　　吴三桂不再理他，道："真假无须辩解——杀！"

　　军士们早就等在那里，吴三桂一声令下，他们大刀齐挥，四颗人头顿时落地。张若麟等人大惊。

　　这时，吴三桂又道："自古有'两军交战不斩来使'一说。可斩与不斩，以形势而定。今我大军祭旗誓师，必杀使以壮军威……"

　　说到这里，就见张若麟在下面百般挣扎。其余三人，早已瘫倒在地——军士们提着他们的领子，像提溜小鸡一般在手里提着他们。

　　吴三桂大喝一声："砍！"

　　军士们再次挥动大刀……

　　三颗人头落了地。

　　张若麟闭目引颈，平静就刑。但是，刀没有砍下来。过了很长的时间，他才睁开了眼睛。一见自己并没被杀，大叫道："要杀便杀，又玩什么奸诈？"

　　吴三桂笑了笑道："到底还是条好汉！我不杀你，是你有一条三寸之舌——我放你回去，好由你向李自成讲明白今日之事，让他死也死个明白。拖出去！"

　　张若麟被拖到场外。

　　吴三桂给了张若麟一匹瘦马，几两碎银子，算起来刚刚够一路马的草料和人的盘缠。张若麟气得真想把马宰掉，把银子拽掉，但杀了拽了如何回去？

　　一路之上他不敢紧了，也不敢慢了。紧了怕马受不了，慢了怕贻误时机。他花了四天的时间才赶到玉田，听说玉田已经被义军占领，张若麟赶紧找到驻军首领，讲明了情况，这才得到一匹好马，驻军首领派一将领陪同，赶往京城。

　　张若麟在紫禁城的出现，预示着幽燕大地山海雄关的一场群英会即将拉开帷幕。

　　唐通和刘希舜回到燕京时，情况有了新的变化。

崇祯安葬了，与周皇后一起埋在了昌平田妃墓。安葬之前，在施茶庵停灵数日，丞相牛金星进行了祭奠，明朝的一些官员和太监，甚至还有为数不多的百姓也去祭奠了。

几千名太监被遣散，一部分宫女赐给了有功将领，但大部分则被轰出了皇宫，说是让她们各回原籍。

魏德藻死后，岳瑜、范景文、倪元璐跟着上吊的上吊，投井的投井，让李自成受到了很大的震动。刘宗敏把病中的周奎强行抬进东三阁，不由分说便给周奎上了刑。逼迫之下，周奎拿出了五十万两银子，但回去已是皮开肉绽，被拷打致死。魏、岳、周等人的死，使明朝的官员感到惶惶不可终日。李岩再次上奏，要求停止追赃。李自成接受了李岩的进谏，追赃助军的行动随后停止，但收获还真是不小——白银七千万两，顶得上崇祯的三年军饷的数目。

京城突出的问题是粮食紧缺。时值三四月，正是青黄不接的时候，京城百姓原吃的是南方漕运而来的粮食，这种供应渠道早在崇祯时已是运运停停。李自成进京后，漕运完全停止。居民断了炊，米商囤积居奇，米价飞涨，百姓苦不堪言。被遣散的太监和宫女，有的有家有业，有的有自己的体己，但大部分是穷困的。他们有的京城有家，或家在外地，有处可投，但由于多年的战乱，他们中的大部分人都已无家可归。得了些微薄的遣散费用，能买到几斤米？所以他们同时加入了京城饥饿的大军。

为了救急，李自成拿出了部分军粮赈济百姓，但非长远之计。饿殍遍地，强盗蜂起，加上官员的惶恐不安，京城已经初显凶象。

好在军情尚好。南路的刘芳亮已经扫平了沿路的明朝残余势力，率军到了京郊，与李自成会合。袁宗第自陕西率军出潼关，赶到河南与左良玉对峙。左良玉没有执意抵抗，而是在与大顺军谈判。

李自成在等待山海关的消息。

唐通等回来了，带来的消息虽不令人乐观，但也不是绝对不妙。吴三桂可能拒降，但他身边有一个吴三椿。有一个孙猴子在肚儿中，你铁扇公主会有多大的动作做？

且说唐通从宫中回到他堂子胡同的寓所，刚进门不久，家人便禀道："门前有人要小的来禀报大人，说有稀客来访。"

唐通一听不耐烦起来,刚要把那家人骂几句,转念一想,在这样的年月,来访者这样的报法,或许不是一般人物,得罪不得,便对那家人道:"我去瞧瞧。"

到了门外,见门前站了一个三十岁出头的人,他并不认识。那人中等个儿,一身体面的服装,手里没有拿什么东西,也没有别的人跟着。

唐通拱手先问道:"先生是……"

那人拱手道:"受家父之命,前来拜访……"

唐通又问:"令尊是……"

那人道:"可容小的进府一叙吗?"

唐通伸手道:"请。"

进大堂后,分宾主之位坐定,家人献了茶,唐通又问:"先生尊姓大名?"

那人道:"姓金。"

唐通又问:"令尊大人是……"

那人道:"讳又清。"

唐通听后想了想,记不得有什么"金又清"这样的故人,因道:"在下与令尊并不相识呀?"

那人笑了笑,悄声道:"愿与将军单独叙话。"

"先生是……"唐通一听屏退左右。

那人道:"我乃大清副将乌格。"

唐通听罢不敢相信自己的耳朵,又问了一声:"先生是……"

那人又重复了一遍:"我乃大清副将乌格。"

唐通这次不再怀疑自己的听力了,连忙问道:"将军找我有何贵干?"

那人道:"来给将军开一条退路。"

唐通听后道:"我听不明白。"

那人笑了笑,道:"将军是个聪明人,且我等给将军开的这条退路,你知我知——京城之中最多还有一人知晓。再说,我们并不难为将军,只是把将军知道的告诉我们而已。将军做了,倘大清不胜,并无别人知晓,权当无此事发生;倘大清胜,将军的前程如何,那就无须末将唠叨了。"

唐通听罢勃然变色,大怒道:"我既投大顺,焉可二心?"说着站起身来,做出喊人的样子。

乌格并不惊慌，坐在那里冷笑着看着唐通。唐通见此光景，又走了回来。这时，乌格才道："真所谓不见兔子不撒鹰！将军不相信末将的身份，怕大顺军来行诈术，我不必也无法让将军相信。我先告退，自有认证我身份之人。只有一件，识时务者为俊杰，倘将军有不利我者，后果自负。"说罢便离去了。

乌格前脚出，便又有人来访。唐通一看名帖，心中嘀咕：方才那称作乌格的讲"京城之中最多还有一人知晓"，又道"自有认证我身份之人"，难道这老公公成了大清的人？

唐通自己出门迎了，来者是魏国征。

原来，大明朝政腐败，做官为将的朝不保夕，便纷纷在宫中寻找接近皇上的太监作为内线，一来有事及早知道消息，二来给皇上递上几句话，好事轮得上，坏事可消灾。尤其边将，天高皇帝远，便多找宫中的太监，与他们拉关系，以便通风报信。唐通多年戍守在外，也走了这条路子，他与魏国征是老关系了。

唐通见果是魏国征，便让了进来，魏国征就坐了乌格方才坐的那个位置。

唐通先开口道："进京后我就到处找您，您去了哪里？"

魏国征感叹道："一言难尽了。先是待在宫中不敢动窝儿，接着大顺军进城，李自成进宫，还是待在宫中不敢动窝儿。前两天被赶了出来，好在京里还有个落脚的地儿。"

唐通还记着乌格刚才讲的那句话，问："公公可知末将的状况吗？"

魏国征一听，笑了笑道："略知一二。"

唐通苦笑了一下，便又支走了左右，道："那公公是为那乌格将军而来吗？"

魏国征回道："正是。"

接下来的事无须再赘述了。唐通向魏国征讲了他去山海关的情况，讲了回来后他见李自成的情况。

这样，当日乌格即通过驿道六百里加急将情报送往盛京。这个驿道已经建了数年，长城以南属于明朝地盘的一段是秘密的，每五十到七十里设一驿站，表面上是车马店。长城以外的蒙古地段一直到大清的国境，驿站则是公开的。这样，这次情报最多四日即可送达盛京了。

接着，差不多每日一班，唐通和其他人提供的情报便源源不断地送往关外。

第七章 调虎离山，李自成出兵东征

对李自成来说，判断山海关方面的事情会如何发展，还要等张若麟带来的消息。

张若麟就是在这样的背景下回到了京城的。

张若麟向李自成奏报情况时，汝侯刘宗敏、丞相牛金星、军师宋献策、制将军李岩，以及出使山海关使臣果毅将军刘希尧和定西伯唐通都在场。

张若麟将情况讲得很细，李自成等人听得也极为认真。

众人听了谁也没有立即讲什么，只有刘宗敏例外。他一边听着，一边不住地用双手搓他的大腿。张若麟一讲完，他就跳起来大吼了一声："吴三桂这狗娘养的，老子不杀你，就不姓这个刘！"

其他人依然是不讲话，刘宗敏又大叫道："还憋个什么劲儿——兵发燕东，踏平山海关，将吴三桂碎尸万段！"

这时李自成才劝了一句："捷轩，少安毋躁。"

刘宗敏不以为然，扭过了头去，不再讲什么。

李自成又让张若麟读吴三桂给其父吴襄的那封信，道——

不肖男三桂泣血百拜父亲大人膝下：

儿以父荫，待罪戎行，日夜励志，冀得一当，以酬圣眷。属边境方急，宁远重镇，为国门户，身遭沦陷几尽，儿努力图恢。以为李贼猖獗，时已便当扑灭，恐往复迟缓，有失机宜，谅大臣必能除灭。不意我国无人，望风而靡,吾父督理御营兵马不少,准可以禁贼,乃一二日内,便以失守。儿欲提兵远救,已经不及,不胜愤怒。犹意我父自奋忠义,大势虽去,谅必奋锤一击,誓不俱生。不则自尽阙下,以殉国难,使儿缟素,号恸寝戈,后仇不继,则以死继之,岂非忠孝两全乎?何乃隐忍偷生,训以非议。侧闻圣主晏驾,臣民戮辱,不禁眦裂。父既不能为忠臣,儿亦安能为孝子?儿与父诀,请自今日,父不早图,贼虽置父鼎俎之旁以诱三桂,不顾也。

李自成听罢大叫道:"此等不仁不义不孝之人,我不杀他天理难容!"

众人情绪也都激动起来,唯有李岩独自深思着,并未受到感染。

过了一会儿,李自成的情绪渐渐平静了下来,问张若麟道:"也就是说,那日吴三椿不在?"

张若麟知道李自成讲的是吴三桂誓师的现场,遂回道:"他和孙应援都不在。"

李自成又陷入深思,过了一会儿,才问牛金星与宋献策:"你们估计吴三椿会有不测吗?"

牛金星与宋献策看得明白,李自成抓住了事情的关键,牛金星先分析道:"这就难以说定了,但听说吴三桂干事果断,十有八成他会下毒手,以除后患。"

宋献策听后则道:"不错,传闻吴三桂为人狠毒,为谋大计,往往不顾亲情——这次给他父亲的信佐证了;可又听说此人深有谋略,他可能不杀他们。因为看来他尚可控制局面,既不能将这些人杀尽,就不如不杀——"

这时,刘宗敏打断宋献策道:"在什么洗尘宴上,还不是杀了一人!"

宋献策反问道:"在那种场合再不杀,吴三桂颜面哪里放?局面如何控制?"

刘宗敏堵了一句:"横说你横有理,竖说你竖有理就是了!"

李自成让宋献策继续讲,宋献策续道:"不杀,有利于控制局面,因为杀了他会担心引起公愤,激发将领们的不服之情。"

李自成听罢点头表示赞同,最后又问众人:"奈何?"无意之中,他用了一个文言词语。

刘宗敏道:"我还是那句话,兵发燕东,踏平山海关,将吴三桂碎尸万段!"

李自成又问牛金星,牛金星回道:"似可发兵前去,以势相逼,促其内乱,我择机图之。"

宋献策也应道："以臣之见，不如先放他在那里。既已有内患，让他自己乱下去。倘他来就我，于他不利；臣恐我前往就他，于我不利。"

李自成又问李岩，李岩回道："容臣再思再想。"

问刘希舜，刘希舜赞成牛金星的意见。

问唐通，唐通则表示赞成刘宗敏的意见。

问张若麟，张若麟也表示赞同刘宗敏的意见。

李自成正想讲出自己的见解，只见双喜急急忙忙走了进来奏道："有要紧军情。玉田守将派人送吴三桂密使一人到，现在午门外等候。"

"可曾问清楚了他的真实身份？"李自成等人听了个个兴奋了起来。

双喜回道："玉田来将说那人讲，他携有吴三桂的亲笔书奏。"

李自成又问道："那书信在哪里？"

双喜道："那人讲事关机密，得确信是皇上身边人方可交出。"

李自成道："来到了紫禁城，他还怀疑信到不了我的手里？你接了不就是了？"

双喜道："臣也跟他说了，并讲了臣的身份。可那人又说信不在他身上，臣觉得事情紧急就先来奏了。"

刘宗敏提醒道："皇上得小心了，看来有诈。"

李自成又问双喜："可问他信在哪里？"

双喜回道："臣也问了，那人说可命人回驿馆把马牵来，现在已命人前去牵马。"

刘宗敏怒道："玩什么名堂，难道那信装到了马肚子里不成？"

李自成道："先让那人进来。"

双喜听罢去了不多时，一商人打扮的人进了殿。双喜指李自成对那人道："回皇上的话。"

那人这才给李自成跪了，道："小的参见皇上。"

李自成说道："站起来回话。你叫什么名字？道你是吴三桂将军派来，还带来一封信？"

那人起身道："小的姓黄，名子厚，是关城中的米商。受三桂将军之托，送了一封信来。信藏在马的耳朵里,出关门时逃过了搜查。那马去拉了,皇上可派人与小的一起去取。"

李自成又问:"难道吴三桂没有闭关吗?你如何能够出城?"

那黄子厚回道:"小的为米商,有出城特许。"

李自成又问:"你多日不归,不怕他怀疑吗?"

黄子厚道:"小的说去抚宁、滦州一带筹货,城里是不会疑的。"

李自成又问:"你单身一人出城,不带大量银两,说出来筹货,如何不让吴三桂他们生疑?"

黄子厚解释道:"这我们自然已经想好。出城时,有四人相陪,带了银子和银票。出关时他们翻了又翻,查了又查,并没有发现什么可疑之物,便放行了。到了丰宁,四个人留下,小的独自进了京。"

这时,有司来报,说马已牵到午门之外。

双喜要随黄子厚前去取信,李自成却吩咐道:"把马牵到殿外,朕也见识见识。"

有司去了不多时,马便牵到。那是一匹黑色的高头大马,浑身油亮,被牵到殿前时长嘶了一声。

李自成看了,心中连夸"好马"。黄子厚走上去,那马安静了下来。黄子厚到了马头前,向马的左耳伸出手去,两个指头深入马耳之中,先见夹出一团棉花。打开棉团,现出一个小小的蜡丸儿。黄子厚取了蜡丸儿,递与双喜。双喜接了,将蜡丸儿捏开,里边便有一张巴掌大的纸片儿出现,他将纸片儿展开呈与李自成。

李自成看去,是几行蝇头小字:

臣吴三椿叩启皇上:

　　唐、刘二使臣走后,这里情况骤变,罪人吴三桂誓天复明,斩使祭旗,驱张先生回报,猖獗至极。不知张先生能否回京复命,故且陈奏。臣与孙某已经被禁。臣早有准备,已做安排,与外界联络尚通。今派人奏报。以今之势,臣有两计可行,其一,伺机将人马拉出;其二,倘圣上有东伐之策,臣等即做内应,里应外合,一举将逆贼歼之。此盼圣上决裁。关西红瓦店村有一关帝破庙,庙后有一古槐,如有训命,可书就派员置于树洞之中,万无一失。

李自成看过后便给刘宗敏、牛金星等人看了。

之后,李自成又问黄子厚:"来时三椿将军可另有话讲?"

黄子厚回道:"并无其他言语传出,只说这封信所系他的身家性命,所系数万人的命运,再三叮咛,切勿出现纰漏。"

李自成又道:"你得回去复命,何时动身?"

黄子厚道:"倘皇上再无事问小的,小的即可返回。"

李自成对双喜道:"好生安排。"又对黄子厚道,"事成之后必有封赏。"

黄子厚谢恩。

这时,李岩将双喜拉到身边悄悄道:"好生看管,随后我有话问他。"

双喜引黄子厚出宫,李自成等人回到殿中。

吴三椿给李自成出了一个难题,是让他们拉出来,还是引兵过去,里应外合,一举干掉吴三桂?

刘宗敏主张发兵,牛金星也主张发兵,宋献策的态度也转变了,认为这是一举解决京东之患的大好时机,也主张迅速出兵。

刘希舜、唐通和张若麟也随声附和。

李自成又问李岩,李岩道:"此事重大,以臣之见,我等君臣宜再思再想。"

刘宗敏等知道李岩思维周密,尽管有时过于谨慎,但大多事后证明他所思所想不无道理。这次事关重大,应当三思而后行。所以,对李岩的说法他没有表示不赞成。李自成知道此次决断的利害,更是谨慎行事,也就同意了李岩的建议,让众人好好想想,利与弊都需思虑明白。

众人散去了,李自成留下了李岩,问:"林泉,你有什么想法?"

李岩分析道:"臣总觉得其中有诈。吴三桂打起复明之帜,可崇祯死了,太子在我掌握之中,他复明怎么做呢?此其一。吴三桂的种种举动近于离奇,可又太像是真的,所谓真之至极即不真,像之至极即不像,不能不让人生疑。此其二。可实际想来,也找不出什么破绽。没见破绽,可又感到不踏实得很,这使臣无法形成对敌之策。臣已告知双喜将军,臣要问问这个米商……"

李自成道:"你想得周全,殿上我问了些事,但不便问得仔细。"

李岩摇摇头道:"米商答得竟滴水不漏,难道事实竟是如此?"

随后,李岩来到驿馆见了黄子厚,自报是制将军李岩。

黄子厚在武英殿前见过了李岩,此时一听连忙拜了,道:"久闻将军大名,幸会幸会。"

两人在堂中坐了,李岩道:"知道先生做粮米生意,冒昧前来讨教……"

黄子厚听罢客气了一番,李岩续道:"不才受圣上之命,筹集大军粮草及京中百姓口粮,现值青黄不接的季节,大军粮草虽尚可维持,可百姓许多已经断炊。京城米商乘机囤积居奇,米价飞涨,我已是被弄得焦头烂额,一筹莫展。先生来为了别的事,可不才以为天不绝我,给我送了一个钱粮先生过来,故而前来讨教于先生。"

黄子厚听罢道:"京中此种状况,闭了眼也是可以知道的。这里的米情,小的略知一二。崇祯初时,京畿许多州县,百姓好年成可自给自足,一遇歉年,自顾不济,只有定州、香河、玉田才丰年有点供应,亦调剂京城粮食品种之用。而大宗粮食依然是依赖外地,尤其依赖江南。后期,兵荒马乱,农事凋敝,京城供应便出紧张之状。末期,江南漕运时时停顿,京中已出现粮荒。明厦倾覆,一切可供之渠均已停淤,又无积蓄,囤积居奇,米价飞涨之事就不可免了。"

李岩问道:"先生之论切中时弊,可有办法以解燃眉之急?"

黄子厚回道:"京城的米商大户,小的也认识几个,像瑞真米行的郑老板、永和米行的汤老板、地顺米栈的箫老板,均可称世交了。只是小的想到,一来,利害相关,这样的年月,人们往往是认银子不认朋友,小的即使找了他们,他们也未必听小人的;二来,京城米商如云,这些字号虽不算小,可仍属沧海之一粟,他们即使听了小人的,停止囤积,但难以抑制粮价的飞涨;三,小人此次所负使命,便不便露面见他们,怕需另费斟酌。"

李岩道:"先生言之有理,这条路子怕是难以走通的。先生久做粮米生意,内情内规,必是一清二楚的,可有另策教我吗?"

黄子厚沉思了半晌才道:"米行有一个不成文的法则,就是怕民不怕官,不怕官则不怕民。将军可从这一法则想开去。"

李岩听罢思索了片刻,道:"明白了。不才冒昧问先生,吴三桂之军粮,是通过先生购进吗？"

黄子厚回道："十有七成由敝号购进。"

"他的军粮状况可得闻吗？"

黄子厚道："问起吴军的军粮状况，小的敢说，除了吴三桂外，怕是没有第二人比小人更知详情了。吴三桂久怀异志，从老早就开始经营了——囤粮是他的要紧谋划之一。可以讲，别的再缺，吴三桂粮食不缺——足有一年的军需之用。先前，他的粮食一部分囤于菊花岛，一部分囤于中前所，一部分囤于山海关。后来他听说朝中议论舍弃关外，便先将菊花岛和中前所的军粮迁入关中，一部分囤于山海关陆上，一部分囤于海中船上。他还不以此为满足，想着法儿地搜刮。此次小人出关，就是借机而行的。"

"如此说来，先生与吴三桂将军是老交情了。"

黄子厚道："小人原与祖大寿将军相熟，祖家军的军粮大多由敝号代购，三年前向锦州为祖大寿送去了最后一批军粮。吴三桂是祖大寿的外甥，经祖大寿介绍小人与吴三桂相识，算起来也有十年的光景了。"

"先生当与吴三桂关系更密些，令不才不解的是，先生怎的倒为三椿将军做了事呢？"

黄子厚听后道："小人虽身在生意场中，倒知道君子和而不群、君子爱财取之有道的古训。交往中深知三桂奸诈，多取不义之财，非同道者。三椿将军则不然，为人正直，有胆识，知是一可交之人。明廷腐败，大厦将倾，大顺朝吊民伐罪，百姓引颈相盼。三椿将军欲降大顺，吴三桂逆时而动。小的便做出抉择，要与三椿将军一起弃暗投明……"

李岩打断了黄子厚的话道："先生在那边可见到过大顺的使者吗？"

黄子厚道："小的不曾出面见到使者，可使者在那边的情况小的略知一二，所有大事均由汤禁将军之弟汤禀将军转告。此次来京，也是汤禀将军暗中吩咐的。"

李岩奇道："他哥哥被杀，他不会受到监视吗？"

黄子厚道："三椿将军做得细，一直让汤禀将军不露真相，吴三桂一直把他作为心腹。"

"三椿将军确有些胆略。"思索了片刻，李岩又道，"先生，不才有一事讨教，米行购进军粮时，银子是先由米行垫付呢，还是由官府先拨给米行？"

黄子厚回道："两种情况都是有的。"

李岩感叹道："那贵号财力就可想而知了。"

黄子厚笑了笑道："各地米行都与钱庄相互沟通，某米行与某钱庄都是唇齿相依的。敝号与宁远、山海关、永平的钱庄关系甚密。将军想必知道十多年前金军占领永平，撤离时屠城的事。当时永平城有一有名钱庄'封记钱庄'，老板封盛萱全家被杀，那封盛萱便是小可的姑父。京城中的钱庄，像前门外的钱氏钱庄，鼓楼大街的唐氏钱庄、王氏钱庄都是敝号筹款的老东家，其中的唐氏钱庄老板与小可是世交，钱氏钱庄、王氏钱庄的老板与小人一家则都是几世亲上加亲的。"

李岩道："这些大户也倒经常听人讲起，贵号与它们关系如此，生意做成偌大规模，就不足为怪了。"

黄子厚道："都是相互提携的，现在大顺军进京，他们的情况不知如何，可也不便与他们见一见……"

李岩也感叹了一阵，又道："听先生谈吐，倒更像一个读书人……"

黄子厚听后又笑了笑，道："小的也胡乱读了几年书。家父受官场制约，小的年少时，家父便想让小的读书科考，走入仕途。小的少时不谙世故，确也用心读了几本书。及长，书也读了，便看清了世道的黑暗，官场的污秽，遂罢了走仕途之念，继承了祖业。不怕将军笑话，小的还够得上半个秀才呢。"

李岩客气了一番，又问："三椿将军和孙应援先生被禁，会不会发生不测？"

黄子厚回道："对此三椿将军已有安排。汤禀将军就在吴三桂身边，吴三桂一有杀吴三椿的决定，三椿等便先行起事，先下手为强。"

李岩又问："既然汤将军在吴三桂身边，可知吴三桂的运筹吗？他提出'复明'，以何为号召？"

黄子厚道："小的对此不知其详，只听说有为崇祯复仇、夺回太子这样的号召。"

李岩又问："他有没有与南京联络的打算？"

黄子厚道："这方面的事没听说议论过。以小的之见，吴三桂的复明，挂羊头卖狗肉而已。战乱之际，他所谋求的，倒是他自家的生存和发迹。南京的情形他知道,上下隔膜极深,臣下钩心斗角,成不了气候。要联了那边,马士英一干人皆虎狼之徒,不胜则罢,胜了也被马氏等人把摘得的果子接了过去,无异于给他人作嫁衣。由此看来,吴三桂不会干那种傻事的。"

李岩又问:"他们靠那几个兵就能与大顺对抗吗?"

黄子厚道:"他要联络关外的大清国。"

李岩听罢,假装吃惊道:"他料定大清国会帮他?"

黄子厚道:"据汤将军所知,吴三桂有与大清联络的谋略,正计划派使前往。如有下一步的行动,谅三椿将军探得后必及时报来。"

李岩觉得当问的他都问过了,便辞了黄子厚来武英殿向李自成奏报。讲完了与黄子厚交谈的详情,李岩对李自成说他的怀疑大部分释却了,随后,他将派人去瑞真米行、永和米行、地顺米栈和钱氏钱庄、唐氏钱庄、王氏钱庄打听,核对黄子厚与这几家老板的关系。如黄子厚的真实身份确定,就可以最终放心了。

李自成又问道:"如其事非诈,将如何行动?"

李岩答道:"那倒是制服或消灭吴三桂的绝好机遇,只是需把握好时机——以关外的大清国行迹而定,即在那边还没来得及反应时,迅速出兵,一举而就,从而去除京东大患。"

李自成也是如此想的,但他还担心别处的军情会使这样的一次行动受到牵制,所以并没有最后下定决心。他让李岩快去核实黄子厚的身份,李岩领旨而去。

经过了解,几家米行和钱庄的老板与那黄子厚的关系确如其所说的那样,李岩的疑虑最终打消。

当日,放到关外大清国的奸细报来第一批情报,说清军并无出动迹象,只是有些操练。还报来了前段大清朝中高官被杀、被贬诸事件的详情。

恰在此时,南方袁宗第报来喜讯,说左良玉答应投降,要求封他为镇南伯,率军在原地驻扎,急用可听候调遣。

李自成对左良玉提出的条件虽有不满之处,但稳住南方、解决吴三桂是当前之大局,遂全部答应左良玉的要求,派出使节前往河南不提。

李自成召集刘宗敏、牛金星、宋献策、李岩、刘芳亮等制将军以上的将领商议东征之计。李自成讲了自己的想法,说吴三桂盘踞山海关,手下有四万人马,去招降他,他却逆天而动,要与大顺抗衡。随后,李自成简单讲了吴三椿的情况,道:"现已得报,关外的大清国军尚无出动的迹象。此天赐良机,我欲亲率大军过去,与那边的吴三椿里应外合,一举将吴三桂除之,释却京东大患。"

事关重大,除李自成要不要御驾亲征这一条外,将领们却很快达成了一致。御驾亲征的事,李自成表示了不可变更的决心,众人也就不再讲什么。

一项决定大顺命运的行动,就这样定了下来。

李自成的大军是四月十二日出发的。丞相牛金星和制将军刘芳亮留守,刘宗敏、宋献策、李岩、刘希尧等人随李自成出征。李自成在京城共有八万人马,另有两万人马留守。

四月十五日,李自成大军到达玉田,便停了下来。

三匹马出山海关后在通往盛京方向的大道上已经奔驰了两天,第三日的黄昏,三匹马已经进入翁后地界。

骑马人是一名文士,两员武将。他们朝坐骑猛加两鞭,马儿便跃上了一个高坡。为首那位文士模样的人不由得惊叹了一声:"啊!"

这文士模样的人便是孙应援。

两员武将随孙应援的目光向北望去,见远方营帐鳞次,旌旗如林,一眼望不到边。再细看去,那旌旗按不同营垒分作黄、白、红、蓝四色,靠近的便是蓝色。两员武将看罢赞叹道:"军师果料事如神!"

正在这时,便听一旁响起马铃之声,闻声望去,见一支十余人的马队向这边奔来,那边有人喊道:"你们是什么人,在此窥探我军营寨?"

孙应援见问回道:"我等乃平西伯吴三桂将军麾下,将军派我等携书见摄政王。"

那队人马走近,为首的一个道:"既如此,可随我等进营。"说着在前面引路。

到了寨门,那人回首道:"诸位请出名帖,在此稍后,我等进去禀报。"

孙应援道:"并没有名帖,请进入通报,就说平西伯吴三桂将军帐下副军师孙应援、副将杨绅、游击郭云龙携平西伯致摄政王书求见。"

那人进营去了，其余清兵留在寨门外。

不多时，那人由一将领陪同前来请孙应援三人过去。那进去通报的人留在了营门这边，那陪来的将领引三人进了营。

众人没有下马，走了很长的时间才到了一大帐前。那将领又让三人留在帐外，自己进去禀报。不一会儿，那将领又有一将领陪同出帐，后来出现的将领上来与三人见过，细声道："摄政王有请。"

孙应援等一听，便知这是多尔衮的大帐了。

三人在那两位将领的引导下进帐，抬头看去，正面一把椅子上坐了一人，并没有穿戎装，而是穿了一件白色长袍，外面套了件宝石蓝色坎肩，三十岁出头的年纪，面目清秀，高高的个子，稍稍有些驼背，想必就是摄政王了，两边还有不少的人也坐着。

那将领指着正中的高个子道："这就是摄政王。"

三人叩见了，多尔衮命有司搬过三把椅子让三人坐了，问："听说三桂将军有书给我？"

孙应援站起身来，自怀中掏出书信，仍由那位向他们引见的将领接了，呈与多尔衮。

多尔衮接过信来看了一遍，问孙应援道："先生可是孙应援？"

孙应援回答了，又依次指了下着之人："这是杨绅将军，这是郭云龙将军。"

多尔衮点头道："幸会，幸会。孙先生等在路上走了几日？"

孙应援道："近五日。"

多尔衮问："先生与两位将军来，是专为送信呢，还是受三桂将军之托，另有话讲？"

孙应援道："专为送信而来。"

多尔衮道："如此，我有话可以问吗？"

孙应援笑了笑道："岂敢不回摄政王的问话！"

多尔衮问："来时可知大顺军的军情？"

孙应援道："大顺军兵分两路进攻燕京，现已在京城会合。河南、两湖左良玉将军有五十万大军，崇祯晏驾之前，欲率军北上勤王。李自成急调陕西袁宗第率军出潼关迎击，战况不明。李自成在京畿人马不足十万。"

多尔衮听后道:"既如此,我有三不解,当问先生。一,李自成大军已于十二日离京东来。三桂将军既有联清抗贼之计,为何早不筹划,早不告知,而等李自成大军东来了才匆匆派人过来联络?"

孙应援一听大惊,心想这是诈我吗?今日十五,即使真的李自成离京东进了,三天前的事这里如何就知道了?

诈与不诈,孙应援自然不便涉及,只好回道:"时局骤变,非人之所料。三桂将军又在应付李自成使团之事,无暇顾及。"

多尔衮笑了笑,道:"三桂将军信中讲'合兵以抵都门,灭流寇于宫廷'。既如此,三桂将军却苦苦经营,演一出'苦肉计'出来,何苦来哉?"

孙应援听了这话,身上已经浸出了一身冷汗,他在思考如何回多尔衮。为了有一个思考的余地,他又道:"摄政王可讲第三问,不才一并回王爷。"

多尔衮听了又笑了笑,道:"第三,三桂将军信中讲已三军缟素,杀李贼之使祭旗,誓师复明,看来三桂将军乃明朝大大的忠臣。可人死哭他,倒不如没死时救他不死。崇祯让三桂将军勤王的那会儿,他三月十五日发兵,十九日才到了玉田,五天走了五百里——在洋河他还停了一天,急如星火之事却如此慢慢吞吞,是何道理?"

这话讲完,孙应援已是满身大汗。

正要回答,就听多尔衮道:"这样吧,先生与二位将军一路劳顿,先歇了。题目出了,晚上有得是时间,到时再行领教。"

孙应援一听一下子松弛了下来,忙起身谢了,与杨、郭二人出帐。

孙应援刚刚走到大帐门口,就听身后有人喊他的字:"子瞻留步。"

孙应援回头看时,见一清朝官员走了过来。孙应援在帐中曾看到睿亲王两旁文武官员中有一人极像洪承畴。当时心中疑惑,也不便盯着看个分明。这时回头看了,正是在帐中看了像是洪承畴者。孙应援停下了脚步,就见那人赶了一步过来,拉住了孙应援的手道:"子瞻不认得老夫了?"

孙应援这才断定果是洪承畴,便赶紧跪下道:"果然是洪大人,只是……"

洪承畴扶起孙应援道:"只是说老夫已经死了!可死了,你今日岂不见了鬼?"

孙应援回想起往事,又见洪承畴还活着,再想到当前各为其主,而自己刚刚摆脱了一场惊心动魄的考验，各种滋味儿一股脑儿涌上了心头，便不由得落下泪来，抽噎道："今日可是在梦中吗？"

两人又说了一会儿话，商定晚间聚一聚。

孙应援等离开后，多尔衮即将多铎、阿济格、阿巴泰、范文程、宁完我、刚林和洪承畴等留在帐内。多尔衮把吴三桂的那封信交给洪承畴，让洪承畴给众人读了一遍。读罢，多尔衮道："再把那要紧之处读上一遍。"

洪承畴读道："流寇逆天犯阙，乱国危民，进陷京师，先帝不幸，九庙灰烬，李贼罪不容诛。三桂受国厚恩，悯斯民之罹难，据守边门，欲兴师问罪，以慰人心，已三军缟素，杀李贼之使祭旗，誓师复明。奈京东地小，兵力未集，特泣血求助。除暴剪恶大顺也，拯危扶倾大义也，出民水火大仁也，兴灭继绝大名也，取威定霸大功也。况流寇所聚金帛子女不可胜数，义兵一至，皆为王有，此又大利也。王以盖世英雄，值此摧枯拉朽之会，诚难再得之时也。乞念亡国孤臣忠义之言，速选精兵，直入中协、西协；三桂自率所部，合兵以抵都门，灭流寇于宫廷，示大义于中国。则我朝之报北朝岂唯财帛，将裂地以酬，不敢食言。"

多尔衮道："吴三桂信中有三句要紧的话：其一，是'誓师复明'；其二，是让我军'直入中协、西协'；其三，是'裂地以酬'。三句话连起来，就是他以大明为一方，我以大清为一方，联军打李自成，最后把李自成打败，他会给我们一点地盘，他做他的明朝复国之臣——或许还要做太上皇，我们得点地盘，在关外继续做我们的大清国。"

多铎叫道："白日做梦！他是什么东西，竟对我们指手画脚，还他娘的'裂地以酬'！我大清国还叫你来赏赐、施舍不成？"

多尔衮道："事关重大，大家不必就急着出主意、发议论，回去想想，日后之事将如何是好？"

众人散去，多尔衮留下洪承畴道："将军的故人来了，正好将军以故人之谊设宴为他们洗尘。我问了他们几句，宴后可单独会见孙应援，看他讲些什么。"

洪承畴道："看来情况比原想的复杂些。"

多尔衮点了点头，道："可吴三桂毕竟出头了。"

洪承畴道："或许今日我等在幽燕雄关也要唱一出群英会了。"

洪承畴语气中特别强调了"幽燕雄关"四字，多尔衮听后一笑。

晚间，洪承畴设宴款待了孙应援等。杨、郭两人洪承畴并不认识，但他们都参加了两年多以前的松锦之战。席间，没有谈别的，只回忆了战时的一些事。散后，杨、郭二人知道洪承畴与孙应援是老相识，二人久别重逢，彼此会有许多的话讲，便各自回帐，留洪、孙二人叙谈。

两人走后，洪承畴才道："摄政王的三问，好不厉害。我从旁看去，子瞻已经是如芒在背了。"

孙应援道："不瞒将军也难瞒将军，应援确已难以招架了。"

洪承畴道："来时三桂将军没有想到这边会问吗？"

孙应援道："倒也想到了，不然就会说'并无授权回话'挡了。"

洪承畴问道："既说'倒也想到了'，第一问的答词晓得了，第二问准备的答词又是什么呢？"

孙应援道："学生先来问将军，摄政王讲李自成大军已于十二日离京东来，今日是十五日，三天前燕京那边的事这里如何就知道了？"

洪承畴道："大清的秘密驿道已然运行几年了，可以达到六百里加急的神速，这一军报摄政王刚刚收到。"

孙应援听后惊叹不已，又问："三桂将军的勤王行踪，也是由秘密驿道送过来的吗？"

"自然，当是另外的一条。"

孙应援又问："三桂将军行苦肉之计，意在调虎离山，引李自成东来，此计摄政王这边已经看出了？"

洪承畴听了大笑道："子瞻如此，老夫倒成了被逼问者！"

孙应援听后也笑了起来，道："失礼失礼，学生紧张之至。"

两人又乐了一阵，洪承畴道："子瞻在其中是一角色，今日出现在这里，那'苦肉计'三字，已经赫然写在山海关之上了，何况摄政王所知还绝不止这些呢！"

孙应援听后道："看来对大清，山海关已无密事可言了。"

洪承畴道："那自然不会。三桂将军对此准备了怎样的说辞？"

孙应援笑了笑，道："三桂将军叮嘱，如清方已识破我计，则实告之。"

洪承畴道："那老夫倒真的高兴让子瞻给我讲一段《平西伯巧设苦肉计》听

听了。"

孙应援道:"三桂将军三月十四日接到崇祯勤王急谕,当日,把将领们召集在一起,让传旨的官员宣旨,并立即传令大军集于校场,宣读崇祯之旨。旨中晋三桂将军为平西伯。三桂将军对皇上的封赐无限感激,痛哭流涕,表示誓与社稷共存亡,立即发兵勤王。十五日点齐人马,鸣炮出征。十九日大军抵达玉田,这时传来李自成进入燕京的消息,二十日夜,三桂将军下令撤军,急回山海关。

"唐通等人是二十六日到达山海关的。携来白银四万两、黄金一万两、锦缎一千匹。另有三桂将军之父的一封劝降信。

"当日,三桂将军引唐通、张若麟、刘希舜进入大堂,先见了众将。三桂将军道:'现请他们退去,晚间,末将将设宴为使者洗尘,届时他们作陪,听使者教训。'众将退去了。堂内只剩下了吴三桂、唐通、张若麟和刘希舜四人。唐通讲明了来意,并将吴襄的信交与三桂将军。三桂将军看罢,眼里先滴下泪来,道:风闻崇祯皇上已没,不知是真是假,现在见到家书,知道事情是真的了。众人劝了,皆道:'明厦倾倒,明帝殡没,天数也。将军如此,实乃忠贞之士,令人钦佩。然请将军节哀……'三桂将军则道:'原只听传言,未敢造次,今既得准信,我当令全军缟素,以表哀臣拳拳之心。请诸位少坐,三桂失礼离开片刻。'说着,站起身来,已是摇摇晃晃。刚到门口,身子僵直地晃了三晃,接着倒了下去。众人大惊,忙上来搀扶。众人见三桂将军已是人事不省,直挺挺地倒在了地上。"

听到这里,洪承畴道:"三桂将军哪里学到了这般本领?"

孙应援听后笑了笑,继续道:"学生当时便领唐通等人回到了驿馆,随后准备离去。唐通大概有些怀疑,便提出要过去探望。学生答应了,唐通又支吾说要刘希舜、张若麟同去。他们去了,但没有发现破绽。群龙无首了,吴三椿将军设宴请了刘希舜,学生请了唐通和张若麟。席间,学生与唐、张二位谈得甚为投机,学生向他们谎报了三桂将军帐下有愿降和拒降两派,明讲三桂将军为拒降派之首,三椿将军为愿降派之首,说两派已闹得不可开交,为后来三桂将军怒斩汤禁、禁三椿将军和学生做了铺垫。三椿将军则在席间表现了大志难酬、欲投大顺而不得的郁郁之情,最后醉于桌下,也取得了刘希舜的信任。"

洪承畴又笑道:"弟兄二人,一对做戏妙手!"

孙应援续道:"两天之后,三桂将军'醒来',即刻传令全军缟素,以悼圣上。

又安排盛宴,为使者洗尘。席间引起不满之声,而后便酿成了杀汤禁之举……"

洪承畴打断孙应援道:"你们找了一个什么人当了汤将军的替死鬼?"

"一个犯纪候斩的小卒。"孙应援见洪承畴没有再问,便继续道,"三椿将军与学生出面为汤禁求情,意在让唐通等人看到愿降与拒降两派的裂痕,使他们不疑。此后,学生提出留'副使'之事。留'副使'的用意是为后来驱赶他,让他回京城通风报信,没有想到张若麟会主动留下来。后来我们将驿馆封了,旨在增强诡秘之色,使唐通等人深信不疑。次日,唐通等离开了,只有三桂将军和几名将领送了他们,三椿将军和学生都没有露面。后来便有了誓师杀使、驱逐张若麟的事。"

洪承畴道:"杀那几名所谓的'奸细'又是怎么回事?"

孙应援道:"唐通等用三十多辆大车拉着那些金银进城,以为我们不会注意那些车夫的数目,进馆后便有几个乔了装偷偷出馆,要混入城内民众之中。我们先是对他们的行踪进行了监视,后来便捕了他们。经审问知道,那是由刘希舜安排的,连唐通、张若麟都是不知情的。"

洪承畴听后道:"随后又有了派米商进京之事。"

孙应援大惊道:"这事摄政王也知道了?"

洪承畴道:"三桂将军人选得好!选了一个米商,且难得的是他竟有王佐之才,骗过了精明而细心的制将军李岩……"

孙应援道:"怎的就光提一个李岩?别的人……"

洪承畴道:"别的人没有一个不相信山海关发生的事是真的,唯有李岩有怀疑,便找了这个米商察看真伪,结果还是上了当。"

孙应援惊道:"如此机密之事,大清这边是如何探得的呢?"

洪承畴笑了笑,继续道:"李岩没有看出破绽,而后不仅没有反对李自成出兵东来,反而成了出兵的倡导者——他的见解对李自成的决策往往举足轻重。"

孙应援不再问什么,他陷入了深思。山海关发生的一切,都是按照无际的计谋行事的。来时,他还没有得到李自成出兵东进的消息,是大清告诉他李自成已经东进了。看来,李自成没有识破无际的苦肉计,调虎离山的计策取得了成功。出关之前,吴三桂、无际、吴三椿和孙应援本人对这次出使进行了多次商讨。从时机的选择到对清方可能提出的各种问话的回答,都费了一番心思。吴三桂探得了清军八旗在摄政王多尔衮的率领下出动的军情,无际要选择清军出动后、李自成出动前把吴三桂的信送达清方。

一直到孙应援出关前,吴三桂对李自成会不会兴兵东来尚心存怀疑。他一怕苦肉计会被识破,二怕李自成晓得东进的利害,即使识破不了苦肉计,也未必前来。

黄子厚回来后,他认为从李岩对他的种种巧妙的盘问看,大顺方面并没有最终判定事情的真假,而他相信,他的身份、背景和对盘问的种种回答只能让大顺方面相信事情的真。听了这话,吴三桂的疑虑稍解。无际听罢认为时机成熟了,遂让孙应援出了关。

当时,孙应援曾问,如果清军已经走上去蒙古的道路那怎么办?

无际道:"不会,他们必驻于翁后。"

对大清方面会不会看破苦肉计,吴三桂表示不相信清方会识破,而无际则肯定地说,此计会被清方识破。

吴三桂疑问道:"先生此计诡秘,直接与我打交道的大顺方都被骗过了,远在千里的大清国如何就会识破此计?"

无际并没有回答吴三桂,仍然道:"将军等着看便了。"

孙应援因此问道:"既如此,他们问起来,当如何?"

无际道:"据实回他。"

孙应援将信将疑,上了路。

八旗军果然在翁后停驻,摄政王果然识破了苦肉计,而且还不止这些!

想到这里,孙应援才收了心思,只听旁边有人道:"子瞻,深思如此,连老夫的问话都不理了!"

看着眼前的洪承畴,孙应援讪讪一笑道:"将军见谅,学生把大清国想神了。先生有何训示?"

洪承畴道:"老夫问你,现在吴三桂将军麾下有多少人马?李自成过去,三桂将军究竟打算怎样打?"

孙应援道:"三桂将军人马号称十万,实为七万。至于打法,三桂将军原不知八旗大军已经出动,恐摄政王懒于出兵,故信上写了'合兵以抵都门,灭流寇于宫廷'等语,实请八旗大军入中协、西协。李自成既已东进,两军东西合击之,让大顺军腹背受敌,一举可歼。"

洪承畴听后笑了起来。

孙应援坐不住了,忙问:"将军何故发笑?"

洪承畴道:"李自成本人深谋远虑自不待说,他的身边还谋士如云。而虽然如此,却乖乖地一步步钻入了三桂将军设下的圈套。老夫笑三桂将军在未遇大清之前处处得计,可一遇大清,就会处处难以得计,所设之局寸步难行了。"

孙应援一听大惊道:"将军何出此言?"

洪承畴道:"三桂将军诓大顺军东进,又诱八旗军入中协、西协,实为高策,然……"

孙应援一听打断洪承畴:"将军言'诱八旗军入中协、西协',这是从哪里说起?"

洪承畴反问道:"难道不是如此吗?"

孙应援道:"两军合谋,分兵而进,两面夹击难道不是上策?再说,大清往日进军中原,都是入中协、西协的,何诱之有?"

洪承畴道:"今非昔比,先生并不是不明白。"

孙应援假装糊涂,道:"往日大清进军夺明之财物,今日进军,诚如三桂将军信中所言:'除暴剪恶大顺也,拯危扶倾大义也,出民水火大仁也,兴灭继绝大名也,取威定霸大功也。况流寇所聚金帛子女不可胜数,义兵一至,皆为王有,此又大利也。'何况还有'我朝之报北朝岂唯财帛,将裂地以酬'呢!"

洪承畴笑道:"子瞻莫与我打马虎眼,今日之事,三桂瞒得了别人,老夫谅难以瞒得了摄政王……"

孙应援道:"难道让八旗军出中协、西协于大清会有不利吗?"

洪承畴道:"子瞻休要欺老夫,当今之时,三桂将军让八旗军出中协、西协的如意算盘难道你不知吗?"

孙应援要坚持到底,道:"不瞒将军,三桂为人狡诈,计谋多不示与人知的。故他怎么想,学生并不真正晓得。只是以学生之见,是无论如何也看不出八旗军出中协、西协的不利之处。"

洪承畴听后冷笑道:"子瞻既说不知,那老夫就告诉你好了。八旗军出中协、西协,东有李自成大军,西有李自成京城守备之师,便是腹背受敌了。这且不去管它。李自成被夹在中间,必作困兽斗,而他的打击方向绝不是在他东边的吴三桂,而必是在他西面挡住他回京之路的八旗军。这样,八旗军不但腹背受敌,而且成了与李自成鏖战的主角,而吴三桂则可以作壁上观,坐收渔人之利。你道是也不是?"

孙应援听罢装作恍然大悟的样子,道:"将军不做指点,学生还真的看不出这一层,八旗军出中协、西协确有此虞。"说完他停了一停,又道,"然依学生看来,吴三桂虽诈,可未必有这个心计。"

洪承畴冷笑不语。良久,孙应援又问:"那依将军之见,今日之事当如之何呢?"

洪承畴道:"子瞻既不晓得吴三桂的心思,老夫又焉能知道多尔衮的打算,咱们都等等看好了。"

孙应援听出洪承畴话中有话,而且带有明显的不满。原想通过与洪承畴的见面打听到一些情况,摸清多尔衮的意图。情况倒是明朗了,可没有一样是对吴三桂有利的,而他自己整个晚上一直处于被动地位。他不想再让这样的对话继续下去,因此对洪承畴的话,话中有话也罢,不满也罢,他都不打算做出解释和挽回。他想问一问最最要紧的一件事——清军是依然出中协、西协呢,还是要奔山海关,或者在此按兵不动,看一看再说?可被洪承畴顶了回来。孙应援便就梯子下房,说时间不早了,谢了洪承畴的款待,便离去了。

孙应援等在清军营中住了一夜,次日早餐后,三人被召入多尔衮的帐中。帐中还是昨日来时的情景,多尔衮坐在大帐的中央,两旁是文武百官。给吴三桂的复信已经写好,多尔衮并未多讲什么,让人把信交给孙应援等,孙应援三人便在一位将领的陪同下离开了大帐。洪承畴依然是坐在昨天所坐的位置上,在孙应援向他那边看时,微笑着点了点头。孙应援等人出帐时,洪承畴并没有出帐送他们。

三人的坐骑已经备好了,那陪同的将领也上了马陪孙应援等一起出营。孙应援等出大营营门,辞别了陪同的清军将领,踏上了回程。

走到翁后小镇,郭云龙留了下来。

昨晚孙应援见洪承畴时,本想要摸一摸清军下一步的动向,但未能成功。

清军将如何回答吴三桂,下一步行动是否在回信中讲明,因信是封了的,孙应援不得而知。留下郭云龙,是要他暗中观察清军的动向,以便及时回去报告。

孙应援与杨绅一路不敢怠慢,不到两日便回到了山海关。

吴三桂正等得着急,一见孙应援到了,忙问去那边的情况,吴三椿、汤禀也在场。见吴三桂并无让他们回避之意,亦急于想让孙应援讲一讲。

无际则更看重多尔衮的复信,因此道:"先看看复信再讲不迟。"

孙应援把信呈上,信是这样写的——

三桂将军台鉴:

予闻流寇攻陷京师,明主惨亡,不胜发指。因率仁义之师,沉舟破釜,誓不返旌,期必灭贼,出民水火。今伯若率众来归,必封以故土,晋为藩王。一则国仇得报,一则身家可保,世世子孙,长享富贵,如河山之永也。

无际看罢顿觉一股冷气袭骨,不由得叫了一声:"果然厉害!"

吴三桂看了也气馁起来,道:"果有让我归降之念!"

两人思索良久,无际方对孙应援道:"子瞻请讲讲那边的情况。"

孙应援遂将进入清营的详情讲了一遍,之后问道:"信中可讲了清军下一步的动向?"

吴三桂把信丢给孙应援,道:"你自去看!"

孙应援拿起信,飞快地游览了一遍,也惊出了一身的冷汗。

就在此时,郭云龙闯了进来——上气不接下气,歪歪斜斜地奔到吴三桂的案前,双手撑着案面。

吴三桂急忙道:"有话慢讲……"

"清军向中协、西协去了!"郭云龙强憋一口气说罢,便倒了下去。

吴三桂忙命吴三椿喊人将郭云龙安置了,然后兴奋不已地站起身来,搓着双手,在堂中踱来踱去。吴三椿也激动得叫了一声"天助我也"。唯有无际没有激动之情,他透过窗棂看着天空,思索着,最后向堂外喊了一声:"来人!"

一个亲兵出现在门口,无际吩咐道:"把郭将军搀过来。"

亲兵去后不一会儿,郭云龙自己走来了。他方才是因一路马不停蹄地奔跑累坏了,歇息了一会儿便好起来。

无际问道:"将军道清军向中协、西协去了,敢问将军是等到清军全部拔营西进之后才过来的吗?"

郭云龙回道:"那倒不是。如等他们全部拔营,怕是又得在那里候半日了。"

无际听后道:"明白了。"

吴三桂见无际唤人召郭云龙,便知他对郭云龙所报清军的去向产生了怀疑。现听无际如此讲,已经明白自己是心随己愿,把事情看简单了。

郭云龙见状便问:"先生判定清军有诈吗?"

无际道:"说有诈为时尚早。我判定向中协、西协进发之军只为清军之一部。"

郭云龙惊问道:"先生是说,多尔衮会派出一部分人马入中协、西协,一部分会向这边奔来,对李自成形成两面夹击吗?"

"这不能排除,或另有深意。"说完这话之后,无际忙对孙应援道,"子瞻怕是又得辛苦一趟了。"又对吴三桂道,"请将军立即写信一封,让子瞻带上去见多尔衮……"

这时,在一旁的汤禀也问:"先生怎的就判定清军不会全部入中协、西协呢?"

原来,汤禀虽未参与整个计策的谋划,但作为吴三桂的爱将,对计谋的大致轮廓他是知道的。只是,有些地方他想不太明白。现在是个机会,对不明白的,他要问一问。

无际见吴三桂并没有阻止汤禀发问,便道:"中协、西协是清军惯走之路,让他们走那里也是我之上策。可现今之时对清军不利,何况多尔衮足智多谋,帐下谋士如云,清军怎会轻易上当——洪承畴已向子瞻指出,便是明证。不走中协、西协,自然就到山海关来,来的自然必是清军主力。至于把一部分兵力派向西方的用意,刚才已经讲过了。"

汤禀问后见吴三桂没有阻止,越发大胆起来,又问:"今清军来了山海关,意图何在?我如何应对?"

"大顺军东来,多尔衮已知大顺军中我调虎离山之计远行就我,于大顺军不利,但毕竟胜负未定。这样,便想趁我之危吃掉我,这就是他那封回信的宗旨了。我应与不应,他必是到后,先作壁上观,耗我军力,倘我军已显胜局,他便迅速出击,夺占胜利之果;倘我军失利,他也必等到我灯油将尽之时方才出兵。而如此,我便施中策,赶在清军到达之前,与李自成速决,即使未获全胜,多尔衮赶到,我军胜局已定,可与他成平分秋色之势。如天不佑我,而为后者,则当取妥当之策,逼他尽早出兵参战,我仍可力争平分秋色之势。故而将军勿忧,我军并无败局,而只有赢局,赢多赢少而已。"

经无际这么一说,汤禀的疑虑全消,顿时振作了起来。

这时孙应援道:"洪承畴知事之关键,就此事抓住不放,逼得我出了几身大汗!"

无际道:"这也有一个好处,让他以为我极怕清军来山海关,免得他们又要想出许多计策来对付我们。"

孙应援道:"看来清军已经启程来此,多则四日,少则三日就到了。而我需与大顺军速决,那么现在他们在哪里呢?"

吴三桂道:"他们已经过了永平,按行程,大概后天该到了。"

第八章　黑云压城，山海关风雨欲来

　　且说李自成大军停于玉田已是第三天。
　　一路之上，李自成反复思考了此次军事行动诸方面的问题，尤其反复思考了它的利害得失。他首先思考了这次军事行动所面临的总体形势，概括为周围有"三狼一虎"，西有姜镶，南有左良玉，东有吴三桂，谓之三狼；另有就是关外的多尔衮这头猛虎。姜镶虽然已经降了，但是他的人马还在。此人有虎狼之心，一有风吹草动，就会蠢动。姜镶处于他的大本营陕西和燕京之间，一旦姜镶生事，他的后路就会被截断。因此，那边的情况不能让人高枕无忧。左良玉的人马号称五十多万，大多是新兵，甚至可以说是一群乌合之众，但毕竟数量不少，且占有河南、两湖广大地区，而大顺在京南并无重兵防守，一旦左良玉生事，就是一个极大的威胁。前不久，左良玉就曾要北上勤王。李自成当时正在大同与姜镶对峙，没有条件抽调人马，便急令在陕西坐守的袁宗第率军出潼关，前去截击。后来大概左良玉听到崇祯已死的消息，又加袁宗第相逼，便表示归降，但提了极高的要价。不用说，一旦有个风吹草动，左良玉的威胁不能不虑。吴三桂拥有四万多人马，兵精粮足，是三狼之中唯一没受到重创从而保持着原有军力的一个。关外的猛虎的威胁最大，不要看它远在千里，可对中原它早就垂涎三尺、虎视眈眈。它不动便罢，一旦猛扑过来，就会让人难以对付。
　　李自成的设想是，各个击破，最终将三只狼消灭掉，而后把中原稳定住了，再对付那头虎。吴三桂为人狡诈，有计谋，是三狼之中对大顺威胁最大的一个。果不其然，吴三桂起事了，要搞什么"扶明灭贼"。幸好吴三桂内部出了事，给大顺送来了一个内应。于是,李自成便决定利用这一难得的条件,赶在清军之前一举将吴三桂歼灭,除掉京东这一心腹之患。

大顺军驻在还乡河两岸,营帐绵延十余里。

夜深了,一轮皓月当空高挂,夜空万里无云。李自成出了帐,倒背着手慢慢在营地里走着。亲兵们知道李自成的习惯,所以都远远地跟着。

还乡河是一条季节河流,时值春季,河是干枯的,两边有些树木。树林在营寨之中,林中的鸟儿已经被惊走。月光透过稀疏的树枝投射在满是野草的地面上,形成斑驳陆离的光影。营寨中渐渐静了下来,李自成沿河向上游走去,他边思索着边向前看,见不远处有一人影。

"是林泉吗?"李自成向那边叫了一声。

"皇上?"那人应了一声,果然是李岩,"皇上还没歇着?"李岩走近,给李自成请了安。

李自成道:"睡不着,出来走走。"

李岩知道李自成思考事情时不喜欢别人打扰,现在碰上了,李自成无话,他便跟在李自成的身后不说话。

李自成依旧向前走着,过了一袋烟的工夫,他停下来转向李岩,问道:"林泉,你说这一仗要是我们败了,将会如何?"

李岩一听,吓得几乎失了魂,觉得一股冷汗立即从脊梁上浸了出来,惊道:"皇上何出此言?"

李自成道:"你一向讲真话,这一次也要真情告我。"

李岩一时不知如何是好,便叫了一声:"皇上!"

李自成等着他回答。

对于这次军事行动,李岩一直是持乐观态度的。但到底是胜是负,他心里也不是没有思考过。获胜的可能极大,一能解决吴三桂的问题,二能遏制大清国的入袭,给大顺赢得时间。因此,李岩没有讲出一旦失败怎么办,以免干扰李自成的决心。大军出发到达玉田后,李自成便命大军停了下来。李岩虽没有问,但心里明白李自成的安排,一是要等来自盛京的最新军情报告,二是要等来自河南袁宗第的报告。大军出发前,谍报人员送达的情报依然说清军尚无出发动静,但那是四月初自盛京发出的。现在又过去了几日,李自成想等最新的情报,如清军仍未出动,李自成就可以放心地东进了。否则,大顺军贸然进军,如清军按照往日的进军路线自中协、西协突入,那大顺军就会被断了后路,其危险不言自明。在决定东征之前,袁宗第报回了左良玉答应投降、要求封他为镇南伯、率军在原地驻扎、"急用可听候调遣"的报告。李自成为稳住南方、解决吴三桂的问题,全部答应了左良玉的要求,派出使节前往河南。而在决定东征之初,李自成又紧急派人向袁宗第传旨,让他派三万到五万人马急遽向山海关方向进军,以策应主力对山海关的攻取。而大军出发时,尚未收到那边的回应。李自成一是要等到那边的确切消息,二是等一等,让那边的人马靠近,避免孤军深入。这些情况说明,为争取胜局,李自成在采取措施,但即使如此,李自成心中依然没底。现在李岩见李自成如此发问,便跪在地上道:"这次臣没有讲不胜的一面,是臣的罪过。"

李自成赶紧过来把李岩搀起道:"谈什么罪不罪呢?我知道你的用意,是怕动摇我东进的决心。今日咱专谈不胜的方面,你讲讲我听。"

李岩道:"臣以为此次行动大险有二。一,我或许已经中了吴三桂的调虎离山之计;二,我想在清军到达之前灭掉吴三桂,而真情却是由于我对清军动向不明,我到之后,清军也到了。"

李自成听罢道:"我之所忧正在于此。倘若不幸是那个样子,那战斗必以我之败绩为终,届时将如何应对?"

"既圣上问起,臣就坦言了。如天不助我,臣所言二大险降临,就是我朝的一次大败了。然倘我举措得当,仅仅大败而已。一,我有燕京坚城可防;二,再不成,我还有关中之险呢。皇上看到了,臣已经把话讲到底了,谅事态不至于此,极言之而已。"

李自成听后大概感到心里有了点底儿,遂道:"我也是这样想的,起起落落跟着我半辈子了!想六年前,我剩十八骑伏于商洛山中,天下所有的苦滋味都尝过了,可今天还不是有了天下?就是再来一次败,失了京东,失了燕京,也并没有失去天下;就是失了山西,失了陕西,大不了再次进入商洛山,六年后,咱们会再次打回燕京!"

李岩闻言也受到了鼓舞,道:"臣所看到的,依旧是那个闯王……"

李自成叹道:"只是如若不幸出了那样的事,而有幸再次进京,就必纳林泉之言,不再求速了。这次所有的被动,皆因未听林泉之言,被一个'速'字迷住了眼睛,一直被形与势所驾驭,而不是由我们来驾驭形与势。好悔也!"

李岩听后深受感动,道:"皇上还想那些事干什么!皇上与臣今日是光讲了不利。皇上圣明,对于不利没有视而不见,不但见到了,且极力去避免它,趋利避害,这已是胜兆了。"

李自成与李岩这里所讲的,是一段往事——

一年多之前,李自成的大军一直在长江中游徘徊,在占领南京还是北上京师之间动摇不定。这时,顾君恩给闯王献计,既不让闯王去攻金陵,也不让闯王北上京师,而是让闯王去取关中。理由是金陵居下流,事虽济,失之缓;直走京师,不胜,退无归处,失之急;关中,大王桑梓邦也,百二山河,得天下三分之二,宜先取之,建立基业,然后旁略三边,资其兵力,攻取山西,后向京师,庶几进战退守,万全无失。一个"缓",一个"急",一个"宜",寥寥数语就讲了一个大战略。李自成听罢如获神旨,似乎使他目穿重重迷雾,一下子看到了北京的金銮殿。

在李自成按照顾君恩的建议挥军西进的路上,清军将领忽必烈遵照皇太极的旨意联络义军,见了李自成。当时,忽必烈向李自成提出欲取关中,"深入虎穴莫如调虎离山"的建议。

深入虎穴,就是进攻潼关,直接打进关中去。当时关中由孙传庭把守,整个中原,孙传庭之军是明廷的最后一支"精锐之师",实力虽不是很强,但正因为它是明廷的最后一支"精锐之师",它必做垂死之争,会变得十分难以对付;而且情报说明,孙传庭在关中做固守死守的打算,城镇关隘,修筑了坚固的工事。义军攻取关中,必是一场硬仗。

原先,闯王挥军入关,就是准备打这场硬仗的。忽必烈向李自成提出,不要到关中与孙传庭打,而要把他调出来,让他离开老巢,在河南打他。经忽必烈这一讲,李自成自然顿开茅塞,接受了忽必烈的建议。一时间,半个河南出现了轰轰烈烈的景象。没几日,有关报奏便被置于崇祯的御案之上。崇祯一见龙颜大怒,急召兵部询问对策。

之后,崇祯做出了部署,原对付清军的八总兵,除张登科、和应荐二总兵留与清军周旋外,其余调往顺德、赵州、冀州、正定、保定,与当地巡抚、总兵一起布防,并随时听候调遣,配合河南作战;并急调孙传庭率军出关,与李自成决战,将李部就地歼灭。

　　孙传庭升了官,接受了极大的权力。除继续担任三边总督外,还兼督河南、四川军备,晋兵部尚书,并领督师令,总制应天、凤阳、安庆、河南、湖广、四川、贵州军务,还得到了恩赐的尚方宝剑。

　　孙传庭晓得自己的力量到底有多大,也知道离开关中去河南作战的危险。但这次崇祯下的是死令,他已不能像前一次那样,与皇上理论一番之后便可以稳坐关中了。

　　接旨后,孙传庭做了一定的准备之后,八月的某日,明军便向河南进发。

　　结果,孙传庭在郏县大败,折兵四万,丧辎重数十万。

　　李自成乘胜追击,破潼关,下渭南,孙传庭战死,整个陕西有坚无兵,李自成不费吹灰之力攻占西安,旋即分兵三路,攻下甘肃全境和青海、宁夏部分地区。明将白广恩、刘永福归降。

　　崇祯十七年正月,李自成在西安建立"大顺国",自称"大顺王"。

　　前一步非常顺利,下一步当怎么走?

　　李岩提出大顺军不要急于向燕京进军,而应该首先把陕西的基地建立牢固,并以此为依托,逐渐蚕食山西、河北、河南、两湖,将那里的明朝残余势力,特别是要把山西的姜镶,河南、两湖的左良玉和山海关的吴三桂灭掉,而那时燕京将不攻自破。李岩设想,这需要三年到五年的时间。这样的好处是,稳扎稳打,有坚实的、可靠的、越来越大的后方支援。

　　可李自成没有接受李岩的建议,而是急急忙忙率军过了黄河直捣燕京。李自成进军神速,正月渡黄河,三月破京师,前后不到三个月的工夫。一路的顺风,燕京的轻易拿下,掩盖了急促进军的弊端,使李自成往下走的每一步,都感到步履维艰。直到这时,李自成才想到李岩的建议是对的。没有接受,实为最大的失误。

　　就在此时,刘宗敏和宋献策一起找了来,远远地就大喊道:"皇上,两地的报告都到了!"

　　李自成一听着起急来,忙问:"讲了些什么?"

　　刘宗敏道:"宗第奏报,将遵旨拨三万人马过来,不日启程。"

　　李自成又问:"那边呢?"

刘宗敏道:"清军仍无动静。"

李自成追问道:"何时发来的?"

刘宗敏道:"四月八日。"

袁宗第的奏报和来自盛京的情报都是由京城转过来的,这样在路上耽搁了两日。李自成出发时曾想安排两边的信使直接来大营,但未能成功。因为起初派人去盛京是在进军燕京的路上匆匆安排的,一路之上不可能建立驿站。后来有了时间,但进京后千头万绪,谁也没有想到建立驿站的事。这样,去大清那边的信使行无定迹,半路上没有可能通知到他们。河南的袁宗第那边是临时调过去的,这中间更没有可能建立驿站。大军出发前发现了这一问题,各地的驿站已经着手建立,盛京一线置于优先的地位,但需要时日。

然而,所盼望的东西毕竟到来了,无疑是令人鼓舞的。

李自成一块泰山般的大石头顿时从心上被搬开了,立即道:"回帐!睡觉!传旨明日拂晓拔营出发!"

李自成昼行夜宿,过永和,于十九日夜到达抚宁地界。

这时,孙应援与杨绅已经第二次到达清军大营。当时,清军刚刚安营扎寨。孙应援和杨绅这次带了五个亲兵。上次只留了郭云龙一人,出现了被动,得了教训。这次带来了五个人,在进营见多尔衮之前已令他们乔装埋伏了。

孙应援呈上吴三桂给多尔衮的书信,上面写道:

大清国摄政王帐下:

　　得报贵军向山海关而来,不胜欣慰,此我有后盾,焉怕大顺军十万、百万?故已杀猪宰羊,多备美酒,致犒三军耳。

　　大顺军东来而狐疑,先在玉田停滞数日,到永和后,再行停滞,不知何故。李自成所率大顺军号十五万,实为十万。我军不足十万,彼何足惧我?析其狐疑原因,一是怕中我调虎离山之计,二是怕贵军西入中协、西协他后路被截,或怕贵军来山海,被我合兵击之。

　　如是,请贵军缓行一两日,李贼摸不透贵军行迹,以诱彼来山海关城下就范。

　　此望摄政王思之。

多尔衮看罢,道:"先生先住下,容我再思。"

递信时,孙应援注意到洪承畴没有在场。晚饭后,没有一个人理他们。

夜间,孙应援等人刚刚睡了不大一会儿,便被惊醒,随后他们听到帐外有很大的动静。孙应援等人赶紧爬了起来出帐一看,原来清军在拔寨。

孙应援等顿感惊慌,三更半夜就开拔,这是要赶往山海关了!孙应援这次来的目的,就是阻止清军过快地进军,给吴三桂独自施计全歼大顺军留出时间,这下完了!

不一会儿,一清将前来通告,说大军将拔营南进,愿跟大军行进,或单独行动,由使者自便。

清军既然三更出动,就必有一整天的急行军。在此情况之下,单独行动还有什么意义呢?

李自成的大军于四月二十日午后到达山海关城下。南起海滨,北到一片石,绵延十余里扎下了营寨。李自成下令各部要抓紧时间歇息,以备夜战。因为大军远道而来,立足未稳,敌军最易夜间偷营。

李自成的大帐设在红瓦店。红瓦店的百姓均已逃光,大军的水源是一个大的问题。村中有四五口井,刘宗敏疑井中放了毒,禁止军士饮用。好在靠海容易打井,在晚饭前,各部均就地挖出了几口井。水虽难说甘甜,但供应人喝马饮已不成问题。

大军安置之时,李自成即带领刘宗敏、宋献策、李岩、刘希尧等人出营察看地形。

大顺军形成了月牙儿状的包围圈。红瓦店地势较高,村子的南面还有一高地,方圆一里有余,突出地面数丈,李自成的大帐就设在这个高地的西南面的坡上。这里相对隐蔽,山海关那边不容易看到,吴军炮击时,这里也会成为死角。出营后,众人登上高地,肉眼可以看到石河岸边,河上的那座木桥清晰可见。

营寨离石河四五里路,中间有几处稀疏的树林,地势平坦。李自成等人很快就到了石河岸边。石河从东北方向流过来,斜插而过入海。不过,这是一条季节河,夏天水量较大,秋后开始枯竭,一直到次年夏季来水。就是说,李自成等所看到的只是一条干涸的河床。

到达河边之前,李自成等人远远地就注意到了河谷里的芦苇。去年长出的芦苇干枯了,有不少还立在那里,而大多横三竖四地倒着。作为军人,尤其作为军事指挥者,对这种景象是十分敏感的。所以,无论是李自成,还是刘宗敏和宋献策等人,都注意到了这条苍白色的长龙。

他们没有上桥,以免引起城那边的注意。

在大帐前遥看到这座桥时,李自成还感到诧异,知道大顺军兵到,吴三桂为什么还留了那座桥呢?到现场一看明白了,桥已破烂不堪,人在桥上过去,并不比在河床上过去更方便些。而且桥墩两边的河床上,已经踏出了两条平坦的小路。李自成等人就是踏着桥下的路越过了石河的。

上岸后,李自成挑了有一片树林的地段向城那边前进。透过稀疏的树木,李自成看到了那雄伟的关城。他用目光丈量了一下,自己所站的位置,到城边大约有五里的样子。李自成从亲兵手中要过了单筒望远镜,举起来向城头观察。片刻,他把望远镜递给了宋献策。刘宗敏也有一架单筒望远镜,在李自成用望远镜看前,他便仔细地向那边观察着。宋献策接过望远镜,看到下面的城门关得死死的,城头之上旌旗招展,刀枪林立,透过垛口,可以看到不少士兵在紧张地穿梭奔忙。不少垛口间,红夷大炮的大嘴向这边张着。再细细看去,有几名将领站在垛口中也正拿着望远镜向这边张望。

就在李自成等人举着望远镜观察城上情景时,吴三桂也在用望远镜观察着石河那边的动静。他把望远镜给了身边的无际,道:"大师,您看那边……"

无际接过望远镜,按照吴三桂指示的方向观察着。

几名大顺军军士的身影进入无际的视线,无际很快地把焦距聚在一个骑着一匹乌黑战马、身穿灰色长袍、戴一顶大檐毡帽的人身上,毡帽上那颗巨大红色绒球显得十分显眼。

无际迅速调整焦距,以便更清楚地观察那个人。

是李自成!

无际足足看了一袋烟的工夫,而后对吴三桂道:"将军,吩咐下去,找最好的炮手对准那个骑黑马的。打!"

吴三桂明白这番话的意义,立即照无际的意思传令下去。

李自成等人在此观察过了,决定向南去,看看那边的情况。就在这时,刘宗敏发现城上某处突然迸发了一道强光。他意识到不好,立即叫了一声,并示意大家散开。而随着他的一声吼,一颗炮弹在离他们十步远的地方开了花。马受惊后腾空跃起,嘶鸣了起来。

第二颗炮弹又飞了过来,这次弹落点离他们越发远了。随后,第三炮,第四炮,但都打空了。李自成等人拨马返回。

且说到达山海关之前,李自成不止一次地把山海关所在位置、总体结构和地形地貌进行了了解、研究。山海关作为万里长城第一关,处于长城的最东端,关山险峻,与其南面的海口关、南水关,北面的北水关、旱门关、角山关、三道关、寺儿峪关、滥水关、九门口绵延三十余里。关内有却敌台三十一座、烽火台十四座,形成完整的防御体系。山海关的关城建在长城以西,呈正方形。十关中,山海关也好,其他关隘也好,是为抵御关外的夷族入侵而建立起来的,因此,其主要防御工事对着东方。城楼的北面、南面、东面共有六十八个箭孔,就是对付从这三面袭来之敌的。关城的东门与西门,是关内人出关、关外人进关的主要通道。相比之下,南门和北门通行的人不多。东门有很大的瓮城。城外,南面和北面各建有一座罗城:在南的,称为南罗城。在北的,称为北罗城。

山海关的西面、西南面,李自成等都看到了。再往北看,见一线长城从城边向北延伸,随山就势,远远地插入云端。其最高处,隐约可以看到一些古堡,古堡之上旌旗招展。李自成知道,那里就是有名的角山关了。

所谓眼中形势腹中策,李自成也好,刘宗敏也好,宋献策也好,李岩也好,刘希尧也好,每个人面对眼前的地形地貌,面对城中的对手,都在思考仗将如何来打这样一个问题。只是,具体怎样一个打法,每个人心中都没有数。

李自成非常关心吴三椿等人的消息。回到帐中,张鼐向他奏报,说村东确有一个关帝庙,庙后也确有一棵老槐树,老槐树树干之上也确有一个洞。

听了这话,李自成心中感到踏实多了。

进帐稍事休息,刘宗敏等在李自成大帐中集中。这时天渐渐黑了下来,刘宗敏按照李自成的旨意已经传下令去,各部赶紧埋锅做饭,吃饭后,人不解甲,马不卸鞍,以防吴军的偷营。刘宗敏还命令各部利用一切器具备水,以备敌军放火烧营时救火之用。石河那条苍白色的长龙,给他的印象实在太深刻了。

李自成等人各自讲了对前沿阵地观察后的印象,以及可以想象得到的打法。众人谈了一阵,得不出什么结论,因为吴三椿到底会怎样还是一个未知数。之后大家散去。刘宗敏是右翼军的主帅,回到了右翼军老龙头那边的总部。刘希尧是左翼军的主帅,回到了左翼军面对北罗城的总部。宋献策与李岩是随李自成一起行动的,他们则回到了自己的帐中。

李自成匆匆吃过晚饭,斜躺在帐中的榻上,回忆着他所看到的前沿阵地的情况。天越来越黑了,李自成的思虑有一段时间突然慌乱了起来。他一下子想到了一种可怕的情景:吴三桂与吴三椿笑着并辔向他走来,接着,他看到了忽必烈,看到了他想象中的多尔衮,接着是漫山遍野的吴军和清军,万马奔腾,战旗呼啸……他大叫了一声。

这时,就听身边的亲兵喊道:"皇上,出了什么事?"

李自成睁开了眼睛,原来自己刚刚打了一个盹儿。

李自成站起来,让亲兵端过一盆凉水,自己洗了一把脸,顿时觉得精神了许多。

就在这时,张鼐进帐奏报:"皇上,三椿将军所派人员到!"

李自成兴奋了起来,忙道:"唤他进来。"

张鼐出帐后带回一个年轻的将领,二十多岁的年纪一脸的稚气。那人进帐后便跪了下去,道:"末将汤禀参见皇上。"

这个名字李自成听说过不止一次了,赶紧将汤禀扶起,道:"是三椿将军派来的?"

汤禀回道:"是。"

李自成忙问:"带来了书信,还是口信?"

汤禀回道:"小臣得三椿将军口信,趁天黑巡城缒城而出,来向皇上急奏。"

"有话快讲。"

汤禀道:"三椿将军讲,吴三桂所联络的清军已在路上,按行程推算,当两日后到达山海关。为抢在清军前面,三椿将军让小臣前来约定,今晚起事,望皇上率军埋伏在城下,三更时分,城中举火为号,打开西门和南门,让大军杀入。起义之军身佩白色佩带,以别吴三桂军。"

李自成听后略想了一想，道："好，就这样决定了。将军是留下，还是回去？"

汤禀道："小臣需回去，一是要向三椿将军回报；二是常在吴三桂身边，是抽巡营的空出来的，若久久不归，引起吴三桂疑虑，恐坏大事。"

李自成觉得这话有理，便道："那就快些回去，一路小心。"

李自成让张鼐将汤禀送出营去，并立即召刘宗敏、宋献策、李岩、刘希尧进营议事。

每个人心中都翻江倒海般不平静，但是这一切可以相信吗？但愿是真的，而且事到如今，也容不得再犹豫。

刘宗敏首先讲了这一仗的打法：一，李自成的中军、他的右翼军各分三个梯队杀进城去，刘希尧的左翼军在北门外接应；二，杀进城门之后，要牢牢控制关门，保证进可通行，退可无阻；三，千军万马皆需自城门涌入，杀进城后要迅猛向前突击，避免形成拥堵；四、右翼军自南门突入之后，将有一部专向北门直进，尽快杀向北门，打开城门，放左翼军突入。

李自成赞成刘宗敏的设想，但他另有自己的想法，于是问宋献策和李岩有何见解。

宋献策道："捷轩的攻城之计甚好，只是在吴三椿真降的情况之下才是可行的……"

刘宗敏一听道："军师，都到什么年月了，还疑神疑鬼？就算他是假的，只要他敢打开城门，下面的事就由不得他了！"

宋献策道："就怕他不打开城门呢！"

李自成与李岩听后点了点头，刘宗敏一见道："那听听你的。"

李自成也道："军师快讲。"

宋献策道："臣的想法，今夜之战要备两种打法。一，暂可称之为'城内打'——即照捷轩所讲四点进行；二，可称之为'城外打'。如吴三椿降我是真的，就行'城内打'之策。如吴三椿降我是假，我则将计就计，行'城外打'之策。皇上看到了，山海关城坚不可摧，我虽配有多门红夷炮，但以炮击城，恐难奏效。如战，最好把吴军引出来与之决战。今有吴三椿的内应，不用一炮即可打进城去，此天助大顺成其大业。如果吴三椿是假降，我便将计就计……"

刘宗敏听了觉得甚有道理，因而问道："我们如何判定他是假降呢？"

宋献策道:"是真是假,一到城门之下便可判定了。如是真的,吴三椿既指定让我军自西门、南门而入,那说明两门已在他们的控制之下,届时,他们巴不得我们快些杀入城中。如是假的,他们绝不会放我军进城,而是我军到达城下时,他们放箭拒我,接着必是他们派出人马预先潜入我军营四周,一有信号,他们便偷袭我之营寨,并放起火来;与此同时,他们会用炮火引燃石河的芦苇,同时炮击我军潜伏之地。届时,石河的火龙挡住了我先头队伍的归路,河这边的难以过去接应,大营这边又是一片火海,敌军的炮弹不住地在我阵中开花,我军必然大乱,吴军则趁我军之乱杀出城来,杀我一个不亦乐乎……"

讲到这里,刘宗敏自然完全明白了,因道:"不愧为军师,就是有两下子。有理有理,讲下去,讲下去。"

宋献策续道:"这样,他们就从乌龟壳里出来了。既然出来了,就是我们的天下了。因此,今日之战,是一苦战,不论是'城内打',还是'城外打',都将惨烈异常,届时混战的场面会层出不穷,需要事先向将士们做出交代,要勇往直前,奋力拼杀,并准备各自为战,讲明不获全胜,绝不收兵。第二,不论是'城内打',还是'城外打',我进退之路要确保畅通,尤其要准备'城外打'时,防止敌军引着那条火龙,截断我进退之道——现便派人前往石河割除芦苇——每隔百步即清出一条十几步宽的通道,一旦芦苇着火,我便从这条通道上安全进退。第三,要在我营的各处空闲地带堆上柴草。如是'城外打',敌军必然偷袭我营寨,在营中放火。我留守之军要击退之,但为迷惑敌军,使他们无顾忌地杀出城来,我当将预先准备的柴草点燃,造成我营起火假象——出发前须预先向将士们讲明,到时如见我营中起火,莫要惊慌——乃我疑军之计,以防乱了自己。第四,我军之先锋当照双方之约定,在三更前越过石河,进入城下阵地埋伏。埋伏需做散兵阵形,以防集中在一起,被敌军炮击。但等城内火起,便杀向城门。如判定吴三椿是真降,即向后传递'城内打'的口令,全军即照'城内打'之计实施。第五,如判定吴三椿是假降,则要迅速向后传递'城外打'的口令,照'城外打'之计实施。届时,先锋做乱军撤退状,引敌军杀出城来。此当留意:撤退之时,一定要成散兵队形,不要挤在一起,因为这时敌军必然开炮击我。待撤至河边时,停下摆出迎敌阵形,但等敌人杀出。第六,敌军杀出后,我第二梯队不要立即攻上去,而要等一段时间,让敌军杀来,两军形成混战、胶着之状,防止敌军见我人多势众,且未中敌之奸计,再缩回去。第七,敌军不能轻易取胜,必全力以赴,倾城出动,与我拼杀。我军也全军源源不断投入战斗,最终决定胜负——必我胜而敌败。"

经宋献策这一讲,结合观察到的前沿阵地的地形地貌,李自成、李岩和刘希尧都明白了当晚的战法。刘宗敏原是一叶障目,他不相信吴三桂的归降是假的,而当别人一旦向他指出这一问题时,他的脑子里便出现了他所看到的前沿阵地的地形地貌,脑子里也就形成了像宋献策一样的完整概念。

宋献策所讲的,正是李自成所想的。事情就这样决定,众人又议了一些细节,便都怀着兴奋的心情散去实施不提。

且说汤禀回后,向吴三桂等讲了见李自成的情景。无际、吴三桂等都在总兵署大堂,听后都判定所定计谋并没有被李自成识破,个个兴奋异常。

恰在此时,探马报道:"东门之外发现清军。"

吴三桂听后问:"是小股队伍,还是大队人马?"

"大队人马源源不断而来。"

众人听罢大惊。

这时,孙应援从外面跌跌撞撞进了大堂。他向吴三桂回禀了见多尔衮的经过,证实了清军大队人马来到关下的消息。稍微沉默了一会儿,无际道:"看来将军得到大清营中见一见多尔衮了。"

几个人商量了一番后,吴三桂带了汤禀,由十余名亲兵陪同出了东门。

出东门后,果看到了威远岭下那满山遍野的篝火,吴三桂朝那篝火处驰去。

行不多远,便到了清军的寨门。这时,吴三桂等几乎是被四面包围,就听清军问:"你们是什么人?"

汤禀首先答话,指着吴三桂道:"请诸位进营禀报,平西伯吴三桂将军前来拜见摄政王。"

清军回道:"既然如此,请随我等进营。"

吴三桂随清兵进了营寨。这时,早有两骑飞奔向前去通报了。他们走了一袋烟的工夫,就见迎面来了两骑。走近一看,为首的原来是洪承畴。吴三桂先下了马,洪承畴也下了马,两人抱在了一起。

"松锦一别,两个年头,沧海桑田,变化何其速也!"吴三桂说着,流下了泪来。

洪承畴笑道:"将军却长进了!"

闻听此言,吴三桂不知洪承畴是褒是贬,便苦笑了一阵应付过去。

吴三桂一笑过后,洪承畴又道:"老夫秉摄政王之令,前来迎将军。"

吴三桂道:"谢过摄政王,也谢将军。"

洪承畴不想再与吴三桂讲什么,遂道:"那咱们就去吧。"说罢在前引路。

又走了一顿饭的光景,便到了威远岭下,多尔衮的大帐就驻扎在威远岭上。到了帐前,洪承畴、吴三桂等人下马。洪承畴进帐禀报,吴三桂在外候着。不多时,洪承畴出帐请道:"摄政王有请。"

吴三桂心中不免紧张了起来,就要见到多尔衮了,这可是一位难以对付的人物。

吴三桂边想边进帐,就见大帐之中已经坐满了人。中间有一案,一个三十多岁的人坐在案后,这肯定就是多尔衮了。按孙应援回去描述,当时孙应援见多尔衮时,多尔衮并没有穿戎装。这次也没穿,而是穿了一件石青色的长袍,上身罩了一件墨绿色的坎肩。光着头,一条乌黑长长的辫子。脸色清秀,一身儒气。

吴三桂近前,洪承畴指着多尔衮道:"这是摄政王。"

吴三桂向前拱手,道:"末将吴三桂叩见摄政王。"

多尔衮离座道:"将军请起,坐下讲话。"

多尔衮用汉语讲话,吴三桂并没有感到诧异。他已经听孙应援讲过,多尔衮不但能够听懂汉语,而且能够用汉语准确、流利地进行表达。

吴三桂听后站起来,坐在多尔衮指定的那把椅子上,道:"知摄政王驾到,末将赶来请安,听候摄政王训示。"

多尔衮满脸严肃,道:"将军遣使送信,道李自成狐疑,大顺军停滞于永平,他们却于今日午后到达。日行二百里,何其速也?"

没想到多尔衮开门见山,一上来就问了如此要害的问题。吴三桂一听心中一震,应对道:"李自成厉害!他在路上走走停停,叫人摸不透他的意向,最后来了个兵贵神速,突然出现在了城下。这样也好,原来担心他不来,现他终究来了。摄政王圣明,也赶了过来,成了敝军的坚强后盾。"

多尔衮听后先是冷笑了一阵,随后又满脸严肃道:"将军欺我,大顺军路上确曾停过,那是在玉田,十七日东来,就再也没有停滞,一直到了关下。将军送信给我,道李自成到达永平后仍狐疑观望,让我在连山等待,以便消除李自成的顾虑,前来就范。将军的用意,无非是避免我军到来,抢了将军的一顿好饭。不是李自成日行二百里,而是我军日行二百里赶了过来。将军无须担忧,我八旗军绝不是赶来抢占盛宴上的一个座位。敢问将军,今夜可有战事吗?"

吴三桂的背上已经浸出了汗水,他先要对睿亲王的指责进行应对,道:"末将岂敢欺骗摄政王?末将探得,李自成在路上确是走走停停,叫人摸不透其意向。末将的探马确曾回报李自成在永平驻扎了,可谁知他竟这么快地到了关城之下。为此,末将还将那探报者斩了。至于摄政王问今夜之事,末将向摄政王奏报,若李自成不疑,便有仗打。"

多尔衮道:"'李自成不疑'这话怎么讲?说有仗打,可闻其详吗?"

吴三桂道:"我等安排吴三椿等假降事摄政王已经知晓,三椿已约定今夜三更与大顺军里应外合,诓大顺军出营截杀之。如李自成不疑,便中我计。"

多尔衮听罢沉思了片刻,道:"李自成必出营,但未必中计。将军见我开宗明义,要我八旗军做'后盾',意在示我'勿动',由将军独演一出好戏。将军勿忧,我们就做这样的后盾。到时将军但有用得着八旗军之处,便来见我。"

吴三桂这时已是满身汗水。片刻之后,多尔衮又道:"今夜既有战事,将军必以火攻。本王将率众将登高观看其壮景,故请将军开放角山关,给本王一席之地。"

吴三桂正感到泰山压顶般沉重,听了睿亲王最后这话,便连连允诺,趁势告退。

出帐之后,吴三桂也没有感到一丝一毫的轻松,总觉得多尔衮对他精神上的压迫越来越重。他记起孙应援回来后向他提起的洪承畴那句话——老夫笑三桂将军在未遇大清之前处处得计,可一遇大清,就会处处难以得计,所设之局,寸步难行了。百闻不如一见,这多尔衮果然厉害,连今晚将用火攻之策他都想到了,看来,什么计策也瞒不了他!

另外,多尔衮一句话一直在吴三桂的耳边回响——李自成必出营,但未必中计。当时多尔衮那句话一出口,吴三桂就觉得七魂跑了三魂。包括军师无际在内,没有一个人想到万一敌不中计这样一个要命的问题,因此没有任何应变之策。他快马加鞭,进关赶到了总兵行署。无际、吴三椿、孙应援等正焦急地等在那里。

吴三桂简单地讲了见多尔衮的情景,众人议了一会儿,议论重点很快便集中到若敌不中计如何是好的问题上。

无际听后倒没有任何的紧张,他对吴三桂道:"此事勿虑,敌可能识破我诈降之计,学生早已想到。我先施苦肉之计,旨在调虎离山,让李自成前来就我。他千里就我,对他不利,无端,他必不至。我设苦肉之局,就是制造'有端'之象,诓他前来。他来了,就说明他已经中计。他在路上走走停停,说明他心中狐疑:怕'有端'之象是假,防止中计,便畏缩不前;怕'有端'之象是真,不来失去灭我大好时机,便冒险前来。李自成见关城坚实不可摧,必愿野战;愿野战,必赖'有端'之象,期望以内应破我。李自成可能再次狐疑,担心中计,将信将疑。然他必响应他所盼之内应,前来攻我,只是做两面准备而已。如他们会布置撤退、收拢之策,退回营去,一是准备来日与我较量,一是撤出战斗,率军退去。不管他那时做何打算,今夜他是必来的,因为万一内应是真,失去今晚时机,他就难胜了。而只要他来,就由不得他——因此我当大胆用策,如天不弃我,大胜即在今夜。将军勿听多尔衮一言而动摇灭敌决心。"

经无际这一讲,吴三桂与其他人遂又看到了胜利之光,安下心来。

诸事均已准备完毕,但等三更时刻到来。

多尔衮到达山海关城下,便让洪承畴向将领和谋士们详细讲解了山海关内的地形地貌。经洪承畴的讲解,大凡有些实战经验的,都想到了吴三桂的基本打法。火攻是这一仗必不可少的,又起了风,看来吴三桂很可能打赢这一仗了。将领们不想让吴三桂独吞胜利之果,吴三桂离开后,群情激昂,纷纷要求趁势杀过去。

多尔衮却道:"这只是事情的一面,依双方情势看,李自成不当东来。他来,是中了吴三桂的调虎离山之计,以为内应难得,要借此里应外合,剪灭吴军。如没有如此的考虑,一是孤军深入,二是面对坚城,他是不会来的。而从吴三桂方面讲,调虎离山既成,他便借施里应外合之计,引大顺军出营,将大顺军分割,并借火势,趁大顺军乱而胜之。倘若没有这一因素,吴三桂就不应有今晚的打法。他应闭关不出,面对山海关坚城,李自成必无计可施,最后粮尽,不战自退。那时,吴三桂再挥军追杀,必获全胜。今晚吴三桂出城与李自成野战,以为得计。李自成率军多年,足智多谋,帐下又有不少很有本领的谋士,必想到吴三桂用计而谋对策。因此,此仗胜负未定。大顺军已迫近城下,吴三桂却派人给我等送信,说大顺军知我军来山海关,会在永平停滞,要我迟几日到达城下,以便李自成不疑。他这样做的用意,是怕我前来抢了他的胜果。我不听而至,吴三桂对我如何用兵只字不提,其意依然是想独吞胜果。现我依他,让他去与大顺军斗去,届时我自有主张。"

说罢命三军饭后好生歇一夜,次日拂晓起身,吃个饱饭,做好冲杀准备,等待将令。

布置完毕,歇息了一个多时辰,多尔衮便率领谋士们和众将其中包括各旗固山额真出营上山,直奔角山关而去。

第九章 三强相争,李自成梦断关河

吴三桂、无际、汤禁等在西门城楼已经站了半个时辰。天黑了,石河那边的动静难以观察得到。起了风,从那边传来了芦苇晃动的沙沙声。他们从垛口间用心地观察着,但什么也看不见。由于起了风,也很难判定那芦苇的沙沙声是大顺军越过河床时拨动芦苇发出的,还是芦苇被风吹动发出的。不时地有些鸟儿从那飞来,飞掠星空。

吴三桂的情绪一直很紧张,他理智上相信无际的判断,认为大顺军一定派兵埋伏在城下。一方面,芦苇发出的那沙沙声,他宁可看作是大顺军过河时发出的。但他同时又怕自己的判断不实,心里一个劲地嘀咕:也许大顺军根本就不会过来,今夜无仗可打。而辛辛苦苦费了这么大的劲,把李自成诱来,就是为了通过这一仗把李自成打败。如果李自成不中计,调虎离山就变成了引火烧身……

正想着,就听身边的无际道:"将军,时刻已到,请发将令!"

吴三桂收了思绪,心想事已至此,管他们来与不来,遂下达了将令。

城中多处起火,杀声顿起,西门和南门同时被打开。城门内外,火光之中,身披白色佩带的吴军和未披带子的吴军"拼杀"了起来。

吴三桂的那颗心已经提到了喉咙,他躲在女墙之后观看着城外的动静。他先是听到了石河那边发出了一阵惊天动地的喊杀声,接着,他眼前出现了无边无际的人流,那股人流正潮水般向城边涌来。

那股人流很快就到了肉眼可及的地方,离城半里不到了!离城只有一箭之地了!

"关闭城门!放箭!开炮!"吴三桂之兴奋可想而知。

城门关闭了,箭雨点般落入大顺军阵中,炮弹一颗接一颗地在大顺军阵中开花。

大顺军退去了。城门复又打开,吴军在汤禁的率领下冲出城门,掩杀过去。

石河那边的芦苇被炸开的炮弹引燃,一段,一段,又是一段……

风越发地大了,火借风势,石河已经变成了一条火龙。

吴三桂很快得到报告,南门那边,由吴三椿和汤禀率领,大军已经杀出了城门。

再往西看,大顺军军营那边已有数处火起。

看到这一切,吴三桂兴奋到了极点,仰天大呼道:"天不灭吴,我吴三桂出头之日至矣!"

西门的进攻是主攻,这里要最后判定吴三椿是真降还是假降,从而决定"城内打",还是"城外打",因此,此处大顺军由刘宗敏亲自率领。

二更时分,刘宗敏率领一万余人马已经埋伏在石河以东。他立马东望,等待着那一时刻的到来。

三更一到,城上便有了动静。先是几处火起,随后杀声震天,城门大开,远远望去,城门那边在厮杀。

刘宗敏下令全线出击。

冲至城下,城上突然放箭,箭镞如雨,城门也重新关上。

刘宗敏见状,判定吴三椿假降,于是紧急下令撤退,并向后传达口令:"城外打。"

这时,吴军的炮弹打了过来,弹落之处,人仰马翻。

如此退了一箭之地,关城那边城门又开,吴军呐喊着,潮水般涌了出来。

刘宗敏率军继续后退,不多时又见前方的石河那边起了火。刘宗敏率领的人马并未惊慌失措,在他的率领下,退至离河那边半里的地方,大顺军停下了。他们转过身来,成散兵队形,将弓搭箭,等待着吴军的靠近。

吴军冲出城来,势如潮涌。他们得到的命令就是"勇往直前、奋力拼杀",便不顾一切地冲了过来。

第一批冲过来的多数中箭倒了下去，后面的又冲了上来。冲击的速度之快，令箭已经失去了效用。很快吴军便冲到了大顺军的前沿，两军开始混战。

李自成的第二梯队埋伏在石河以西。"城外打"的口令一传过来，他们便从预先清除了芦苇，从无火的空当冲过河来，加入了混战。

南门那边的情景与西门这边相仿。

因在混战，吴军的炮击停了下来，转向大顺军大营进行轰击。

大火映红了幽燕的夜空，照亮了山海关西的大地。两军在大火的照耀之下呐喊着，厮杀着。

天黑下来之后，郭云龙率领三千人马从角山关下山，擦过李自成北端的大营，向西而去。二更时分，他们绕到了李自成大营之后，离大营十里路停了下来。他们得无际的将令，在此埋伏，三更后，但见城中火起，就将分路出动，赶向李自成大营，点燃李自成营寨。三更时，城中火起，郭云龙下令出动。

命令刚刚下达，就听四面炮声大作，喊声震天，为首一将杀来大吼道："认得爷爷张鼐吗？我等奉皇上之命，在此等候多时，尔等身陷我埋伏圈中，还不降吗？"

郭云龙闻听大惊，知道大顺军早有准备，便不搠战，率军逃窜。张鼐挥军追杀了一阵回营，向李自成复命。李自成照原计划，把早已堆于空闲地段的柴草点燃。

多尔衮率领谋士们和众将三更前登上了角山关。他们首先看到的是山海关城中的那几堆火，随后听到了呐喊声。接着是城西火起，渐渐地，石河河谷成了一条火龙。风把芦苇的焦味儿带到了角山，味道之强烈令他们感到窒息。再看西南方的远处也有多处火起，呐喊声有增无减。

看完这一切，多尔衮率领众将下了山。他吩咐众将回帐休息，日出之前再回来。

吴三桂一直在西门的城楼上，无际就在他的身边。他们不时地接到报告，了解城下拼杀的情况。双方厮杀了一个多时辰，任何一方都还没有优势可言。

无际表面上镇静，心里也在起急。从报告的实情看，大顺军并没有明显的惊慌失措，更没有出现阵容紊乱、队伍失控的局面。是大顺军平日训练有素，能够做到临危不乱，还是李自成已经做了两手准备，他还难以判断。事已至此，胜败在此一举，当全力以赴。于是，他立即与吴三桂商定，将机动兵力全部投入战斗。

吴三桂下达了命令只许前进，不许后退，奋力拼杀，直到全胜。一万多精兵强将接受命令，冲出城门投入了战斗。

自战斗打响，李自成一直站在他大帐后面的高地上，前方的报告一个接一个地送到，他心里一直惴惴不安。而等前面的消息传来说要"城外打"时，他并没有气愤，也没有懊悔，心境反倒平静了下来。

石河那边的大火仍在烧着，这使李自成感到意外。芦苇虽多，芦苇而已，原想轰的一声烧起来，很快就要烧净，因此火很快就要熄灭。但将近一个时辰了，那边的火还在燃着。

从不断得到的报告看，到四更时，也就是在吴三桂决定将其机动兵力全部投入战斗之时，李自成投入的兵力还不到一半。刘希尧率领的左翼军还没有投入战斗，大本营这边还有两万人没有出动。

吴军甚为顽强，在数量上处于明显劣势的情况下，拼杀得十分英勇。在吴三桂决定倾全城之兵杀过来前，李自成就下达命令，让刘希尧的左翼军队投入战斗。

多尔衮率领众将再次到达角山关时，天刚蒙蒙亮。这时，石河的芦苇已经烧光，大火已经熄灭，远远望去，那里成了一条黑龙。但呐喊声并没有减弱。

天空灰蒙蒙的，四更时分升起的弯月，孤苦伶仃地仰躺着，发出淡淡的青光。不多时，一轮红日从东方的大海里升起。那红日带着血色，射出的光芒似乎也带着血色。

大地亮了起来，多尔衮举起了单筒望远镜向山下观瞧，惨烈的厮杀场景映入他的眼帘。满目都是黑灰，满目都是尸体，满目都是拼杀。许多马匹失去了主人,在人群中胡乱奔跑着。细细看去,有几个骑兵正在拼杀。多尔衮分不清楚哪是吴军,哪是大顺军。多尔衮移动着望远镜跟踪那几名大顺军骑兵,前面四五个吴军军士正互相依靠着,挺枪与对面的十来个大顺军军士对峙着。其中一名吴军军士肩上受了伤,血将他的前襟染红。一阵烟尘过后,那几名吴军军士一个个都倒在了血泊里。多尔衮把望远镜移开,他看到石河岸边有不少的大顺军军士站在那里,看来那些人是临时退出战斗在那里歇息的。看到这种景象,多尔衮遍地搜索,看看吴军方面有没有暂时退出战斗得以歇息的。最后,他判断优势在大顺军一方,吴军已经有些不支了。

多尔衮还把目光越过石河投向了西方,他想找李自成的大本营。他注意到了大营中李自成大帐前那片高地,但他没有找到李自成的大帐。

之后,多尔衮准备率领众将下山。洪承畴、范文程、宁完我、刚林在他的身边,他对他们道:"咱们回威远岭等吴三桂。"

众人听罢会意,笑了笑,随他下山。

李自成也举起了望远镜,四外观察着。突然,他的心怦怦地跳了起来。他正在看角山关那边的情景,突然发现了一些别样的旗子。有白色的,有黄色的,有蓝色的,有红色的,呈三角形。李自成一下子想了起来,这是清军的旗帜!

李自成立即回到了大帐,喊来李过,吩咐道:"去将俘获的吴军将领带来!如尚未擒获,命汝侯不惜代价抓一两个立即带来见我。"

黎明时,吴三桂与无际仍在西门的城楼之上。从城下报来的军情他们判断,靠自己是难以打赢这一仗了。按照原定的计划,吴三桂这时当去见多尔衮。

吴三桂下了城楼,马匹早已在城下等候。吴三桂上了马,率领十几名亲兵出东门,直奔清军的大营。

营门守军早已得到睿亲王的将令,不待通报便带吴三桂等进了营。

吴三桂见把守营门的军士如此,心里纳闷怎么不通报就让进呢?难道多尔衮知道我要来吗?

吴三桂被带到威远岭下,他看到有一员清将正带领十余骑站在前方。但见那一将领迎了上来,在马上抱拳给吴三桂见了礼。吴三桂还了礼之后便问:"摄政王在大帐吗?"

那将领回道:"刚刚去了右翼大营,将军可随末将进帐等候,末将立即派人去向摄政王奏报。"

吴三桂说了声"有劳了",便随那将领上了岭,奔向大清大帐。

他们在帐前下了马,亲兵们留在了帐外,吴三桂随那将领进了帐。那将领安排吴三桂坐了,并安排人上了茶,然后道:"末将现在就去奏报。将军请告来意,以便末将向摄政王奏明,免得回奏不明,误了大事。"

吴三桂道:"我军与大顺军在城西鏖战半夜,已死伤过半,如此下去,败局难免,城池难保,望摄政王下令速速出兵。"

那将领说了句"明白了",便退去了。

吴三桂喝着茶等待着,他以为不大的工夫多尔衮就会回到大帐。可令吴三桂不解的是,一等不见多尔衮的动静,二等不见多尔衮的身影。一顿饭的时间过去了,两顿饭的时间过去了,三顿饭的时间过去了,还是不见多尔衮的身影。吴三桂坐不住了,他站起身来,在帐中踱着。帐门那边有两个守门军士,笔直地站着,连看吴三桂都没有看一眼,好像他根本就不存在。

吴三桂像是一个被遗忘在大帐中的孤儿,没有人理他,也没有什么人可以接近他,他开始着急了。

就在这时,吴三桂听到帐外有些动静。他高兴起来,认为多尔衮来了。他迎了上去,可来的并不是多尔衮。一名没见过的清军将领引领着——啊!怎么是孙应援?

那将领大概就是专为领孙应援前来找吴三桂的,见了吴三桂后,便退下了。

吴三桂见孙应援到来十分吃惊,问:"你怎么来了?"

孙应援小声回道:"军师不知将军因为何故耽误,城下军情有变,便命属下前来报告,以便使将军与清方谈时心中有数……"

吴三桂听到这里心里着急,打断孙应援问道:"军情有何变化?"

孙应援的声音放得更低,回道:"我军已经不支……"

吴三桂听后头都大了,急得在帐中团团转起来。最后他实在难忍,便大喊了一声:"来人哪!"

但没有回音。

吴三桂又喊了一声:"来人哪!"

仍然没有回音。

吴三桂遂对那两个守门的军士大吼道:"去喊人来!"

两个军士站在那里,一动不动。

吴三桂一腔怒火,几步冲了过去,对那两个守门军士道:"你们没有听到我的话吗?快去给我喊人过来!"

一个守门军士用蹩脚的汉语呆板地回道:"我们只管守帐,不管其他,不能离开。"

吴三桂见状,简直要发疯了。

孙应援没有来得及问,但看了眼前的情景便知道了吴三桂的处境,劝解道:"将军勿躁,属下出帐去看看。"

孙应援出帐四处看去,并没有那将领的身影。他正着急,就见前方一伙人向这边走来。孙应援像坠海之人发现了一捆稻草那样向他们奔了过去,近前一看,又是一清将率十几名清军陪了几名吴军。孙应援看清了,为首的便是郭云龙。

很快孙应援便弄清楚了,原来郭云龙也是受军师之遣,前来向吴三桂报告军情。

孙应援这次长了心眼儿,没有放走清军那名将领,随后与郭云龙一起进帐。吴三桂见郭云龙前来大为吃惊,忙问:"你怎么来了?那边情况如何?"

郭云龙小声回道:"大顺军早已有戒备,我到达埋伏地点后,他们在我四周埋伏了,三更我将行动时,他们突然杀出,我军寡不敌众,退了下来,并未接近大顺军营。"

吴三桂又问道:"那他们营中的大火是怎么起的?"

郭云龙回道:"或是他们自己烧了迷惑我军的。"

吴三桂点了点头,又急忙问道:"你来做甚?"

郭云龙回道:"末将回营后,军师即派末将前来告诉将军。大顺军源源不断杀来,我军已死伤过半,斗志全无,且北罗城守军叛变了。"

吴三桂一听吓出了一身冷汗,正要冲到帐外去找多尔衮,便听帐外喊道:"摄政王驾到!"

吴三桂一听，这下可抓住了救命稻草。

多尔衮没等吴三桂讲什么，便道："有什么事如此急如星火？"

吴三桂带着哭腔道："事急矣……"

多尔衮打断吴三桂，问："将军来后，贵军两次派人前来见将军，可是有紧急军情吗？"

吴三桂回道："我军鏖战半夜，已死伤过半。军士已无斗志，溃逃者众，且北罗城守军已叛我降贼……"

多尔衮又问："将军何时到我营中？"

吴三桂道："末将已到半个时辰。"

多尔衮道："那时来就说'鏖战半夜，已死伤过半，军士已无斗志，溃逃者众'云云，半个时辰已过，除北罗城之变，并无新的变化。他们两次前来，难道就向将军报告那些陈芝麻烂谷子之事吗？"

吴三桂闻言支吾道："他们见末将久来未归，放心不下，前来探望……"

多尔衮冷笑道："将军已语无伦次——他们来到底是报告紧急军情呢，还是放心不下，前来探望？将军不要再自作聪明下去。上次将军来见，以前之事我已向将军指明。这次来，我想请将军实情告我。将军写信相约，共同扫灭李贼。我军来会，将军却有自己的小算盘，战，舍我不商。倘胜，独吞胜利之果；倘难胜，以'不支'调我出兵相助，得免溃败之局。将军来，是城下'难胜'之势已见，求我出兵相助。告我'鏖战半夜，已死伤过半，军士已无斗志，溃逃者众'云云，皆说辞也。将军恐不会忘记我在回信中所提之事——将军回信不言降与不降，'顾左右而言他'，聪明之至。现在无须向将军隐瞒，我见将军如此，便取'以势逼降'之计。现在将军前来要我出兵，我必答应。然将军也须应我在信中所言之事方可也。何去何从，望将军思之而后定。"

吴三桂闻言已经浑身大汗，眼中淌出的泪水与额上流下的汗水一同模糊了他的眼睛。开始时他的心中很乱，往日之事，今日之事，日后之事，一股脑地涌上了心头。但他很快调整了自己的思绪，并且把思路集中到了一点，眼下怎么办？

降清，他不是没有考虑过。每当无际的设计出现挫折时，他就想到失败的可能。再往后想，就是失败了怎么办的问题。他的上司洪承畴早就降了清朝，他的舅舅祖大寿早就降了清朝,清朝对他的招降也不是从今日始。眼下已经到了走投无路之时,自己的军士已经死伤过半,北罗城守军已叛,败势已定。他多年带兵,心中明白兵败如山倒,如此下去,老本就输个精光了。而看多尔衮的架势,清军出动,就等他那个"降"字。

想到这里,吴三桂大叫道:"请摄政王下令快快出兵,不才愿意归降大清!"

多尔衮闻言,立即升帐点兵,传令道:"吴将军先行回城打开海口关、南水关、山海关、北水关、旱门关,我八旗大军即可入关灭敌;已在南水关外待命的五千骠骑兵即行入关,入关之后,先勿凌扰敌阵,而要在敌军与城池间穿插,沿石河方向向前跃马扬威,震慑敌军,折回时再杀入敌阵;已在山海关城下待命的满洲正黄旗与镶黄旗、蒙古正黄旗与镶黄旗、汉正黄旗与镶黄旗即行入关,满、蒙、汉正黄旗出北门、西门,满、蒙、汉镶黄旗出南门,六旗正面袭击敌军;已在南水关外待命的满洲正白旗、蒙古正白旗、汉正白旗,已在海口关外待命的满洲镶白旗、蒙古镶白旗、汉镶白旗,已在北水关外待命的满洲正红旗、蒙古正红旗、汉正红旗、满洲镶红旗、蒙古镶红旗、汉镶红旗,已在旱门关外待命的满洲正蓝旗、蒙古正蓝旗、汉正蓝旗、满洲镶蓝旗、蒙古镶蓝旗、汉镶蓝旗即行入关。敌军自老龙头外到一片石外一字排开,我当全线出击,鳞次而进,杀入敌阵,迫使敌军逃窜,而后追杀之。敌军骁勇,切勿轻敌。关城之内,大军严格军纪,秋毫无犯,违者斩。"

吴三桂遵令,怀着一种复杂的心情领令而去,其他将领亦纷纷出帐。

跟随大军的文士们随多尔衮行动。

大帐之中欢声笑语,不绝于耳。

笑了一阵,多尔衮收了笑容,道:"现咱们该到西门城楼去观山景了。"

忽必烈一马当先跃出南水关,成为清军第一个入关之人,身后是那出了名的五千蒙古骠骑兵。

这五千名蒙古骑手是皇太极生前从蒙古八旗中精选的,经皇太极亲自训练,具有极强的战斗力,人称一把永不卷刃的尖刀,每逢有冲锋陷阵的战事,皇太极总是用上他们。他们隶属正黄旗,但有极大的独立性。

这次,摄政王同样首先想到了他们。

马儿奔驰得飞快,骠骑兵们每个人手上都有一面正黄旗的旗帜,每个人的手中还有一把短刀。他们按照睿亲王的将令,进入南水关后没有冲入敌阵,而是折向西北,迎着石河流来的方向,即沿着吴军和大顺军厮杀的疆场东沿,风一般呼啸着,洪水般涌动着。

厮杀着的吴军看到了,大顺军也看到了。

本来吴军已经难以支撑,看到清军那些耀武扬威的骑兵后,便越杀越勇。

大顺军已经胜利在望,他们听到清军杀过来的喊声,都以为是吴军为壮胆,鼓舞士气的一种手段。

但是,大顺军中的主要将领没有心思嘲笑吴军。他们已经得到了李自成的通报,证实了清军的到来。李自成、李岩、刘宗敏、刘希尧等人在大帐进行了紧急磋商。清军从天而降,每个人心中都被阴影所笼罩。然而,他们不会惊慌失措,很快使自己镇定下来。

大家很快形成共识——不能撤退。与吴军的厮杀胜利在望,清军的兵力多寡不详。如果一见清军到来就撤,不但眼看到手的胜利会一下子失去,而且很可能由于撤退造成混乱,局面一发不可收拾。不但不能撤,届时还要把大营之中的两万机动人马拉上去,破釜沉舟。只有如此,才是面对危难所应该采取的正确决策。他们也想到了万一顶不住不得不撤退的问题,并做出了相应的部署。最后大家认定,只有李自成才有权下达撤退的命令。

商量过后,刘宗敏、刘希尧返回战场。

清军骑兵的扬威,对吴军的鼓舞作用同样也是强烈的。吴军由有气无力地呐喊——甚至可称为呻吟,变得胆气如牛,杀声震天。那精神头儿,那力量,不知从哪里到了他们的身上。而大顺军的军士一下子被震慑住了。清军是从哪里来的?他们有多少人马?看来他们就要杀过来了,如何抵挡得了?但他们并没有逃走、撤退的念头出现,他们依然拼杀着。

人威接着天威。五千蒙古骑兵从东南到西北奔驰了一路后刚刚杀入阵中,就有一股飓风自海上吹来。这股飓风风力本就很大,所过之处,飞沙走石,已刮得天昏地暗。再加上石河河谷中的芦苇刚刚被烧过,那满地的黑灰被风卷起,便吹得天黑地暗,伸手不见五指。两军那拼命的厮杀场景,被这狂风所吞没;他们那拼命的呐喊声,被这狂风所淹没。

大风吹了一顿饭时间,渐渐停息。大顺军和吴军的厮杀又起,呐喊声再次甚嚣尘上。

就在这时,清军自海口关、南水关、山海关的南门、山海关的西门、山海关的北门、北水关、旱门关一齐涌入,骑兵在前,一字排开杀进阵中,犹如风卷残云,向大顺军冲击。吴军与大顺军原在混战,双方已经没有了阵形。清军冲进来,吴军变得精神百倍,继续拼杀。先是蒙古骑兵的扬威,接着是吹得暗无天日的大风,随后是清军大队人马的冲锋,大顺军受到三重的震撼和惊吓,精神上早已垮了下来,许多人一边战斗,一边在盼望着撤退命令的下达。

睿亲王和众谋士在吴三桂的陪同下登上山海关西门城楼,站在这里向西望去,十几里范围之内的场景一览无余。这时,吴军与大顺军厮杀的疆场已不限于石河以东,而是越过了石河,伸展到了石河两岸。从老龙头以西到西北面的旱水关以西,石河两岸,宽十余里、长几十里的地面上正刀光剑影、血溅沃野。多尔衮已经征战多年,但他还未曾见识过如此壮观的场面,也未曾有过眼下这种胜利到手之前所产生的兴奋和喜悦。

五千名蒙古骑兵旋风般过来了,为首的是忽必烈。行至城下,从那五千名骑兵队伍中爆发出响彻云霄的呐喊声:"摄政王!摄政王!摄政王!"

多尔衮听后频频向他们摆手,这样的场面,连吴三桂看后都感动了。

那阵大风吹来时,吴三桂拉多尔衮进了门楼,外边已经成了混沌世界。如果刚才吴三桂被那五千名蒙古骑兵那气冲霄汉的喊声所震撼,那眼下,他便被这突如其来从未见到过的自然景象吓呆了。

大风过后,他们出了门楼,便又见到了八旗清军自南而北全线突入阵中的壮观场景。

吴三桂折服了,他偷偷地看了一眼多尔衮的脸,想看看他在此时此刻会有怎样的表情。

在那阵刮得天昏地暗的大风吹到时,李自成还站在他一直站着的那块地方。大风吹来,他不得不进入帐中。天昏地暗,帐中很快便伸手不见五指。只听到狂烈的风吼声,帐篷被风摇撼着的咯吱声,帐外马匹受惊的嘶鸣声。亲兵已经燃起了烛,那蜡烛在灯笼里虽然未被吹灭,但发出的光恍恍惚惚,给人一种不安定之感。于是,李自成干脆让亲兵把烛熄了。他坐在一把椅子上,仰面朝天,双目紧闭。

风停了,他没有立即出帐,仍然坐在那里深思着。

远近不时地听到炮声,一颗炮弹落在了帐外不远处。李自成出了帐,他要亲兵把马牵来,上了马,催马奔上那块高地,向东驰去。十几名亲兵跟了上来。到了高地的东沿,李自成立马东望。刚才那阵狂风把石河的芦苇灰吹起,撒落在了大地上,大地变成了一片黑色。双方的马匹盘旋飞驰,不时地把灰尘扬起。他向山海关那边举起了望远镜,他看到西门被打开了,从城门里涌出一股人流,那人流像从堤岸的决口处冲出的潮水般凶猛地涌动着,四散开来,在后浪的冲击、推动之下,迅猛地灌入低处,迅速地形成一片汪洋。再向南望去,海口关那边,南水关那边,山海关的南门那边,同时出现了这种景象。转动望远镜向北望去,山海关的北门那边看不见,北水关那边,旱水关那边,同样涌出了人流。

一时间,李自成觉得头晕目眩。他放下望远镜,把双手撑在鞍桥上,让自己镇静一会儿。

就在这时,离他不远处落下了一颗炮弹。

清军这样的势头,说明人马不是一个小数。他要看一看,清军大量冲入后,大顺军能不能顶住。如能顶住,可以把这些人马拉上去,与清军拼一拼。如果顶不住,则下达撤退命令,让这些人马断后。

还好,并未形成溃局。顶住了。

"好样的,大顺军!"

李自成决定下达命令,命营中的那两万人马杀过去。

就在这时,一队清军骑兵冲到了高地之下。刚才,李自成专注着战场那边,没有看到这队清军骑兵冲入大营。

营中大顺军军士已经将这队骑兵截住,在与他们厮杀。

李自成见敌军骑兵被截,便喊来传令兵,要下达命令,让营中的两万人马杀出去。他还没有开口,高地左侧又出现了情况,一清军将领独自一骑冲了过来。亲兵们飞马迎了过去,将那一将领挡住。

这时,就听那清军将领喊道:"闯王,已不认得故人了?"

"忽必烈!"李自成看去,一眼便把那人认了出来。

李自成的亲兵一见眼前的情景,便停下了对清将的攻击。

"一阵黑风把你吹到了这里?"李自成依然是十分惊愕。

忽必烈笑了笑,道:"难得一见就是了。"

李自成拨马走到忽必烈的马前,道:"这次,将军是奉命前来捉我,还是念你我故交,仍有大计教我?"

"只是想见见故人而已。"忽必烈向前,与李自成并辔道,"闯王败矣。"

"眼下言败为时尚早。"李自成心中还想着要下令让营中的那两万人马冲出去的事。

忽必烈重复了一句:"闯王败矣。"

李自成知道忽必烈重复了一句的分量,听后心中一震,才道:"我中吴三桂之计,致有此败。"

忽必烈道:"闯王败根已植,不必怨恨吴三桂。"

李自成奇怪地问道:"这话怎么讲?"

忽必烈道:"闯王败就败在一个'流'字上。顾君恩说闯王入陕,末将解为'筑墙',末将说闯王调虎离山,将陕军调出,闯王得以轻进潼关而入陕。闯王得计,然胜中有败。闯王轻易胜利,便有了而后的轻易进军,把一个'高筑墙、缓称王'的古训抛在了脑后,匆匆称孤道寡,又匆匆东进。此次孤军东进又犯了兵家大忌,如何不败?"

一席话,说到了李自成的最疼之处。李自成半日无语,半天才道:"将军有计教我吗?"

忽必烈道:"刚才我已向闯王说明,此次来,只是见一见故人而已。"

李自成听后不再说话。

正在这时,李岩匆匆赶来。见李自成身边有一清军将领,甚为惊奇。再看,认出了忽必烈。李岩在马上抱拳向忽必烈施礼,忽必烈抱拳还了礼。李岩凑向李自成,低声道:"臣有急报奏圣上。"

李自成道:"讲。"

李岩见李自成不打算回避忽必烈,遂道:"京城丞相来报,说左良玉反水,烧毁了我渡河船只,我所派前来接应的人马过河时,又遭左良玉伏兵袭击,致使我军人马滞留河南,无法前来接应。另丞相奏报,清军大队人马在通州出现,所扎营寨绵延十余里。丞相奏说,我山海关人马进退,请圣上斟酌。"

李自成听后,惊得魂不附体。

这时,多尔衮出城到达石河岸边,他的身旁已经没有了战斗。清军的大炮刚好在一个高坡上固定好了炮位,多尔衮策马到了炮兵阵地。那个在龙冈试炮百发百中令皇太极极为兴奋的炮手金帖儿就在这里,他还向多尔衮请了安。

这里地势较高,无意中,多尔衮向他多次观望的红瓦店高地举起了望远镜。他的心中猛烈地一跳,望远镜中出现了一个黄色的圆。他调整了焦距,不错,是一个黄盖。

啊,李自成!

多尔衮思索了片刻,把金帖儿喊到身边,把望远镜递给他道:"你看看那边。"

金帖儿接过望远镜,朝多尔衮所指的方向看去。

"黄盖下会是李自成吗?"金帖儿激动起来。

多尔衮问道:"炮能够上吗?"

金帖儿明白了多尔衮的意思,激动地回道:"能!"

忽必烈仍与李自成并辔而立。就在这时,一颗炮弹呼啸而至。说时迟,那时快,忽必烈抡起手中的长枪向李自成坐骑的臀部打去。李自成的坐骑被击,猛地向前跃起。就在这时,炮弹在忽必烈马下炸开。忽必烈的坐骑被掀翻,他也被高高地抛在了空中。等硝烟散去,李自成回马一看,见忽必烈坐骑的肚子已经被炸开,忽必烈仰面朝天躺在那里。李自成和李岩下了马,将忽必烈抱起。哪里也没有受伤,但是人已经停止了呼吸。

李自成将忽必烈放下,然后从腰间解下了自己的宝剑,让忽必烈枕了。看了片刻,对李岩道:"下达命令,全军撤退,营中人马断后。"

李自成下令后,大顺军退出战场。断后的两万多人马且战且退,日落之前,大顺军退至抚宁地界,渐渐摆脱了清军与吴军。

多尔衮率领众谋士和梅勒章京锡翰出城,于日落时到达红瓦店。他早就听到了报告,说忽必烈在红瓦店阵亡,遗体被安置在了红瓦店村东的关帝庙前。到达红瓦店后,多尔衮与众谋士直接去了关帝庙。

忽必烈任那五千名骠骑兵的统领已有时日,他甚会带兵,深受将士们的爱戴。他们在关帝庙前搭了一个很大的灵棚,将忽必烈的遗体安放在一张灵床上,遗体之上覆盖了正黄旗和镶黄旗的军旗,那把宝剑将士们依然让他枕着。走至灵前,多尔衮站定,身后的众位谋士和锡翰也站定了,向死者默哀。这之后,多尔衮走到灵边,端详着忽必烈的脸,心中泛起无限的哀情。

众位谋士也都喜欢这位年轻人。在场的范文程、刚林、张存仁、李云等想起了从松锦之战时见到这位蒙古青年开始之后的岁月里,与这位年轻人的接触,种种场景均犹在眼前。

忽必烈死因的各种说法已经传到了众谋士的耳边。众谋士知道,忽必烈蒙难时,蒙古骑兵没有一个人在现场。从现场情景看,有的说他一马冲上了高地,与敌人厮杀,厮杀中,中流弹身亡,后被李自成发现,李自成不忘故交,便解了自己的宝剑给忽必烈枕了;有的说忽必烈见到了李自成,劝李自成投降,没有谈拢,谈话时,中流弹身亡——李自成不忘故交,便解了自己的宝剑给忽必烈枕了;有的说他冲上来后碰上了李自成,李自成要向忽必烈询问大清军军情,遭忽必烈拒绝,谈话时,忽必烈中流弹身亡——李自成不忘故交,便解了自己的宝剑给忽必烈枕了。这些讲法都围绕着李自成那把剑,众谋士凑到灵前,注视着枕在忽必烈颈下的那把剑。

多尔衮自然也注意到了那把剑,他伸手从忽必烈颈下抽出了那把剑——一束寒光四射开来,细看见上面勒有一行小字——戊寅铸于商洛山中,确是李自成之剑无疑了。

多尔衮看罢,将剑回鞘,下令晋忽必烈三等昂邦章京,厚葬于其阵亡之地,五千名骠骑兵在高地守墓三日。同时旨谕,由锡翰继任五千名骠骑兵统领。

之后,多尔衮率众谋士就要离去,就见冈下一正黄旗将领率十余名军士乘马向这边奔来,等那些人走近才看清楚,那将领原来是何洛会。到了多尔衮马前,何洛会滚鞍下马,近前奏道:"豪格受了重伤,臣已将他安置了,特来奏报。"

多尔衮听后问:"伤在了哪里?安置在了哪里?"

何洛会回道:"多处受伤,有一枪刺在了背上,流血很多,又在发烧,现昏昏沉沉。臣让随军郎中给他瞧了，本想把他抬回城中，郎中说路远，又要走过石河，坑坑洼洼，不宜抬进城去。臣已命军士将他抬到红瓦店。"

多尔衮想了想，道："过去看看。"

豪格被贬为庶人，八旗军出动，他要求随军，得到允许，便随正黄旗一起来到了山海关。正黄旗固山额真是鳌拜，鳌拜又将豪格安排在了何洛会的麾下。原他们都是受豪格节制的，豪格被治罪，又是由鳌拜与何洛会揭发的，所以他们之间关系微妙。豪格虽然被贬为庶人，但他毕竟是皇太极的儿子，原又是亲王，影响还在。另外，宗室中的事，今天被贬，明日就可能复职复爵，谁人看不到这一点？因此，鳌拜也罢，何洛会也罢，对这个兵都是另眼看待的。豪格进入战场，明着是与军士们一起战斗，而实际上他身边的军士都成了他的亲兵。那些人事先便领了令，要保护豪格的安全。其实他们也用不着吩咐，豪格在他们身边，哪个不晓得该怎么做？

只是，他们未能做到让豪格万无一失。一进入战场，豪格便拼了命。他左冲右突，专拣大顺军勇猛的军士交锋，经常身陷四五个、五六个，甚至十来个军士的围攻之中。他的"亲兵"们不得不拼死厮杀，以免豪格出现意外。豪格共换了三匹马，身上七处受伤，最后被一名大顺军军士从后面捅了一枪，枪头入肉三寸。豪格被捅后，强力支撑着，回马一枪将刺他的那军士捅死。后来，他自己再也支撑不住，便跌下了马来。

而后，士兵们讲了现场厮杀的经过，鳌拜与何洛会听后，也恢复了对豪格的尊敬。

一路上，何洛会向多尔衮讲了豪格的表现，多尔衮听后也高兴起来。

远远地十几个正黄旗士兵抬着豪格过来了。多尔衮等人下了马，那些人走近了，豪格侧躺在一扇门板上，军士们将门板放到了地上，多尔衮看到豪格的伤已经包扎，只是背上的伤口，鲜血已经将包扎的布染红。在路上，多尔衮已经吩咐去找随军的御医。此时，他向前轻轻叫了一声。

豪格慢慢地睁开了眼，见多尔衮来到了身旁，双目挂上了泪花，然后又合上了眼睛。

多尔衮问抬担架的士兵："你们都是随大阿哥一起厮杀的？"

众人回道："是。"

多尔衮道:"好样的!"

众人高兴地相互看着,在场的人都注意到了多尔衮对豪格称谓的变化。

多尔衮吩咐将豪格送往红瓦店,找一处干净的房子住下,由锡翰做出安排,派骠骑兵保护,由即将到来的那位御医守护,伤势好了再西行——不必急着追赶队伍。

吴军一天一夜不曾休息,从三更起就与大顺军鏖战,已经精疲力竭。因此到达抚宁后,便停了下来。

清点人数,只剩下了一万多人。吴三桂传下将令扎营做饭,好生休息一夜,次日继续西进。

在军士们扎营期间,有两个人穿越忙碌的人群,边走边谈,向南行进。一个是吴三桂,另一个就是无际。

眼下他们去哪里?

原来是无际要离开了,吴三桂在送他,十几名亲兵在后面远远地跟着。

"大师此去,何时才是你我再会之日呢?"吴三桂无限感伤,他们已经出了营区。无际看着前方,半天没有讲话。

风从大海那边吹来,带着一股苦涩味儿,一只鸟儿迎风向海那边飞去。

无际叹了一口气,道:"悲夫!将军以全军托我,言听计从,最后如此作结,贫僧愧疚之至……"

吴三桂也感叹道:"大师讲哪里话来?人道是谋事在人,成事在天。大师不弃三桂,谋,不谓不忠;计,不谓不精。天不佑我而已矣,何怨大师!"

无际又沉思了半晌,道:"将军所言意在慰我。说谋事在人,成事在天,这只是事情的一面。我与将军谋,谋将军成鼎足之一足,以此为准,谋,不谓不忠,策,不谓不精。天不佑我,致有眼下这种结果!若非如此,那就另当别论了。"

吴三桂听后道:"三桂愚钝,不解大师'另当别论'之意,望大师指教。"

无际解释道:"如果贫僧不为将军谋鼎足之一足,仗就不当是如此的打法,因此,也就不会有眼下的这种结果。调李自成东进就我,我与之野战,施计其中,意在赶在清军到达之前将李自成打败,然后乘胜追杀,直捣燕京。凭此一举,足可谋得鼎足之势;如不谋此目标,我则不当与他野战,山海关坚城坚守,李自成奈何不得我一毫一发。他孤军东来,城池久攻不下,粮尽自退。另外,清军大军至关下,大顺军闻风丧胆,也必退去。届时我挥军追杀之,可获大胜。而那样,我只是多尔衮马前一卒而已,焉能奢谈三足鼎立?将军说'谋事在人,成事在天',细查起来,不能说全无天意,而依贫僧看来,却是人意重于天意。我谋三足鼎立之策,多尔衮却步步进逼,坏我计谋,使形与势落入他的规划之内,我三足鼎立之谋成为降他助他之术,是贫僧低估了多尔衮。经此番较量,方知吾不及也。天赐大清一多尔衮,此命数也。"

吴三桂听罢亦感慨万分,半响才道:"大师既如此讲,为何还执意离开,不为大清谋事呢?"

无际听后,又是半响没有讲话。他们已经离营地很远,前面有一片很大的树林,他们走的那条大道要从树林中间穿过。二人默默地进入树林,树木被风吹着,发出震撼人们心灵的涛声。

此时的吴三桂心中苦辣酸甜,各种滋味一起涌上心头。他们仍然是手挽着手,向前走着。远远跟随的亲兵传来马嘶声,林中的鸟儿惊起,四散而去。

吴三桂又打破沉默,问道:"大师回寺就避世终生吗?"

无际道:"或许是六匹狂飙平地起,一棵蓬草随风飞……"

吴三桂听后似有所悟,此事便不再细问,又问道:"大师可有言留我?"

无际道:"一口气压于将军丹田之下,或十年,或二十年,这口气将军必把它喘出来。只是……"

吴三桂听了这话,像是有一股闪电在周身闪了一下。他握着无际的那只手,便不由得撤了回来。吴三桂心中确是憋了一口气,这自然是他的内心秘密,谁也不会告诉的。无际却洞察了这一秘密,触动了他最为敏感的神经,这样他便下意识地做出了反应。

无际第二层意思刚刚起头,吴三桂的动作使他停了下来。他等着,看吴三桂会讲些什么。

片刻就听吴三桂道:"不瞒大师,我确有这样的一口气存在心内。讨教于大师,这样的一口气,大清方面也能像大师这样明察吗?如是,岂不身处危难之中?"

无际听后笑道:"将军无须忧虑。那多尔衮打起仗来能够洞察一切,那是他掌握了战争之术。夫战,乃大军动静行止。心中有了孙子之法,军情军报四方纷至,虽在帷幄之中,犹身居高处,可运筹而制胜。对于我方的军情他可以及时探知,从而做出判断。而对于将军的内心世界,他如何得知?贫僧得知,是贫僧与将军同仇敌忾,与将军命运与共。将军机敏异常,定能适时而动,即使长期韬晦,与之俯仰,亦可游刃有余,那口气压于丹田之下,他多尔衮焉能觉察到?"

吴三桂听后心中感到踏实了许多,遂道:"大师讲了句只是,似有话教我,望大师明言。"

无际回道:"贫僧只讲一句话,望将军斟酌——机不来勿动,动不胜勿动。"

吴三桂认真听着,也认真思索着,他似乎明了了无际的意思,遂道:"至理之言,吾必终生铭记。"

前面就是寺院了,吴三桂再无话,彼此挥手,无际进入了寺院。

吴三桂乘上自己的坐骑,挥动手中的鞭子,马儿奔入那片树林,亲兵们紧紧跟随。群马的奔驰声与林涛声形成一种奇特的合奏,在夜空中震荡。吴三桂的心情,那无声的澎湃便与这奇特的合奏融为一体,跌宕起伏……

第十章 美人卧怀,豪格送来的尤物

　　李自成的大军摆脱吴军与清军的追击,又向西行了半夜才停下来。大顺军进入了滦州地界,将士们精疲力竭了,还要随时应付敌军的到来,所以没扎营寨就匆匆就地歇了。军士们的营帐已经丢弃,只好露天铺天盖地而眠。李自成与刘宗敏等人的帐篷亲兵们勉强搭了起来——由于撤退仓促,只取了帐篷的主体部分。

　　刘宗敏、宋献策、李岩、刘希尧聚在了李自成的大帐,简单地议了一下军情,商讨了退回的路线。军士们疲惫不堪,士气低落,这是明摆着的事实。扭转这种颓势,最好是撤退之途中打上一个胜仗,或者来了大量的增援部队,使军心得以振奋。眼下大量增援部队的到来是不可能了,撤退途中打上一个胜仗却是可能的。密云地区有一股清军,这股清军截住了大顺军的退路。李自成等人判定这支清军人数不会太多,最多四万人。因为大清就那么多兵力,其绝大部分人马都在山海关。清军挡住了去路,就把大顺军逼到了绝路,大顺军必拼命拼杀。届时,城中守军必出城接应,清军两面受敌,必败。

　　最后大家议定,多多派出探马,加紧前后两方的探察。近两日,大军不宜行军过猛,以便恢复,好应对与密云清军的拼杀,但这要以不被追兵赶上为前提;后两日还要加紧对盘踞在密云的清军动静的探察,以防遭到清军的突然袭击;行军的路线尽量靠南,走玉田—三河—通州一线,避开清军的营盘,让清军南行就我。

　　议定这些事情之后,众人退去了。

刘宗敏受了伤,他的营帐就在李自成的帐旁。会议散后,李自成进帐看了刘宗敏,然后回帐睡了。他已经两夜没有合眼了,觉得难以支撑,便很快睡下。但刚刚躺下,又想起不知太子和吴襄的情况如何,于是他又命亲兵去喊李过。李过进帐向他奏报,说太子和吴襄都随军撤回,给他们安排了营帐,他们已经睡去。

李自成强打精神听完了李过的奏报,李过一走,他就又躺下了,很快进入了梦乡。

次日,李自成很早就醒来了,立即下令大军埋锅造饭。吃饭时探马报告了清军的动向,说已经不知去向。

李自成听后思索了半晌,命大军快快吃饭,然后便率军继续西行。

一路上李自成惴惴不安,担心那支不知去向的清军突然从什么地方冒出来。昼行夜宿,并没有出什么事。到达玉田地界时才刚刚过午,探马突然报告,说在蓟县与宝坻交界处发现清军。李自成命探马再探,遂命大军停下,与刘宗敏、宋献策等商定了这次的战法。天渐渐黑下来,李自成下令军士们马不下鞍,人不离械,防备清军偷营。晚饭时,各部向军士们讲明了大军所面临的形势,将士们必须一鼓作气,拼命厮杀,击败清军。军士们听了来了精神,军心为之一振。李自成等见士气复涨,甚为兴奋。

夜幕降临,李自成命军士们分批睡觉,以备明日之战。

一夜无事,清晨,李自成命军士们吃了个饱饭,留下了营帐,轻装出营西进,随时准备与杀过来的清军交锋。

大军走出五里,不见清军动静,又走出五里,仍然不见清军动静。探马前来报告,说日出前清军尚在原地,现突然不知去向。李自成与刘宗敏、李岩等人听罢心中一惊,判定清军一定赶在了大顺军的前方,在那里拦截。李自成遂下令,全军准备战斗。

将令下达后,全军处于异常的紧张状态。探马和传令兵的马匹前前后后,不停地奔驰着,越发增强了紧张气氛。

就这样紧紧张张走了十余里,仍不见清军的踪影。

李自成与刘宗敏等走在大队的中央,他们判定这是敌军的疑兵之计,先不出来,等大顺军懈怠下来,打大顺军一个措手不及。命军士们切勿懈怠,要随时准备战斗。

大军进入通州地界,仍不见清军踪影,探马也无法探知清军的去向。

李自成"切勿懈怠,随时准备战斗"的将令三令五申,大军一直在"准备着",但是不见清军的影子,这"战斗"便一直没有打起来。

远远地有一股尘土扬起,军士们立即紧张了起来。李自成命各部成战斗队形,准备迎战。

不一会儿,那边一马驰近,乃是大顺军一将领——原来,刘芳亮率军赶到,见前面扬尘,派一将领前来打探。

刘芳亮见了李自成等人,君臣们悲喜交加自不待说,眼下应付敌军要紧。

两军相会之后,李自成越发警惕起来。看来敌军不露面,是怕夹在中间腹背受敌。现在两军会合了,清军就该出来了。于是李自成再次下令切勿懈怠,随时准备战斗!

大军继续西行,前面就是左安门了,看来李自成所期盼的胜利没有得到。

就在这时,前面树林中忽有马铃之声。李自成等人大惊,心想清军会在这里出现吗?立即下令人马成战斗队形,准备应战。

一将闪出树林,原来是双喜。双喜一马迎面奔来,见到李自成后滚鞍下马,拜了下去。李自成让双喜起身,双喜奏道:"丞相率人马与百姓列队迎接皇上,让臣前来奏报。"

李自成听后心中一震,立即想到牛金星想出了一个好主意。

大军由刘芳亮、刘希尧率领在通州以西扎下了营寨,李自成和刘宗敏、宋献策、李岩等率一千人马进了城。

李自成是讨厌排场的。眼前牛金星安排的欢迎仪式李自成倒十分喜欢,因为打了败仗,将士们未免会有灰溜溜之感,京城的百姓也会小看大顺军。"列队迎接皇上",就告诉大家,李自成君臣并没有为这一仗而气馁,胜败乃兵家常事。

双喜上了马,在前面引路。行不多时,已经看到了迎接圣驾的队伍,并见几匹马向这边驰来,为首的是丞相牛金星。牛金星等人驰近,下马拜了,齐道:"圣上安康。"

李自成命他们起身上马,自与牛金星并辔而行,牛金星向李自成奏报了城中的情况。李自成关心南边和西边的军情,问袁宗第那边有无消息,状况如何,并问了大同那边姜瓖的动静。牛金星一一奏过,最后李自成说了句"回城再议",大家继续前行。

城外列队迎接的全是大顺军的留守军士,大路两边每边五列。当李自成等走到离迎接的队伍一箭之地之时,那边爆发了惊天动地地呼喊声:"迎接皇上圣驾!"

李自成走在前头,听了这喊声之后,眼睛湿润了,内心的激动无法形容。

他感慨万分。站在自己面前的原是一些农夫,他们由于无法活下去了,把他李自成当作救星。投靠他是想活下去,过上好日子。他李自成造反,也是想活下去,也是想自己过上好日子,也让天下的穷苦人过上好日子。这样,他李自成便有了一份责任,他必须率领他们向前奔。他经常以此鞭策自己,检讨自己。

这样,他便形成了一个习惯,从不轻易作出决定。眼下,他不能不想到山海关之败,自己的心头被压了一座山。渐渐地,两厢响起的"迎接皇上圣驾"的呼喊声传到他的耳边,便变成了山海关激战时的喊杀声。他的眼前所看到的是那惨烈的格杀场面,在强大的清军的冲击下,大顺军的士兵一个个倒了下去,倒在了血泊之中。想到这些场景,他心头那座大山便觉得越压越重。

进了左安门,李自成的心绪渐渐平静了下来。路边迎接的除了军士之外还有百姓,"迎接皇上圣驾"的喊声此起彼伏。李自成不停地向他们挥手,对他们的盛情表示谢意。

此时此刻,李岩的心情最不平静。十三天之前,就是他陪李自成由这里出城东征的。他原对吴三桂的暗暗归降是有怀疑的,经过几次探究,他实在看不出其中的破绽,而如果那是真的,便确是剪灭吴三桂的绝好机会,这样的机会是稍纵即逝的。李岩是一个实诚的人,他并不是怕承担风险,而是怕败了李自成的事业。最后还是中了计,败了下来。而这一败,可能就会变得一发不可收拾。他明白牛金星组织欢迎队伍的良苦用心,而越是明白这一点,他就越发感到自己罪孽深重,对自己的怨恨就越发强烈……

迎接的队伍一直延续到天街,这里再也没有了军士和百姓,迎接的是文武百官。李自成在官员的行列里看到了不少熟悉的脸,但他注意的倒是那些不熟悉的面孔——明朝降官们的数量和他们的表情。

到了金水桥，李自成下了马，其他人也跟着下马。李自成抬头看了看，四十六日前，他进京后在这里射的那一箭，还插在奉天门的匾额上。看罢，他大踏步地进了奉天门，在御道上向午门那边走去。

豪格在红瓦店村的一家宽大、漂亮的宅子里住了下来。当时，宅中只有一个年老的看门人，宅子的主人几天前就携带全家和细软逃走了。清军打下了山海关，赶走了大顺军，要借房子，老人不敢阻拦。

豪格住在正房的东间，御医住在正房的西间，负责保护豪格的十几名蒙古骑兵住在东西厢房里，那个看门人仍旧住在门房里。

豪格随军前来，憋着一肚子气，投入战斗后，一方面想要做出个样儿来，另一方面，也想趁此机会立功受奖，为恢复王位做准备，所以他分外勇猛。他心里不痛快，又由于奋力厮杀，体力透支，再加上受了伤，流血过多，战斗下来，身心疲惫，便时有昏厥之状。经过御医的精心治疗和照料，经过两日的休息，豪格恢复很快，伤也好得很快。六处轻伤都已经收口，背上那块重伤的伤势也已经得到控制，不碰着它，已经不再感到疼痛。

他对鳌拜和何洛会恨之入骨。随军出征后，他受他们的管辖，心中越发难忍。他曾想提出编在别处，但自己原就是两黄旗的，估计那种要求不会得到满足，反而落个没趣儿，遂作罢。参战后，何洛会提出要豪格与他在一起，但豪格拒绝了。何洛会遂挑选了十几名靠得住的正黄旗军士，向他们下了命令，交代他们的任务就是保证豪格的安全。这一安排自然是善意的，而且说明何洛会还有点良心，豪格心中感到舒坦了许多，精神饱满地投入了战斗。受伤后，使豪格感到满意的，是多尔衮过来看了他，称他为大阿哥，并为他疗伤做了精心的安排。

豪格一向贪功，大军在前面追杀敌军，说不定会很快打进燕京。山海关之战，他以一个士兵的身份参战，可以说立了大功。但他并不满足，他还要立功，恨不能明日就能够恢复王位。因此，伤一见好，便闹着要去赶队伍。

御医不放他，因为他背上的伤口还没有封口，怕他上路后拼命赶路，伤势加重。

豪格派人去找锡翰，锡翰过来后说他听从御医的，御医不放行，他就不许豪格离开。

锡翰率领蒙古骠骑兵在此为忽必烈守墓。按照睿亲王的旨意,三日后将离开红瓦店去追赶队伍。锡翰给豪格拨了十名军士,嘱咐他们好生待在宅内,保护好伤员和御医。

住下的次日,村民陆续返回,炊烟从四处袅袅升起,清晨鸡鸣,日落羊咩,逐渐热闹了起来。豪格的房东也回来了,由于豪格他们住了前院的正房,房东便住进了后院。

房东姓白,双名汉臣,五十多岁了。古训:"不孝有三,无后为大。"这白汉臣为了使香火得以继续,娶了二房,三房,仍然不见儿子的踪影,五十大寿刚过,便又娶了四房。谁知,第四个太太娶进一个月,原配夫人仙逝,又过了一个月,二夫人病死,这四房从此便有了"扫帚星"的恶名。三太太害了怕,为了避灾,死活要求白老爷休了她。白汉臣百般解劝,那三房哪里听得进去?要死要活,闹得鸡犬不宁,没办法,最后只得将三房休了。谁知,休了这三房一个月不到,这四房便有了孕,白汉臣遂将那四房菩萨般供了起来。十月怀胎,一朝分娩。一个白白胖胖的小子生了下来,白汉臣把那小子宝贝般养着,真是托在手上怕飞了,抱在怀里怕摔了,含在嘴里怕化了。

只是渐渐地有些闲言传到了白汉臣的耳朵里,说这孩子不是他的。白汉臣听了这话也并没有什么脾气,因为他早就看出那孩子没有一处像他。常言道:"有奶便是娘。"不是我的,管他是谁的,生在我家就是我的,得管我叫爹,即使他有真爹,还会进家来认儿子不成?

这四房其实二十岁还不到,她娘家是红瓦店西面的黄土坎村。巧了,这娘子也姓白,双名银凤,出奇地漂亮,出奇地风骚,周围十里八乡都晓得这黄土坎有一只银凤(淫凤),许多人都幻想着自己得到这只凤凰,最后,这白汉臣抬去一座金山,抱回了这只银凤。

她当初被称四房,怀了孕,被称作菩萨,生了儿子升了格,被称为"王母娘娘"。可娶进来,第一夜入洞房,白汉臣便晓得那四房已经不是黄花姑娘。但他没有声张,来了一个浑然不知的样子。从那之后,他心里有了气,肉体上却得到了无限的满足,倒是他自己颇感心有余而力不足了。四太太很快怀了孕,生了子,白汉臣得到了最为重要的东西——儿子。只是,从此之后,白汉臣对"娘娘"

便渐渐失去兴趣,因为他再也无法满足"娘娘"的房事要求。

红瓦店成了战场,他们一起到抚宁的亲戚家躲了数日,现在回来了。

村里的秩序很快上了正轨,清军占领了山海关,上面派下了官员第一项命令就是到各村让村民剃发。官员说剃不剃发,是降不降服大清的举动,还讲了"留发不留头,留头不留发"这样吓人的话。官员还说原平西伯吴三桂已经归顺了大清,被封为平西王,剃了头,留起了辫子,村民们要效法吴将军。还讲,村中谁第一个把头剃了,上面要奖赏白银十两。

许多人在观望,但白汉臣什么事都想得开,他第一个剃了发,留起了辫子。

就在白汉臣让白银凤给他编辫子的时候,白银凤问道:"老爷,村里别人没有动,你干吗出头抢这个先呢?难道嫌咱们的银子还不够多,稀罕那十两银子吗?"

白汉臣道:"'娘娘'到底是个妇道人家,就看到那银子。给儿子做满月就花了五百两,这你是知道的,他们那点银子算什么!我第一个剃了头,只说明人的眼光。改朝换代了,识时务者为俊杰,我要做村中第一个识时务的。"

银凤不以为然,道:"捞一个识时务的,却把娘肚里就长出来的头发不要了,值得?它不吃饭能饱?不喝水能解渴?有朝一日没银子花了它能生出元宝来?"

白汉臣听后道:"说你是妇人之见嘛!今后便是大清的天下,这村中第一个识时务的所得到的好处,岂是十两,百两,千两银子能买得到的?哪一朝哪一代不奖赏那最先归顺了的?改了朝,换了代,村中的村长得换换吧?第一个归顺,就离那位置不远了。当上村长的好处,我得给你讲一讲……"

"这第一个好处,自然是成为村中之王……"银凤抢先说道。

"显而易见……"

"没看透,老爷还是个官迷……"

"你这就浅见了,它是一架梯子……"

"你还想弄个县太爷干干?"银凤明显地不耐烦了。

"人逢乱世精神爽。官原是要考的,之乎者也那一套我自幼就讨厌,故而也就讨厌应试,不应试就甭想做官。现在好了,大清得了中原,他得治理,可事情急,他来不及靠考试选官,这就来了机会……"

白银凤这下明白了白汉臣的意思。正是明白了白汉臣的意思，她对白汉臣的话也就失去了兴趣，心想真是一只癞蛤蟆，一口咬住了我这只天鹅，还嫌不够，这回又想做什么官……呸！她心里这样想，嘴上却不能这样讲，于是笑着道："那奴家这里祝老爷青云直上了……"

这话之后，白汉臣却明显地颓废了，道："不知我白汉臣有没有这个命了。"

命？这回倒吊起了白银凤的胃口。她白银凤就曾为这个"命"字感叹很多，一副天仙般模样，可得到的是什么呢？她看到过本县的知县太太，模样并不比她俊，可人家可以作威作福。她还有幸看到过吴三桂的小妾陈圆圆，那婆娘长得确实漂亮，可真比起来，她自认为不比陈圆圆差。可人家是何等风光！每每想到这一点，她就难以平静，老天爷忒不公了！

想到这"命"字，白银凤又来了情绪，一个已经产生了的念头突然在脑子里显现，于是对白汉臣道："老爷为了谋一个小小的村长，绕了这许多的肠子。却不是奴家夸口，老爷要想荣华富贵，只要奴家动动心眼子，是张手就得的事。别说村长了，县太爷，知府老爷，甚至巡抚、翰林，也不是不能的。"

白汉臣听后大笑了起来，道："我以为只有男人会吹牛，想不到，妇道人家牛吹起来竟能撑破天。'娘娘'，你见没见县太爷什么样儿？晓不晓得，那县太爷夜里睡觉会不会与黎民百姓一样打呼噜？这就不用说知府、巡抚、翰林了，得，得，得，吹牛的家伙统统收起，咱们说咱们的真格的。今日老爷剃了发，按照村里人们瞎嚷嚷的，剃了发，断了从娘肚子里传下来的血脉，你给老爷做顿什么拿手好菜，让老爷补一补？"

白银凤并不放过刚才的话题，继续道："老爷先停住。从方才的话来看，老爷也忒把奴家看扁了。常言道：'乱世出英雄。'老爷要在这改朝换代的节骨眼上捞一把，就不信奴家在乱世之时能够大显身手？"

白汉臣依然是不屑一顾，随便说了一句："你，除了这一身细皮嫩肉，还有什么身手好显呢？得，得，回我的话，做顿什么拿手好菜，让老爷补一补？"

白银凤听后一笑，道："奴家的这身细皮嫩肉，怕是比老爷这条辫子更有些用处呢！"

这话把白汉臣说得一愣，两个人都沉默了，白汉臣既不再谈白银凤的"本事"，也不再提吃什么白银凤的拿手菜，白银凤照旧给白汉臣编那条辫子。不一会儿,辫子编好了,白汉臣走到镜子前照了照,白银凤在一旁讲了一句俏皮话:"是不是越照越像一位村长大人了?"

白汉臣听后笑了笑,道:"村长总比那知县、知府好当些,更不用说巡抚、翰林了。"

白银凤道:"只是可惜了你这识时务的材料。"

白汉臣道:"能当上改朝换代时第一任村长,梯子架在那里,以后就能撞大运。"

白银凤打断他道:"我还以为老爷真的暗中立了多么大的志向呢!"

白汉臣想到刚才银凤话中有话,引起了他的不愉快的回忆,不再讲什么。现见白银凤不放那一话题,倒改变了心思,想听一听她心里到底在想什么,遂道:"说起志向,自然也并不是没有,巡抚、翰林不敢高攀,知府怕也是痴心妄想,可弄个县太爷当当,这样的想法倒不是没有。"

白银凤道:"这就是了,帮刘邦造反的萧何是个算账先生,樊哙是个卖狗肉的——论起地位,他们还不如你呢。就是高祖爷刘邦,造反时也只是个芝麻粒儿大的小官。高祖的老婆有眼光,成了皇后,娘家一家子荣华富贵。前朝的洪武爷,谁不知道是个放牛的?这些人没有一个不是素有大志,赶上乱世成了气候的。老爷在这幽燕大地,虽算不上有名的大户,可身份地位总还可以吧?那卖狗肉的樊哙乱世雄起,最后封侯,老爷怎么就不想学他呢?"

白汉臣听后道:"那樊哙是靠了跟随高祖起了家,现你让老爷去哪里找个高祖去?难道要我去睿亲王身边当差?即使见到睿亲王,给他提鞋怕他也不用我呢,更何况上哪里去巴结,能够见到他?"

白银凤一听,笑道:"让你习学前人,哪个让你走他们的老路?再说,要讲到巴结,也未必一定巴结那睿亲王,眼前就有一人,不知老爷打听了没有?"

这一问让白汉臣提起了精神,忙问:"你这话从哪里说起?"

白银凤道:"老爷不晓得咱们前院住的是什么人?"

白汉臣道:"这我倒注意到了,问咱们的看门人,他也并不清楚住下来养伤的究竟是一个什么人,但官肯定不小。他听见两厢住的大兵称住在正房给受伤的人疗伤的为御医。想想看,什么样的人配御医来伺候?必是公侯无疑了。跟你讲,老爷第一个剃头,就是冲他来的。可就是找不着什么由头,过去巴结他。"

白银凤道："奴家倒是有现成的计谋在心里，但不知老爷肯不肯舍得下这个本钱。"

白汉臣一听便知道白银凤想干什么,心里吃了一惊。他却假装不明白,因道："你是说要舍得花银子？"

白银凤笑了笑道："老爷是装糊涂,还是真的不明白？你刚才讲了,前院的那主儿'必是公侯无疑了',大清的公侯,山海关都拿下了,他会缺银子？再说,他就是缺银子,一缺就不是一星半点,你能够拿出多少去堵上他的大窟窿？眼下,你得拿出他缺的东西给他,这是一；这二,你得拿得出；这三,他得看得上。老爷就冲这三样去想！"

白汉臣依然假装糊涂,道："照这想,一不便给银子,二不必花钱给他添置鞍马,三……想起来了……他需要的是女人！"

白银凤笑道："到底明白过来了。"

白汉臣故意道："那我就到城里给他买上一个？"

白银凤一听道："看你又糊涂了不是？你当他是你的扛活的,随便送一个他就会心满意足！我讲了,第三条,他得看得上。"

白汉臣做出无奈的样子,道："这就难了,你难道叫我去找陈圆圆不成？"

白银凤听后笑起来,道："你甭说,要是吴三桂想到这一招儿,还真说不定会把那陈圆圆献上去,求得睿亲王的欢心,用一个女人换一个王位过来,也用不着让部下几万人为他拼命了。"

这话的意思再明显不过了,白汉臣难以继续绕圈子,因道："听你这口气,该不是让我把你献给前院那个主儿吧？"

白银凤笑而不语。

白汉臣的想法得到了证实,他倒吸了一口凉气,改朝换代的时节,什么鸟儿都出了林,什么家伙都要拿出来派上用场了！可他自己又如何？他想那杨国忠靠的是妹妹,可我白汉臣却要靠老婆！可他又想,老婆又怎么样？一个骚货！但他还要在这"骚货"面前装装正经,因此假装愤怒道："亏你想得出,我白汉臣虽然不肖,可也不会去干那拿绿帽子换红顶子的事——你真让我恶心！"

白银凤听后冷笑道："那你就坐在堂上堂堂正正做你的土财主好了。"说罢转身便走。

白汉臣一见连忙拉住了,道:"这事得给我点工夫,转转弯子……"

白银凤道:"再转弯子,那个主儿伤一好就颠儿了。他走出这个窝儿,可就不认识你白二爷了。"

白汉臣道:"我虑的是,他在这里会认你,一离开便一去不回头,那还不是白让他占了便宜去!"

白银凤一听道:"上了钩,有一条线牵着他呢!别的不敢夸口,这上头的本领用起来倒是得心应手的。他只要认我一夜,就不怕他远走千里!"

老婆这方面的本领白汉臣倒是领略了的,不是自己这方面不成,这女人还不晓得闹出多少花样儿来让他受用呢。不妨一试。

他们商量了步骤,白汉臣一下子发现,平日只善锅灶和床笫的娇娘顿时变成了运筹帷幄决胜千里的张子房:目标明确、调度有方、胜券在握。

白汉臣在前院西厢房摆了一桌席,请住于厢房的十几名蒙古骑兵喝酒,名义是他剃了发,"从此便是一家人",请诸位军爷多加关照,骠骑兵们甚为开心。席间,白汉臣很容易就知道了正房中的伤者的身份,他表现出十分吃惊的样子,说这样的贵人住在了自己的家中,真是三生之幸。他表示由于不晓得那就是豪格大阿哥,没有前去侍候,有大不敬之罪;又表示为难,要想前去侍候,可怕给大阿哥添乱……

骠骑兵中有几个立即表示,只要他想过去,他们现就可以引见。白汉臣倒不急起来,说大家继续吃酒,这事席后再做不迟。

席后,其中有两个人先去了正房,不一会儿便过来道:"准了,这就可以过去。"白汉臣在那两名清兵的引领下进了正房,见了豪格。豪格既知白汉臣是房东,又听说是过来问候,态度是很和善的,并吩咐那陪白汉臣前来的清兵道:"房东有什么需要关照的,尽量去办。"晚间,白汉臣又在前院西厢房给军士们开了一桌,正房中,给那御医送了饭,而摆在豪格餐桌上的,自然是美味佳肴。

自从离开盛京随军出征,豪格就一直没能吃顿好饭。受伤后住下来,虽有多尔衮的关照,吃喝都是佳品,但鸡鸭鱼肉到那些大兵的手里,又能做出什么好味道?而这桌酒菜的意义,我们是知道的。因此,必经白银凤精心料理,色、味、美定是俱佳的,其中的双龙白凤银珠羹则最使豪格称赞。豪格的饭菜是丫鬟送过来的,豪格进餐时,她们站在一旁把盏。豪格酒足饭饱,心满意足。饭撤了之后上了茶,地道的碧螺春,不用品它,只往杯中一倒从那四溢的香气中便可判定了。豪格夸奖了饭菜,谢了房东的美意,白汉臣问豪格还需要什么。豪格已经感到满足,表示再也不需要什么了。白汉臣问道:"饭后闲来无事,大阿哥愿意不愿意听人弹上一曲解解闷儿?"并说他的小妹弹了一手好琵琶,如若赏脸,可唤她前来。豪格自然愿意。这样,白银凤出帐登场,刹那变成了浔阳江头的琵琶女。

早有丫鬟摆了一个几在炕上,并有四碟儿小菜端了上来——每上一碟儿,丫鬟都报一下菜名——芙蓉急出水,雨润芭蕉梗,银颈喜上喜,红颜人最怜。又有一壶剑南春。

这之后,琵琶女露了面,看去:双目——巫山欲雨蕴秋水,无须殷勤尽秋波;两颊——玉环镜中留倩影,无瑕润玉道凝脂;双唇——初熟樱桃遇春雨,不必涂丹自来红;秀发——借来皂色经浣洗,雨前巫山一片云;玉颈——削琢抚磨留玉质,鹅颈出水带水灵;双手——葱剥十层方显嫩,露颖春笋无须削。

白银凤在炕下的椅子上与炕上的豪格面对面坐了,道了声"万福",便问:"千岁是喜欢听雅的,还是听些俗的?"

豪格道了声"自便",白银凤听后点了点头,拨了三声空弦,接着便是一曲《玉蝴蝶》:

秋风凄切伤离,行客未归时。塞外草先衰,江南雁到迟。 芙蓉凋嫩脸,杨柳堕新眉。摇落使人悲,断肠谁得知?

歌罢,豪格有节制地拍了几下掌,接下来是一曲《梦江南》:

千万恨,恨极在天涯。山月不知心里事,水流空落眼前花,摇曳碧云斜。

豪格举止依旧,白银凤又唱一曲《巫山一段云》:

蝶舞梨园雪,莺啼柳带烟。小池残日艳阳天,芒罗山又山。 青鸟不来愁绝,忍看鸳鸯双结。春风一等少年心,闲情恨不禁。

曲罢,豪格依然是有节制地拍了几下掌。

前面的几曲是有名的古曲,白银凤都没有预先报出曲名,接下来白银凤要弹唱山野小调了,便预先报出曲名——《喇叭花》:

篱笆以外青青草,篱笆以内草青青,奴家居当中。
奴家居当中,蕊儿格外香,心儿格外红。
蕊儿格外香,心儿格外红。
香蕊召来采花蝶,红心引过采花蜂。
啊哟哟,蝶儿落在香蕊头,蜂儿钻进红心中,
啊哟哟,钻进红心中,让奴享受用……

白银凤的体态和声调儿全都变了样,边弹身子边扭动着,一种娇滴滴的媚态;声音娇柔、富有挑逗性。

曲终,白银凤注意观察着豪格的表示,仍然是有节制地拍了几下巴掌。白银凤心中道:拿出千岁爷的款儿——假正经,我看你能够撑到何时?接下来便弹唱下一曲——《蒲公英》。先是一段过板儿,淫荡之气跃于弦上——

胖胖的绿叶铺在地,
艳艳的黄花冲天开,
冲天开,
冲天开,
为等君来采,
为等君来采。
花开三日君不采,
哎哟哟,
花开三日君不采,
劝君莫再来,

劝君莫再来……

曲终,豪格停杯道:"多谢小姐辛劳,天已不早,回去歇了吧,我也乏了。"

几句话霜雪般打了过来,但白银凤是不获全胜绝不收兵的,遂道:"既如此,水已经备下,爷的伤没好,不能洗浴。待奴家给爷擦身,爷好舒舒坦坦地睡个好觉。"说罢,唤丫鬟将洗澡盆抬了进来,兑好水。

丫鬟退去,白银凤先递上热毛巾,让豪格擦了脸,然后自己上炕给豪格解衣,擦了上身。后又给豪格脱了长裤,一只手拉起裤腰,另一手伸了进去,握住手巾先在小肚子上擦拭,后渐近阳物,呀,蔫儿蔫儿的,白银凤的心顿时像是被冰霜打了一般,跟着也蔫儿了下来。

白银凤已经无心再擦了,遂草草地擦完,道了声"万福",便唤丫鬟来抬走了水盆,自己回屋去了。

白汉臣正等得着急,见白银凤回来,忙问:"如何?"

白银凤在白汉臣面前夸了海口,结果是大败而归,此时泄了气,骂了句:"天下还真他娘的有不吃腥的猫!"

白汉臣听后忙问是怎么一回事,此时此刻白银凤哪里还有心思讲自己的败状?

接下来两人无语,默默地各想各的心事。

就在此时,家人在堂外大声禀报:"前院爷有请老爷!"

白汉臣和白银凤听后愣住了,两人先是面面相觑,接下来,两个人的表情同时由惊愕变为猜疑,又由猜疑变为惊喜。白汉臣去了,白银凤等着,那神情又由惊喜变为猜疑……

白汉臣回来了。白银凤用不着问情况,因为答案明明白白地摆在白汉臣的脸上,随后见他笑逐颜开道:"成了!成了!"

八旗军到达玉田之后停了下来。在路上夜宿时,多尔衮已经召众将和众谋士议了军情,并给众人出了题目——李自成会是据守北京,还是会放弃北京?对大清来说,让李自成放弃北京自然是上策,而要促使李自成放弃北京,八旗军当如何行动?如果李自成据守北京,八旗军应当怎样打?

将士们为此展开了争论，甚至在谋士之中都出现了分歧。一部分人认为李自成会退出北京，理由是李自成打了败仗，军心不定，民心不稳；李自成在北京并没有什么根基，四周都是新降地区，在东征吃了败仗的情况下，八旗军将北京围起来，四周无力对困于京城的李自成进行救援。这样，李自成必主动撤离北京。这部分人主张，八旗军当加快进军速度，李自成必然感到在北京难以站住脚跟，会下决心撤离。

另一部分人则认为，李自成会据守北京，理由是他打了败仗，士气低落，刚刚拿下北京就匆匆退出，士气就会越发低落。而八旗军会趁大顺军退出而穷追不舍，使他们一败不可收拾。北京城池坚固，不易攻取。而八旗军进入中原，粮草有限，难以长期坚持，而必退却。他们在城中养精蓄锐，待八旗军退却之时，他可乘势追击，将八旗军击败。鉴于这种考虑，李自成不会放弃北京。

多尔衮有自己的考虑。在翁后，他就派阿巴泰率领两万人马从河北北部越过长城，在密云驻扎，并吩咐他们将营寨扎得浩浩荡荡。多尔衮还嘱咐阿巴泰：第一，八旗军大军未到之前，不要向北京进发；第二，在李自成大军撤回时，可出动人马在大顺军经过地点的不远处屯驻，但不要挡住大顺军的归路，不要与大顺军正面接触，大顺军过后，更不要挥师追杀。

李自成大败而归，多尔衮并没有穷追不舍。他牢牢记住"穷寇莫追"这条古训，怕以骄兵对哀兵，发生意外。八旗军的谋士们和将领们虽然对李自成回到北京后是撤是留见解不一，但有一点他们的主张是共同的：加速进军，猛追猛打，不给李自成以喘息之机。

多尔衮考虑的是，李自成绝非一介武夫。李自成发展到今天，虽然总体战略上出现了偏差，但他在军事上仍不愧为一位英明的统帅。对这样一位大军统帅，那是绝对不能小视的。大顺军在各地号称百万，现李自成手下的兵并不算多，但他们是大顺军的精锐。你不要轻易地去追杀他、阻拦他，否则，处于死地的这支大军会与你拼命，从而变得不可战胜。

而且众人都晓得让李自成撤出北京对八旗军来说乃是上策。可他们想不到，京城不比一座营寨，京城是李自成的一个"家"。俗话讲"破家值万贯"，你让人离开，就得给他收拾搬家的时间。你紧紧追杀，等他进了京城，便将京城围起来，他怎么收拾搬家？那就是逼着他与八旗军拼个你死我活，哪里还会有什么

"感到在北京难以站住脚跟,便下决心撤离"?

就这样,多尔衮力排众议,坚持下令慢速缓进,到了玉田,又下令八旗军停了下来。

离开山海关时,多尔衮曾安排了两件事。第一,吴三桂在秦皇岛的海上囤有军粮。多尔衮命他将那批粮食运往天津。第二,派人密令阿巴泰速速率军攻取天津,准备接受海运来的军粮,并备好车辆,接到将令后速速将军粮运往北京。

现在,海上运粮的计划正在执行之中。大军不能冒失向前,须放慢速度,等一等天津那边的消息。

多尔衮召谋士们商议进京事宜,将领们无事可干,闲得手痒,有的相互拜访,聊大天,有的与军士们胡扯臊,有的出营看景。从四月初离开盛京,他们就过着"清苦"的日子。多尔衮下有严令,军营之中不许有女人出没,也严禁将领和士兵进村扰民。

豫亲王多铎被召入睿亲王大帐刚刚返回帐中,正愁得无事可干,便有亲兵送进一封信来。豫亲王打开一看,是豪格从红瓦店送来的,上面写着:

老叔:

侄儿受了罪,身上被李自成的大兵砍了四刀,戳了三枪,好不疼痛!这几天渐渐好了起来,有点待不住,很想追上队伍,可郎中死活不肯,无奈何,只好待着。

甚是想念老叔,现得一宝物,不敢享用,派人给老叔送去,算是对老叔的孝敬。要知是甚宝物,将送信人叫到床头,一看便知了。

豪格怎么一下子想到了我这个"老叔"?多铎想来想去明白了,便笑了笑,心里骂道:好个不安分的东西,想借我的嘴喝上水!听人讲,豪格出阵十分英勇,身被七伤,也算是好样的。被贬为庶民,要想翻身就得如此。虽然皇上死后,为争皇位多铎、多尔衮与豪格之间闹得不可开交,但事情已经过去了。想想年轻时自己与豪格在一起厮混的亲热情景,想到豪格的一些好处,便又同情并可怜起来。他想要别人拉一把,眼下不找我这个老叔又找谁去?想到这里再看那信，上面写着送一个"宝物"过来，又道"叫到床头"云云，心想，难道这小子会派一个女人来送信不成？

想到这里，豫亲王唤入递信的那个亲兵问："送信人在哪里？什么样子？"

亲兵回道："现在帐外，一个年轻英俊的汉人。"

看来亲兵没得要领，多铎不得不明明白白地问他："是个男的，还是个女的？"

亲兵回道："一个剃了发的汉人男子。"

多铎感到疑惑了，于是对那亲兵道："唤进来。"

亲兵出帐，不一会儿，果然有一个"剃了发的汉人男子"进了帐。仔细看去，那人也确是年轻英俊。那人进帐后拜了下去，说了声"千岁万福"，多铎从那声音判定，出现在自己眼前的，确是一个"宝物"。

多铎已是心猿意马，便问："你是豪格派来侍奉爷的？"

那人回道："便是。听爷的吩咐。"

多铎道："爷第一想做的，就是摸清楚你的底细。把衣裳给我脱了！"

那人听后抿嘴笑了笑，便麻利地脱去了上衣，接着又脱掉了裤子……当时多铎，侧躺在一张榻上。见了眼前的光景，便一个鹞子翻身下了榻，冲了过来，将"宝物"抱了，一只手抱着，一只手解了自己的裤子，然后爹一声、娘一声狂叫起来……

这送信人便是白银凤了。豪格让她女扮男装，在两名蒙古骑兵的护送下，带着他的一封信赶到了这里。

自此之后，白银凤换上了正白旗的戎装，成了多铎的一名亲兵。她使出了全部看家的本领，"伺候"了这位亲王，给了多铎无限的快慰。多铎再也离不开这名亲兵，想起这完全是豪格的功劳，便暗暗夸奖道："这小子鬼头，想出了这样的一招儿！"

第十一章 昙花一现,李自成匆忙登基

夜很黑,李自成独自在英武殿外已经站了半个多时辰。他想搬掉压在心头的那座大山,但还真是不怎么容易。丧失了几万人马,吴三桂那只狼没有打掉,东北虎却被招醒,他们一起追了过来,形势危急。

三月间是一路进军,势如破竹,人人兴高采烈;四月里却是一路逃窜,狼狈不堪,个个人心惶惶。一个天上,一个地下,一下子变了样。

这是一次暂时的失败,还是就此一蹶不振,这是他所思虑的问题,也是压在他心头最难搬动的一座大山。

眼下李自成已经不再思考战败的事,而是思虑如何面对这次失败,思考今后的路究竟应该怎么走。

要放弃燕京,这在回军的路上他就决定了。

李自成与谋士和将领们不止一次地议论了这个问题。有的主张保全燕京,说凭借山脉一样高大厚重的城墙和以城墙为依托而构筑的防御体系,守它个一年半载那是不在话下的。清军这次入关,号令秋毫无犯,这是争取民心。可他们远道而来,粮草有限,大顺军在城中坚持数月,清军就要断炊,而断了炊依然坚持围城,就难以坚持秋毫无犯,而必然被迫进行抢掠,从而失去民众的支持,到时还得退走。到那时,大顺军可以乘势追杀之。这样,既可保住京城,又可乘胜占领京东到山海关的广大地域。

另一部分人讲,这只是事情的一个方面,甚至可以称作如意算盘。清军将北京团团围住,单从北京来讲,是可以守住的。而那时它外面的情景又会如何?

能不能指望援军？可眼下的状况是：南方，由于左良玉作祟，大顺军难以抽调一兵一卒，除非决心放弃那一地盘；西路，镇守陕西大本营的人马，相当的一部分已经在袁宗第的率领之下去对付左良玉，难道要把那边剩下的人马全部撤光，前来支援燕京吗？再退一步说，就算南边的湖北、河南，西边的陕西都决心放弃了，这两支援军是不是能够到达燕京，达到支援的目的呢？无疑，南边的左良玉是不会允许大顺军顺顺当当地开过来的。而盘踞在大同的姜瓖，看到大顺形势危急，他不乘机起事那才怪呢！退一万步讲，就算保全了燕京，那丢失全国，丢失全军，值得吗？

对李自成来说，决定放弃燕京，除上述理由外，清军的动向让人摸不透，也是一个重要因素。

李自成不会忘记，他最后下定决心撤出战斗，清军进军密云这一情报是重要的依据之一。回军时，李自成原想这支队伍会出来迎击大顺军，因而做好了痛击他们的准备，打一个大胜仗，以便鼓舞低落的士气。但是，这支军队露了一面，便不知去向。

多尔衮率领的清军主力同样令人费解。他们打了胜仗，本应乘胜追击，不给大顺军喘息之机。可多尔衮没有那样做，这是什么道理呢？力量有限，一场恶仗之后，需要停下来调整？连日行军，大军已经异常疲惫，还是……

退回京城之后，李自成担心密云那支清军绕到了京西，截断大顺军西去之路，便派出多批探马，去京西打探。可探马在那边没有发现清军的影子，那他们去了哪里呢？

第三日，东面的探马报告，说多尔衮率领的清军到了玉田。

探马是前一天打探到这一军情的。李自成二十二日撤出战斗，二十六日便回到了燕京，路上用了四天的时间，而多尔衮用了四天的时间才到了玉田。这是为什么呢？清军在搞什么名堂呢？

三十六计，走为上计。而要走，就得走得快，走得稳，不能让清军再使什么计谋，玩什么花招，到头来走不掉，被困死在京城。

先退到山西，大军压境，他姜瓖即使有一千颗反心，岂敢一动？实在不成，就渡过河去，确保陕西。就像李岩所讲的那样，大不了全丢了，还有一个陕西呢！保住了山西、陕西，那时再"从头开始"，要在那里待下去，搞它个三五年，不相信搞不出个名堂。就算十年,我李自成才四十八岁呢!那时,全国还是我的!

"对,大军西去,就取得了主动。"想到这里,李自成觉得心头那座大山被撼动了,几天来,他觉得第一次喘出了一口大气。

魏国征早已在他的鼓楼大街的寓所睡下。但睡下不久,便从前院传来猛烈的敲门声,魏国征的心一下子提到了嗓子眼。他迅速穿好衣服,奔向后门,轻轻地把门开了。他站在门边,静听前院的动静,一旦判定来的是大顺军,他就溜之大吉。

不一会儿,一个家人独自进了后院,魏国征心中感到踏实了许多。魏国征轻轻咳了一声,家人循声走过来,他忙问:"是什么人?"

家人回道:"十几名大顺军军士来找爷。"

魏国征听了一惊,忙问道:"他们讲些什么?"

家人回道:"他们说奉丞相之命,前来请魏公公,要小的进来通报。"

魏国征听后犯了寻思:一、不像来抓人的——来抓人就不可能斯斯文文叫来通报;二、说什么"奉丞相之命前来请魏公公",牛金星,堂堂的大顺宰相,请他一个前朝老公公,意味着什么?出去跟他们走,还是藏了不去?魏国征迅速做出决断——去!

他悄悄对家人说了句话,然后到了前院,见了那十几名大顺军军士,便随他们走了。

原来,李自成次日要在武英殿登基。登基的仪式早就做了准备,由丞相牛金星抓总。原是想搞得尽量隆重的,后来由于东征,李自成把登基的日期推迟。山海关打了败仗,李自成一心想的是退出燕京和日后的事情。对于登基之事,他甚不热心,并说仪式要尽量安排得简单些。原来的仪式是由明朝归降的礼部官员和宫中的一名司礼太监筹划的,现在要简,去哪些,留哪些,不得不再费一番斟酌。就在这个节骨眼儿上,原先做筹划的礼部官员和那名司礼太监今日一个"请假",明日一个"缺席",到了二十八日,那一摊儿人竟没有一个了。牛金星知道这是由于大顺军打了败仗,撤出京城的消息传开了,他们不想再继续为大顺办事,便都藏匿了。登基仪式又是一门专门学问,牛金星再有本事,哪里尽知其详?他曾派人找寻原来那些参与者,没能找回一个。他找回了几名太监,但没有一个人是懂这个的。不过,通过他们,牛金星知道了魏国征也是司礼太监。这样,牛金星便把他找了来。

魏国征被带到宫中见了牛金星,方知找他的情由。这对魏国征不是难事,二十四年前光宗皇帝朱常洛登基、二十三年前熹宗皇帝朱由校登基、十七年前崇祯帝朱由检登基,他都参与了筹划,还是仪式的主要司礼官之一。

魏国征听完牛金星的吩咐,连夜对原拟仪式程序进行了缩减。但他发现,有两项程序则是应该添上去的:一项是封后,另一项是祭拜太庙。他准备见牛金星时当面指出,从中探得一些需要了解的情况。

牛金星看后甚为满意,问了一个问题:"如若由本相代皇上前往天坛祭天,于礼可合吗?"

魏国征一听心中明白,李自成连天坛都不想去了,可见仪式草率到了何种程度!这越发说明,所传李自成要放弃京城的事不但是真的,而且撤离的时间是紧的。

至于由宰相代天子祭天之事,魏国征一时不知史上有无先例,也不知经典之中有无论及,因此合不合礼法,他还真的闹不明白。但他心想:管它呢!顺着他们讲就是了,因此回道:"由大臣代祭并不违礼。祭天,心诚而已矣。"

牛金星听后遂道:"祭天一项那就改由宰相代为履行。"

魏国征答应将照此对这项仪式相应地做些修改,而后道:"有两项仪礼本是必不可少的,小人不知因何缘故不曾列进。"

牛金星便问道:"公公说的是哪两项?"

魏国征回道:"一项是封后,另一项是祭拜太庙。"

牛金星见魏国征如此说,又问道:"公公认为这两项不可省吗?"

魏国征道:"自开天辟地以来,有应运之主,必有广胤之妃。赐册命、定名分,圣帝明王之首重,封后之仪焉能图省?宗庙代表着社稷,社稷代表着天下。陛下践天子位,成天下之人主,当昭告社稷太庙,追封先祖,表明宗庙有继,故祭拜太庙又不可省。"

牛金星听后沉思了半晌,道:"那就权且保留。"

"祭拜太庙需登基之日举行,而封后当次日进行。"魏国征这样说着,看牛金星有何表示。

牛金星听后又愣了半天,方问道:"封后不能当日进行吗?"

魏国征道:"或无不可,但照老例当于登基的次日进行。"

牛金星道:"即或无不可,那就当日进行。"

当日即是二十九日。既不能推到三十日,就说明李自成等不到三十日了。

牛金星立即去了武英殿。不一会儿,他回来了。说封后一项保留了,但在当日举行;太庙祭拜一项则取消。

魏国征故意试探牛金星的反应,因道:"小人讲过了,陛下践天子位,成天下之人主,当昭告社稷太庙,追封先祖,表明宗庙有继,故祭拜太庙的礼仪只可简约,不可减除……"

牛金星道:"公公勿复再言,此由皇上定夺,不可更改。"

魏国征还不放过,嘟囔道:"不可理解,不可理解……"

牛金星见魏国征如此,也不去理他,道:"公公便留在宫中,次日帮礼部一起料理。仪式既然简约,就不得再出纰漏了。"说罢,唤来亲兵将魏国征带出。

出殿后,魏国征心里把事情梳理了一遍,觉得有两点结论已十分明确:一,李自成确实要走。表面上像是没有什么动静,但撤离的迹象并不是没有。多日来,每天有上百辆的大车从宫中出发,载着沉重的东西(乌格和魏国征已经了解清楚,那是拷官助饷所得的银两)出城向西。而近两日,大车的数量明显增多。明日的登基仪式,李自成坚持不去太庙祭拜又可见证。要去太庙祭拜,须把明朝诸帝的牌位去除,换上李家列祖列宗的牌位。李自成一走,这些牌位如何处置,带走?行军打仗哪里有精力侍奉它们?留下来,还不是与明朝诸帝的牌位一样遭到羞辱?魏国征听说李自成是一个孝子。崇祯十一年,陕西巡抚汪乔年奉旨挖了李自成的祖坟,李自成受到很大的刺激。二,李自成会马上走,说不定登基的次日就要离开。魏国征故意把封后的事说成当于登基次日进行,试探了牛金星,牛金星则把封后一项提到了二十九日。

应该把这一切都报告给乌格。魏国征决定随大顺军军士进宫后,便要家人立即去找乌格,乌格会等着他进宫之后的消息。可自己单身一人进了宫,又不能出去,如何把消息传给乌格呢?

四月二十九日天气倒是很好,一轮红日跃出东方,大地一片光明。然而,光亮的燕京城却被莫名不安的气氛所笼罩。永昌皇帝当日登基已经诏谕百姓,那些降了大顺的顺天府官员许多人已经藏匿，那些还没有藏身的便张罗百姓门前挂了彩灯、贴了喜字。但百姓中盛传，李自成登基后就要离开，将北京城留给满洲人。那这彩灯是挂也不挂？这喜字是贴也不贴？不贴，就有违背圣命（其实，李自成本人并没有叫百姓挂彩灯、贴喜字的意思）的罪名，大顺还在治理着，得罪不得；贴，万一大顺军撤走的传言是真的，满洲人来了，便会得一个"亲贼"的罪名，那还有什么好果子吃？因此，百姓们都观望着，看看别人如何动作，大家都想钻"法不治众"的空子。

这种心态使京城出现了这样的现象——有些地方没有一户不挂彩灯、不贴喜字，而有的地方没有一户挂出彩灯、贴出喜字。

辰初，李自成的登基仪式开始，朝臣们已经在武英殿广场前站定。三声净鞭响后，整个紫禁城曾有片刻的万籁俱静。随后，乐声徐起。这是一曲《天颂》，节奏舒缓，但声调雄壮，气势磅礴。

春的丽日向大地投下煦和的目光，亲切地关照着世上发生的一切。它听到了紫禁城响起的这一乐曲，它会受到感动，赐福于大顺朝吗？它看到了紫禁城中当日的活动，它会怦怦心动，给大顺以有利的启示吗？

太阳默默地看了差不多两个时辰，李自成登基的各项仪式全部结束——在宫中的一切仪式完毕后，牛金星代替李自成去天坛祭天都已结束并回到宫中复了命。

当日三更，李自成便离开了紫禁城。

他曾下有严令，大军绝不许扰民，原在宫中驻守的军士，任何人不得携一件宫中器物出宫，否则，必杀无赦。他还再三嘱咐，一定要保全紫禁城的建筑，离开时不留任何火种。这是因为，曾经有不少的人向他进言，要将紫禁城烧毁，不把它留给满洲人。李自成断然拒绝了这种建议，他说他不做项羽。他还讲，现在走了，我们就不再回来？现在把它烧毁，回来再重建，岂不是自己给自己找麻烦？偌大一个紫禁城皆民脂民膏所积，回来再建，岂不又要消耗百姓财物？

最后一个离开紫禁城的是双喜。

二更时分，燕京上空就开始被阴云所笼罩。当双喜站在午门外等最后一个大顺军士出了门，看着将大门掩上时，唰！唰！唰！三道闪电划破宫廷的上空，随后，轰隆隆地打下三声响雷，接着，铜钱大的雨点洒下来，打在双喜的头上。那闪电划下的时候，那巨大的朱门被照得雪亮，双喜一眼看去，一下子想到了战场上看到的可怕颜色，不由得全身打了一个寒战。他顿时觉得，自己的那颗心像是一下子破碎了，觉得自己的灵魂已经出壳。他再也不想在这个地方待下去，立即飞奔上马，狠狠地朝马背上抽了三鞭子，飞奔而去。

双喜快马赶上了李自成，向他报告说，大凡要紧的部位，他都亲自做了检查。各个要紧的宫殿，他都仔细地查看过，每离开一处，他都亲自监督上了锁。

雨越下越大了。李自成听罢点了点头，没有讲什么。

此刻，李自成正在宣武门。尽管他选择了三更时分离开，并且严令士兵们不得喧哗，但百姓们定然会注意到。他看到，没有一家点亮了灯火，但他相信，在许多大门的后面，会有当家人的身影，他们会从门缝里向外观察着……

他回头望了望，诧异地发现风雨之中，东北方向的天空被染上了一片红色。

双喜也注意到了那片红色。

但是，李自成也好，双喜也好，谁也没有讲什么。

李自成转过身去，向坐骑猛抽了几鞭。这样，李自成带着最后的诧异之情，离开了燕京。

在玉田，多尔衮等来了阿巴泰的消息。阿巴泰没有费很大的力气就拿下了天津。此前，天津已经落入大顺军之手。李自成考虑到那里不会受到什么威胁，为避免分散兵力，并没有向天津派出更多的驻军。

但是，阿巴泰随后的报告让多尔衮担起心来。阿巴泰在那里等到次日，也不见运粮船的踪影，随后便向多尔衮汇报了情况。

多尔衮找来吴三桂，问他安排上有没有问题。

吴三桂也很关心这件事，他知道它的分量。前两天运粮船没到，吴三桂已经心中发毛，判定凶多吉少。

多尔衮询问吴三桂安排的经过。吴三桂回答说，事情是交给吴三椿办的，他不应该出什么闪失……

正在他们问答时，图赖带着两个人匆忙进入大帐。吴三桂看到，被带来的是汤禁和孙应援。汤禁是被派去协助吴三椿启运那批粮草的,吴三桂一看他的狼狈劲儿,就知道大事不好。

汤禁讲了事情的经过:

我与孙应援、吴三椿一起到海边,之后吴三椿说有事去办,约定午时到海边聚齐。我和孙应援率领三百名水手按时到达海边,但不见吴三椿到来。再向海中望去,只见运粮船已经启动,我和孙应援很是诧异。随后发生的事情让我和孙应援大惊,站在船头的,竟是吴三椿和无际和尚。我和孙应援赶过去询问,吴三椿和无际皆哈哈大笑,道:"你等来迟了……"我和孙应援率三百人上前,吴三椿和无际早有准备,运粮船后蹿出几十艘战船,上千名士兵与我的士兵厮杀。我和孙应援的士兵寡不敌众,眼见那几十条运粮船向大海深处开走了。

听罢汤禁的讲述,多尔衮大怒,拍案道:"坏我大事!"

吴三桂呆呆地站着,无话可讲。

过了一袋烟的工夫,多尔衮才平静下来,遂对吴三桂道:"去办你的事吧!"

吴三桂诺诺而退。

多尔衮叫来孙童儿,吩咐道:"你速乘'原上风'回山海关,先行运在那里存放的五分之一的军粮前来——不顾一切艰难,越快越好。"

孙童儿领令上路。

多尔衮离开山海关之前,将罗洛浑留了下来。给他的任务,是把到手地区的州县衙门运转起来。协助罗洛浑办这事的是宁完我,他对这里的情况较熟。

留下第一天,他们的工作进展顺利,山海关的地方衙门都建立了起来。

次日,罗洛浑和宁完我赶到永平,这里的情形大不如山海关。别看这里不是战场,百姓们却禁不起风吹草动。当年,清军杀死自己任命的地方官,将大户封盛萱一家烧光、杀光,最后屠城而去。现在,百姓谈起那事,心有余悸。

官员们也早已不知去向。永平城内,府衙院中长满了青草,商铺关张,大街上不见人影。罗洛浑和宁完我不知如何是好。

宁完我带着罗洛浑在城中转了一圈,西城那古塔还在,西门上那"望京"二字也还在。宁完我借此向罗洛浑讲述了当时的情况,二人皆对那时造成的苦果而感叹不已。

按照摄政王的旨意,地方衙门可任用原来的官员。在山海关,他们就是这样做的。现在来到永平,他们便遇到了难处,连个人影都不易见到,到哪里去找当地的官员?

好在黄昏时事情有了转机,下面的人报告说找到了原任知府。

那知府姓戚名峙,崇祯十年进士及第,任永平知府两年。李自成大军过来后,他躲到了乡下。

罗洛浑当即让戚峙官复原职,戚峙不敢推辞。罗洛浑还与戚峙一起商讨了所属各县的知县人选。有了当地人做知府,事情便好办多了,最后各县均已议定,只剩下一个迁西县的知县没有着落。

晚上,豪格赶到了。

尽管被降为庶民,但他毕竟是皇子,罗洛浑和宁完我便过来看他。他们问了豪格的伤情,豪格问了他们的情况。

当谈到任命地方官员困难,还有迁西县知县空缺时,豪格忽然心中一动,想了片刻道:"我这里倒有一个现成的知县材料……"

罗洛浑一听,忙问:"现在哪里?"

"其实,这也不算是我推荐的,是豫亲王的眼力……"随后,豪格把名字亮了出来——白汉臣。

罗洛浑又问白汉臣的情况。

豪格道:"这人的实际本领究竟如何,我也不清楚,是豫亲王识了这匹千里马。缺人之际,倒不妨一试,不成就撤掉,换一个就是了……"

一来二去,事情竟然定了下来,白汉臣被任命为迁西县知县。

白汉臣是当天晚上得到任命通知的。做个知县他是说过,但没有真的想过。所以,当两名清兵拿着委任状找到他时,他还以为自己是在做梦。

当他最后相信那委任状确实是真家伙之后,一下子想到了白银凤。

"真是乱世出英雄,连母鸡都打了鸣!"白汉臣如此暗暗惊叹。

白汉臣不止一次到过迁西县,但县衙的大门他一次也没有进去过。

这并没有妨碍他的想象。他想象迁西县那边当差的已经集结,正在衙门前列队等候他。街上,成百上千的百姓站在两边,引颈张望,争着要瞧瞧新知县的尊容。

"一定要不卑不亢!"白汉臣想到在众人面前自己应该保持的基本姿态,

"那些旧衙役个个不好惹,不能让他们给拿住!可对百姓不要鼻子朝天——要做一个清官,爱民如子。要学包公,断案铁面无私;要学海瑞,为民作主,为民请命;要……"他还想列出几个,但一时想不出许多了。

白汉臣遵照"即刻上任"的指令,一点也没有耽搁便上了路。

尽管从白汉臣接到委任状到他上路西行时间很短,但消息已经传开,还引起了轰动。

开始,没有一个人相信事情是真的。但没过多久,许多人便相信白汉臣确实做了迁西县的知县。这事应该归功于白汉臣的侄子白仰民,是他正巧在街上碰见了递委任状的两名清兵,是他亲自把两名递委任状的清兵带到了叔叔白汉臣家。两名清兵向白汉臣交委任状的过程,白仰民一直在场。递委任状的两名清兵离开后,白汉臣在家里直乐,白仰民则冲出白汉臣的院子,跑到大街上高声狂呼:"我叔叔当了迁西县知县!"

大家以为白仰民疯了。最后,就是看了那委任状,许多人依然是将信将疑。

乡亲们不管信还是不信,大家都聚了来,许多人提出要给白汉臣饯行。白汉臣谢绝了,道:"汉臣无功不受禄。还没给乡亲们办一件事,就让大家破费,于心不忍。这样好了,三年为期,三年之内,白汉臣一定把迁西治出个样儿来——不敢夸口,说让治内路不拾遗,夜不闭户,不敢吹牛,但境内太平、百姓安居,这是一定要做到的。到那时,汉臣再吃大家的酒肉!"

之后,汉臣、仰民爷儿俩上了路。

白汉臣按照送委任状的清兵所讲,找到了罗洛浑在永平的住处。

正好,宁完我、戚峙正在这里与罗洛浑一起商量事情。听说白汉臣到了,罗洛浑让宁完我和戚峙与他一起见一见这位县太爷。

罗洛浑是在厅里见白汉臣的,他独坐中间的上位,宁完我和戚峙坐在左边的椅子上,右边空着。白汉臣进来见礼后,下人遵罗洛浑的吩咐搬来一把椅子供白汉臣坐。白汉臣谢座。

椅子上有一席垫,下人搬椅子时,那席垫被弄歪了。坐前,白汉臣用双手郑重地将席垫理正,口中念道:"子曰:'席不正不坐。'"

宁完我听后,心中一乐,偷偷看了罗洛浑一眼。又见那白汉臣转身坐了,挺直了身子,等待问话。

罗洛浑又问了几个问题,白汉臣是子曰诗云,依然像方才讲"席不正不坐"那样驴唇不对马嘴。

罗洛浑正感到不耐烦,一个亲兵进来报告:"孙童儿参将求见。"

罗洛浑一听愣了一下,然后对宁完我、戚峙道:"你们先谈,我去看看……"说罢,起身出了厅。

宁完我见状,对戚峙道:"大人有话请讲……"

戚峙一点也不了解这白汉臣的底细,自然不敢贸然问话,于是回宁完我道:"大人请继续问话。"

宁完我并不想问什么,加上孙童儿突然出现在永平,料定前方必然发生了大事,正想快些离开。他站起身来心想这宝贝倒是难得的,面对一个王爷,一个大学士,一个作为顶头上司的知府,却丝毫不见畏惧的样子,于是产生了逗逗这个人的念头,于是问道:"白大人,你这样一个名字,想继续叫下去?"

白汉臣一听,道:"回大人,卑职倒不觉得有什么妨碍之处。大清有满臣、汉臣。白汉臣,汉臣也。"

宁完我听后笑了笑,离开了。他到了院中,就见罗洛浑正和孙童儿站在二门门首讲话。宁完我凑了上去,罗洛浑对宁完我道:"原来囤于海上准备启运的粮食被人劫走,摄政王派孙参将急回山海关商讨急运军粮之事。"

孙童儿遂道:"不敢久留,就此上路……"

"我们这里也就不敢留你,只是一路辛苦,望你注意安全……"

罗洛浑说罢,孙童儿匆匆出院,上马回去了。

宁完我问道:"什么人劫了那批粮食呢?"

罗洛浑道:"是吴三桂麾下的人。"

宁完我叹道:"这摄政王就难了……"

罗洛浑点了点头,道:"咱们回去再看看那个宝贝……"

两人回到厅里时,戚峙和白汉臣正僵着。两人坐下来,不再管戚峙和白汉臣他们究竟谈了些什么,罗洛浑便道:"方才我正与戚大人谈昔日清军占领永平的事,白大人赶上,也一起听听。摄政王有几项军令需要贯彻,军令与昔日之事有关。屈指数来,十四个年头过去了,但我踏上永平的土地,依然感到当年我朝治州首领处置失当所造成之恶果,这也见摄政王军令英明之至。宁大人当年在这里,我朝治州首领种种错谬,宁大人曾多次力谏,无果,致成大祸。现在请宁大人讲一讲事情的经过。"

于是,宁完我将此事前前后后,事无巨细地详述了一遍。

无论是戚峙还是白汉臣,都十分认真地听了宁完我的讲述。

戚峙自己原本就对大清国有疑虑,而疑虑,很大程度上都是出于"永平事件"。他被召来,被告知继续做永平知府,他答应下来,是出于无奈。他还没有决定今后到底怎么办。听宁完我讲述后,他顿时觉得心中豁亮了许多,于是道:"请宁大人提供文本,以便向百姓广做宣讲……"

白汉臣是自动为大清国效力的,他自己没有什么疑虑,但他知道这些东西百姓有。他到永平后,看到街面上极端冷清的景象,立即就想到了十四年前的那次"永平事件",他明白,百姓们,尤其是永平的百姓,是怕清军,是在躲清军。于是,他也附和道:"戚大人讲得有理,这实在是太要紧了……"

宁完我本以为这白汉臣极有可能再来一番子曰诗云,没想到白汉臣并没有再引经据典的意思,于是又想,眼下的白汉臣可能是一个真实的白汉臣,受触动之时,一个人更可能显现其本来面目。

宁完我早就有准备,于是答应下来。

随后,罗洛浑向戚峙和白汉臣讲了摄政王的军令。

白汉臣上路了,他身边依然是白仰民一个人陪着。他们都骑着马,这马是他们从山海关出来就骑的自己的马。他们身上所带的,多了两件东西,一件是"永平事件"文本,一件是摄政王军令。从山海关出门时,他们带了五十两银子。在永平,他们分文没用,现在依然带在身上。

在白汉臣离开时,戚峙曾讲迁西的东部山区有一伙强盗,闹得很凶。开始,白汉臣没有弄明白戚峙的意思,以为与迁西的治理有关,便再次引经据典,回道:"这没什么,子曰:'河内凶则移其民于河东,移其粟于河内……'"

戚峙听罢哭笑不得,罗洛浑和宁完我也暗暗发笑。戚峙打断白汉臣,讲明了自己的意思,要他一路小心。

白汉臣和白仰民进入迁西后,已是黄昏时分。他们记起了戚峙所讲迁西东部山区有强人出没的话,决定找一个村子住下,不再赶路。两人商定后,见前面远远有一村落,便快马加鞭向那村子赶去。可两人向前走了一箭之地,就同时跌下马来。从两边涌出一伙人，上来七手八脚把他们拿了。他们这才明白，自己碰见了强人。

他们被搜身，马鞍上的行囊也被搜了，那五十两银子被搜了出来。

两匹马被留下了，他们被允许离开。离开永平时，那张委任状和增加的那两样东西都在马鞍的囊袋里。白仰民明白，那三样东西是最最重要的，因此想张嘴向强人们讲什么，却被白汉臣制止了。

白仰民心中惴惴不安，跟随叔叔向前走。走出没多远，回头看时，那些强人已经不见了踪影。

"那些东西丢了可怎么办？"白仰民轻声问。

白汉臣只管走路，什么话也没有讲。

他们走到前面的村子住了下来。村头倒是有一个小店，但兜里空空，无法住店，便找到一人家编造理由，住了下来。这家人还不错，让他们住下了，还招待了他们一顿晚餐。

一夜无话，次日他们也没有再打扰房东备早饭，谢过便离开了。

午饭前，他们赶到了县城。城里很是冷清，大多店铺都没有开张，偶尔能够遇到一两个行人，看上去也是来去匆匆。

到达县衙，他们向里望了望，并没有进去。离县衙不远处有一家旅店，白汉臣领白仰民进店。店小二迎上来，白汉臣说道："准备一间好房。"

店小二把白汉臣叔侄领到房间，安置了，问："两位可曾用过饭了？"

白汉臣还没应吃没吃饭这茬儿，而是道："掌柜的可在吗？"店小二回答说在。

白汉臣道："请把掌柜的叫过来。"店小二再次上下将白汉臣打量了一番，离开了。

不一会儿，来了一位四十岁上下年龄的人，脸上一团和气，进门道："两位客官找小人有什么吩咐？"

白汉臣让掌柜的坐下，等他坐定才道："本人乃新任本县知县……"

掌柜的一听睁大了眼睛，一股嘲笑的表情浮于脸上，而且丝毫不加掩饰。

白汉臣见状，继续道："进入迁西境内，行李马匹均被强人劫去……"

听到这里，掌柜的脸上那嘲笑之态越发浓重了。

"幸亏有一样要紧的东西强人们没有搜到……"说着,白汉臣抬起一条腿来,用一只手抓住了脚上的鞋子,不紧不慢把鞋子脱掉,从鞋里取出一张纸,然后把那张纸递给了掌柜的。

掌柜的接过那张纸,展开,见上面有横横竖竖的符号,并不晓得是什么。再看,上面还有汉文,写着"大清国委任状"的字样,细看,有"任白氏汉臣为迁西县知县"的文字。这样,他脸上原有的嘲笑之情一扫而光,不由得站起身来,跪了下去,嘴上道:"小民有眼不识泰山……"

白汉臣离座将掌柜的扶了起来,收回那委任状,依旧让掌柜的坐下,问:"掌柜的尊姓大名?"

掌柜的回道:"回老爷,小民姓迟名明。"

白汉臣道:"迟掌柜……"

掌柜的赶快应声:"小民在……"

"我来问你,本县有几家钱庄?"

迟掌柜回道:"有三家。"

"哪三家?"

"赵记、钱记和焦记。"

白汉臣又问:"哪家信誉好些?"

"当属焦记……"

白汉臣又好奇道:"三家的生意如何?现在哪家还在开张营业?"

"只有焦记。"

"有一件事,迟掌柜可办得吗?"

"愿听吩咐……"

"能把那焦掌柜的请过来吗?"

"这不是难办的事……什么时候去请他?"

"现在就去。"

迟掌柜站起来,先喊过店小二吩咐备酒菜,又命换了干净的被褥,然后出门去了。

不到一袋烟的工夫,迟掌柜领着一高个子男子来到白汉臣房间。那高个子男子拜了下去,口中说道:"参见大人……"

店小二进来向迟掌柜请示,问饭菜已经备齐,要摆在哪里。

白汉臣遂道:"就在这里。"

随后,白汉臣又问了焦掌柜的名字。焦掌柜回答说姓焦名世才。

店小二在炕上设了一小桌,把酒菜摆上。白汉臣让焦掌柜和迟掌柜坐在炕下,问:"焦掌柜与迟掌柜有亲有故吗?"

只见焦掌柜和迟掌柜都一惊,焦掌柜回道:"不瞒大人,我们是儿女亲家……"

白汉臣笑了笑,道:"焦掌柜,本县正在难处。"

焦掌柜又回道:"大人有事尽管吩咐,只要小民能够办到。"

"可能要焦掌柜有所破费。不过,本县预先说明,所用银两均属暂垫,日后归还,分文不少。"

焦掌柜拱手道:"大人哪里话来,大人所用,皆为国为民之事,别说大人一时钱紧,就是银子富富裕裕,小民也愿意奉献。这样为大清国效力的机会,找还不容易找到呢!"

"焦掌柜是一个明白人。只是,所垫银两本县一定要还的……"

"有什么事大人尽管吩咐就是。"

"那就有劳焦掌柜和迟掌柜了。现在有以下事情要办:第一,本县还没有到衙门里去。想那多日荒废,大概已经不成样子。把县府衙门修葺一下,能够办事……"

焦掌柜问道:"什么时候动工?"

白汉臣回道:"回去便张罗起来,明天清晨本县就住进去……"

焦掌柜目视迟掌柜。

"有难处?"

焦掌柜赶快回道:"县衙不是随便什么人都可以进去的……"

"这并不难办,"白汉臣手指白仰民道,"这是本县的侄子,他可以带你们进入……"

焦掌柜这才点头道:"这就好。"

"第二,找几位秀才到店中听命。"

焦掌柜问道:"也是现在就办?"

"对。第三,估计原先县令的大印难以找到了,故而要赶快找刻工刻一方,此事自然也要我侄子出面……"

焦掌柜回道:"这不难办。"

"本县将在此与秀才一起,把一切文告连夜写好。大印刻好,盖上,黎明之前要张贴出去。故而,第四件,要把张贴文告的人找好,全城一起动,次日百姓一觉醒来,就会看到。"

焦掌柜爽快地回道:"找人好办。"

"准备快马数匹,清早起身前往松树寨,你们晓得那个村子吗?"

迟掌柜接话道:"晓得,在城东南四十里。"

白汉臣道:"不错。让人骑上快马到那里去,带上纹银二十两找村西头周善才家,把银两给他。昨天本县落难,周善才一家接纳本县住下,善心一片,本县要回报之。"

焦掌柜和迟掌柜听后都很感动,道:"大人实乃仁义之官!"

"另外,把文告贴到村上去。那伙强人在当地劫了本县,他们见本县报答周家,便晓得自己抢了什么人,再看看那些告示,我倒瞧瞧,他们会有些什么举动……"

吩咐完毕,白汉臣和白仰民也已经吃完饭,焦、迟二位掌柜各去张罗。

他们走后,白汉臣从另一鞋中取出了另外的两张纸,正是宁完我所写《天聪年"永平案"始末》和《大清国摄政王军令》。

"叔,委任状和这些东西原不是放在鞍囊的吗?"这一切,在一旁的白仰民早就看呆了。

白汉臣道:"是,路上想起知府大人所讲迁西闹强盗的话,便把这些东西放在鞋子里了。此地的百姓原对清军有仇口儿,强人们也是这样。咱们这身打扮就够招摇了,但遇上强人,他们是为了钱财,未必注意到咱们的身份。要是叫他们搜到这些东西,那就凶多吉少了。他们知道自己劫了县官,必认为是闯祸,在荒郊野地,神不知鬼不觉,他们必起杀心。这些东西我们是不能不带的,放到鞋里便安全了。"

白仰民连连称是,又问:"叔怎么就找了焦记钱庄,晓得那焦掌柜肯答应给我们办事?再说,叔怎么知道迟掌柜和焦掌柜是亲戚?"

白汉臣道:"钱庄这行当与别的买卖不同。别的买卖你愿意停下来就停下来,挂一个牌子,说某天某日不开张。可这钱庄不成,你不开张,取钱用的不答应。焦记在兵荒马乱之时依然开张,说明它平日生意不错,颇有实力,咱们找就找这样的字号。迟掌柜说焦记的好话,双方必有些瓜葛;问迟掌柜能不能把焦掌柜找来,他满口答应,说明迟掌柜很了解焦掌柜。因为我在这样的情况下找焦掌柜,迟掌柜不会不想到我找焦掌柜将干什么,他不能不衡量利弊。他答应去找焦掌柜,这实际上是在为焦掌柜做主。没有较深的关系,迟掌柜是不会这样做的。"

白仰民已经佩服得五体投地了。一路上,白仰民还犯愁,叔侄俩到了迁西找谁去?要钱没钱,要人没人,要东西没东西,这县太爷如何走马上任?别的先不用说,就是这县令的官印,在永平时大家就曾犯愁,大学士宁完我则觉得"事不关己,高高挂起"。问知府要,知府大人支支吾吾……可一切的一切,统统迎刃而解!钱有了,人有了,东西也有了。好像什么都不缺少,什么都不在话下……

白仰民感叹起来。平常,不能说自己的这位叔叔没有本领,但无论如何看不出这位叔叔竟神奇如此!真是看不透!

四月二十八日,迁西县沐浴在清晨的阳光之下。许多人已经起身,但与往日一样,他们谁也不肯先出门。

居民从昨日就听到了一些风声。夜里,不少人从门缝里悄悄往外张望,看到县衙人来人往,院内人声鼎沸、灯火通明,不晓得里面在干什么。

有几个胆子大的悄悄溜出家门,聚在了一起议论所听到的情况,大致是来了两个外地人,都是清国人的打扮,住在了"来兴客栈"。焦记钱庄的掌柜焦世才被叫到了"来兴客栈",随后,迟掌柜和焦掌柜就忙活了起来。县衙在修葺、打扫;七八名县城的秀才被叫到了"来兴客栈";还有人找到了县城刻章的张大可,急着让他刻什么图章……

这几个人不但胆子大,而且很好事,他们决定弄个究竟。这样,有的分工悄悄爬上了县衙的后墙,看看里面究竟在干什么;有的潜入"来兴客栈",看看被弄进去的几名秀才在忙些什么;有的则去了那个张大可的家,看看他刻了一枚什么样的图章……

大家回来时，事情有些眉目了，大家判定来了一名新知县。那张大可刻的印最说明问题，"来兴客栈"中的秀才们在抄写文告，据说是新知县要张贴的。

张贴文告，成了动员居民走出家门最有效的手段。首先是好奇心把大家招了来，随后，大家被文告上的内容所吸引。贴文告的墙下，人越聚越多。

文告有两种，一是《天聪年"永平案"始末》，一是《大清国摄政王军令》。

《天聪年"永平案"始末》较长，写的是宁完我向戚峥、白汉臣所讲的那些内容。《大清国摄政王军令》较短，核心是讲给当年被杀的白养粹等人昭雪——

一、巡抚白养粹乃忠贞之士，悉心为国效力，政绩卓著，被阿敏诬为明朝奸细，遭残杀，冤动天地，本王思之，每每食不甘味、寝不能眠。现郑重宣布昭雪，并在永平建祠，以彰忠烈；永免其后裔赋税、徭役。

二、州佐商叔牙亦乃忠贞之士，未婚之妻纪玉皦被霸占，仍悉心为国效力，实属难得。商君被诬明朝奸细，遭威逼致死，冤泣鬼神。现郑重宣布昭雪，并在永平建祠，以彰忠烈；永免其后裔赋税、徭役。

三、封记钱庄庄主封盛萱，以其财力，助巡抚安民兴业、筹措粮饷官资，实为难得，然阿敏杀之，诛其全家，冤莫大焉。现郑重宣布昭雪，在永平建祠，以彰忠烈；永免其后裔赋税、徭役。

四、永平之民，悉为善良之民，大金所治期间，遵纪守法，向往仁义之治，无故遭阿敏残杀，其冤震惊日月，本王每每想起，无不泪涌沾襟。现决定昭雪，兹决定：凡当年有功于大金之民，其家免赋税、徭役三至五年；凡当年被杀屈死者，其家免赋税、徭役八至十年。有关家属即日起，可与当地官府联系，以确定免赋事宜……

这前三条离迁西居民远，而后一条却与大家有极大的关系。"有功于大金之民"，何谓"有功于大金之民"？当年，迁西在大金治下，许多百姓交粮纳税，算不算有功？"被杀屈死者"，何谓"被杀屈死者"？当年，迁西并没有遭到屠城，但在这里，金军和明军曾有惨烈的厮杀，许多居民受到了损害，有的甚至丢掉了性命，这笔账如何算？

大家边看文告，边议论着。

许多人都盘算着,自己从这文告里能够得到些什么。有些人已经想明白,决定找官府理论理论。

这正是摄政王所要的效果。

中午时分,三匹快马从北方奔来。进入迁西城后,马匹放慢了速度。骑马人是明军打扮,他们到达县衙前滚鞍下马,为首的一个快步走到门前拱手向站在门前的衙役道:"小哥请报进去,就说三屯营原游击许胥将军求见知县大人,有要事相报。"

一名衙役说了声"候着",进院内去了。不大的工夫,那衙役回来道:"老爷有请……"

三人在拴马石上将马拴了,这时白汉臣出来迎接,已经到了门口。他向三人拱手道:"不知哪位是许将军?"

许胥向前赶了一步,拱手道:"末将拜见大人……"

白汉臣道:"不知将军到来,失迎失迎……"

许胥客气了两句,白汉臣引他到了大堂坐了,道:"将军有什么事要本县效劳?"

许胥回道:"末将乃三屯营原游击,管大军粮草。近些天来,局势动荡,让人难判未来。三屯营守军接到入京勤王之旨,副将严明率军去了,可去后再无音信,传闻他投降了大顺。末将一直有意弃暗投明,归顺大清,但投奔无门。下属向我报告,说县里来了新知县,末将便闻风前来……"

白汉臣问道:"依将军之言,三屯营散了架,再没有什么人了?"

许胥点了点头道:"除去末将所领之部……"

白汉臣道:"将军这一步算是走对了。找到本县,也是走对了一步。"

许胥看着白汉臣,又点了点头,没有再说什么。

白汉臣又问道:"将军还有多少人马?"

许胥道:"原领三千人,现多数逃亡……"

白汉臣笑了笑,道:"将军便任他们去了……"

许胥苦笑了一下。

白汉臣又问:"将军守护的粮草有多少?"

许胥回道:"万军三月之需……"

白汉臣惊道："嘀,全部清军也能吃上半月十天了……"

这时,白仰民有事来找白汉臣,听到许胥这句话,不由得为之一振,遂对许胥道："打扰了……"然后对白汉臣道,"请大人出来一下。"

白汉臣出了大堂,忙问白仰民："什么事？"

白仰民道："有件事忘了跟叔讲。叔还记得在永平跟罗王爷、宁学士谈话的中间,有人报告说一位参将路过的事吗？那人是摄政王派去山海关催粮草的。罗王爷出来去见那参将,他们在二门口谈话小侄都听到了。那参将说摄政王原本调运吴三桂存在海上什么地方的一批粮食,可出了什么变故,那批粮食指望不上了,便派他回山海关去急调清军自带的粮食。他们讲,清军自带的粮食在路上耽搁了,现回去调运也是怕赶不及的。他们说,北京现正闹粮荒,清军更需要粮草,他们两个人都为摄政王愁得不得了。小侄进来听这主手里有这么多粮食,便动了心。要是咱们能够赶在清军山海关的粮食到前把这批粮食运过去,那……"

白汉臣用手止住白仰民,表示自己要好好想一想。

片刻,白汉臣转入大堂,对许胥道："将军,想不到你我要携手干一番大事业了……"

第十二章　招降旧部，洪承畴深夜入京

四月二十九日，清军前移到了三河。

到达三河的当日，乌格派来的人到了军营，向多尔衮奏报了李自成在燕京的活动情况。最重要的情报是，李自成要撤离燕京。

多尔衮决定大军拔营西行，到达通州后大军又停了下来。

孙童儿回来了，他向多尔衮报告了去山海关催粮的过程，情况甚为不妙。

当运粮车辆从去蒙古方向转向山海关方向时，天公不作美，路上下起了雨。由于是春季，运粮车队并没有带苫布，粮草被雨水淋湿，车子变得沉重起来。这样，他们比多尔衮原来估计的迟两日到达山海关。车子损坏了需要修理，许多马匹受了伤，不得不另加补充。而大部分马匹则疲劳过度，如果硬行上路，后果不堪设想。这样，在山海关又耽误了。当孙童儿传达摄政王催粮的命令时，车队还在山海关。多尔衮命令将五分之一的粮草先行起运，就是考虑了车辆受损、马匹疲惫的情况。但实际上，即使较为健壮的马匹体力也并没有恢复，再加赶路，许多马匹倒在了路上，许多车辆被迫停在了路上。孙童儿跟随先行出发的车辆走了一天，看到的便是这样的情况。多尔衮听后没有讲什么，让孙童儿退下去休息。

多尔衮独自在帐中踱步，思考着如何对付这严峻的形势。

这时乌格到了，他的到来打断了多尔衮的思考。

乌格亲自前来，表明京城出现了大变化。果不其然，他向多尔衮奏报，说李自成已撤出了燕京。

乌格详细奏报了李自成撤出燕京的情况，有两点引起了多尔衮的注意：一，李自成大军是有秩序地撤离。二，临行既没有骚扰百姓，抢劫居民的财物，又没有动皇宫里的珍宝，凡是藏有珍宝的宫室，门封得好好的。听乌格讲后，多尔衮没有说什么，但心中暗暗赞叹李自成绝非一般人物！

但是，皇宫的三大殿被大火烧毁了。

乌格说李自成一走，燕京立即陷入混乱之中。沉渣浮起，地痞无赖发狂，烧、杀、抢、掠，无恶不作。百姓关门闭户，不敢出来走动。又加粮食奇缺，饿殍塞巷，燕京已成人间地狱。

于是，多尔衮召集众将和文臣，商讨进京事宜。

乌格在会议上讲，原来的明朝官员几乎都归顺了李自成。李自成撤出，这些人被留了下来。他们大多数心中惶恐不已，担心清军进城后，会遭到惩罚。唐通大人曾找到其中的几名，试图解除他们的顾虑，请他们出头联络更多的人，迎接大军进城。他们虽顾虑解除，却又觉得刚刚降了大顺，现在又降大清，脸上无光。

就此大家进行了议论，七嘴八舌，什么意见都有。英郡王阿济格这时插了一句："不但不用，还得杀掉他们，显示我大清爱憎分明之气概。"

如何处理原明这些官员的事，多尔衮是交给范文程、洪承畴来办的，可他们还一直没有讲话。

范文程终于站了起来，道："这事摄政王与臣不止讲过一次了，臣体会摄政王的旨意，是要尽量多地任用明官明将。其中的道理是显而易见的，我们倘若不打算在中原站住脚，那我们可以不管他们的事。可我们是入主中原，要治理，何况当前还要征战。这样，我们就不能不用他们。不用他们，凭我们这些人，有天大的本领，也管不了这么多的事。已经到手的山海关、永平、滦县、迁安、迁西、遵化、玉田、天津、三河，即将到手的山西、直隶其他州县，合起来就上百个。要把局面稳下来，要出夫，要征税，要断案，碰到饥荒要赈济，我们这几个人能管得过来？山东、河南、两广、四川、将统统是我大清的辖区，多少州县？光县太爷就要上千，何况一个县绝对不仅仅只有一个县太爷。京城的事就更杂一些。兵、户、工、礼、吏、刑六部，事务繁多，我们不但人数少，而且两眼一抹黑，事情主要要靠原来的明官来做，自然是按照我大清定好的章程办。说要区别地用他们，是一个好主意。只是他们中哪个优，哪个劣，我们并不是清楚的。一两个头面人物的作为我们知道，但多数人的优劣我们不清楚。如果事先确定区分的章程，等我们弄清楚了他们的情况后再决定取舍，那就必然造成无人可用的局面。与其这样，倒不如一概录用，而在任用中考察他们，真正恶劣的，再惩治不迟。"

"谁优谁劣，我们不清楚，百姓们清楚。这样一锅粥地弄，把许多的耗子屎搅进来，百姓们如何说我们？"阿济格打断了范文程的话。

范文程听后笑了笑，道："王爷，要用的这些宝贝可不是我们顺治爷亲点的。百姓骂就让他们骂崇祯去，谁让他点这么多的耗子屎呢！"

这话把在座的所有人都逗乐了，摄政王也哈哈大笑了起来。

"有理。"阿济格点了点头，看来他也明白了。

这时，洪承畴也站了起来，道："摄政王，如何对待这些明官明将，范大人讲过了，臣想就明官明将现有的状况说一下。他们觉得刚刚降了大顺，现又降大清，脸上无光，这是那些官员眼下的一种普遍心态。而正是这些人，才是我朝所依靠的。我们需要给他们心理支撑，让他们能够理直气壮地归顺，在我朝为官，为我朝尽力。那臣所讲的心理支撑是什么呢？前不久是三股力量在较量，一是我们大清，二是李自成，三是明廷。中原是主战场，主要是李自成与明廷在争斗。后来，情况发生了变化，李自成把明廷打败，李自成得了江山。眼下情况再次发生变化，我大清加入了战场，而且，李自成已经被我们打败，被迫撤出了北京，而且其败势已定。就是说，我大清已经从李自成手中接过了江山。明朝的旧臣，有的曾经拥兵抗击李自成，像平西伯吴三桂。有的降李自成，实为不得已。被迫降了李自成的也可归顺大清，为明廷皇帝复仇。李自成已败，但尚未被铲除。原明将明官归附大清，一可达报仇之愿，二可继续他们的前程，为我大清办事，为中原父老尽力。这于情也忠，于理也顺。这就是臣所讲给那些彷徨不可终日的明臣的心理支撑。"

大帐中鸦雀无声。大家全都听明白了，江山，大清是从李自成的手中取得的。明朝的灭亡，明军的惨败，明朝皇帝的惨死，都是李自成造成的，与大清无关。现在大清要做的是消灭李自成，是为明朝报仇，是为百姓出气。这样，原明朝的官员与大清站在一起是正当的，即"于情也忠，于理也顺"……

明白了洪承畴的意思后,大帐里响起了一片掌声。

随后,多尔衮特别向大家强调了如何对待明官明将的问题。要求大清的将领,上上下下,都要礼貌地对待,让这些人能够与满官满将一起办事:"眼下,对明官明将,我们看得更多的是他们的软骨头,心里嫉恨他们没骨气,故而讨厌他们,不愿用他们。还有一个方面,就是憎恶他们贪赃。李自成治军有方,在他们那里,贪赃之事是没有的,故而对这些人手脚的肮脏,李自成的人是异常憎恶的;秉承祖宗余烈,我太祖太宗更是治理有方,在我们大清国,贪赃之事更是没有。这样,我们对这方面的事,肯定也是疾恶如仇。听说李自成追赃,就起于所谓'卿相所有,非盗上则剥下,皆赃'这样的认知。他们搞追赃,也是出于疾恶如仇。这样,当我们进城发现'卿相所有,非盗上则剥下,皆赃'后,我们是不是也会追起赃来,或者搞一些变样的追赃,犯李自成已经犯了的毛病?绝不能。此点切记!"

军事的问题重新被提了出来。李自成安安稳稳地在北京待了几天,而且还举行了登基仪式!现在,他又大摇大摆地走了,许多将领想起这事来就窝气。

"便宜了这小子!"豫亲王多铎第一个叫了起来。

其他人心中有气,但敢怒而不敢言。一见多铎如此,大家便又一起爆发了,大帐里像赶集一样乱哄哄。范文程、洪承畴等见众将如此,在一边甚为焦急,都看着多尔衮。

多尔衮原是侧着身子看着大家,如此让众人乱了一阵之后,便坐直了身子。这时,大帐里静下来。大家知道,大凡多尔衮如此,就是有话要讲了。

多尔衮不好直接针对多铎,跟着嚷嚷得最厉害的当属固山额真鳌拜。多尔衮喊着鳌拜的名字,鳌拜站了起来。多尔衮问道:"你能不能向本王保证,到达京城之后,三天不发正黄旗一粒粮食,你不叫一声苦?"

鳌拜摸不着头脑,瞪大眼睛站着。

"谁都明白,打仗要靠粮草。在此,本王先要向诸将请罚,由于本王调度失策,我大军断了粮草……"

帐中重新开了锅,多尔衮平摊开双手,让大家静下来。

"由于我军改变了行军路线,大军原带的粮草便落到了后面。山海关之战后,为了不耽误大军的行动,本王原计划动用三桂将军储于海上的粮草,可由于三桂将军用人不当,也是本王疏忽,把这天大的事看轻,致使那批粮草被人劫走。这样,我们实际上已经陷入断粮绝境。本王已经派人返回山海关,催促我大军原带粮草,但那不是一两日就可以到的。现正值青黄不接之际,又加明廷覆灭,李自成又撤出燕京,百姓们苦不堪言。据乌格奏报,现北京每日都有上百个百姓饿死,街陈饿殍,景象惨不忍睹。故而,进京之后,粮食的事成了我们的头等大事。为什么不派兵追杀李自成?原因就在此。我们会派出一支队伍,不能就让李自成如此便宜地走掉。但,那种行动是有限的。为了保证追击的队伍追得上,打得赢,我们必须保证他们的粮草。而他们的粮草,就得从停在燕京的人员的嘴里挤出来。为了稳住大局,保持京城的安定,我们还必须把相当数量的粮食用在赈济上,这就是为什么。鳌拜,我问你,要是三天不发正黄旗一粒粮食,你能不能不叫一声苦?而且三天不发一粒粮食的可能是存在的,大家都得做这种准备。本王会想尽办法筹措,争取弄到更多的粮食。但渡过难关,还需大家齐心协力。总之一句话,进京之后,千头万绪,但筹措好粮草,是我们第一个要做的。"

鳌拜依然站着,多尔衮讲完,他喃喃道:"臣不清楚,故而……"

多尔衮问道:"现如今清楚了?"

"清楚了。"

"清楚就好。"

吴三桂也在场,他觉得无地自容,站起来对多尔衮道:"千错万错,此事错在三桂。在此向摄政王请罪,向众将请罪,愿受军法处置……"

多尔衮道:"先不讲处置。如要处置,第一个受处置的当是本王。事已至此,还是那句话,大家要同心协力,把这件事办好。"

洪承畴和范文程被派随乌格先行安排摄政王进京事宜。临行前,多尔衮又对洪承畴说:"进京后,洪大人第一件要做的事是见家人。"

这话令洪承畴深受感动。他感激皇太极,不但保住了他一条生路,还有了一条前程光明路,而且保全了自己的家眷。多尔衮当政后,也一直把他洪承畴放在心上。

乌格领着洪承畴、范文程等人快马进了朝阳门。他们一行有二十余人,除乌格、洪承畴等人外，还有十几名护卫。城中很乱，为防不测，多尔衮吩咐图赖挑选了一批军士护卫他们进城。

朝阳门外甚为荒凉，简陋的民房稀稀拉拉排在大路两边，绝大部分房门紧闭。路上偶尔有人走动，也一听见动静就急忙躲避了。

洪承畴一行全都是汉人打扮，这为的是避免招眼，路上行动不便。

一进城，洪承畴立即感受到了燕京的凋敝、凄惨。门洞里横三竖四躺着衣衫褴褛的人。走出门洞，第一眼就看到城墙脚下有几具尸体。往远处一看，只见火光冲天，浓烟滚滚，一股焦木的味道扑面而来。店铺没有一家开张，街上不见一个人影。

啊！这就是燕京吗？洪承畴不忍看下去，闭上双目，让坐骑随同大队前行。

突然，他听到了吆喝声，不由得睁开了眼睛。有七八个年轻人从一家民宅里奔出，怀里抱着大包小包，一位年老的婆婆赶了出来，大声哭叫着，死抱着最后出门的一个年轻人的一条胳膊不放。那年轻人飞起一条腿，狠命地向那老人踢去……

他们继续前行，走到东四牌楼，一幕惨不忍睹的景象出现在眼前。牌楼上吊着几个人的尸体，其中有一个还穿着明朝的官服，还有两人人头也挂在那里。马匹要从牌楼下经过，洪承畴不忍看这种景象，但又不敢不低头，否则会撞在那些尸体上。他瞅准了一个空，向坐骑加了一鞭闯过了，但那股死尸的臭味，差一点把他熏下马来。

过了东四，他们继续西行。他们又看到，一个店铺刚刚被抢，大门洞开，里面七零八落，一片狼藉。又走了不远，一伙人正在哄抢一家酒馆。看来酒馆的主人并没在场，哄抢者高声吆喝着，有的抱着酒坛直着脖子喝着，有的抱着酒坛向外走。店里店外，满地都是摔碎了的酒坛、酒壶、酒杯、盘子。

他们在煤山折向北，一伙人——足有三十人——迎面走来。那些人高声唱着什么歌，衣衫褴褛。他们并没有给洪承畴等让路，洪承畴等只好勒住了马。

"好马！"那些人中有人大叫着。

是啊，眼下的燕京，二十来匹膘肥肉厚的高头大马，实在是新鲜之物。

顿时，那伙人中一下子发出齐整的喊声："把马留下来！"说着，他们亮出了明晃晃的大刀。

护卫们早已拨马到了队伍的前列，他们在等候乌格的命令。乌格喊了声冲过去，护卫们从行囊里抽出家伙，然后向坐骑猛抽几鞭。战马个个腾空而起，冲入拦截者的队伍，所过之处，早有几颗脑袋落了地。

一路上惊心动魄，好不容易到达了住处。乌格将范文程安置下来之后，便领洪承畴快马出了城。

乌格并没有讲洪承畴的家属被安置在了哪里，洪承畴也没有问，只是跟着乌格快马前行。此时此刻，洪承畴心如潮涌。他想象着妻子儿女见到他那又惊又喜的情景，总觉得那奔驰如飞的坐骑跑得还不够快，他恨不能膀插双翅，一下子飞到妻儿的身边。

天黑下来之后，他们点燃了随身带来的火把。乌格似乎理解洪承畴时下的心情，不顾山路的崎岖，拼命地抽打着坐骑，洪承畴紧跟其后。两匹奔马一前一后，犹如翻滚在山间的两股旋风。如此，他们奔驰了将近半个时辰，前面出现了一座寺院。乌格勒马停下，洪承畴也跟着停了下来。他们下了马，走向了山门。

一个小喇嘛迎了上来，乌格向那小喇嘛讲了几句，那小喇嘛进寺院去了。不多时，进去传话的小喇嘛陪同一位老喇嘛走了出来。乌格迎上去，向那老喇嘛讲了几句，老喇嘛转向洪承畴道了一声"善哉"，没再讲什么，便领乌格和洪承畴进入寺院。

乌格和洪承畴手中的火把已经熄灭，从屋窗射出来的微弱灯光，勉强可以让人看到院中的道路。大院套小院，乌格和洪承畴感觉差不多快到尽头了，前面出现了一所幽静的小院。老喇嘛在院门前停了下来，回头对洪承畴道："将军自己进去吧。前院是男眷，后院是女眷……"而后转向乌格道，"我们自去喝茶……"说罢，领乌格转身走了。

洪承畴的心就要飞出来了，他大踏步进入院中，向那有亮光的屋子走过去。

屋门开着，洪承畴向里面一看，在木桌前看书的正是自己的儿子。

"闽涛！"洪承畴不由自主地喊了一声。

儿子转过脸来，等他看清了站在门口的洪承畴时，猛地站了起来。

"闽涛！"洪承畴又喊了一声。

可以看得出，此时此刻的儿子感到异常诧异，甚至是恐惧了。

"闽涛！"洪承畴又喊了一声，"是爹……"

儿子看清楚了，是爹，可此时此刻在他心中，这可是死去的那个爹！

从儿子的异常表情中洪承畴意识到，他并不相信站在面前的是一个活着的父亲。于是，他解释了一句："是爹……爹并没有死……"

儿子的表情变得稍许镇静，洪承畴继续道："爹跟随清军来到了北京，摄政王恩准，前来见你们……乌格将军陪爹到了这里——是他把你们安置在这里的。"

这时儿子醒悟过来。尽管清军来北京的事他并不知道——来到这里之后，一直与世隔绝，但确实有个乌格将军，是他把自己和母亲等安置在这里的。

这一觉醒，往事翩翩，一个"难"字涌上了心头。洪闽涛不由得泪如雨下，顿时跪倒在地，匍匐到洪承畴身前。

洪承畴抚摸着儿子的发髻，同样泪如雨下。父子俩无声地哭泣着，如此待了很长的时间。

"母亲呢？"最后洪承畴问。

洪闽涛这才醒悟，忙道："在后院，孩儿去唤她……"

洪承畴道："不，领我同去……"

洪闽涛起身搀住洪承畴出屋，到了后院。一进院，洪闽涛便喊了一声："母亲，父亲回来了！"

话音刚落，就见一五十多岁的妇人从室内奔出，这就是洪承畴的夫人白氏。白氏向洪承畴这边瞟了一眼，便轻轻地叫了一声："老爷！"

洪承畴原本以为自己需要费时费力才能使妻子相信他回来了，但他的估计是错的，这有赖于白氏昨天夜里的一场梦。昨天夜里，白氏看到了自己日思夜想的丈夫，是洪承畴刚刚从战场上归来。白氏细细地观察了自己的丈夫，发现他瘦多了，也变老了，而且满身的尘土。于是，她给洪承畴换下衣服，张罗着给丈夫弄水洗澡。她发现丈夫背上有一处枪伤，伤口感染了，肿得像馒头一样地大。她吃了一惊，赶快叫来了郎中。让白氏吃惊的是，那郎中没有上任何麻药就动了刀。而当郎中的刀插下去猛地一转的时候，洪承畴痛苦地大叫了一声。就在这时，一切景物全都消失了，白氏这才发现，原来自己刚才是在做梦。醒来之后，白氏自然想到自己的丈夫已经死了，但她希望这样的梦夜夜做，天天有。

当她听到儿子在外面喊那一声的时候，她以为自己又是在做梦。她奔出来，看到了洪承畴，生怕动静打扰了自己，被驱出梦境，便轻轻喊了一声。

洪承畴紧走几步，奔了过来。白氏张开双臂，紧紧地将丈夫抱住了。

洪承畴也紧紧地抱住了妻子。

两个人手牵手进入房中，儿子跟了过来。儿媳、女儿和白氏住在一起，他们都过来见了。屋子里有几个榻，洪承畴和白氏并坐在一个榻上，儿子和儿媳在一旁站着。

洪承畴讲述了自己在关外被俘、投诚大清的经过，讲述了自己随清军入关的经过。每讲一个细节，白氏都为之一震。讲到最后，白氏明白了，原来，这次自己并不是在梦中。也就在这时，她号啕大哭了起来。三个年头，风风雨雨，白氏咽下了多少眼泪啊！洪承畴理解妻子，让她哭个够吧！

洪承畴没有在妻子儿女那里待很长时间，当晚就赶回城中。

他和乌格回来的时候，唐通正在乌格那里等他。三年前，洪承畴是征讨大清的明军主帅，算起来，唐通还是洪承畴的老部下。进城前，洪承畴被告知，唐通已经暗中归降，对此，洪承畴惊讶不已。这次见到唐通，他倍感亲切，两人促膝长谈，直到天明。范文程则一直忙着翻阅乌格、唐通、魏国征等收集的原明朝官员的名单，商讨其中可用者。

吃过早饭，洪承畴送走了唐通，在乌格的陪同下出了门，他们来到北城一个很深的胡同。洪承畴依然穿着汉人的服装，辫子也已经盘起，被盖在了一顶帽子里。他们身边还有七八个护卫，身上也是穿着当时平民的服装。

到了一处宅子的门首前，乌格和其他人停下来，洪承畴独自一人轻轻敲了敲门环。半天，里面传来问询的声音。洪承畴轻声道："进去通报魏大人，一个亲戚要见他……"

门被开了一个缝，一个人从门缝里向外看了一眼，大门重新关闭。

不一会儿，里面有了脚步声。随后门开了，一个三十多岁的人出现在门边。那人打量着洪承畴，足足看了有半分钟，然后吃惊地大叫："姑父？"

洪承畴点了点头。

那人依然不相信自己的眼睛，愣愣地呆着。

洪承畴看出了对方的心思，缓缓道："姑父我并没有死。大清皇帝为保全姑父亲眷,假说姑父已经死去。此时姑父随清军回来,先行进京做摄政王交代之事……"

对方又呆呆地站了一会儿,遂转惊为喜,然后请洪承畴进院。洪承畴向站在门外的乌格点了点头。这时,主人发现了站在门外的人,便请乌格等人进院。事先洪承畴和乌格已经商妥,乌格等人不进门打扰。洪承畴做了解释,主人便领洪承畴进了院子。刚进入二门,主人便高喊道:"婷妤!看谁来了!"

正厅门帘一动,一丫鬟模样的人撩起帘子,门间闪出一位三十来岁的女子,她站在那里没有动,眼睛看着已经进了二门的洪承畴,惊讶之态无可言表。

这个喊"婷妤"的叫魏德菁,他是原明朝首辅魏德藻的弟弟,曾任吏部员外郎。他所喊的"婷妤"叫白婷妤,是魏德菁的妻子。而白婷妤是洪承畴夫人白氏的侄女,故而魏德菁管洪承畴叫姑父。

魏德菁看出了妻子的心思,忙道:"婷妤,姑父真的回来了!"

白婷妤依然站着,好像没有听见丈夫的话。

魏德菁又道:"姑父随清军入关,先行进京办事,来看我们了……"

这时,洪承畴和魏德菁已经走到了白婷妤的跟前。洪承畴叫了一声:"妤儿,姑父回来了,昨天夜里还见到了你的姑姑……"

"姑姑?她在哪里?"白婷妤脑子里一片混乱,似乎思维出现了停顿。但一提到姑姑,她的思维便又重新活跃。她自幼丧母,靠姑姑拉扯大,姑姑成了她的亲生母亲。白氏已经嫁给洪承畴后,白婷妤与洪承畴也像父女一样亲。若干天前,姑姑和表哥突然失踪。兵荒马乱,白婷妤断定凶多吉少,一直痛哭不已。现在,突然有人说见到了她姑姑,她如何不惊?

洪承畴回道:"她在京西一寺院内,你的表哥也在那里。"

白婷妤打断了洪承畴的话,问道:"他们怎么样?"

洪承畴回道:"太平无事。"

白婷妤高兴起来:"菩萨保佑……"

洪承畴被让进厅中坐了,白婷妤忙着沏好了茶。洪承畴知道魏德菁急于了解他被俘、降清的详情,便道:"对姑父在关外的事,这里传得很邪乎吧?"

白婷妤道:"可不是嘛!先说姑父在疆场战死了,后来又说是被俘解往盛京,姑父就义,后又说姑父降了大清,弄得崇祯爷无所适从。最后,听说去盛京议和的马绍愉大人带来准信,说姑父过世了……"

洪承畴叹道:"往事悠悠,一言难尽哪……"随后,洪承畴转向魏德菁道,"德菁,今后之事,你有什么打算?"

魏德菁先深深地叹了一口气,道:"晚辈心如死灰,不再思虑日后之事。就是思虑保全一家之安,了却一生而已矣……"

洪承畴听罢点了点头,没有讲什么。

厅中沉默了片刻。魏德菁默默地坐着,白婷好上来给洪承畴添茶。洪承畴对白婷好道:"昨天辞别你姑姑时,她特别交代,要我进城后到你们这里来,把他们的情况告诉你们,免得你们挂念。"

白婷好点了点头,问:"他们什么时候能够进城来呢?"

洪承畴道:"估计京城还得乱几天,一俟京里稳定下来,我就将他们接回来。"

白婷好道:"不管怎么样,清军快快开进来才是。京城现成了坏人的天堂,好人的地狱……"

洪承畴点了点头,道:"姑父先行过来,要做的就是这件事。我今日来这里,一是完成你姑母的嘱托,把他们的情况告诉你们。另外,我就是来找德菁,请他联络些原明的官员出来干些事情……"

说到这里,就见魏德菁连忙摆手道:"这事晚辈做不得。一来官职卑微,毫无号召之力,二来李贼进京,哥哥懵懵懂懂跟过去丧了性命,晚辈已经心灰意懒,再不想干这干那——方才晚辈已经表明,但求保全一家之安,了却一生而已矣。"

洪承畴听后向站在身边的白婷好笑了笑,道:"看来,姑父得费些唇舌了。你哥哥的遭遇让你心灰意懒,这不难理解。可心再灰,意再懒,能够灰到、懒到三年前姑父我被俘之时吗?你但求一家之安,了却一生而已矣……这说明你还有家室可保,那时候的姑父我呢!我没有了家室,孤苦一人,连性命也不保了。可那环境,连死的自由都是没有的。我绝食,茶饭不进。而就在绝食未死的时刻,大清皇上派人前来劝降。先是大学士范文程。一连三天,我没有动摇。第四天,永福宫庄妃娘娘到了,这可是一个非凡的人物。我不降,心里有三道坎。一是忠于朝廷,二是瞧不起大清国,认为他们是夷族,三是认为他们不会有什么作为,尽管我承认他们仗打得不错。这庄妃娘娘厉害就厉害在,她向我心中的这三道防线发起了猛烈的冲击,引经据典,最后把这三道大堤冲垮了。"

听到这里,白婷好惊叹道:"这位娘娘果然厉害!"

魏德菁已经听得入神,也在不断地点头。

洪承畴遂又讲了降大清的过程,而后道:"在这样一个朝廷里做事,你会觉得有前所未有的痛快,更何况,大清的皇帝并不拿你当摆设,而是诚恳地在用你。不用讲别的,就保护姑父家眷而言,太宗皇帝用计保全了我全家,摄政王怕出不测,将我的家人安排到了安全之地。派姑父先行进京,许许多多的事情等着去办,可临行前摄政王特别嘱咐,第一件要做的就是见亲人……"

魏德菁一直全神贯注地听着洪承畴讲的每一句话,特别是洪承畴所讲自己归顺大清的事,他注意听着每一个字。庄妃娘娘与洪承畴对话的那生动场景一直浮现在他的脑海里。在洪承畴没有讲述之前,他对大清的认识,与洪承畴当年对大清的认识是相似的。洪承畴认识转变的经过,成了他认识转变的经过。

连白婷好都被说服了,她看着丈夫说道:"官人,难道你没有明白?"

魏德菁看到了妻子恳求般的表情,遂对洪承畴道:"姑父,您有事尽管吩咐好了。"

白婷好一块石头落了地,洪承畴也高兴起来,道:"姑父知道你会讲出这样的话。试问姑父连你都不能说服,如何说服其他的人?"

洪承畴和乌格从魏德菁那里回来之后,然后与范文程、唐通一起去找谢升。

谢升,万历三十五年进士,崇祯十三年八月为少保兼太子太保、吏部尚书、建极殿大学士。

崇祯十五年,明廷派马绍愉秘密去盛京与清朝议和。谢升不慎泄露了秘密,朝野议论纷纷。崇祯勃然大怒,将他赶出了朝廷。

李自成进京后,由于谢升已经没有官职,李自成便没有找他。实际上,谢升在明朝官员之中的影响是不容忽视的。在进京之前,洪承畴等就已经商定要找到他。

洪承畴与谢升是老相识,唐通与谢升也是熟人。

洪承畴的出现并未让谢升吃惊,吃惊的倒是洪承畴等人。谢升冷笑道:"太宗皇帝的瞒天过海之计可以瞒过崇祯,却难以瞒得过我。马绍愉回来后,我曾细问了他所看到的情景,越发证实我的猜测是不错的。详情咱们以后细说,老朽盼着在这里见到你,你果然来了。"

随后,洪承畴向谢升介绍了范文程和乌格。洪承畴刚要提请谢升出山的事,谢升便道:"诸位的来意老朽已经明白,你们不必多费唇舌。这一天我正等着,有什么吩咐尽管讲明……"

大家听了甚为高兴。

谢升随洪承畴等人到了乌格那里,魏德菁也到了,大家一起筹划联络明官明将迎接清军进城之事。商定后,谢升、唐通、魏德菁分头去联络不提。

多尔衮独自一人走出大帐,站在那里望着天空。他觉得天像锅底一样黑,自己军营中的那点点的灯火,无论如何也无法把天空照亮,反而被那黑色的天际吸收,融入了那无限的黑暗之中。

他的大帐周围五十米之内再没有什么营帐,一向如此。多尔衮在这样空旷的环境中,越发感觉天黑地暗了。

他内心的激动,与这无边的黑暗形成了强烈的反差。

他清楚地记得,太宗皇帝驾崩的前一天在福陵的情形。当时,他们从校场回来路过福陵,两个人进去在父母亲陵前跪倒,太宗皇帝说了一番话。随后,一幕幕往事,相继浮现于脑际。

啊!太宗皇帝的宏愿就要实现了,明天,清军就要进入燕京!

与此同时,另一种情绪也一直挥之不去。

从进入山海关那天起,他就觉得自己连同他率领着的大军,一起陷进了一个满是漩涡的汪洋大海,心里居然有了丝丝害怕。他觉得自己的感受已经超出了担忧,而达到——是不是这样?他觉得可以这样说——到了害怕的程度。

他还从没有遇到过这样的情形。

他不止一次地率军征战,甚至不止一次地率军攻入中原,而往日无论出现什么样的情况,他都从未害怕过。这一次,感觉却大大地不同了。就像驾着一艘大船,周围汪洋一片,不晓得哪里深,哪里浅,哪里有礁石,哪里有险滩……

他曾努力控制自己,企图摆脱这种心境,但总是徒劳无益,惧怕的心情时时向他袭来,致使神经一直处于极度的亢奋状态,吃不好,睡不香。

次日就进入燕京了,那里的情形究竟是怎样的?进入之后,将会发生怎样的情况?他心中一直没有底。特别是海上那批粮食丢失打乱了他的计划,他虽然采取了补救措施,但那些措施难以让他转危为安,迎接他的将是一段令人难熬的日子。他一直在安慰自己,千难万难都是暂时的,天不会塌下来,难关一定会一个个渡过。眼下,他再次安慰自己——明天,将是一个迷人的艳阳天。

就在他这样安慰自己的时候,在东边的大帐间走过一人。他看清楚了,是图赖。

"启奏摄政王,范学士回来了。"图赖走近后轻声奏道。

五月二日,多尔衮自朝阳门进入燕京。上百名的明官明将到朝阳门来迎接摄政王和清军的进城,场面上非常热烈。

当多尔衮的车驾到了前来迎接的前明官员行列前时,迎接的队伍中连连发出"臣等迎接摄政王大驾"的喊声。由于喊声难以齐整,整个场面上便长时间地响着难以辨别的嗡嗡声。

紧跟在多尔衮车后的是豫亲王多铎、英郡王阿济格,他们昂首挺胸,掩饰不住内心的得意和喜悦,不断地彼此交换着眼色。

多尔衮和大清的文臣武将队伍过后,站在街道两边的原明官明将加入了队伍,插在了八旗军士的前头。

百姓出来的不是太多,大清并没有少派军队前来京畿。京城百姓知道他们作战骁勇,屡次把明军打败,但也知道他们抢掠成性,每次入袭,都饱囊而归。

前年冬天,他们又一次打来,声称不抢、不掠。那次,他们打到了通州。据后来当地百姓讲,这回清军倒是没有祸害百姓,只弄走了官家的粮食。去年春天,清军打过来,过玉田、迁西、出冷口而归。听说,他们回去时是满载的,光带走的汉民就三十多万人,牲口三十多万头,金银财宝不计其数。说不抢不掠,这怎么解释呢?

这次,清军在山海关打败了李自成,而且逼他离开了燕京,可见打起仗来清军比李自成还厉害。可施政方面会如何?从昨日起,京城的大街小巷贴满了告示,说清军乃仁义之师,此次进入中原秋毫无犯,大败李自成,也给明朝皇帝复仇,敦促原来明朝的官员归顺,并请百姓各守其业,等等。这可信吗?

李自成进京宣布秋毫无犯,是做到了的。他们没有侵扰百姓,对明朝的某些当官的狠了点,但那多是贪官污吏,劣迹斑斑,罪有应得。撤出北京,大顺军同样没有惊扰百姓,皇宫里那么多的金银财宝,可李自成一件都没有动。由此看,李自成说秋毫无犯是可信的。清军会怎么样?大家在观望。

在百姓眼里,这么多明朝的官员出来迎接清军,说明不了什么问题。前不久李自成进京那会儿,这些人不也出来欢迎了吗?

大街上的百姓不多,但是当清军出现的时候,特别是当多尔衮的车子出现的时候,附近的百姓还是涌上了街头。许多人并没有真正看到过清兵,这次要就近看个仔细。消息较为灵通也有些见识的百姓说,这多尔衮是一位旷世奇才,他放着皇上不做,辅佐一个六岁的小孩登了基,据说是为了避免动乱、保住大清的根基。山海关之战的事也传了过来,传说中还添油加醋,把多尔衮讲得神乎其神。这样,等多尔衮的车子过来时,百姓们都涌过来,争先恐后,要看一眼这位神人。

当日,天气是格外晴朗,因此,街上的一切都看得清清楚楚。在队伍的前头有一辆车,车上有一把巨大的白色的伞,伞下站着一位三十多岁的高个子男子,双手搭在横轭上。他身上穿着一件白色的长袍,长袍外罩着一件石青色坎肩,一条长长的辫子垂在后背上。他面庞清癯,一道黑黑的剑眉之下,一双秀目发着睿智的光芒。

这就是摄政王多尔衮——仪表堂堂!

这是百姓们的共同感受。

多尔衮的后面是大清的文臣武将,他们都骑着高头大马。

加入队伍的明官明将,又成了百姓们的一个关注点,成了百姓们议论的一个中心。

"瞧,那个穿紫袍领头的,"有的百姓认出了谢升,"他可是崇祯爷的一品大员!"

"瞧,那个矮个子、穿蓝袍的……"

"啊!那是某某……"

"怎么看他们都不自在……"

"能自在吗?前天还跪拜崇祯,昨天又向李自成呼万岁,今日又走在这里。"

"改朝换代！这才真叫改朝换代！"

"对,这就是改朝换代！"

"说书唱戏,那里面讲到改朝换代,想不到今日让咱们赶上了……"

文臣武将的后面便是八旗军士。先是满八旗,他们按正黄旗、镶黄旗、正白旗、镶白旗、正红旗、镶红旗、正蓝旗、镶蓝旗的次序行进；随后是蒙八旗,他们也是按照正黄旗、镶黄旗、正白旗、镶白旗、正红旗、镶红旗、正蓝旗、镶蓝旗的次序行进着；最后是汉八旗,他们也是按照正黄旗、镶黄旗、正白旗、镶白旗、正红旗、镶红旗、正蓝旗、镶蓝旗的次序行进着。满八旗和蒙八旗,每旗的前面是骑兵,后面是步兵。汉八旗则全部是步兵,队伍中的红夷大炮十分显眼。

京城的百姓这回开了眼。清军的打扮与明军很不同,特别是满八旗的军士,在百姓的眼中绝对是另类。他们的头盔看上去并不重,几乎把整个头都包了起来,甚至还能够护到脖子,露在外面的只是眼睛和鼻子,顶上有一个尖儿。盔甲看上去也并不重,身子活动起来是很方便的。令百姓们感叹的是清军的马,匹匹高大、强健,浑身发着光泽。而且这些牲口很是听话,行进中,头高昂着,像它的主人一样,表现了雄赳赳,气昂昂的气概,竟然没有一匹胡嘶乱叫。

百姓中,许多人在窃窃私语：

"训练有素啊！"

"难怪人家打胜仗！"

从前一天开始,京城贴出了告示,说次日大清摄政王率领清军进城,号召百姓出门欢迎,并警告往日闹事的地痞流氓不许滋事。这一天京城是太平的,至少,在清军进城路线附近没出什么事。

东四牌楼也已不是洪承畴进京时所看到的那番景象了。牌楼上面吊挂的那些东西全部清除了,牌楼也经过了洗刷,不见了多年的尘土。

队伍继续前进,拐向南,进入了南池子。然后一直向南,右拐,走了一段,便到了奉天门。

这次武英殿朝拜仪式与李自成时不同。李自成时,先是原大顺的文臣武将参拜了,而后退向两侧,中间留下空位,召原明朝旧臣在那里参拜。这次是满官满将在东,明官明将在西。等摄政王在正中的丹墀之上坐定,东厢的满官满将跪下来齐声高呼:"参见摄政王!"西厢的明官明将则同时跪下来高呼:"参见摄政王千岁!"

等参拜声停下来,多尔衮道了声"诸卿平身"。

多尔衮坐在那里,没有立即开口,而是注视着下方,像是在寻找着什么,整个武英殿鸦雀无声。如此过了片刻,多尔衮目光落在西厢明臣明将这边,然后道:"诸位大人辛苦了,今日本王有几句话要跟大家讲……"多尔衮的声音不大,但由于大殿里很静,他的话大家听得很清楚。

"在讲之前,本王要向大家介绍一个人。"说着,多尔衮向后侧了侧身,朝站在丹墀之下侍候着的图赖点了点头。

图赖会意,便走向丹墀后面竖着的巨大屏风的后面。不一会儿的工夫,图赖便回来向多尔衮示意。随后,一个人顶戴花翎出现在丹墀之侧。顿时,武英大殿好像开了锅。

足足有半分钟,多尔衮才开口。而他一开口,大殿又一下子静了下来。

"这是洪承畴洪大人,其实你们差不多都认识他。本王之所以说介绍,是由于这里面有一个大家都明了的过节——大家都认定洪大人已经不在人间了。今日我如此让他出面,就是要郑重地向天下宣布,洪承畴并没有死,他一直活着,他归顺了大清。大清国先帝太宗为了保全洪大人在京家眷的安全,使了计谋……"讲到这里,多尔衮又从明臣中找到了马绍愉,然后叫了一声,"马绍愉马大人!"

马绍愉赶紧应了声:"臣在!"

多尔衮继续道:"在盛京辉水之阳,你看到了我们堆起的那个坟头……"

马绍愉闻言,一时不晓得说什么好。

多尔衮继续道:"明朝皇帝被瞒过了,洪大人的家眷得到了保全。"

下面又开了锅,多尔衮任这锅开着,足足有半分钟,然后才继续道:"不用瞒大家,今日请洪大人如此出场与大家见面,就是给大家立一个榜样。本王知道,诸位大人心中总是有一个扣解不开,认为归顺新朝就是对旧朝的背叛。立洪大人这个榜样,就是要帮大家解这个心中的结。本王听说,若干天前,李自成也是在这个地方见大家,他曾讲了一句话,说'皮之不存,毛将焉附'?这是一句古语。我大清国,就是如此看待当前时事的。故而,在这里本王宣告,对那些曾经投降了大顺的明朝臣工,本朝一律不予追究,不把他们的归降看成大逆不道之事,而是看成他们顺应潮流的正常之举……"

下面再次开了锅,随后,有几位明官明将跪下来高喊道:"摄政王圣明!"

几个人一跪,其他的人呼呼啦啦全都跪了下去,并高呼道:"摄政王圣明!"

多尔衮再次让众人平身,继续道:"李自成推倒明朝,并不等于他是受天之命。他令崇祯皇帝暴尸街头,威逼已降官员,驱逐太监宫女出宫,不顾他们死活,烧毁紫禁城三大殿,劫走京中所有粮草,陷京城于死地,凡此种种,说明李自成是一个无道大贼。我大清从他手中取得江山,也绝非偶然。当初李自成召大家,本王难讲他就是虚情假意。然而,李自成对已降明官明将绝无真情,他的令人发指的追赃就是明证。今日本王把大家召来,以后还要召更多的人,让大家为大清办事,是不是真情实意的?对明官明将,是不是与满官满将一样关爱备至?再讲一讲洪承畴洪大人。洪大人是明朝尚未灭亡之前归顺大清的,比诸位先行了一步。归顺之前,他心中的结比诸位的都大。先皇对洪大人非常器重,本王对洪大人同样非常器重,洪大人在大清为臣,将是前程无量的。另外还要向诸位提到吴三桂将军,他起兵对抗了李自成,在这个过程中,他归降了大清。他抗贼有功,不但受到了大清的褒奖,而且受到了大清的器重,同样前程无量。古代的圣人有一个理想,说父子有亲,君臣有义,夫妇有别,长幼有序,朋友有信。一代一代的志士仁人为实现这一理想而孜孜以求,我大清所追求的就是这一目标。大家看到了,如今的中原大地成了什么样子!如今的燕京成了什么样子!此皆是明廷失道之果,皆李闯失道之果。眼下京城有几件事情需要诸位一起来做,而且刻不容缓。第一,要筹集粮食赈济灾民。据报,现京城饿殍遍地,惨不忍睹。我大清以民为本,接管江山,对自己臣民的饥寒,绝不能漠然视之。第二,要迅速弹压地痞、流氓、无赖的横行。眼下,燕京成了歹人的天堂,良人的地狱。我们要出手,三日内将他们抓光、杀光!第三,要恢复秩序,即日起,各部员工一律恢复原职,到班理事,各尽其职。故意拖延渎职者,将按律严惩不贷!"

武英殿参拜散后,原明官随即按摄政王所讲到各部当值。

按照安排,原满官中诸人也去了各部。剩余的人没有散去,听多尔衮分派。第一,分派了八旗防地。按照八旗驻防惯例,正黄旗驻扎德胜门内,镶黄旗驻扎安定门内，正白旗驻扎东直门内，镶白旗驻扎朝阳门内，正蓝旗驻扎崇文门内，镶蓝旗驻扎宣武门内，正红旗驻扎阜成门内，镶红旗驻扎西直门内。

第二，多尔衮命正黄旗固山额真鳌拜率领正黄旗西去追杀李自成，吩咐道："李自成已经退到了庆都，正黄旗此去是把他赶出山西。尔等系孤军作战，李自成不是好打的，一定要细心谨慎从事。现在京城所筹军粮有限，三分之一给了你们，切不可辜负全军的期望。"

第三，命各旗各抽调两个牛录，立即行动横扫驻地的牛鬼蛇神。限三日将闹事的地痞、流氓一律铲除干净。此事由图赖负全责，参加行动的各牛录统一听图赖调度。

接着，多尔衮令各旗牛录章京进入大殿，向大家宣布了命令。

黄子厚是先于洪承畴、范文程进京的。山海关海上的粮草被劫的消息传到多尔衮的耳朵里之后，多尔衮就传了黄子厚。

摄政王带黄子厚随军西进，是估计到进入京城之后，在百姓的粮食供应方面会有一些麻烦。多尔衮知道黄子厚与京城不少粮商有很好的关系，带上他，可以沟通与粮商的关系。

当多尔衮知道山海关的粮草被劫、意识到大军的粮草供应将发生极大困难时，便找到黄子厚，详细向他了解京城粮商囤粮的情况。黄子厚向多尔衮讲了他所了解到的一切，还以为多尔衮要避免京城粮商的囤积居奇，遂主动向多尔衮讲了粮商"怕民不怕官"的观念。

多尔衮听后笑了笑，道："长见识了……只是，眼下这一妙策用不上了——我们要做的是全部征用！"

黄子厚听罢，惊得睁大了眼睛。

事情又过了几日，也就是李自成撤走的前一天，乌格派人到大营来报告，说李自成收购了京中粮商的所有粮食。摄政王知道大事不好，李自成这样做，无论是守是撤，都把京城里的所有粮食掌握在了自己手中，这意味着清军进城之后，甭想再得到一粒粮食。毒！多尔衮感叹一阵后，立即命黄子厚先行进城，尽量多地联络京城粮商，到京畿各县去收购，清军将以高价从粮商手中征购收购到的粮食。

这样，黄子厚马不停蹄进了京。

多尔衮进京那天，他在路上就得到了一个坏消息：李自成不但收购运走了城中粮商们的粮食，而且派人去京畿各县搜罗、收购了那里的粮食。黄子厚和城中粮商在那里的收购工作成效甚微，从现如今的进展看，所得只能供大军三日之需。

武英殿参拜仪式结束后，多尔衮召各旗牛录章京进殿宣布的命令就与此有关。他讲明了现手中所掌握的粮食只能供大军三日之需，而从中还要拨出一部分赈济灾民，所以，各旗所分到的粮食将是有限的。山海关运来的粮草还在路上，各旗要做过若干天苦日子的准备。随后，多尔衮发布命令，各旗要严格遵守军令，不管发生什么状况，严禁扰民，凡不守军纪，抢夺居民财产、食物者，一律格杀！

随后，他命参将孙童儿，速去山海关之路催促大军粮草，并道："必须在五月初四日把粮草运到，否则军法从事！"

在一旁的鳌拜内心深深受到了震撼，原来，多尔衮所讲让正黄旗所带的占全军三分之一的粮食是在如此严峻的背景下抽调的。他暗下决心，此去一定打一场漂亮仗。

当夜，各旗在城内统一行动，三百多个闹事的地痞、流氓被捉，掉了脑袋。当夜的京城，再没有了往日牛鬼蛇神的喧嚣。消息像火一样传遍全城，百姓们感到了痛快，但同时领略了清军的厉害，并产生了一种莫名的恐惧感。

孙童儿早已上了路。

鳌拜连夜把陆续到达的粮草装车，一夜没有合眼，次日清晨便率大军出了城。

清军在德胜门、安定门、东直门、朝阳门、崇文门、宣武门、阜成门和西直门的城脚下各设了一个粥棚，灾民在粥锅前早早地排起了长龙。

当天中午，第二批被抓的闹事者被杀，这回被杀的共有两百人。黄昏前，第三批被抓的被杀，大约有一百人。这样，京城安定了下来。

各个衙门恢复了生机，多日无人管理的院子被清理干净，室内经过了扫除，卷宗被重新摆上了案头。

范文程、刚林、谢升等人成了最忙碌的人。他们没日没夜出入六部衙门，检查、督促满官、汉官的工作,协调他们的关系,凡遇难以决断之事,便去请示多尔衮。经过他们的努力,秩序渐渐恢复,各部卷宗大多整理完毕,并开始办理新的案件。

魏德菁升为吏部侍郎。吏部尚书虽由满人担任,但他极为开明,来了个"大放手",得了个"大松心",重担完全落在了魏德菁的肩上。魏德菁并不推辞,兢兢业业办事。多尔衮索要的一切材料都及时从吏部得到,他对吏部甚为满意。

户部的成绩是全国的户籍被理出了头绪。查档证明,万历三十年之后的户籍档案找不到了,万历三十年的档案却是齐备的。送到多尔衮案头的这份档案,成了大清一切民事工作的依据。

多尔衮更是日理万机,进京直到第二天晚上,他还没有合眼。一,他想睡没有可能。军事的,政治的,经济的,民事的,情况都向他这里汇总。当然,口头报告他可以不听,书面报告他可以不看,但大家来找他,许多是让他做决断。哪里的事不做决断,哪里的工作就无法推开。二,他有心事,要睡也睡不着。在他心中,军事的,政治的,经济的,民事的,所有的事情,全都悬而未决,他得找到出路。眼下,最让他牵肠挂肚的是粮食问题。现在的粮草,最多只可以维持两日。他已经派孙童儿去催粮,即使三日粮食到了,大军依然断粮一日。而且,粮草能不能三日到达,他心里没底。而一旦大军断了粮草会出现什么严重状况,那是难以想象的。八旗军吃过许许多多的苦,但是从来没有挨过饿……想到这样,他便不寒而栗。

晚间,孙童儿回来了,他带回来的消息令摄政王深感沮丧。他是在永平西碰见押粮大军的。这意味着,大军粮草最少得五天才能运到。

去京畿购粮的黄子厚和京城的粮商们已经很难再弄到粮食,就算弄到一些也是杯水车薪,无济于事的。只能维持两天,而军粮五天才能够运到!天哪!

多尔衮立即召来范文程,问他京畿各州县的官员是否已经配齐。没配齐的一律让吏部在次日配齐,并令新任州县官员近日要把征粮作为首务,凡是征上来的粮食,一律立刻运来京城。

范文程去了,多尔衮又过了第二个不眠之夜。

第十三章 宵衣旰食，多尔衮稳定局势

　　豪格要发疯了，他随清军一起进了城，但什么事也没有他的份。进城仪式他被排斥在清朝文武官员的行列之外，武英殿参拜仪式，他没有进殿——连进紫禁城的资格都没有。他跟在最后，与清军未能参加进城仪式的闲散人员一起进了京，最后被安排在德胜门内的一个院落中。之所以如此，是因为他已经是一个庶民。而被安排在单独的一所院落里，因为他毕竟是一位皇子。

　　失落感他早就有了，但他的失落感从来没有如此强烈过。当年八王议政，没有他的份儿。同是贝勒，四个大贝勒不敢比，四个小贝勒中哪一个比他豪格强？他跟他们是一样的贝勒呀！他不服气，憋了很长的时间，实在憋不住，便向他的父亲讲出了自己的内心不平。父亲批评了他，说议政的事，不必爷儿俩都参加。他不敢反驳，但在心里想照这样讲，有二伯代善还不够吗，为什么二伯的儿子岳托能参加议政呢？

　　如果仅仅是不平倒也罢了，他还觉得若有所失。他总觉得自己没有参加议政就是矮了别人一头。由此，他产生了妒忌之心。他不能容忍自己没有得到的东西别的人得到了，尤其是不能容忍与自己同辈同级的人得到了他所没能得到的一切。他要做的，除去力争得到自己所希望得到的东西外，就是对别人的怨恨，就是寻衅报复。后来，八王议政被取消，他取得了与其他贝勒一样的平等权力，他心中感到舒服了许多，但不自在的心理感受并没有消除。他的父亲皇太极，平日总是重用睿亲王多尔衮，许多事不让他干，也不找他商量。对此，他的失落、不平、怨恨的感情依然十分强烈。后来一段时间，他的爵位降了，从亲王降到了郡王,他的失落、不平、怨恨的感情就更加强烈了。而且让他难以容忍的是,就在他被贬之后,他的父亲对多尔衮越加信任、重用了!所以他觉得,多尔衮所得到的一切,本应该是属于他的。

现在他的情况更是江河日下了。八旗军打败李自成进了北京,大家都欢天喜地。入主中原,这一口号大家已经叫了多年。太宗皇帝领着大家奋斗,为的就是这一天。多年的愿望已经成为现实,因此,大家没有理由不兴奋。但是,豪格高兴不起来。别人对大清国取得的每一项胜利而欢欣鼓舞,每多一项胜利,高兴劲就增强一分。豪格却相反,大清国的胜利,成了折磨他的因素,每增加一项胜利,多一份成就,他都感到痛苦。因为他认为这成了别人的——首先是多尔衮——增加荣耀的资本,而这种荣耀他没有份儿。

不管怎么讲,原来自己还是一位显赫的亲王或郡王,如今却成了一介草民,所有的事似乎都与他豪格无关了。他不能容忍,他要发疯。他看到哪里都不顺眼,什么事他都感到不自在。

眼下他属于正黄旗。正黄旗的固山额真鳌拜知道豪格的脾气,他不想与豪格打交道,便把他交给了二等昂邦章京何洛会。何洛会先给豪格找到一处房子,豪格正有气没出撒,并没有细看就拒绝了,并且嘴里骂骂咧咧的。何洛会强压着心中的火儿,又给豪格看了第二处。豪格依然相不中,骂着走出院子:"这种房子竟然想起来让我住,干脆给我找一处狗窝好了!"

何洛会又领豪格看了第三处,豪格依然表示不满意,并含沙射影道:"你能找到这样的宅子——一样的玩意儿,真是什么物找什么窝。"

不用说与豪格关系敏感的何洛会,就是一般人也晓得这是骂人了。何洛会再也压制不住,怒目圆睁,大声叫道:"大阿哥,你要自重了……"

何洛会这一怒,倒把豪格吓了一跳,态度也随后软了下来,连忙道:"得得,我不敢惹昂邦章京大人——就在这里将就好了……"

何洛会没有再讲什么。

住处问题解决了,随后,在粮食分配方面又出现了麻烦。正黄旗给豪格拨了五名亲兵,由于京城粮食供应紧张,分配的粮食有限,豪格看了那点粮食,顿时大骂道:"你当是喂猫喂狗呢!这点东西还不够我们塞牙缝呢!拿回去!拿回去!到头来饿死我们就有人高兴了!"

何洛会知道豪格不好惹,已经加倍给了他粮食,结果还是挨了一顿骂。何洛会再次强忍着,说道:"到时候不够再添……"

豪格知道大军将要断粮,抓住何洛会的话不放,又大声叫道:"这可是你说的,到时没有了,我就让大家出去抢!"

何洛会不想在这里耽误工夫,没有讲什么就离开了。

五月初四日,京城一些店铺开了门,街上的行人渐多,多尔衮感到高兴。只是,大军断粮出现了征兆,镶黄旗要求加添粮草。多尔衮手里还有一批粮草,由于怕引起连锁反应,并没有立即答应镶黄旗的要求。随后,又有正蓝旗、镶红旗提出添粮要求,多尔衮遂将满八旗的固山额真和汉八旗的统领召集到一起,答应给各旗添粮草,但是讲明这是手中现有的最后一批了,大军的粮草需要四五日才能到达,要求大家酌情使用。而且无论发生什么情况,都不许抢掠百姓,违者定斩不赦。

实际上,每个人分到的粮食只有一日之需,马匹的草料还不包括在内。

断了粮,豪格首先叫了起来。

正黄旗西征,城中只剩下了病残人员。何洛会走后,把这事交代给了留守的一名牛录章京。这牛录章京名叫哈洛,是一个较真的人。他原来就瞧不上豪格,现在豪格成了一介庶民,他再也不让着豪格。豪格提出要粮,哈洛冷冷道:"全分光了,哪还有多余的粮食给你?"

豪格见哈洛如此讲话,心中越发有气,遂道:"何洛会有言在先,说吃没了给添的。你是哪路神仙,过来跟我这样讲话?"

哈洛强忍着怒气道:"我够不上什么神仙,可并不是我来找你的。既然昂邦章京有话,你便找他去。"

这样一听,豪格知道自己方才表达不当。但受一个牛录章京抢白,他心中越发窝着一股子气,便骂将起来:"没一个是好娘养的!鳌拜一推六二五,让何洛会来应付我。何洛会又一推二五六,走了个痛快……"

哈洛见豪格如此指名道姓骂两位统领,有点憋不住了,道:"请放尊重些,军纪你是知道的。"

这话把豪格惹火了,大骂道:"你是什么东西,也来教训我?我骂他们,这是给他们留了面子。如果他们在,兴许我还抽他们呢……"

这并没有吓住哈洛,他双目圆瞪,大声对豪格道:"你给我闭嘴。要再不闭嘴,我就办你……"

豪格哪里吃过这样的亏?哈洛话音未落,豪格就冲过来,举起右拳向哈洛打下。

哈洛手快,一把将豪格打下的右手抓住,一拧将豪格按倒在地,另一只手按住了刀柄。就在这时,外边几名军士听屋内吵闹,便奔了过来。

哈洛大喊了一声:"拿了!"

几名军士不由分说,一拥而上。

军士正要捆绑,一伙人进了屋,为首的将领大喊:"住手!"

第一个受到惩罚的是正白旗的一名军士,他从一个汉族小孩手中抢了一个馒头。多尔衮下达了严令,掠夺居民食物者定斩不赦。这名军士的行为被许多人发现了,因为被抢了食物的孩子大哭不止,许多人凑了过来,抢夺食物的军士无法抵赖。因有严令,大家不敢包庇。因为是第一例,此案被报到了多尔衮那里。多尔衮批道:斩。

多尔衮估计很快就会有第二个,第三个,因此批语加了一句——此后再有此类事,按律处斩即可。

果不其然,很快就有了第二个,第三个,镶蓝旗一军士抢夺了居民食物,正红旗一名军士偷吃了居民的食物,他们都丢了性命。

随后有了第四个,第五个。每出一案,都要进行通报,开始时大家还在数数,后来多起来,人们也就不去数它了。

但多尔衮那里掌握着这方面的数字。都因抢掠或偷窃居民食品而被处死的人数达到三十名,而且满八旗、蒙八旗、汉八旗都有在这方面被杀的士兵时,多尔衮有点坐不住了。他要召集各旗固山额真,要他们约束部下的行动,要尽量减少这样的死亡。

可他还没有行动,几名固山额真、几十名牛录章京便闯进了武英殿。这些固山额真和牛录章京正是为这事而来,许多人情绪已经失控。

大家提出了要求:一、撤销抢掠、偷窃居民食品立即处斩的命令,改为其他轻一些的处罚。二、取消赈济难民的粥棚,把粮食分给八旗将士。三、惩处因失误酿成大军断粮的吴三桂。

开始，多尔衮听大家嚷嚷。当再听不出什么新的要求了，多尔衮开了口，问："这次进宫行动，是以谁为首？"

开始没有人应声，因为实际上大家来找他，并没要推举什么人当头儿。

镶黄旗固山额真达尔哈这时站了出来。传统上，正、镶黄旗的固山额真地位优于其他旗的固山额真，既然摄政王问哪个领头，他觉得自己当仁不让，应该站出来。

摄政王见达尔哈站了出来，道了声"好样的"，随后宣布免去他镶黄旗固山额真的职务，听从处置，并对其他人道："你等可知达尔哈之罪吗？"

大家冷静了下来，个个沉默不语。

多尔衮又道："你等属于胁从者，今天本王不问，可不得再犯。你等的要求没有一样是合理的。军令如山，焉能朝令夕改？现在重刑都难以震慑，从轻发落，满八旗将士还不都成了土匪？你等定然在想，这些难民是些什么东西，也配与我八旗将士争食？因此，要求撤销粥棚。你等只知其一不知其二，看不到这些人身后站着多少人，他们在看着这些人，也在看着我们。撤销了粥棚，能够喂饱我们的肚子，少死几个没有意志、管不住自己、要嘴不要命的士兵，可代价是失去民心。要求处置吴将军也是没有道理的。吴将军有大功于大清，我们不可以小过而处罚他，否则我们就是乱了章法……"

达尔哈和其他人都离开了，但镶红旗的固山额真叶臣留了下来。他向多尔衮讲了一个重要的情况："摄政王可知，由于抢夺居民粮食而被杀的军士们生前是怎么讲的吗？"

多尔衮问："他们怎么讲的？"

叶臣道："他们说，宁做一个饱肚子的死去，也不做一个饿死鬼！"

多尔衮被震撼了。定下如此严厉的惩罚措施，为的是起震慑作用。古语道："民不畏死，奈何以死惧之？"如果实效是这样，那实在是可怕的。

达尔哈等人进宫请愿，这是一个信号，说明将士们对现实极度不满。这次被压了下去，可事态还会进一步发展。这才是断粮的第一天，粮草还要两日才到。这后面的两日如何度过？想到这里，多尔衮再次不寒而栗。

就在这时，图赖进来报告道："衍僖郡王罗洛浑和宁完我先生回来了。"

多尔衮听到了图赖的声音，但依然在思考着。

图赖又补充了一句："他们说带来了粮食……"

粮食？什么粮食？他们能够带来什么粮食？

"快请。"多尔衮大声道。

罗洛浑和宁完我进了大殿。

"你们带来了什么粮食？"多尔衮劈头问道。

"带来的是迁西县县令运来的粮食……"

"迁西县县令运来的粮食？"

罗洛浑说他们在路上碰上了运送这批粮食的车队，问清楚了粮食的来历，原是三屯营一名明军参将保护着存于营中的粮食，迁西县县令将粮食运了来……

"有多少粮食？"

罗洛浑回答："第一批可供大军三日之需。"

多尔衮听后，反觉得浑身没有了力气，立即对图赖说道："快去叫人处理这批粮食，我要睡了，三个时辰内不要叫醒我！"

京城有三个行业立即火了起来。

第一个行业是缝纫。所有的明官明将都改换服装，成百上千套官服都要赶制，这可忙坏了裁缝们。

第二个行业是建筑业。进京后，八旗将领和原来的满汉文臣全都选定自己的住址，开始建造宅院。当时，八旗军的最小战斗单位是牛录，一牛录约三百人，掌管牛录的将领称牛录章京。再往上是甲喇，五牛录为一甲喇，掌管甲喇的称甲喇章京。甲喇章京或因所管的牛录数量不同，或因掌管者资历的不同，又分三等甲喇章京、二等甲喇章京和一等甲喇章京。三等甲喇章京与汉制中的游击相当，二等甲喇章京和一等甲喇章京分别与汉制中的二等参将、一等参将相当。甲喇上面是旗，五个甲喇组成一旗。旗一级的将领有两个层次，第一层次是固山额真，固山额真是一旗的总首领。第二个层次是梅勒章京，每旗两名。固山额真的爵位是昂邦章京，或因所管的甲喇人数不同，或因掌管者资历的不同，又分三等昂邦章京、二等昂邦章京和一等昂邦章京。三等昂邦章京与汉制中的三等总兵相当，二等昂邦章京和一等昂邦章京分别与汉制中的二等总兵、一等总兵相当。梅勒章京既是官名又是爵位，或因管理的甲喇数量不同，或因资历不同，梅勒章京又分三等梅勒章京、二等梅勒章京和一等梅勒章京。三等梅勒章京与汉制中的三等副将相当，二等梅勒章京和一等梅勒章京分别与汉制中的二等副将、一等副将相当。

文臣的爵位，六部启心郎为二等梅勒章京，六部参政为二等昂邦章京，六部承政为一等昂邦章京。清军进京后不久，参政改为侍郎，承政改为尚书。内大臣、三院大学士也都是一等昂邦章京。

昂邦章京之上，依次还有奉国将军、镇国将军、伯、公、台吉、贝子、贝勒、郡王、顺王、亲王等。故而算起来，这些人是不少的，同时在京城修建新的宅院，动静很大。更何况亲王、顺王、郡王的府邸将照王府的规制建造，等级和规模都是很高、很大的。

第三个行业是典当业。在京的原明朝官员大部分生活水平急剧下降。崇祯时，他们被动员"助饷"，即拿出银子帮助前线士兵打李自成和大清国。李自成到燕京后，他们又遇到了"追赃"。所以，银子大部分都被折腾完了。李自成撤出燕京，京城开始闹粮荒。清军入城，粮荒加剧。这样，仅剩下的那点银子都用在购粮上，但依然难以让家人填饱肚子。这样，大家就搬出了自己的家当，到典当行换银子。

三个行业的兴隆，带动了相关产业，布匹、印染、建材、运输、银号，各业经过多年的萧条，也都开始升温。

与此同时，官府也变得忙碌起来。多尔衮和他的参谋夜以继日，成了京城中最忙碌的人。

洪承畴也把家眷接进了京，但他并没有多少时间陪他们，他待在宫里的时间比待在家里的时间长得多。眼下，洪承畴主要做的是以摄政王的名义向北方各州县发出招降诏书，并以个人的名义写信给那些他所认识的人，劝说他们早日归顺。大势所趋，整个河北、山东、大半个河南的州县都先后表示归顺。兵不血刃，大清得到了半壁江山。

李自成是从大同、宣化一线进入京城的。如今，宣化已经在大清的掌握之中，但大同依然在姜瓖的手里。为避免李自成在北部做文章，招降姜瓖的工作刻不容缓。唐通与姜镶很熟,于是,多尔衮命唐通带着招降诏书去了大同。

范文程、宁完我、刚林、谢升等与洪承畴一样,几乎日夜待在武英殿,待在多尔衮的身边。

魏德菁也忙得不可开交。已经归顺的广大地区的官吏需要及时任命,为此,吏部要提出任命的名单。魏德菁不但要书面向多尔衮提供有关官员的资料,还不时地被召到武英殿,当面回答多尔衮提出的问题。

除吏部外,户部是六部中最忙的。多尔衮要求要一县一县、一州一州尽早地把户籍的实情搞清楚。已经归顺并委派了官员的地区,户部要向那里发出公函进行户籍调查、登记,并以此为据征收税赋。有些重点地区,户部则要派人到那里去督察。

大军的粮草供应一直是多尔衮所重视的。山海关之战后,由于粮草供应不及而造成的被动,多尔衮时时不忘。虽然现在大军的粮草已经全部到达,但这些依然不能长期支持军需。按计划,蒙古方面应该于六月初送来第一批军马、牛羊,朝鲜方面则应该送来二十万担稻谷,但这批物资还在路上。众将在摩拳擦掌,要求去打李自成。近来传来消息,盘踞在南京的原明将领要拥立福王朱由崧监国、称帝,不可不注意。

从军事上讲,应该尽早地去攻打李自成,在他站脚未稳之时将他彻底打败。从政治上讲,南方的明朝残余问题,也应该及早解决。但要做这一切,首先得有粮草。粮草不到,军事行动不能展开。

兵部所干的,就是制定出征规划、筹集粮草、训练军队的事。

工部最突出的任务是着手规划紫禁城三大殿的修复事宜。李自成撤出京城前曾经下有严令绝对不许烧杀抢掠,紫禁城三大殿却起了火。三大殿的焚毁,有两种说法:一是说大殿遭雷击起火,二是李自成的部下放了火。

摄政王对三大殿起火原因自有自己的判断。只是,由于政治上的需要,他毫不犹豫地指明火是李自成的人放的,把这算成李自成的一项罪名,有利于增强百姓和官员对李自成的怨恨。

多尔衮了解清楚了迁西县令向京城送粮食的事实经过,知道迁西有一个能干的白知县。这白知县好像晓得京城急需粮食似的,采取了一种非常的方法,用最快的速度把粮食运到了燕京。他贴出告示,说谁能够用六天的时间把粮食运到燕京,谁就能够得到十分之一的粮食,合伙运送也成。用六天的时间把粮食运到燕京,看来是难以办到的。但在青黄不接的时候,粮食就是性命。告示一贴出,县衙门前就挤满了自愿运粮的人。组织者采用最简便的手续让愿意运粮的百姓得到所起运的粮食,同时得到了他们应得的报酬——给了运粮人粮食。

四月三十日第一批粮食运出三屯营。百姓们大多是合伙干的,你出车,我出牛马,他出人力。当天过午,浩浩荡荡的运粮车队就行进在了通往京城的大道上。

第一批粮食的运送,由三屯营的许胥将军亲自押送,军士们还穿着明朝的戎装。就因为这,罗洛浑和宁完我在三河县碰上这支队伍时还曾发生误会。后来才闹明白,原来是自己的队伍。

损失了十分之一的粮食,但解决了京城粮食的急需。迁西县这样做还有一个好处,百姓们从躲藏的山里走了出来,并且在为大清出力。他因此记住了这位白汉臣。

迁西的粮食没到之前,几个旗的将领曾经闹事,镶黄旗的固山额真达尔哈被撤。事后,经过将领们的请求,多尔衮同意达尔哈复职,但罚了银两。

豪格无事可做,决定出门到后海转转。天渐渐热了起来,后海边上的柳树垂着长长的枝条,在微风下轻拂着水面。这里有成片的荷花,荷叶田田,一阵微风吹过,它们都向一方低下头去。蓝天映在水面上,白云时时被微风吹碎……

豪格看不到这些美景,因为他的心情依然很糟。

那天为了粮食,豪格与正黄旗的牛录章京哈洛发生冲突,哈洛下令要把豪格抓起来,镶黄旗固山额真达尔哈有事前来碰上,便制止了哈洛,把豪格带走了。达尔哈向豪格询问冲突缘由,豪格把自己所讲妨碍的话都隐去不讲,只说他去要粮,受到哈洛的粗暴对待,他忍无可忍,骂了哈洛一句,哈洛恼怒,要把他抓起来。达尔哈一向了解豪格,知道豪格讲的不是真情,后来便又悄悄问了哈洛。哈洛讲了实情,但达尔哈一心要把这事压下去,便假意训斥哈洛道:"一派胡言——敢情你小子灌黄汤醉了!大阿哥会那样不明事理,讲出那些话来?"

哈洛连忙分辩道:"天地良心!属下要有半句谎言,不得好死!"

哈洛这话表明与豪格冲突时并没有旁人在场,为了证实自己的判断,达尔哈进而道:"我问了大阿哥,他说由于你讲话粗暴,他骂了你,你因而恼怒,便要抓他。"

哈洛一听气得跳了起来,大叫:"天地良心!属下讲得有半句……"

达尔哈打断他道:"你说自己讲的是真情,可有人证明吗?"

哈洛依然大喊大叫:"要是豪格讲那些话的时候有人在场,属下也就用不着着急了……属下喊人抓他时,虾兵们才过来……"

达尔哈听到这里让哈洛停下了,道:"这事到此为止。现上面忙得不可开交,我们不要再添乱让摄政王来断你们这公说公有理,婆说婆有理的破案子——听好了没有?"

哈洛冷静下来,无奈道:"只是便宜了这号人……"

因此,豪格并没有什么事。但是,他想着那天的事情,一口气出不来,依然在心中重复着当日暗下的决心——哈洛!你小子狂!有朝一日犯在我的手里看我不宰了你!

他的门前有一座小桥,当他刚刚走上桥的时候,一个衣衫褴褛,周身肮脏的乞丐突然跑过来,把他吓了一跳。乞丐跑到豪格身前跪下来,开口道:"行行好吧,大爷……"下面的话还没有讲,豪格已经飞起一只脚向乞丐踢去。豪格是一员猛将,那瘦弱的乞丐哪里经得起他这一脚?不待说,那乞丐直接飞到了桥下的水里。

幸亏还没有下雨,水并不深,乞丐落水只是呻吟了两声,便挣扎着爬了起来。

豪格把手放在背后,仰面朝天,在思索自己的心事。

五月初五日,八旗断粮,将领们闹事。可据报,大军的粮食三天后才能运到。平时度日,别说三天,就是十天半月也算不得什么,但眼下这三天干系重大。多尔衮撤达尔哈的职,显然是敲山震虎,杀一儆百。但这只能维持一时。粮刚刚断就出了事,此后三天的日子如何度过?可天晓得从哪里蹦出一个白知县,他派天兵天将给多尔衮送来了粮食。

"多尔衮哪多尔衮,又让你闯过了一关!"当白知县的运粮队伍到达的消息传到豪格耳朵里的时候,他叹了一口气。

现在想到那事,他的内心依然像被刀割一样。

他依然倒背着手,仰着头,无目标地向前走着。

突然,身后有人喊他:"大阿哥……"

豪格回头一看,是阿梆,他在盛京的一位管家。

"怎么是你?你怎么来了?有什么……"

阿梆凑近豪格,轻声说了句什么,豪格便急忙领阿梆回住处去了。

鳌拜传来战报,清军在庆都大胜大顺军,击毙大顺军果毅将军谷大成,大顺军退往真定,清军追击。

数日后,鳌拜又报,李自成在真定亲率兵将依山布阵,与清军死战。战中,忽东风大作,黄沙蔽天,大顺军军阵大乱,李自成臂上中箭,遂急挥师撤到山西去了。遵照摄政王赶大顺军出河北的训令,清军即日班师回京。

近日,豪格打听到了一件令他高兴的事。听说多尔衮和阿济格之间发生了严重冲突,为迁都之事,两个人争了起来。

实际上也确有其事。

多尔衮听宁完我等人讲,近来饱掠东归之论甚嚣尘上,甚至在将领们中也传得很凶,他感觉到了问题的严重性。

入主中原,这是大清确定的目标。占领燕京,然后定都于此本是不应该有什么异议的,因为这是太宗皇帝生前就定下来的事。是什么因素让某些人改变初衷,要饱掠东归呢?

多尔衮听说阿济格对饱掠东归是异常热心的。于是,他决定请阿济格过来,问问他的想法。

阿济格被召到了武英殿。

多尔衮开门见山,挑明了问题,阿济格则明明白白做了回答,道:"我是主张北归的,但反对'饱掠'……"

多尔衮笑了一笑,随后问:"哥哥,你的所谓东归,是一个怎样的想法?"

阿济格道:"留置诸王镇守燕都,大兵或还守盛京,或退保山海关。如此方可无患。"

多尔衮想了一下,道:"我来问你,我们大清的规矩还要不要?"

阿济格回道:"自然不能丢弃……"

多尔衮道:"大清的规矩,是定下来的事不可变更,除非有新的重大情况发生。入主中原,是我大清早就定下来的目标。你要东归,这岂不是改变规矩?再说,打下北京,即刻迁都,这是太宗皇帝生前定下来的……"

阿济格打断多尔衮的话,道:"你讲了,我们的规矩是定下来的事,不可变更,除非有新的重大情况发生。现如今就发生了需要改变决定的重大情况。"

多尔衮暗笑自己的这个哥哥也学会讲理了,随后问道:"那你讲一讲发生了什么重大情况,逼着我们不得不改变入主中原、迁都燕京的决定?"

阿济格没有立即做出回答,他在思考如何把自己要讲的话组织好,具有说服力。

多尔衮并没有催他,点着一袋烟,递给了哥哥,然后自己又点了一袋。

"山海关之战打得很顺,"阿济格抽了一口烟,开始了他的论述,"此后却困难重重,险象环生。我军在河北扫荡了李自成的势力,占领了整个直隶,半个河南、大半个山东都已归顺。但是,大半个中国依然在李自成手里,在明朝的残余势力手里。已经表示归顺的地方,实际上百姓也并不心服。我军下了剃发令,百姓反抗的热浪此起彼伏。另外,李自成在山海关打败了,但他还有几十万大军。他被赶出河北,未必是他真的抵御不了我军。他要收缩,要收缩到山西去,特别是要收缩到他的老巢陕西去。如果真的是这样,打李自成就变得困难重重。除李自成外,还有一个张献忠。在江南,明朝的残余势力也不可低估,有史可法、左良玉、江腾蛟等一大批将领。可谓兵多将广、粮草充足。我们打他们有粮支撑吗?他们据守天堑长江,我们有船吗?这些条件决定,中原,我们可以入,但我们不可以主。凡事预则利,我们面对三股强敌,再加上汉民捣乱,会是怎样的结果?待在燕京,待在小小的河北、山东、河南,内无粮草,外无救兵,费九牛二虎之力,到头来被人家赶出山海关,还不如现在就认清形势,主动撤出。这就是我所讲的全部内容。"

多尔衮一直沉默着,心想你甭说,哥哥所讲的这些尽管似是而非,但仍称得上理由。发现了重大情况,原来的决定需要改变,这是哥哥讲话的中心。发生了什么必须改变的重大情况呢?多尔衮迅速进行了归纳,一共四点:一、费了九牛二虎之力打下的地盘是很小的,不足以与占领着大半个中国的敌人进行对抗。二、三股敌对势力是强大的,他们不但占据着广大的、物产丰富的地盘,而且有强大的军队,人力、物力上与清军相比占据绝对优势。三、敌对势力中最强大的大顺军会改变方略,变得难以对付。四、已经占领地方的百姓并不欢迎大清朝。结论是及早见好就收,回关东去守住自己的老窝。否则,去与强大的敌人进行较量,到头来只有死路一条。

阿济格见多尔衮不说话,以为自己的见解将他说服了,至少是引起了他的关注和思考。他没有再讲什么,等待着多尔衮表态。

"哥哥这意思都跟什么人讲过了?"多尔衮终于开了口。

"许许多多……"阿济格觉得这样讲对促使多尔衮接受他的主张是有利的。

"那些人什么看法?"多尔衮又问。

"全都赞成我的见解……"

"都有哪些人?说来听听……"多尔衮又问。

阿济格掰着手指开始罗列一些名字:"多铎、罗洛浑、阿巴泰、达海、杜尔祜、巴布泰、务达海、喀克笃礼、伊尔登、和硕图、叶臣、觉罗色勒、篇古……"

多尔衮打断他道:"差不多了吧……"

阿济格笑了笑。

"英郡王,"多尔衮脸色变得凝重了,"你数上了这么多的人,不觉得自己过失重大吗?"

阿济格睁大了眼睛,这才明白自己的想法是错的,多尔衮的沉默并不是在顺着他的思路思考问题。于是,他蹦出了一句:"我有什么过失可言?"

"私下串通、议论,要改变重大决定,扰乱军心,说是过失,还是轻的,这你应该明白……"多尔衮知道,上面那些名字是哥哥随便罗列的。

原本他想把问题点明,就让哥哥离去,想不到,阿济格却火了,道:"什么过失不过失——而且会算轻的……难道有话连讲都不许讲一讲吗?况且这也不是我一个人的想法……难道我讲的这些没有道理吗?"

尽管阿济格无端地发怒,多尔衮仍然平静地说道:"讲这些话需要讲究场合。你说不是你一个人的想法,如果不私下讲,别人的想法你怎么就知道了?有道理,但似是而非……"

阿济格听不进，道："私下讲也犯法？"

多尔衮见哥哥如此，估计是他记起了旧怨。前不久，哥哥为选宅基地的事与正白旗固山额真喀克笃礼发生了争执。喀克笃礼事先选了一块宅基地，正要开工修建，宅基地被阿济格相中了，硬要喀克笃礼让给他。喀克笃礼舍不得，不同意。阿济格仗着自己是旗主，威逼喀克笃礼接受。此事反映到多尔衮那里，多尔衮狠狠地批了阿济格一顿，阿济格只好作罢，但耿耿于怀。喀克笃礼的宅子迟迟没有动工，阿济格每从那里经过，心里还惦记着。喀克笃礼后来觉得和旗主闹这样的别扭不是玩的，便又找到阿济格，表示愿意对换。阿济格大喜，正要张罗着在那里开工，事情又传到了多尔衮的耳朵里。多尔衮又把阿济格找来说了一顿，硬逼着他将宅基地归还喀克笃礼。

想到这事，多尔衮本可以趁此机会打消哥哥的怨气，并把东归不妥的道理讲清楚，但他下面要召见南京福王派来的使臣，于是便对阿济格道："你回去好了……"

阿济格的话没有讲完，见弟弟下了逐客令，越发地恼了，大声喊道："招之即来，挥之即去！我话还没讲完呢！别打了一次胜仗就忘乎所以，自己的话别人触动不得！别好了疮疤忘了疼——差一点把大伙儿统统饿死，是谁的过错？现在，反欲加之罪，何患无辞，说我有什么过失……"

多尔衮见哥哥一腔怒火烧起，便道："哥哥息怒。我有事要做，故而今日不能深谈，改日……"

阿济格大喊大叫道："什么事不能放一放？它比国家的前途和命运还重要吗？我讲的那些事可关乎国家的前途和命运……"

这时，图赖进殿向多尔衮道："范大人、洪大人、宁大人、刚林大人、谢大人都到了。"

"那就请他们进来……"随后，多尔衮向阿济格解释道，"南明派来使臣，大家要商议一下……"

阿济格听了，一下子冷静下来，问："南明？"

多尔衮解释道："朱由崧先是在南京监国，不久前又被拥立称帝，他派了一位使臣前来。"

这时，图赖领着范文程等人已经进殿，阿济格见他们来到，站起来退去。范文程等人则向英郡王请了安。

事情就是这样的。

豪格只晓得多尔衮与阿济格为要不要东归的问题发生了争执，但并不晓得他们争执的具体情况，但这就足够了。两个人争执的是一个大问题，为这个问题，他们哥俩都争了起来，这说明了问题的严重性。豪格等待着事态的进一步发展，他倒觉得，那些闹东归的人越多越好，声势越大越好。

随后，豪格又打听到，江南的什么弘光朝廷派出使者到北京来与大清议和。于是，清军将领中又出现了另一种议论，与南方的弘光朝廷划江而治。这在豪格脑海里又出现了一幅武英殿争论激烈、剑拔弩张的场景，面对咄咄逼人的将领，多尔衮则难以应付……

按照往日自己的性子，豪格会立即进入那些要求东归的行列，进入那些要求与弘光朝廷划江而治的行列，去鼓动唆使那些人把事情闹大。每当他冲动的时候，一个声音便在他耳边震荡——韬光养晦，避免出头，冷静观察，等待时机。那天，他的家人阿梆从盛京赶到，所带来的就是希福的这几句话。

豪格进京后，觉得自己成了孤家寡人，身边没有一个人可以分担他的忧虑，遇事没有一个人可以给他出出主意。结果，千里之外传来了支持的声音，他感到亲切，感到欣慰，深受感动，深受鼓舞。另外，他认为希福的话是对的。检讨自己进京后的行动，他发现自己也确实做得有些过分，甚至过于莽撞了。鳌拜可恨，何洛会可恨，这不假，但他们也不是没有值得肯定之处。在山海关战场，他们总是像宝贝一般保护着自己，豪格记得很清楚，当与敌军厮杀正酣时，他受到了四个大顺军士的围攻，由于自己体力不支，被一块碎石绊倒，那四个大顺军士一齐涌过来，举起了刀枪。就在这时，何洛会杀到，枪挑三名大顺军士，何洛会自己却被第四名大顺军士一刀砍在肩上。这样看，何洛会还救过自己一命呢！

不错，自己眼下的状态是由于他们俩告发而造成的。而检讨起来，也是自己过于张扬了。进了京，那种张扬的劲头越发足了。公开咒骂鳌拜、何洛会，还旁敲侧击攻击多尔衮。这都是可以让别人抓着治罪的呀！更不能原谅的是竟然为了粮食和一个牛录章京闹成那样，要不是达尔哈，自己被抓起来，被处死，那也是咎由自取的。希福的话真是及时雨，是对高烧病人的一剂清凉药！对，韬光养晦,避免出头,冷静观察,等待时机。不要张扬,要韬光养晦。不要凡事冲到前头,要避免出头。不要冲动,不要仅凭感情行事,要冷静观察,等待时机……

　　无际和吴三椿率领几十艘运粮船一路南行,在威海第一次靠岸,添加饮水和燃料。与此同时,他们将船上的官号涂掉,让士兵们换上了平民服装。吴三椿不明白无际的意思,可无际并不解释。船队于五月十日到达吴淞口,无际命船队停下来,自己与吴三椿乘小船逆流而上,于五月十五日到达南京城。对于无际的这一行动,吴三椿依然是大惑不解,可得到的回答是到时自然明白。

　　当日,南京城张灯结彩,十分热闹。原来,福王朱由崧这一天登基称帝。无际和吴三椿并没有与官府联系,而是找了一家干净的旅店住了下来。吴三椿对无际的安排又是大惑不解,可得到的回答依然是到时自然明白。

　　无际每日领吴三椿外出,他们了解到了如下情况:

　　北京陷落、崇祯帝殉国的消息四月十四日传到江南,南京诸臣紧急议立新君。当时,诸王中唯有福王朱由崧和潞王朱常淓在南京。二王中,按伦序,立君首推福王,但福王声誉不佳,故而众议主立潞王。然而,马士英软硬兼施,拥立福王的一派得势,四月三十日福王于南京监国。史可法被任命为东阁大学士,入阁办事;马士英为东阁大学士,仍督师凤阳。史可法上本请设江北四镇,分辖江北淮徐、扬滁、风泗、庐六一带,总统招讨事。并请进封黄得功为侯,高杰及刘泽清、刘良佐为伯,福王准许。马士英获悉被排斥于朝外,不待朝旨,拥兵入觐。史可法知朝中难立,故有交权出朝自任督师之请,并获准。

　　五月十五日,朱由崧称帝,以次年为弘光元年。颁诏天下,宣称大顺军破京师,崇祯帝蒙尘,为"三灵共愤,万姓同仇",声明以"讨贼"为国策。

　　无际、吴三椿到时,正好赶上热闹。

　　听得马士英排斥史可法,吴三椿见朝中有如此变故,便对无际道:"如此,朝廷能好吗?"

　　无际沉默不答。

　　次日,弘光帝命马士英掌兵部事,入阁办事,以取代史可法。令下,朝野哗然。反对者中有"秦桧在内,李纲在外,宋终北辕"等激愤语,吁请史可法在朝主政,以固本安民。弘光帝拒不采纳。

吴三椿又问无际："这样的朝廷不危险吗？"

无际依然沉默不答。

南明诸臣议立新君时已形成勋臣、武将与东林清流彼此对立的两派。先时，勋臣诚意伯刘孔昭特举阮大铖入阁，史可法说此人是先帝列入逆案中人，不能任用。史可法离朝，马士英入阁执政，阮大铖入阁事重提。吏部尚书张慎言以弘光帝登基诏中有"逆党不得轻议"语，加以阻止。这引起了马士英的嫉恨，遂暗使刘孔昭发难。次日上朝，刘孔昭暗藏短刀，威逼张慎言同意阮大铖入阁，张慎言立于班中不语。刘孔昭则从袖中取出短刀，追逐张慎言于朝班之上，且追且哭且骂，必欲手刺之。朝班大乱。

刘孔昭大闹朝廷的结果，使张慎言致仕离朝，阮大铖得以入阁。

吴三椿沉不住气了，又问无际："阉党合流，这样的朝廷不危险吗？"

无际依然沉默不答。

六月初五日，兵部右侍郎兼都察院右佥都御史，原经理河北、联络关东军务的左懋第被派往北京。

吴三椿问无际："可知左懋第一行的使命吗？"

无际道："听说左懋第携银十万两、金千两、缎绢万匹北上与清廷通好，并谢讨贼……"

吴三椿听后，感到大失所望。自己离开哥哥，奔到这里来，为的是要为国效力。想不到这里朝廷不但腐败如此，而且毫无作为。派一个使团前往北京，要做的，也不过是"与清廷通好，并谢讨贼"！

无际又对吴三椿道："行前左懋第上疏说：'臣此行生死未知，甘愿以辞阙之身效一言。臣所望者恢复，而近日政权似少恢复之气。望陛下时时以先帝之仇、北都之耻为念……'"

听到这里，吴三椿叹道："实难听到一位谈'恢复'的！"

无际继续道："左懋第请朝廷严谕诸臣，整顿士马，勿以他北行为和议必成，勿以和为足恃……"

吴三椿道："这是正理……"

无际继续道："左懋第还有几句精辟之论：'必能渡河而战，始能扼河而守；必能扼河而守，始能画江而安。'"

吴三椿道："果然精到！只可惜举目望朝廷,却没有什么人能够擎天,渡河而战、扼河而守恐成画饼……"

无际没有接吴三椿的茬儿,继续道："可叹他们还不晓得三桂将军已经降了大清,仍带诏书封三桂为蓟国公,并带去了赏金……"

吴三椿听后又嗟叹不已。

无际见吴三椿如此,知道吴三椿为弟兄殊路而伤怀,劝解了半天。

两人依然住在旅店中,静观时局的变化。吴三椿也不晓得这无际到底什么主意,知道问也问不出什么名堂,只好耐着性子观察着、等待着。

迁都问题与如何对待南明的问题连在了一起。有些人本来就主张东归,南明朝廷的建立为东归的主张增添了论据。多尔衮那日与范文程、洪承畴、宁完我、刚林等分析,南明派出使团,自然是与大清议和,要共同对付李自成,其目的是要划江而治。划江而治的设想在将领中颇有市场。即使不东归,也可以来一个划江而治。东归也罢,划江而治也罢,都反映了将领中,乃至八旗士兵中满足现状、不求进取的心态,这是十分危险的。

如何对待这个使团?接受它,让它进京,势必会鼓励那些主张东归的人,那些主张划江而治的人,削弱他们的斗志。但拒不接受会把文章做绝,减小回旋余地,还得让他们进来。问题在于,应该如何让他们进来。与此同时,要采取一系列的行动,变消极为积极。

那日,多尔衮与范文程、洪承畴、宁完我、刚林、谢升等所商量的,正是这方面的事情。

商定的次日,多尔衮将八旗固山额真以上的将领召集到武英殿。这次他没有采用惯用的提出问题让大家议论的形式,而是自己讲明了形势,提出了任务。说大清进入中原,占领北京,取得了大胜。但是,大胜并不是全胜,大清的目标是入主中原。现在,大清所占的地盘还不够多,李自成、张献忠还盘踞着西北和西南的大片土地,明朝的残余势力还在江南蠢蠢欲动。下面要做的事就是彻底消灭它们,统一天下。接下来,多尔衮按照那日跟阿济格谈话时归纳的东归四项论据,逐一进行分析,讲明大清优在哪里,因而能够打败李自成、张献忠、南明,最后取得胜利。这中间,他也分析了南明的情况,讲南明要划江而治,说明它自认没有力量与大清对抗。他们说共同对付李自成,可心里是想大清与李自成打,他坐山观虎斗,最后取渔人之利。

随后,多尔衮宣布了要做的三件大事:

第一,即派大员回盛京,恭请皇上来京入住紫禁城。

第二,命豫亲王多铎为靖远大将军,率兵征讨大顺军。

第三,进军江南的计划已经确定,南明使团到后随即宣布领军将帅,大军起行。

被任命为内大臣的昂邦章京何洛会奉摄政王旨令回盛京接驾,已经起行。

多铎则搬出了京城,与各旗固山额真一起在京南琉璃厂扎营,日夜操练军队,准备摄政王令下之后,立即赶赴前线。

西征大军的粮草已经筹集完毕,南征大军的粮草正在筹集之中。两军的作战计划已经拟就,细作已经派出。

原来那些主张东归、划江而治的人不再嚷嚷,那些向往东归、划江而治的人丢掉了幻想,大家重新投入了备战的洪流。

阿济格本人也不再去想什么东归,不再管什么划江而治,他和他的镶白旗同样卷入了这一洪流。他还为西征统帅的大印自己没有得到、落入多铎之手而遗憾万分。在山海关,摄政王统领八旗将李自成打败,而他,多么想统兵将李自成灭掉啊!

与众人心情不同的唯有豪格。三项命令一出,什么东归,什么划江而治,统统灰飞烟灭!失望,怨恨,恼怒,无名的大火,所有这些重新又控制了豪格。

由于他不了解内情,不晓得多尔衮是为了扫除那些有东归和划江而治思想的人而提前宣布了西征和南征的计划。而大军迟迟不动,豪格感到了诧异,难道又发生了什么事,牵制了这两次军事行动吗?想到这里,失望的情绪,怨怒的情绪得到了克制。

何洛会去盛京已经过去了将近一个月,为什么一点消息都没有传回来?是不是出现了什么变故?是不是那边也有人主张东归,从而不同意让小皇帝过来?

豪格等待着，观察着，不动声色。

然而一进九月，便陆续传来消息：皇上已经从盛京起行；皇上已经到了山海关。九月十五日，多尔衮宣布皇上已经到了通州，文武官员准备接驾。

东归彻底无望了！

失望，怨恨，恼怒，无名的大火，重新又控制了豪格……

南京那边的情况究竟怎样，多尔衮也并不是十分清楚。但有一些风声传过来，说南京的文官武将们曾为立谁为君发生过严重争执。洪承畴也了解明朝官员们的习性，认为这种争权夺利之事的出现并不为怪，但是小朝廷刚刚诞生就出现如此的动荡，可见南明的前景堪忧。

根据洪承畴的分析，多尔衮得知史可法将是支撑南明的关键人物，于是决定给他写一封信，申明大义，最好能够使他看清形势，早日归降。即使不降，一可软化他的抵抗意志，二可对反抗阵线进行分化，激化他们之间的矛盾。

这次起草信函，多尔衮采取了集思广益、大家凑句的方法，即一个人执笔，大家你一句我一句，修修改改，最后把信写成——

予向在沈阳，即知燕京物望，咸推司马。后入关破贼，得与都人士相接，识介弟于清班，曾托其手勒平安，拳致衷绪，未审以何时得达？比闻道路纷纷，多谓金陵有自立者。夫君父之仇，不共戴天。春秋之义，有贼不讨，则故君不得书葬，新君不得书即位，所以防乱臣贼子，法至严也。闯贼李自成，称兵犯阙，手毒君亲，中国臣民，不闻加遗一矢。平西王吴三桂，介在东陲，独效包胥之哭，朝廷感其忠义，念累世之宿好，弃近日之小嫌，爰整貔貅，驱除狗鼠。入京之日，首崇帝后谥号，卜葬山陵，悉如典礼。亲郡王、将军以下，一仍故封，不加改削。勋戚文武诸臣，咸在朝列，恩礼有加。耕市不惊，秋毫无扰。方拟秋高气爽，遣将西征；传檄江南，联兵河朔，陈师鞠旅，勠力同心，报乃君国之仇，彰我朝廷之德。岂意南州诸君子，苟安旦夕，弗审事机，聊慕虚名，顿忘实害，予甚惑之！国家抚定燕都，得之于闯贼，非取之于明朝也。贼毁明朝之庙主，辱及先人，我国家不惮征缮之劳，悉索敝赋，代为雪耻，孝子仁人，当如何感恩图报。兹乃乘逆寇稽诛，王师暂息，遂欲雄踞江南，坐享渔人之利。揆诸情理,岂可谓平?将以为天堑不能飞渡,投鞭不能断流耶?夫闯贼但为明朝祟耳,未尝得罪于我国家也,徒以薄海同仇,特伸大义。今若拥号称尊,便是天有二日,俨为勍敌。予将简西行之锐,转旆东征,且拟释彼重诛,命为前导。夫以中华全力,受制潢池,而欲以江左一隅,兼支大国,胜负之数,无待蓍龟矣。予闻君子之爱人也以德,细人则以姑息。诸君子果识时知命,笃念故主,厚爱贤王,宜劝令削号归藩,永绥福禄。朝廷当待以虞宾,统承礼物,带砺山河,位在诸王侯上,庶不负朝廷伸义讨贼、兴灭继绝之初心。至南州群彦,翩然来仪,则尔公尔侯,列爵分土,有平西之典例在。唯执事实图利之!挽近士大夫好高树名义,而不顾国家之急,每有大事,辄同筑舍。昔宋人议论未定,兵已渡河,可为殷鉴。先生领袖名流,主持至计,必能深唯终始,宁忍随俗浮沉?取舍从违,应早审定。兵行在即,可西可东。南国安危,在此一举。原诸君子同以讨贼为心,毋贪一身瞬息之荣,而重故国无穷之祸,为乱臣贼子所窃笑,予实有厚望焉!记有之,唯善人能受尽言。敬布腹心,伫闻明教。江天在望,延跂为劳,书不宣意。

信随后被誊清,加了摄政王大印,命内大臣冷僧机送往江南。

第十四章　迁都燕京，顺治帝封赏功臣

九月十九日清晨，阳光和煦，秋高气爽，天空万里无云。

多尔衮率领文武百官在朝阳门外东岳庙前列队，迎候顺治皇帝的到来。

随同福临前来的有博尔济吉特·布木布泰，即孝庄皇太后，辅政王济尔哈朗等大臣。原国母大福晋、后册封为皇太后的博尔济吉特·哲哲，已经去世。

迎接銮驾的队伍从东岳庙一直到紫禁城的奉天门，文武百官在最东边，向西依次是满八旗的代表——其中太宗皇帝生前亲领的五千名骠骑兵全部列于正黄旗和镶黄旗之间，蒙八旗的代表，汉八旗的代表，他们一直排到朝阳门。

朝阳门内则是百姓的欢迎队伍。

在百姓队伍的前列，五步站定一名满八旗的军士。街道两旁要紧处的房上也站着满八旗的军士，有了如此的安排，便可做到万无一失。

与几个月前清军初进燕京时情况大不一样了，城中张灯结彩，百姓纷纷出动，沿街商家和住户都备好了鞭炮，准备在顺治皇帝的銮驾到来时燃放。

辰正时分，两匹快马从东方驰来，向多尔衮奏报说皇上的銮驾已经到达东岳庙。

多尔衮听罢，与豫亲王多铎、衍僖郡王罗洛浑、恭顺王孔有德、饶余贝勒阿巴泰一起上马，向东驰去。宫廷总侍卫图赖也上马跟了上来。

这是预先安排好了的，等顺治的銮驾到达东岳庙时停下来，由多尔衮率人前去奏报迎驾安排。选择带多铎、罗洛浑、孔有德、阿巴泰前去，是考虑他们的权威性和代表性。

福临乘的是三十二抬大轿。一路上，皇太后一直与福临乘坐一顶轿子，那是八抬大轿。从通州启程后，福临改乘了三十二抬的大轿，也是独自一人乘坐了。皇太后则依然乘坐那八抬大轿，跟在大轿的后面。

多尔衮等人离銮驾百步便下了马，步行到了福临轿前。有司撩开了轿帘，轿中的福临见摄政王等人走近，不由得站了起来。图赖早已到了轿前，见皇上如此，悄悄说道："皇上坐稳，受摄政王等人跪拜……"

这样，福临才坐下来。

多尔衮走到轿前跪了下来，道："臣多尔衮见驾，吾皇万岁万岁万万岁！"

多铎、罗洛浑、孔有德、阿巴泰也跪了下来，报了自己的名字，山呼万岁。

福临稍稍欠了欠身，道："众卿平身……"

这些举动，多尔衮都看到了。他觉得皇上年幼，没有经历过如此的场面，难免紧张。但令他欣慰的是，皇上的气色尚好，虽然有些紧张，但并没有慌乱，在讲"众卿平身"时，表达是流利的，举止是大方的。

随后，多尔衮站起来，向顺治帝奏报了进城的安排。福临点头表示赞同。

多尔衮又领多铎、罗洛浑、孔有德、阿巴泰到了皇太后轿前，又向皇太后请了安，奏报了进城的安排。皇太后道："众卿思虑周到，照安排行事就是了。这些日子辛苦你们了……"

大家谢过，多尔衮又领多铎等人见了济尔哈朗，向他通报了进城的安排。而后多尔衮等上马返回，等候皇上銮驾的到来。

福临的銮驾过来了，文武百官的队伍中响起了冲霄的喊声："臣等恭迎圣驾！吾皇万岁万岁万万岁！"

等皇上和皇太后的轿子过后，多尔衮上马跟在了后面——与济尔哈朗并排。多铎、罗洛浑、阿济格、孔有德、耿仲明、尚可喜、阿巴泰、尼堪、德克勒浑也上马插了进来。其余人等，则等皇上銮驾过后跟在了后面。

一进朝阳门，场面立即变得热烈起来。鞭炮齐鸣，彩旗飞舞，"欢迎圣上"的喊声冲天。

站在百姓前面的满八旗士兵，个个脸上泛着胜利的笑容。

在进京的路上，除皇太后和苏麻喇姑外，陪着福临的还有高塞。

皇太后考虑从盛京到燕京，路上要走一个月的时间，路途上的劳顿且不说，就是寂寞也是令福临难耐的，毕竟他还是个孩子。高塞、察尼、岳乐依然在陪福临读书。平日，福临与高塞关系最密，皇太后便把高塞放在了身边，准备随时去陪福临。

一路上，山川形势，是皇太后跟福临讲得最多的话题。每过一重要关镇，皇太后就向福临讲在那里发生的故事，特别是太宗皇帝征战之处，松山、锦州、宁远……到了山海关，皇太后则向福临讲她所了解的山海关之战的故事。皇太后发现，唯有讲这些故事，才能够引起福临的兴趣。至于别的一些事情福临听起来，便感觉乏味。尽管福临还是个孩子，但他是一个特殊的孩子——是一位皇帝。他的燕京之行，是去做中原的主人。从长远看，他需要尽快地成长起来；从近处看，他要在燕京的紫禁城举行一系列重大仪式，而他所面临的已经不仅仅是满将满官以及少数的汉将汉官，将是汪洋大海一般的汉将汉官。在那些人的眼睛里，福临并不是一个孩子，而是一位皇帝。君临天下，就要有君的样子，绝对不能够再出现在盛京登基大典时让礼亲王坐在跪下去的群臣中间鹤立鸡群的尴尬场面。所以，尽管福临不感兴趣，皇太后依然向福临讲中原的情况，讲清军进入中原之后会遇到什么问题，讲到达燕京之后，作为皇上应该如何，等等。

苏麻喇姑就更直接些，她甚至向福临讲，对待前来迎接的文武百官们应该如何如何；在大殿接受百官，特别是汉将汉官朝拜的时候应该如何如何。过了山海关，越接近燕京，苏麻喇姑就越讲得频繁，一遍又一遍，不厌其烦。有时想起来，她自己也觉得可笑。皇太后一语道破了事情的实质，道："你也忒紧张了些……"

苏麻喇姑知道自己这样确实是源于紧张，道："也许奴婢如此喋喋不休，倒把皇上弄紧张了……"

一点也不假，福临是十分紧张的。

那次登基大典，他一直感到甚不自在，而且还干了坚持让礼亲王坐着那样的蠢事。从那之后，一听说要举行什么大典，他就紧张万分。那次送大军出征，他坐在龙椅上，一直如芒刺在背、如坐针毡。现在，入主中原，又要到燕京的紫禁城折腾，而且苏麻喇姑反复讲，这次面对的将是汉官汉将，这使他感到紧张无比。

说实在话,福临压根儿不愿意做皇帝。当皇帝之前,与别人接触也是讲礼节的,但从小习惯了,他并没有感到有什么不自在。而自从他成了皇帝,一切都改变了,他处处感到了不自在。别人见了他不是屈膝,就是下跪,这令他烦得很。相应地,他自己也得应酬,对某些人要说一声"起来吧",对另外一些人则说"平身"。连称谓都变了,自己得称"朕",对下面人得称"卿",等等,弄得他好不别扭。用了很长的时间,他才习惯。原来,他只要事先说一声,哪里都可以去,愿意干的事,干起来也没有什么人加以干涉。而自从当了皇上,他就处处难以自由了,而且自己一动就前呼后拥,一言一行都引起人们的关注,事情完了之后还会有人唠叨,皇上那句话不该讲,不该那样讲;皇上那件事不该做,不该那样做。尤其令他感到不能接受的是,与许多人的关系发生了重大变化,自己原来不喜欢的人被派到了身边,终日像一贴讨厌的膏药糊到身上。

让他稍稍感到欣慰的是,他原来最好的朋友中,有两个人保持了原有的关系:一个是苏麻喇姑,另一个则是高塞。

他做皇上之前,苏麻喇姑直接喊他的名字,他称苏麻喇姑为小姑,两个人之间关系随便得很。做了皇上之后,苏麻喇姑便开始皇上长、皇上短,见了他要屈膝,口称"奴婢",在他面前,讲起话来咬文嚼字,做起事来谨小慎微。福临接受不了这一切。后来,两个人才渐渐达成默契,什么时候"穷讲究"(这是福临的话),什么时候"通融"(也是福临的话),他们之间最终形成了一套关系准则:当着别人的面,苏麻喇姑称福临为皇上,自称奴婢,福临称苏麻喇姑为卿,自称朕;只有他们两个时,苏麻喇姑称福临为皇上,自称我,福临称苏麻喇姑为小姑,自称我。和高塞的关系大体与苏麻喇姑的变化相同。

与其他人恢复原来的关系就不那么容易了。福临曾经尝试过,但没有成功。究其原因,是其他的人没有苏麻喇姑和高塞这样的灵气,"统统都是木头疙瘩",难以调理。在他看来,有了苏麻喇姑,有了高塞,其他的人既然难以调理,那就由他们去好了。

现在,入主中原,苏麻喇姑跟着来了,高塞也跟着来了,这使他十分欣慰。至少,他在一个多月的路途奔波中,还有两个朋友在身边。

才出来的那几天,他过得很愉快,母后给他讲了许许多多先辈奋斗、征战的故事,他可以与苏麻喇姑和高塞讨论这些故事,并以他读过的《三国演义》来衡量这些故事,看看先辈们哪些计谋用对了,用得好,哪些计谋用错了,吃了亏,如此等等。他觉得很长见识,心里有了成就感。

到了山海关,母后又给他讲八旗军入关的故事。他与苏麻喇姑和高塞一致赞扬摄政王的智谋,说他简直就是卧龙再世,凤雏还魂!

但接下来,他的情绪受到了打击。过了山海关,踏上了中原大地,话题开始转变了,皇太后和苏麻喇姑开始给他讲中原的情况,讲清军进入中原之后会遇到什么问题,讲到达燕京之后,作为皇上应该注意些什么。中原的情况他是渴望知道的,但他不喜欢接下来讲的什么清军进入中原之后会遇到什么问题,作为皇上应该注意些什么,等等这些内容。因为这正是福临所惧怕、所尽量避开的话题!

惧怕,这是福临难以启口的词语,因此,他的真情实感跟皇太后没有讲,跟苏麻喇姑也没有讲,跟高塞就更没有讲。这样,皇太后,苏麻喇姑,高塞看出的,只是福临对这方面的话题不感兴趣。

往日,朝中的一切事情都由两位摄政王处理,不管事务有多么繁杂,福临也用不着费心,甚至连出面都不需要的——福临登基后,只出过两次面,一次是登基大典,另一次是多尔衮带兵出征的仪式。多尔衮带兵进入中原后,一切事情都围着前方转,朝中的事由济尔哈朗料理,同样用不着福临费心,也没有什么事需要他出面。

总而言之,时间还有,可以从容地让福临在一个轻松的环境中成长起来。

皇太后也好,苏麻喇姑也好,都已经发现在给福临讲应该注意些什么时,他会插嘴,问上一两个问题。而皇太后和苏麻喇姑进一步发现,福临所提的问题,总是与主题无关,或者说,她们讲着讲着,福临会突然蹦出一个别的什么问题。例如一天晚上,在山海关停下休息,苏麻喇姑向福临讲她所听到的八旗入关与大顺军英勇拼杀的故事,福临突然问道:"你晓得肃亲王的情况吗?"仍然称豪格为肃亲王,已经令苏麻喇姑感到诧异了,而福临不问别人的情况,只问豪格,就越发地令她感到吃惊了。

但苏麻喇姑还是回答了福临的问题,说:"听说豪格作战非常英勇,还负伤……"她没有纠正福临对豪格称谓的差错,只是自己讲时用了豪格称谓,算是对福临的提醒。

接下来,福临讲话了,道:"听说全身七处负伤……一个可怜的人。"

苏麻喇姑看出福临心中到底关注着什么,并把这一情况奏报给了皇太后。当时,皇太后想了半天,没有说什么。

福临与高塞在一起时,感到最为愉快。一路上,他们欣赏沿路美景,指点山河,赋诗作词,十分开心。但过了山海关之后,情况发生了变化。

高塞曾作了一首诗,前两句是:

銮舆一动震幽地,百臣山呼惊燕天。

高塞故意说搜尽枯肠,也作不出后两句了。如果是平日,福临会续上后面的两句,这次却大出高塞的意外。

为了要福临续诗,增加乐趣,高塞还动了一番脑筋,他先前便把上述两句写在了纸上。出山海关走在路上,两个人在一顶轿子里,高塞拿出了诗稿。

福临看后,脸色立即阴沉下来,厉声道:"幽地,幽地,朕确实下了地狱了!"

高塞听了感到莫名其妙,但听出福临对自己的称谓也变了,立即离座跪了下来,道:"皇上息怒……幽乃幽州……"

福临打断了高塞,道:"满纸宫廷之气!如此下去,诗词歌赋,都被糟蹋成了周身发霉、面目可憎、无人理睬之物!收好,收好……再也别让我看到它!"

高塞依然跪着,将诗稿折起,置入袖中。

福临怒气未消,没好气地向高塞喊道:"起来!起来!"

高塞这才爬起来,但不敢坐下。福临又向他喊道:"戳到那里干什么,还不快点坐下!"

高塞看到,福临的双目中溢满了泪水。

从山海关到京城,他们再也没有作诗。高塞看出,越接近京城,福临的心事越重。

在摄政王率豫亲王等来见福临,向他请安、奏报銮驾入京后的安排时,福临强打精神,应付了过去。銮驾进入城内,福临在想自己的心事,一直轿帘紧垂,没有向外看一眼。

到了奉天门,他下了轿子,步行到了武英殿,他要在武英殿接受朝拜。苏麻喇姑曾估计到有这样一个仪式,反复强调了这一仪式的极端重要性。多尔衮告诉他要举行这一仪式后,他没法再见到苏麻喇姑,如果苏麻喇姑在,她一定又会千叮咛,万嘱咐……他想着这些事进入奉天门,一眼望不到边的紫禁城建筑群的巍峨曾让他为之一震,但很快他就再次去想他的心事。

进入武英殿,福临曾感觉自己实在太渺小了——在那高大的拱顶下,他觉得自己像只蚂蚁。当他被引领坐在墀台之上那个巨大的宝座之上之后,他发现下面是黑压压的一片。苏麻喇姑曾经这样告诉他:"你坐上去,就当下面是一片蚂蚁……"不用"当是",而是"就是"——在他看来,不但自己是一个蚂蚁,而且所有的人——管他什么满官满将、汉官汉将,统统都成了蚂蚁。

但是无论如何,有一点他是记住了——你是大清国的皇上,是全中原人的皇上,你必须有皇上的架势……他端坐着,腰板儿挺得很直,该说"众卿平身"时,他大大方方地讲了出来。

朝拜的人都散去了,殿内只剩下了以两位摄政王为首的几位王爷,气氛也变得轻松起来。多尔衮过来请了安,问了路途上的情况,其他王爷也凑了过来,问长问短。

多尔衮已经从武英殿搬出,住到了宫外。福临将在武英殿住下来,太监总管魏国征将亲自侍奉福临的起居。

当日,多尔衮还给皇太后请了安——皇太后已经在慈宁宫住下,其余宫中人等也已经安顿。

次日,两位摄政王又来武英殿向福临请安,没有向福临讲更多的事。此后天天如此。

福临住下来的第二天便把高塞召了来。鉴于福临和高塞的关系,皇太后向多尔衮提出并取得同意,高塞被安排住在了宫内。

福临的精神渐渐好了起来,他对高塞道:"那天我心情不佳……只是,这类东西确是少写为好。"

高塞点头道:"也不知道什么时候重新开课,也不晓得什么人陪读,不晓得会请什么样的先生……"

两个人议论了一番。

当天，豪格被召进了武英殿。

希福跟着皇上的銮舆到了京城。希福的到来，使豪格有了如鱼得水之感，豪格当天就把希福请到了住处。

希福请豪格详细地介绍了京城所发生的一切，让豪格讲了自己的感受。

听后，希福向豪格讲了这样的话——

阿哥，你内心的伤痛，不应只限于感情。我们要思虑这样的问题，已经不是多尔衮出风头不出风头的问题，而是大清国的江山将落入何人之手。

往日，有太祖在，有太宗在，无论如何江山不会落入多尔衮之手。现在的情况不同了，权柄已经掌握在多尔衮的手中。事态继续发展，多尔衮的成就越多，他的权威就越大。他的权威增加一分，大清国受到的威胁就增加一分。犹如昔日的曹操，曹操的功绩越大，他的权势就越强。他的权势越强，汉室所受到的威胁就越大。

接下来，他们谈了许多，谈得很深……行动计划也已经拟就。见福临，是他们实施计划的重要内容。他们想了许多的办法，看如何能够单独见到福临。

第二天过午，皇宫里就来人宣布，皇上召豪格阿哥即刻进宫。

啊，得来全不费工夫！

传旨者走后，豪格以最快的速度找来了希福。两个人密谋后，豪格进了宫。

他不止一次地在奉天门外徘徊过，幻想有一天能够进入其中，像其他王侯一样，站在大殿之上……

进入午门，一片建筑群映入眼帘。尽管三大殿只剩下了一堆堆废墟，但整个建筑群的巍峨之气还是令他震惊。一时，他竟忘记了见福临那最让他感到兴奋的事。

不远就是武英殿了，这时，豪格的思虑回到了见福临一事上来。已经有一名太监在殿外等他，豪格跟随那太监进了殿。

福临正在读他学过的《三字经》，这是苏麻喇姑让他读的。说很快就要学新的功课了，应该把已经学过的温习一遍，温故而知新。福临倒不是真的想温故而知新，他无事可做，在这偌大的殿中，他感到压抑，便用读书来驱赶自己的压抑感。

豪格远远地就看到了福临,一见影儿,豪格便奔了过来,嘴里不住地喊道:"皇上!皇上!"

福临放下手中的书本,也迎了过来。豪格一溜小跑儿,奔到福临面前跪了下去。

福临将豪格扶起,两人对视,彼此端详着。

"皇上长大了!"

"不像我想的那样差!"

两个人几乎是同时讲了见后的印象。

福临又让豪格坐下,豪格推辞道:"皇上面前,臣如何敢……"

福临很不高兴,道:"大哥也来这一套!"

豪格听福临称自己为大哥,感到有些震惊,心想这些人难道连个称呼都没有教会这个小皇帝吗?

豪格坐下来。

福临道:"我一直想念大哥……"

豪格听福临自称我,越发感到震惊了。他心里想着,嘴里道:"谢皇上惦记着,臣过得尚可……"

"尚可?你在山海关身负创伤,达七次之多,怎么叫尚可?"

豪格一听心里惊了一下,心想这事他知道了?

"我大清将士是太祖皇帝教导、训练出来的,是太宗皇帝教导、训练出来的,英勇无畏是大家的灵魂,冲锋陷阵,死伤是家常便饭,臣负伤七处,可保住了性命。山海关一战虽然得胜,可还是有上千名将士付出了生命。臣与他们相比,那是幸运的……"

福临被感动了,他一定要豪格撩开衣服,看看那些伤痕。

豪格半推半就撩开衣服,一一让福临看了伤痕。

看罢,福临半天没有讲话。他在想受了这么多的伤,豪格如何忍受的呢?豪格被夺爵,便是一个普通的士兵。一个普通的士兵受伤如此,谁来照顾他呢?他的苦楚可想而知了。还有,进入燕京后豪格依然是孤苦一人。别人有这样或那样的爵位,尽情享受着胜利带来的喜悦,可豪格呢……这时,福临又记起了自己那首诗中的两句：

> 回首北望不忍去，孤身南飞留哀声。

福临由此想到当时写那首诗的情景。那日，从三官庙放学回宫，在大清门遇上豪格。豪格那失魂落魄的样子，那惊恐万分的样子，想起来，如今依然历历在目。福临记起来，就是当天回宫后见到摄政王多尔衮——当时还是辅政王，问起豪格的事，摄政王说"图谋不轨"被治了罪。福临感到奇怪，并向两位太后表示了怀疑之情，受到太后批评后，自己再不敢言语，联想到在三官庙与高塞一起看到那只可怜的南飞雁，便有了那首诗。

"孤身南飞留哀声。"当时所说的"南飞"，是联想那只雁，对豪格并无专指。想不到，豪格跟随大军进入中原，真正地应验孤身南飞了。诗中还有两句："倘若楚天寒霜降，欲返归巢是帝京。"豪格孤身南飞遇到了"寒霜降"也应验了，于是暗下决心，一定要实现让豪格"归巢"的心愿。

豪格见福临一直在想事，以为他是想起了自己骂他的事。对此，他和希福是有准备的。他将以"成者王侯败者贼"的古语解释那事之后发生的一切。这样，即使不能让小皇帝相信，也能让小皇帝对事情产生怀疑。话怎样说，讲到什么分寸，他们都有详细的筹划。

只是，他们这方面的筹划并没有用上。

思考了半天，最后福临对豪格说道："大哥回去吧……"

两位摄政王、豫亲王多铎、衍僖郡王罗洛浑和英郡王阿济格来到武英殿，履行每日一次的请安。

福临早就想好了，要向两位摄政王讲明自己的决定，让他们下旨。

多尔衮等人请完安要离去时，福临把自己的决定讲了出来："二位摄政王，朕有一项决定，说与你们得知，并请立即下旨。"

福临的举动令在场的所有人都感到吃惊，多尔衮首先做出了反应，问："皇上有什么旨意？"

福临道："朕要给豪格阿哥恢复爵位……"

多尔衮没有立即讲什么,济尔哈朗则问:"是亲王还是郡王?"

济尔哈朗一时糊涂了,豪格曾是郡王,但早已经成为亲王,既是恢复爵位,自然是恢复他的亲王爵位。

福临听后明确说道:"自然是亲王爵……"

多铎、罗洛浑和阿济格都把目光移到多尔衮身上。

多尔衮沉默着,思考着。

福临等待着,目光同样投在多尔衮身上。

最后,多尔衮转向济尔哈朗问道:"郑亲王以为如何?"

大家意识到,这时多尔衮已经思考成熟。

济尔哈朗道:"以我的意思,可先晋为郡王……"

多尔衮又问罗洛浑,罗洛浑附和了郑亲王意见。

多尔衮再问阿济格,他回道:"以我的意见,先晋为和硕贝勒……"

不知道为什么,多尔衮没有问多铎。阿济格讲后,多尔衮道:"我的意思,是照皇上的决断,恢复豪格的亲王爵……"

多铎立即表态道:"我赞同……"

事情就这样定了下来。

在场的人谁也没有涉及为什么的问题,好像这一问题并不存在。是啊,豪格在山海关作战十分英勇,并且负了伤。但仅仅由于这,就可以恢复他的爵位吗?要知道,处罚他才仅仅过了半年,而且他是一个庶民,恢复爵位,就意味着他从一个庶民一下子晋升到了亲王!而能够做解释的理由,也仅仅是,他是先皇太宗皇帝的长子。

事后,阿济格找到多尔衮问道:"摄政王为什么同意皇上的决定?"

多尔衮不想多讲什么,回道:"难道要驳皇上的决定?"

阿济格听后,道:"可,可,可……"

意思他没有讲出来,多尔衮知道他要讲什么,故而严厉道:"英郡王,皇上就是皇上!"

阿济格一听,便不再说什么了。

决定豪格复爵的事给了福临很大的鼓舞。他原想为此极有可能要与摄政王发生冲突,这曾使他感到非常害怕。他曾犹豫再三,但最后大着胆子把问题提了出来。没承想,摄政王并没有驳自己,而是力排众议同意了。自然,福临看得出,摄政王答应得并不是很痛快。他问其他人的意见,其实依然在思考,但最后还是同意了,而且是在其他人都表示了某种程度的异议的情况下同意的。这使他看到,对于国事,自己还是能有一点作为好。

　　福临还想起了济尔哈朗的表态。或许自己一上来就提出给豪格一个郡王的爵位更妥当些,更容易取得摄政王的同意。先给一个低一点的,日后再找机会,最终实现目标,这样分步走,更容易把事情办成。这是他事前没有想到的,今后应当吸取教训,凡事不要追求一步到位。检讨起来,除了自己的思考简单之外,最主要的是心情急切,听任了自己的心声的召唤,感情用事了。孔圣人说:"欲速则不达。"自己忘记了这一教诲,实在是大不应该。摄政王最后表示了同意,这并不是说自己这方面办好了事情。

　　但无论如何,福临受到了鼓舞。面对即将到来的登基大典他都不再谈虎色变,像往日那样,一提起大典这类事,他就心浮气躁。他觉得自己变得沉稳了很多,尽管他依然感到讨厌。苏麻喇姑说那是君临天下,应该有威风之感,有威严之概。可福临依然觉得,千目所视,万目观瞻,自己高高在上,坐在那里,要讲别人教给他的那些话,做别人让他做的那些动作,俨然一个玩偶。

　　这一天终于到来了。
　　福临早早地就被叫起了床——他不是被叫醒的,他早就醒来了。整整一夜,那玩偶感一直折磨着他。
　　他没有一点兴奋感,因此也就不会表现出兴奋之情。许多人给他整装,许多人给他梳头。许多人过来,有祝贺的,有祝福的,有叮咛的,有千叮咛,万嘱咐的。他默默地让人摆弄,默默地让人叮嘱,默默地跟着人这里那里,最后,他被领进了武英殿。他按照被告知的路线,做着被告知的动作,登上了中间的墀台——胸挺得直直的,缓步到了正中的那把龙椅之前,转过身来,用一种干净利落的动作,双手一撩龙袍的后摆,而后坐了下去。
　　这时,整个大殿爆发出惊天动地的欢呼声:"吾皇万岁,万岁,万万岁!"
　　此后,福临依然按照别人千叮咛,万嘱咐让他做的动作做着,按照别人千叮咛,万嘱咐让他说的话说着,一直到大典的结束。

当天,福临向全国颁布诏书,计五十五款,奖励酬劳,大赦天下。凡地亩钱粮俱照明朝会计录原额,按亩征解。正式宣布免除明朝颁布的"三饷",并宣布大兵经过之地征粮免半,未经之地,归顺者免三分之一。诏书宣布,保护明朝及历代帝王陵寝,三品以上文官准一子入监读书。征聘怀才抱德堪为实用之山林隐逸之士,及武略出众胆力过人者。只要不是贪酷犯赃的前朝谪官,有裨治理者,准昭雪叙用。宣布了会试、乡试年份,给士子以优待。前朝宗室首倡投诚先来归顺者,仍给禄养。前朝勋臣倡先投顺且立功绩者,与本朝诸臣一体叙录,有官职者,仍准授原职。并特别宣布,军民凡被流寇要挟今悔过自新倾心归化者,概从赦宥。

册封多尔衮为叔父摄政王,道——

我皇考上宾之时,宗室诸工人人觊觎,有援立叔父之谋,叔父坚誓不允。一心殚忠,精诚为国,克彰大义,将宗室不轨者尽行处分。以朕系文皇帝子,不为幼冲,翊戴拥立,国赖以安。及乎明国失纪,流贼窃位,播恶中原。叔父又率领大军入山海关破贼兵二十万,遂取燕京,抚定中夏,迎朕来京,膺受大宝,此皆周公所未有,而叔父过之。硕德丰功,实宜昭揭于天下,用加崇号,封为叔父摄政王。

册封郑亲王济尔哈朗为信义辅政叔王,道——

先帝上宾,诸王兄弟相争为乱,窥伺神器,尔矢忠协赞,共定大计,宗社用安。宜膺懋赏,以答殊勋。是用册宝,封尔为信义辅政叔王。

豪格恢复了亲王爵,阿济格晋封亲王,阿巴泰晋封郡王,其他人也各有封赏。

第十五章 醉生梦死,南明朝不知国恨

南京城的浮华之风令吴三椿感到窒息,他越来越难以忍受了。往日,他总是和无际一起外出,近来,他不愿意再看到街上那种种乌烟瘴气的东西,便很少外出了。

一日,吴三椿在店里无事可做,感到郁闷之甚。他们住的店是在玄武湖畔,那里游人如织,湖中百舸争渡,花红柳绿,好像还是太平世界。且不说河北的大清在虎视眈眈,西面的李自成、西南面的张献忠,他们随时都可能打过来。吴三椿还听说,江南一直处于大旱之中,就南京而言,自五月至如今,就没有下过一滴雨。烈日炎炎,在在赤地,这是吴三椿从书上读到的句子,想不到这种景象在这里看到了。可权贵们在想什么呢?旅店旁边就是阮大铖的府邸,白日,穿红挂绿的各色人物出出进进,夜里,丝竹之声不绝于耳。这不得不让吴三椿发出"朱门酒肉臭,路有冻死骨"的感叹。

据说,秦淮河那边比这里要热闹得多。吴三椿一直记着"商女不知亡国恨,隔江犹唱后庭花"这样的句子,从不承想"到此一游"。

往日,只有夜里会从阮大铖的府邸传出丝竹声,不知为什么,当日清早那里面的乐声就响起了。穿红挂绿的各色人物也都纷纷进入,那达官贵人的车马在阮府门前排满,已经停到吴三椿的小店门前。听进去的人嚷嚷,原来当日是阮大铖的生日。

吴三椿无法再待下去,想起城北有一法云寺甚为有名,它的后面便是长江,吴三椿决定到那里看看,想借着奔流不息的江水,以释郁闷之怀。

出得门来，一路之上没有令吴三椿感到兴奋的地方。足足走了半个时辰，这才到了法云寺。

寺院很大，院墙很高，内里古木参天，从外面就可以看到大雄宝殿覆盖着琉璃瓦的殿顶。

吴三椿正在犹豫是不是进寺，就见寺内走出两个人来——一个是僧人，另一个不是别人，正是无际。

无际和那僧人边走边谈，那样子彼此像是故人。因此，他们并没有发现吴三椿。吴三椿一愣，不知无际为何在这里？而且吴三椿发现，大概是话还没有谈完，他们出山门之后停了下来。吴三椿想听听他们谈些什么，便悄悄躲在了一棵树的背后。

"……是一个极其聪慧的后生，只是，对禅迟钝异常……"这是无际说的话，到底讲的是谁，吴三椿没有听到。

"此乃红尘未绝之故，难以强求的……"那僧人这样解释。

吴三椿看清楚了那僧人的样子，一位老僧，高高的个子，白白的长胡须，清癯的面庞，穿一身灰色的僧袍。

这句话讲了后，他们便分手了，没有任何离别之辞。老僧目送无际走上大路后回寺。

吴三椿在树后没有动，心想这无际从来没有讲他与佛寺有什么瓜葛，这次却一个人来到这法云寺，而且看样子与这寺内的老僧关系非同一般，这是怎么回事呢？他想不出缘由，越发觉得无际神秘莫测。

半天，吴三椿从树后转出来，再也无心进寺，便绕过寺院来到江边。

当天天气很好，透过宽宽的江面，可以清晰地看到江北的码头村庄。江水滔滔，有几只船张帆于江上，其间有两三只小渔船正在张网作业。风光是美的，但此时此刻吴三椿无心欣赏，他的心早已经随着流水到了镇江和扬州。他想象那里的景象肯定与这里大不相同，尤其是扬州，他想象数百艘战舰整齐地陈于江边，校场上杀声震天，史可法出没于军阵之中，鼓舞着士气……

吴三椿在江边站了很长的时间，想着南京的浮华之气，想象镇江、扬州那边热火朝天备战的情景，再想想自己久困龙潭、无所作为的现状，最后长长地叹了一口气，转身离开。

吴三椿心中有事,不曾吃早饭,此时已经是午饭时间,他肚中有些饥饿,正好江边有一饭馆,看上去倒还干净,于是他找了一个靠窗的位置。他要了一碟小菜,要了一盘素菜,要了一碗米饭。

小厮很快把饭菜上齐,吴三椿慢慢吃着。

店中的客人渐渐地多了起来。吴三椿心事重重,没有注意周围的动静。等他快要吃完的时候,从店外匆匆走进几名军士。

那几个军士坐下后,要了几个菜,都是很便宜的,饭却要了不少。这些人大概是从镇江、扬州那边过来的,因为那里的粮食供应是很紧的,这些人想必是出差办事,乘机吃个饱。

吴三椿很想知道那边的情况,于是他故意放慢了吃饭的速度。

看样子这些人真是饿坏了,饭菜一上,大家便狼吞虎咽,大吃大嚼起来。

不过,其中有一位年轻人与众不同,看上去他心事重重。大家大吃大嚼,他偶尔夹一口菜,饭碗举在嘴边,但很少往嘴里送。

吴三椿听军士们管这位年轻的军官叫"史将军"。史将军?与史可法将军同姓,这年轻人是什么人呢?

饭很快就光了,但菜并没有吃光。这是军士们有意给这史将军留下的,因为他没有吃多少,而且碗里的饭还没有动多少。

看样子,有的军士并没有吃饱。当桌上的米饭快吃光了的时候,有两三个人曾经看着史将军,意思是希望他再添些,但他没有理会。

这期间,店小二过来报告,说马匹按照吩咐已经喂好。

这时,史将军吩咐道:"大家就在这里歇一歇,等他们歇够了,我们能赶到就成。"

其中一人问:"将军,你说我们这一趟不会又白跑吧?"

史将军没有回答。

其中一个讲了话,样子像是代替史将军回答:"我看多半如此……"

"凭什么呀!"那个问话的人大声道,"他们在这里花天酒地,我们却……"

他下面的话被史将军制止了:"休得胡言乱语!"

那提问题的人低下了头,嘴里却嘟囔道:"把我们都饿死,看看他们指望什么人去打仗……"

史将军并没有再讲什么,他放下饭碗,叫过店小二结了账,说了声"走",众人呼呼啦啦出店,上马去了。

这之后,吴三椿听店中一客人与同桌道:"你可认得此人吗?"

被问者道:"你是说那被称为史将军的?"

"正是。"

"不认识……"

"此乃史家二公子,史可法将军胞弟史可则也。"

吴三椿听后,急忙结了账,离开饭馆,决定回去向无际提个请求。

吴三椿回到旅店时,无际已经回来,并问吴三椿去了哪里。吴三椿说闷了,到外面走了一圈。无际闻言,并不再细问。吴三椿憋不住,把心里的想法向无际提了出来:"先生,三椿有一个提议……"

无际听了看着吴三椿,等他把话讲完。

吴三椿继续说道:"就是把咱们那批粮食交给史可法将军……"

无际没有立即表示可否,也没有问吴三椿建议的理由,屋内一片沉寂。

见状,吴三椿追问了一句:"可行吗?"

这次,无际说话了:"不可行……"

吴三椿吃了一惊,但他没有再讲什么,而是等待无际的理由。可无际一直沉默着,吴三椿只得说道:"史将军那里非常需要粮食……"

"这我知道……"无际回道。

"那为什么不可以给他呢?"吴三椿又问。

"你似乎应该知道为什么。"无际道。

"学生不知道。"吴三椿看上去有些生气了,无际已经发觉,但没有理他。

吴三椿见无际不说什么,越发来了气,道:"我不明白,"愤愤之中,自己的称谓也变了,"这里大军断粮,军士们嗷嗷待哺,我们却把粮食囤在那边,亏你还是一个信佛的……"吴三椿讲一千,道一万,无际都没有放在心上,唯独这句话引起了他的注意,但并没有表现出来。

吴三椿继续说道:"况且,清军打过来那是迟早的事,西边还有李自成和张献忠。难道我们眼看着这边的大军未战先溃——不是溃于敌军,而是溃于饥荒吗?"

听到这里，无际讲了一句："如果我们的粮食运过来，他们就不是溃于饥荒，而是溃于自相残杀了。"

这话让吴三椿心中一震，他顿时领悟了，不再讲什么。无际见状，心中不免感到极大的宽慰，心想他到底并非顽钝之辈。

事情就这样了结，动用那批粮食的事，吴三椿不再提起。

下午，无际又外出，晚饭前回到旅舍，但不见了吴三椿。一张条子留在了桌上，上面写着——

无际大师：

　　学生有幸与大师相识，得大师耳提面命，所得匪浅。大师思谋高深，学生深感莫测也。报国之志难申，方刚之气难舒，碌碌终日，不知其可，故而，学生将寻一叶小舟，渡江投奔史将军麾下。学生深知谋必无果，抗战必败，以申平生之志而已矣。但愿后会有期，再听大师训教。

无际看罢，仰面深思了片刻，遂将条子折好送到烛前焚之，看着那纸张变成的袅袅青烟出神……

且说吴三椿将写就的字条放好，出店门后直奔江边。他心中已经有了一套投奔史可法后的行事计划，但如何到扬州去，他没有做好安排。怎样过去？如何能够见到史可法？到了总可以有办法。这样，吴三椿到了江边。

真是无巧不成书，吴三椿正在等待渡船时，有数个军士从后面赶了来，而为首的正好是史可则。

吴三椿喜出望外，等史可则一行赶到便打躬道："可是史将军吗？在下这厢有礼了……"

史可则见向他打躬，还礼道："末将正是，敢问先生有何见教？"

吴三椿道："久仰将军兄弟大名，故生追随之念，今欲投奔正觉无门可入，得遇将军，真乃天赐之机。"

史可则见吴三椿体貌堂堂，谈吐不俗，又说是去投奔哥哥的，心中自然喜欢。两个人谈得热乎起来，史可则问了吴三椿的名字，吴三椿回答说："姓吴名寿——口天之吴,寿辰之寿……"并开了个玩笑,"听起来,就是不得长寿之意……"说得史可则和军士们都笑了起来。

这样,吴三椿便和史可则一行登上了前往扬州的客船。

路上,吴三椿问史可则去朝廷讨粮的使命如何。

史可则未曾开口先叹了一口气,道:"有辱使命……"

吴三椿道:"这怨不得将军,朝政腐败所致……"

这时,史可则才悟过来,问:"先生如何知道我等是入朝请求发运粮草的?"

见问,吴三椿便把昨日在饭铺听到的讲了一遍。史可则恍然道:"原来如此。我等无意之中泄露军机,罪过匪浅,后当警惕……"

吴三椿点了点头道:"这倒是……"

吴三椿加入史可法军后的第一项使命,就是与史可则一起携带两千金前往黄得功军营,把钱交给他。

一路之上,吴三椿和史可则的心情都异常忧郁。

事情的来由是这样的:登莱总兵黄蜚要到京城朝觐,将过淮、扬地面,恐刘泽清、高杰等劫掠,事先致书黄得功请求保护。这黄蜚只知其一,不知其二。他知刘泽清、高杰都不是好东西,怕他们劫掠他,却不知道黄得功和高杰的关系已经闹得很僵。原来,经史可法上书,弘光帝给高杰、刘泽清、刘良佐、黄得功晋爵,各率兵众分辖江北淮徐、扬滁、凤泗、庐六一带。这黄得功、高杰自持拥戴之功,借所辖兵力,跋扈一方,恣肆虐民。四五月间,高杰为扩大地盘,曾经攻打黄得功所据扬州,未能成功。史可法以督师之名赴任扬州后,经苦心周旋,事态平息。然而,高杰与黄得功从此结怨。这黄得功倒是没有辜负黄蜚的一片好意,遂亲率三百骑往迎。高杰不晓得内情,以为是黄得功的偷袭行动,于是暗中派军设伏于扬州邗关外名曰土桥的地方,向马队发起突袭,黄得功等人无备,仅以身免,随行的三百骑尽为高杰所获,黄蜚也被捉到。无巧不成书,这之前,高杰派出兵丁千人偷袭黄得功的仪真军营,黄部以疑兵之计将高杰的一千人马全部歼灭。就是说,高杰在土桥进行伏击战的同时,在仪真,另一场伏击战也在进行之中。这两件事后,黄、高矛盾加剧,双方誓决死战。

在此情况之下,史可法从中周旋,最后,高杰听命偿马。可他所还的马多病弱之躯，这使黄得功难以接受。为平息事态，史可法决定自己拿出两千金代偿。

一路之上，他们有的是时间说话。

史可则告诉吴三椿道："前天，京城一位朋友来军营，带来了朝中的消息。我听后心中不能平静的是这样的一件：不知听了谁的主意，皇上要遴选淑女，结果闹得鸡犬不宁。大概闹得实在说不过去了，朝中有人站了出来让皇上收回成命，这中间以科臣陈子龙态度最为激烈，他上书奏称：'有中使四出搜巷，凡有女之家，黄纸贴额，持之而去，闾井骚然，明旨未经有司，中使私自搜采，殊非法纪……'御史朱国也上奏说：'北城今未见官示，忽有棍徒哨凶，擅入人家，不拘女之长幼，概云抬去，但云大者选侍宫闱，小者教习戏曲。街坊缄口，不敢一语。'除皇上外，太后也赶凑热闹，也要遴选淑女，结果道途鼎沸。为避免家女被选，民间不择配而过门者不计其数。由于皇太后到达，皇上谕户、兵、工三部限三日内集万金，以备赏赐。同时谕工部亟修西宫之园，克期告成，以便让皇太后住进去。借着迎接皇太后，要粉刷宫殿，添置陈设，此项又需数十万。可怜工部尚书何应瑞苦于点金无术，恳祈崇俭，皇上置若罔闻……

"另一件事听后越发让人心惊肉跳。前方无论如何吃紧，朝中没有一个人把它放在心上，可拿前方之事做文章他们是得心应手。马士英以助饷为名，奏请皇上免府州县童生层层应试，只要拿出钱来，学院就可收考。各生价码明定：廪生三百两，增生六百两，附生七百两。又立开纳助工例，诏颁各类官衔价码，武英殿中书九百两，拔贡一千两，内阁中书两千两，待诏三千两。而监纪、职方各价不等。有钱的纷纷戴上了乌纱，一时间，京城大街小巷，民谣四起，如：'中书随地有，都督满街走。监纪多如羊，职方贱如狗。''荫起千年尘，拔贡一呈首。扫尽江南钱，填塞马家口。''都督多似狗，职方满街走。相公只爱钱，皇帝但吃酒。''有福自然轮着，无钱不用安排。满街都督没人抬，遍地职方无赖。本事何如世多，多才不若多财。门前悬挂虎头牌，大小官儿出卖……'"

吴三椿听着史可则的讲述，心潮如涌。朝廷是如此一个朝廷！军队是如此一支军队！他已经变凉的心再度降温，觉得眼前是一片漆黑。

有很长的一段时间，吴三椿缓不过神儿来。

吴三椿到史可法那里已经是第三天了。大概是由于史可则引荐的关系，吴三椿很快地得到了史可法的信任。他原本有些想法向史可法讲一讲，但史可法很忙，他找不到谈话的机会。另外，他发现史可法虽然信任他，但是并没有把他看得太重。吴三椿一直没有讲明自己的真实身份，如果史可法晓得他是吴三桂的弟弟，晓得他参与了山海关之战，那史可法肯定要另眼看待他，愿意听听他讲讲往事，听听他对时局的一些看法。但吴三椿不想利用身份求得青睐，他自幼在哥哥的教育和熏陶下成长，有一腔报国之志。他身在边陲，朝廷中乌七八糟的东西他也听到了一些，但他相信皇上。时局突变，他没有多少心理准备。崇祯帝下勤王诏，哥哥当初义愤填膺，他深受感动。后来，李自成占领燕京，崇祯皇帝蒙难，李自成派使招降，哥哥表现了不妥协的精神，并打起复明大旗，他深受鼓舞。后来，听无际谈论"三国丁祖"，他也接受，时局变了嘛！但后来哥哥降了大清，这他不能接受。他暗地里了解到无际也不降清，两人便有了共同语言。无际断言，南方的明朝遗臣必然拥立朱氏，抵抗清军和大顺军，他们便暗暗商定南下继续为朝廷出力。可来到南京所看到的全是污浊，心中产生的全是悲情，他的心已经凉了。他之所以来投奔史可法，并不是要扭转危局，而是把自己腔中仅存的那点热放出来，也不辜负自己南下的心意。这样，史可法吩咐他干什么，他就干什么，自己并不主动请缨，更不打算把自己心中的看法讲出来。

史可则讲完了，最后叹了一口气道："今天哥哥还有两千金拿出来，日后，他还有什么家当填这无底洞呢？"

吴三椿听后没有讲什么。史可则见吴三椿如此，又加了一句话："而比这类事更为荒唐、更为可憎之事，是肯定还要出现的！"

十月十九日，是征西大军起行的日子，一切相关事宜均已准备就绪。可前一天的夜里，一封奏折摆上了多尔衮的书案。

经大学士谢升的建议，多尔衮已经接受并实行了票拟制。

大学士们当值的地点就在摄政王府。当日，大学士刚林当值，收到一份奏折。他看过内容后，没有照正常程序传递，而是拿了奏折直接送到了多尔衮那里。

当时的摄政王府就在皇宫东南方的南河沿，即现如今的普救寺。明朝时，那里被称为"小南朝"。

平日，多尔衮便在府内的大殿里办公，处理国事军机。刚林到后，多尔衮并不在大殿,而是休息去了。有司问刚林是否立即奏报,刚林做了肯定的回答,多尔衮被请了出来。

刚林讲明了情况,多尔衮从案上拿起了奏折。

奏折是镶蓝旗二等昂邦章京阿尔塞上呈的,内容是讦告豫亲王多铎在山海关时抢占了民女,并把抢占的民女带到了军中。

抢占民女是一项重罪,把抢占的民女带到军中又是另一项重罪。因为当时多尔衮有令,严禁妇人出没军营,更不用说带入军营的是抢占的民女了。

多尔衮意识到了问题的严重性。而且次日,就是多铎率军出征的日子。

"去请辅政王……"多尔衮吩咐有司道。

有司知道事情紧急,转身去了。

"你看明日之事如何办?"多尔衮又问刚林。

刚林知道多尔衮所关心的并不是案子本身,遂道:"臣以为只好换帅了。尽管临战换帅是兵家大忌。"

多尔衮点了点头。

辅政王济尔哈朗很快到了。一来他的府邸离得不是很远,二来刚林预计多尔衮必然召他,事先已经派人去让济尔哈朗有所准备。

济尔哈朗看罢奏折,皱起了眉头,不住地摇头不语。

多尔衮道:"对明日出征之事,辅政王有什么主意?"

济尔哈朗反问道:"摄政王觉得如何处理呢?"

多尔衮道:"只好更换主帅了……"

"这怎么成?"济尔哈朗急忙道,"临阵换帅乃兵家大忌。"

多尔衮道:"即使其中大有文章,可我们能够在明日出征之前把问题查清吗?我们总不应该让一个被告发犯有杀头之罪的人带兵出征吧?"

济尔哈朗无奈地摇着头,说不出什么。

"辅政王认为换什么人好呢?"多尔衮又问。

"只有由英亲王挂帅了……"济尔哈朗道。

多尔衮听后道:"也只好如此了。"

刚林连夜拟旨,撤去豫亲王多铎靖远大将军之职,任命英亲王阿济格为靖远大将军。多尔衮、济尔哈朗审定后,命人携带圣旨进入皇宫加盖了玉玺。

有司回奏，圣旨是否即时发出。济尔哈朗道："自然是立即发出。"

多尔衮却道："黎明时发出。"

济尔哈朗一听，急忙问道："等到那会儿，英亲王来得及准备吗？"

多尔衮淡淡道："来得及——在这之前，我们还要做些事情……"

两人商妥，豫亲王一案由济尔哈朗牵头，命刑部查办。之后，多尔衮在奏折上写下了"辅政王督刑部查办"数字，命有司传了下去。

济尔哈朗遂召来刑部尚书李云，商定了查案步骤。

李云开始照商定的步骤行事。

第一个被传的是二等昂邦章京阿尔塞，问他讦告豫亲王在山海关时抢占民女，把抢占的民女带到了军中的事他的证据何在。阿尔塞回说，这事是他从正白旗牛录章京萨洛和正白旗士兵尚阿那里听来的。他听萨洛和尚阿讲后，觉得问题很严重。按大清法律，知情不报者与犯罪之人同罪，问他们为什么不报，他们说在豫亲王手下，报了，豫亲王本人不一定被怎么样，顶多罚几千两银子，他们却甭想活了。而不告，神不知鬼不觉，会有太平日子过。萨洛和尚阿还告诉他，因为大家是朋友，千万别再外传，更不能讦告，否则，他们的脑袋就得搬家了。阿尔塞说，纸里包不住火，万一萨洛和尚阿他们哪一天自己讦告了，供出他们曾把事情讲给他，那他就有了知情不报罪。故而，他就先告发了此事。

这样，李云又传萨洛和尚阿，可回告说两人不知去向。

济尔哈朗与李云立即命人四处查找。有司回告，说昨日上午，阿尔塞曾与萨洛和尚阿一起吃酒，酒店老板讲，他们喝酒时，萨洛和尚阿曾向阿尔塞讨账，双方因此发生争执，最后吵了个不亦乐乎。萨洛和尚阿愤愤离去，酒钱还是阿尔塞付的。

这样的情节，消除了济尔哈朗的一个疑问：既然彼此是朋友，阿尔塞决定告发，为什么不拉上萨洛和尚阿而自己单独行事呢？看来他们之间撕破了脸皮，阿尔塞一气之下，产生了报复之念。萨洛和尚阿与阿尔塞闹翻，估计到阿尔塞可能告发豫亲王，怕自己被判知情不报罪，便逃逸了。

李云并没有做这样的判断，但他没有说什么。

这时，免去豫亲王靖远大将军、任命英亲王为靖远大将军的圣旨发到了刑部。

之前多尔衮曾有话，说在圣旨下达之前，不要进豫亲王营中进行调查了解。对此李云尚不理解，但照办了。

现在圣旨已下，他便立即派人进入豫亲王大营，找豫亲王的几名亲兵询问。结果，亲兵们异口同声："我等在山海关没有看到王爷抢占民女的事，更没有看到王爷把什么民女带入营中——从山海关到京城，我们在营中没有看到过任何女人的影子。我们敢说，如果我们说的是假话，任杀任剐！"

由于被告的是多铎，济尔哈朗把案子的每一步进展都及时向多尔衮奏报。

济尔哈朗还得参加靖远大将军的送行仪式，了解到酒馆吵架之事后，他没有等派去大营的人回来，便匆匆离开刑部，前往校场。

多铎垂头丧气，阿济格则兴高采烈。

圣旨并没有讲撤销豫亲王靖远大将军职务的理由，但他估计是自己遭到了暗算。昨天下午，他还和多尔衮一起最后敲定了出征作战方案，可一觉醒来，两眼一睁，一道圣旨降下，一切都改变了。接到圣旨后他就要去找多尔衮，马都备好了，但最后改变了主意。因为现在去，多尔衮不会见他。

天上掉下了大馅饼，阿济格兴奋异常。他没有任何准备，很快就得率领千军万马奔赴山陕。家人也是既兴奋又紧张，给他收拾行囊。

阿济格虽然也忙碌着，但他随后就想到到底是什么原因令多尔衮突然解除了多铎的靖远大将军之职？白日里在摄政王府商讨军务，他也在。两个时辰不到，多铎却被解除了军职。阿济格也想到了是有人陷害。可是谁呢？是哪个如此缺德，出此狠招呢？

送行仪式原本安排得很隆重。按照多尔衮的指令，临时换帅后，规格比原来更高了——原来并没有安排皇上亲临校场，后改为皇上到场，并主持祭旗仪式，给靖远大将军阿济格赐酒。

文武大臣都到了场。阿济格成为中心人物自不必说，而吸引人们的目光最多的当属多铎。靖远大将军早就给了他，临行前突然换人，是多铎出了事吗？

多铎不但表现得镇静自若，而且乐乐呵呵，好像他遇到的并不是挫折，感受到的并不是侮辱，而是遇到了一件喜事。众人看罢，个个狐疑满腹，究竟是怎么一回事呢？

多尔衮一直在皇上的身边。

多铎到达校场后,找了个机会凑近了多尔衮。他想,出了这么大的事,哥哥一定会主动给他讲点什么,或者给他透透风,但多尔衮没有主动讲什么。他不得不主动问道:"换帅究竟因为什么?"

"是有人告了你……"

多铎急忙问道:"告我什么?"

"到时候你会知道……"

多铎已经想了一早晨,新近的事就是白银凤之事。这件事真正知道内情的并不多,但这类事容易走风,传得会很快,有人要找他的碴儿,便不难捕风捉影。直到自己出事后,他让图尔格暗暗查了查,看周围的人有什么动静。图尔格查后报告,说军中萨洛和尚阿失踪。听后,多铎想了想道:"这两个人倒不怕。"

多铎见哥哥不肯透风,便道:"哥哥请放宽心,小弟没有做什么见不得人的事……"

听后,多尔衮盯着多铎看了一会儿,多铎挺住了。

济尔哈朗晚到了,他先向皇上请了安,随后就到了多尔衮的身旁,把所了解到的事讲给了摄政王。

多尔衮听后立即判断,酒馆吵架是谋划好了的,整个案件是一起阴谋。

多尔衮问下一步打算如何。济尔哈朗回道:"判定阿尔塞是否出于报复,能否拿到萨洛和尚阿成为关键。"

多尔衮听后又问:"豫亲王那边的事呢?"

这正是济尔哈朗感到棘手的,他立即道:"听摄政王示下。"

"那边该怎么办就怎么办,不必顾忌。"多尔衮说完后又道,"萨洛和尚阿不要找了——找不到了……"

这时,济尔哈朗惊了一下,立即意识到自己对案子的思考方向可能出了问题。接着,又听多尔衮道:"阿尔塞得好好看管……"

正说着,只见李云急急忙忙赶了过来。等他走近,多尔衮问道:"什么事?"

李云奏道:"阿尔塞死了……"

济尔哈朗听后,立即浸出一身冷汗。

肃亲王豪格自然也到了校场。他见到多铎后，对他被突然撤换表示了惊讶，并劝慰了一番。

多铎一直等着豪格把话说完，而后才冷冷地问道："豪格你小子不用跟我玩这片儿汤麻芝面——你说实话，告我的事，是不是你在后面搓搓起来的？"

豪格一听便要哭了，忙道："十五叔这话从哪里说起？小侄孝敬您还孝敬不过来呢，如何会起歹心？再说，十五叔讲有人评告，小侄还闷在葫芦里……"

多铎打断他的话道："不是你在背后鼓弄出来那'宝贝'的事？"

豪格一听立即道："十五叔，要因这事怨我，那就冤枉死了小侄……看来，十五叔并不相信小侄，在此，小侄的一片孝心只可对天行表了……小侄可以对天盟誓……"说着，把手放在胸前，嘴里念念有词，"我豪格对十五叔一向真情实意，若有半点不忠不孝之念，天打五雷轰……"

多铎让豪格折腾完，又道："这倒也不必……"

豪格继续道："十五叔想想，那'宝贝'是小侄敬献的，要是小侄在背后评告，小侄岂能脱得了干系？再说，小侄还有一张纸条写给了十五叔……"

听到这里，多铎笑了，道："谅你也不至于坏到这般田地。再说你也不敢，你的把柄还攥在叔的手里。再说，那'宝贝'我早就打发了——在这个世界上人们不会再找到她……"

豪格听后嘿嘿一笑，道："还是十五叔有主意……"

不管肃亲王豪格在多铎面前如何表演，这出戏确实是他一手导演成的。

豪格与希福对此进行了精心的策划，他们选择了作案人手。时间上，他们出手不早不晚。案子不能深查下去，因为他们不能把自己拖进去，特别是不清楚豪格写的那张条子，豫亲王是否真保留着。他们把案子最后弄成一个无头案，目标是把多铎拉下来，逼迫多尔衮不得不临战换帅。

应该说，他们干得很成功，主要目的达到了。而且更重要的是，他们自己并没有蒙受损失。阿尔塞、萨洛和尚阿他们做了妥善的处理，这方面不会出现什么问题。

当日，阿济格率领大军出城，向西开去。

济尔哈朗已经意识到自己所主审的案子变成了无头案，而且派人到豫亲王大营进行查问的结果有了便把情况向多尔衮奏报了。

　　李自成在真定中箭带伤指挥战斗,由于清军勇猛,难以抵抗,遂急挥师西撤,留精兵驻守固关,自引大军撤回山西。进入山西后,李自成一路疾行,派兵分守山西诸要塞,留陈永福守太原,他亲率大军渡黄河,进入陕西。

　　途中,他听牛金星劝谏,为巩固河南形势,让牛金星收集山西残部一共五万人马去了河南,李岩同往。

　　到西安后,李自成的肩伤算是好了,可他的心伤无论如何难以愈合。大军一路撤退,士气低落到了极点。失败的气氛笼罩着全军,李自成觉得这是他起事以来所从来没有经历过的。往日也有诸种不顺,但军士们的精神面貌从不是这样。像真定那场战斗,清军的人数并不占优势,可大顺军就是顶不住。当时,刘宗敏为了唤起大家的斗志,曾经大喊大叫,但那全无用处。最后,刘宗敏急了,砍杀那些退却的军士,但同样无济于事。

　　李自成曾经跟刘宗敏讨论过这一问题。刘宗敏说这一局面的缘由是因为退却——现在大顺军是一个劲地退,从山海关退到燕京,又从燕京退出……作战讲究一鼓作气,如今气没有了。如果再退,就会把士气退尽,把大军退散。他主张在山西拉起防线,与清军决一死战。

　　李自成不同意刘宗敏的见解,说大顺军的退却局面不是战术方面的问题,而是战略方面出了偏差。所以,要想扭转这一局面,必须改变战略。而改变战略,就需要一段时间调整。而要取得这样的时间,就必须退到陕西去,尤其不能在山西与清军决战。凭大顺军如今的战斗力,与清军拼,只能是灭亡。李自成还对刘宗敏说不可与清军在山西周旋的原因,除了士气之外,北面有一个姜镶,前段大势所趋,他降了大顺,如今局面大变,他必然降清。降清,送的见面礼就是打败我们。而多尔衮善于借助他人之力谋利,很可能坐山观虎斗。故而,大顺军绝对不能陷在这里……

　　李自成的分析是有道理的,刘宗敏放弃了自己的意见。

　　随后,牛金星一封奏折送到,说到河南后,他把李岩杀了。

　　真是平地一声惊雷!

　　往日,李岩往往与刘宗敏的见解相左,但是,刘宗敏对李岩并无成见。现在见牛金星杀掉了李岩,他便说道:"我晓得牛魔王会杀掉他,当初我就劝皇上不要让李岩跟了他去……"

李自成听了没有讲什么,一阵悲痛之情涌上心头,眼里涌出了泪水。

刘宗敏只看到了牛金星与李岩的关系问题,李自成则思考得更深,他从这件事情上似乎看到了大业的末日。

实际上,靖远大将军率领的清军分成了两路。一路由英亲王亲自率领,向西北开去,大军要绕道黄河以北,从蒙古进入陕西,直捣李自成老巢;另一支则由固山额真叶臣率领,直奔山西。叶臣率领的清兵自固关入晋,一路重创大顺军的留守部队,十月十三日到达太原。清军以红衣炮轰击太原城,大顺守将陈永福战死,太原城被攻下。不几日,太原府所属五州二十县,全部拿了下来。清军随后向汾州、平阳追击。十月底,山西全省悉平,陕西的东部直接处于清军的威胁之下。

清军的捷报不断传入京城,而与捷报一起传来的,还有张献忠在成都称帝的消息。顺治元年十月十六日,张献忠在成都登基称帝,国号大西,改元大顺。汪兆麟被封为左丞相,严锡命被封为右丞相,设六部,分其兵为一百二十营,以孙可望为平东将军,以李定国为安西将军,以刘文秀为抚南将军,以艾能奇为定北将军,旋分兵四出略地。

得报后,兵部呈文将大西列入扫平之列,着靖远大将军灭大顺后挥军入川。多尔衮看后批道:放他在那里,别作良图。

多铎被撤掉靖远大将军的缘由大家都知道了。一时间,阿尔塞的死,萨洛和尚阿的失踪,成为人们议论的话题。

对事情的是非曲直,李云是心中有数的。他仔细排了事情经过时间的先后。事实是,阿尔塞身死的时间,在豫亲王得到撤换他的圣旨之前。而在豫亲王得到圣旨之前,并不晓得有人告了他。不晓得有人告他,他如何有了除掉阿尔塞之念?这一关键情节弄清后,萨洛和尚阿失踪的问题也就不难解了。

有人告豫亲王必然事出有因,可对豫亲王身边人员进行调查,他们异口同声地说:"我等在山海关没有看到王爷抢占民女的事,更没有看到王爷把什么民女带入营中——从山海关到京城,我们在营中没有看到过任何女人的影子。

我们敢说,如果我们说的是假话,任杀任剐!"这又是怎么回事?不错,这并不排除豫亲王给了他们统一口径,而且有豫亲王撑腰,他们可能无所畏惧。但从他们回答问题的态度来看,从他们讲话的口气来看,他们那些话,倒是出自内心,底气很足,不像是被人指使讲的。李云一时还想不明白。

案子成了无头案,下一步如何行动,李云觉得应该从摄政王那里得到明示。他先问了济尔哈朗,济尔哈朗要他直接请示摄政王。为此,李云见了多尔衮。

李云向多尔衮讲了官员议论,明确奏报他所掌握的证据。多尔衮听罢笑了笑,道:"如果当时本王听了辅政王的意见,当夜就把圣旨传下去,那你的证据就不存在了。"

李云并不晓得拟旨后多尔衮和济尔哈朗曾发生意见分歧,但从多尔衮的话中可以看出,当时,摄政王对案情就已经有了精到的思考。

李云问要不要把时间先后方面的证据公布出去,澄清那些认为豫亲王做了手脚的议论。

多尔衮听后道:"那样做,我们就无法把这个案子了结。"

李云明白了多尔衮的意思。这样,刑部立即上呈豫亲王案的审查结论:讦告人阿尔塞已死,涉案人萨洛和尚阿下落不明。此案到此难以下查,可信豫亲王营中有关军士所言,暂行结案。如日后另有线索,再查再审。

报到济尔哈朗那里,济尔哈朗批呈多尔衮。报到多尔衮那里,多尔衮批了"可如此"三字。

征南大军出发的日子日近,而帅位还空着。十分明显,多尔衮对多铎一案的处理,是为任命他为大将军开路。而在济尔哈朗看来,这样也没有什么不好。征南并不是轻而易举的事,眼下,除去多铎,朝中并没有什么人能够胜任。

案子一结,多尔衮便找济尔哈朗商量征南主帅的人选问题,济尔哈朗主动提了多铎。两人商定后,即在朝堂宣布:命豫亲王多铎为定国大将军,统军进征江南。大军出发的时间也宣布了,在十月二十五日。同时宣布孔有德、耿仲明、吴三桂以所部从征。

多铎高兴得心中开了花。他记起前些日子被撤掉靖远大将军一职时为宽慰自己想的一句话:被解除了大将军之职,这算得了什么?东西丢了,还可以得新的。看！靖远大将军丢了，可定国大将军来了！

啊！春风又绿江南岸！

多铎是不怎么喜欢诗的。不知为什么，他的脑子里一下子蹦出了这么一句，而且，他用府中歌女常常唱的一种小调儿唱了起来，家人们也高兴起来。

为了未来的战事，多铎还不时地请来洪承畴，让他讲江南的风土人情，因为洪承畴是朝中多铎愿意接触的唯一南方人。

十月二十五日的日子很快就到了。二十四日，也就是大军起行的前一天下午，多铎等人再次凑到摄政王府，最后敲定出征的有关事宜。临辞别时，多铎说道："哥哥，这次会不会像上次那样，第二天一睁大眼，一道圣旨从天而降：奉天承运皇帝诏曰，免去豫亲王……"说得在场的人都大笑起来，多尔衮也笑了笑。

十月二十五日，这是定国大将军率军起行的日子。这一天的早晨，天空晴朗，万里无云，两万大军集于京南校场。

校场之上旌旗招展，号角阵阵，刀光冲霄，剑影凌空，人声鼎沸，战马嘶鸣。

顺治皇帝再次出场。一个高高的台子上，一把龙椅早已安置在中央。辰时整，顺治皇帝驾到。他从龙辇上下来，已经下了马的多尔衮、济尔哈朗走上来站于顺治皇帝的左右，"万岁万岁万万岁"的欢呼声震荡着大地。

顺治皇帝登上高台，撩起龙袍的后摆坐了下来。多尔衮、济尔哈朗跟过来，分站两侧，之后，王公重臣也上台分站两边。

豫亲王多铎作为大将军，率领恭顺王孔有德、怀顺王耿仲明、平西伯吴三桂上台接受帅印。而后，有司宣布《讨南明福王诏》——

尔南方诸臣，当明朝崇祯皇帝遭难，陵阙焚毁，国破家亡，不遗一兵、不发一矢、不见流贼一面，如虎藏穴，其罪一也。及我兵进剿，流贼西奔，尔南方尚未知京师确信，又无遗诏擅立福王，其罪二也。流贼为尔大仇，不思征讨，而诸将各自拥众，扰害良民，自生反侧，以启兵端，其罪三也。

唯此三罪，天下所共愤、王法所不赦。予是以恭承天命，爰整六师，问罪征讨。

凡各处文武官员，率先以城池地方投顺者，论功大小各升一级；梗命不服者，本身受戮，妻子为俘。

倘福王悔悟前非，自投军前，当释其前罪，与明朝诸王一体优待。其福王亲信诸臣，早知改过归诚，亦论功次大小。

檄到之处，民人毋得惊惶奔窜，农商照常安业，城市秋毫无犯，乡村安堵如故。但所用粮料草束，俱须预备运送军前。兵部作速发牌，出令各处官员军民人等及早互相传说，毋得迟延，致稽军务。特兹晓谕，咸使闻知。

接着是祭旗仪式、赐酒仪式，最后宣布大军起行。

号令一发，两万人马浩浩荡荡离开校场，行至琉璃河，与在那里集结的十几万大军合军南行，按下不提。

且说以左懋第为首的南明使团八月十五日渡过黄河，九月十六日到达德州地面。不久，得摄政王令旨，只许百人进京朝见。左懋第只好照办，带了一百人北上，其余的人留了下来。到达沧州时，从地方官员那里得知，吴三桂已经降清，左懋第嗟叹不已。使团于十月初一日到达距京师六十里的张湾，这一天正好是顺治皇帝在紫禁城登基的日子。次日，使团进入京城，被安置在鸿胪寺。

左懋第明白，不让住驿馆，意味着不承认南明。住别处又显得失礼，所以被安排在了这样的地方。

出面接待使团的是大学士刚林。第一次见面，刚林就表现出了严厉，说南明诸臣"不遣兵讨贼而擅立福王"令人难以容忍，再次表明不承认弘光朝的态度。左懋第提出使团先行谒陵拜崇祯帝梓宫之请，刚林当时未置可否。虽然所带弘光皇帝册封吴三桂为蓟国公之诰命、信函已成废纸，但左懋第还是把它们拿了出来，讲明此乃知吴三桂受命大清国之前的举动，现不敢专处，连同赏金代转吴三桂自处。刚林把诰命、信函及赏金取走交给了吴三桂，吴三桂不启封，一并转呈多尔衮。

左懋第见清人蔑视如此，非常生气，一直没有出示国书，并遣副使陈洪范返回南京，向弘光帝奏报实情。

十月二十五日，清朝征南大军出师后，刚林来使团宣读了《讨南明福王诏》。使团的使命已经终结，左懋第率领使团人等回江南去了。

就在大军起行的当天,史可法的复信送达。当天洪承畴当值,他打开书信,只见写道——

大明国督师兵部尚书兼东阁大学士史可法顿首谨启大清国摄政王殿下:

南中向接好音,法随遣使问讯吴大将军,未敢遽通左右,非委隆谊于草莽也,诚以大夫无私交,《春秋》之义。今倥偬之际,忽奉琬琰之章,真不啻从天而降也,循读再三,殷殷致意。若以"逆贼"尚稽天讨,烦贵国忧,法且感且愧。惧左右不察,谓南中臣民偷安江左,竟忘君父之仇,敬为贵国一详陈之。

我大行皇帝敬天法祖,勤政爱民,真尧舜之主也。以庸臣误国,致有三月十九日之事。法待罪南枢,救援莫及,师次淮上,凶问遂来,地坼天崩,山枯海泣。嗟乎!人孰无君,虽肆法于市朝,以为泄泄者之戒,亦奚足谢先皇帝于地下哉!

尔时南中臣民,哀恸如丧考妣,无不抚膺切齿,欲悉东南之甲,立剪凶仇。而二三老臣,谓国破家亡,宗社为重,相与,迎立今上,以系中外之心。今上非他,神宗之孙,光宗犹子,而大行皇帝之兄也。名正言顺,天与人归。五月朔日,驾临南都,万姓夹道欢呼,声闻数里。群臣劝进,今上悲不自胜,让再让三,仅允监国。迨臣民伏阙屡请,始以十五日正位南都。从前凤集河清,瑞应非一,即告庙之日,紫气如盖,祝文升霄,万目共瞻,欣传盛事。大江涌出楠梓数十万章,助修宫殿,岂非天意也哉!越数日,遂命法视师江北,克日西征。忽传我大将军吴三桂借兵贵国,破走逆贼,为我先皇帝发丧成礼,扫清宫阙,抚辑群黎,且罢剃发之令,示不忘本朝。此等举动,震古烁今,凡为大明臣子,无不长跪北向,顶礼加额,岂但如明谕所云"感恩图报"已乎!谨于八月,缮治筐篚,遣使犒师,兼欲请命鸿裁,连兵西讨。是以王师既发,复次江淮,乃辱明诲,引《春秋》大义来相诘责,善者言乎!推而言之,然此文为列国君薨,世子应立,有贼未讨,不忍死其君者立说耳!若乎天下共主,身殉社稷,青宫皇子,惨变非常,而犹拘牵不即位之文,坐昧大一统之义,中原鼎沸,仓促出师,将何以维系人心,号召忠义?紫阳《纲目》,踵事《春秋》,其间特书,如莽移汉鼎,光武中兴;丕废山阳,昭烈践祚;怀愍亡国,晋元嗣基;徽钦蒙尘,宋高缵统。是皆于国仇未剪之日,亟正位号,《纲目》未尝斥为自立,率皆以正统予之。甚至如玄宗幸蜀,太子即位灵武,议者疵之,亦未尝不许以行权,幸其光复旧物也。

本朝传世十六,正统相承,自治冠带之族,继绝存亡,仁风遐被,贵国昔在先朝,夙腐封号,后以小人构衅,致启兵端,先帝深痛疾之,旋加诛戮,此殿下所知也。今痛心本朝之难,驱除乱逆,可谓大义复著于《春秋》矣。若乘我国运中微,一旦视同割据,转欲移师东下,而以前导命元凶,义利兼收,恩仇倏忽,奖乱贼而长寇仇,此不唯孤本朝借力复仇之心,亦甚违殿下仗义扶危之初志矣。昔契丹和宋,止岁输以金缯;回纥助唐,原不利其土地。况贵国笃念世好,兵以义动,万代瞻仰,在此一举。若乃乘我蒙难,弃好崇仇,规此幅员,为德不卒,是以义始而以利终,为贼人所窃笑也。贵国岂其然乎!

往者,先帝轸念潢池,不忍尽戮,剿抚互用,贻误至今。今上天纵英武,刻刻以复仇为念,庙堂之上,和衷体国;介胄之士,饮泣枕戈;忠义兵民,愿为国死。窃以为天亡"逆闯",当不越于斯时矣。语曰:"树德务滋,除恶务尽。"今"逆贼"未伏天诛,谍知卷土西秦,方图报复。此不独本朝不共戴天之恨,抑亦贵国除恶未尽之忧。伏乞坚同仇之谊,全始终之德,合师进讨,问罪秦中,共枭"逆贼"之头,以泄敷天之愤。则贵国义问,照耀千秋;本朝图报,唯力是视。从此两国世通盟好,传之无穷,不亦休乎?至于牛耳之盟,本朝使臣,久已在道,不日抵燕,奉盘盂从事矣。法北望陵庙,无涕可挥,身蹈大戮,罪该万死。所以不即从先帝于地下者,实为社稷之故。传曰:"竭股肱之力,继之以忠贞。"法处今日,鞠躬致命,克尽臣节而已。即日奖率三军,长驱渡河,以穷狐兔之窟,光复神州,以报今上及大行皇帝之恩。贵国即有他命,弗敢与闻,唯殿下实昭鉴之!

弘光甲申九月十五日

读罢,洪承畴感慨万分。想起十八年前,自己在陕西任上时,史可法任西安府推官。当时，他们曾经有一次长谈，洪承畴就觉得史可法是一个不可多得之才。崇祯八年，京城选官，经洪承畴推荐，史可法进京做了右参议，此后，洪承畴就再也没有见到史可法。

史可法幼时家贫，事亲以孝，坚毅好学，显示出了文武之才。天启元年，他在京郊古寺苦读，为顺天府督学左光斗发现，劝史可法应试。及试，署第一名秀才。随后，左光斗资助其学，月给薪米以供其母。不幸的是，天启五年左光斗因力反阉党魏忠贤被革职下狱，备受酷刑。当时，阉党气焰嚣张，左光斗下狱，亲朋均避阉党之势而不敢探视。唯独可法感其知遇之恩，乃重贿狱卒，乔装入狱，见光斗体无完肤，焦烂之状，不禁伏地呜咽不起。左光斗恐史可法受到连累，赶他出狱。后来史可法常流涕对人说："吾师肺肝，皆铁石所铸也！"左光斗遇害，史可法亲自为其收殓安葬。

洪承畴曾多次进京述职，但史可法已经出京去南方对付农民军了，所以，两人终不得相见。崇祯十年七月，史可法擢右佥都御史，巡抚安、庐、池、太四府，统兵数万，屡败农民军。后丁父忧，回乡守制。崇祯十四年服满，起为户部右侍郎兼都察院右佥都御史，总督漕运，提督军务，巡抚凤阳等处，兼理海防。受事后他劾罢省官，大浚南河，漕政大为改观。廷臣交章赞誉其有文武之才，请大用。十六年拜南京兵部尚书，参赞机务。听人说，史可法于南京闻京师危急，拟率师勤王。四月，乃合诸同僚，作檄文布告天下。随即率师渡江至浦口，但因饷绌未发。旋北京陷落，崇祯自杀之凶信至，乃缟素发丧，拟提师北上。众将劝说，应先择社稷主，再出师，遂与众臣议立新君……

往事悠悠，史可法形影历历在目。这封信依然折射出一位正义凛然、心胸坦荡、文武全才的将帅当有之像。只可惜，这样一位奇才被腐朽所淹没。

想到这里，洪承畴连叫了三声："可惜！可惜！可惜！"

就在当日，洪承畴把史可法的复信呈给了多尔衮。多尔衮召范文程、宁完我、谢升等商议，看有没有可能把史可法招降过来。

对此，洪承畴讲了自己的看法。最后，包括多尔衮都接受了洪承畴的见解。多尔衮同样连叫了三声："可惜！可惜！可惜！"

第十六章　挥师西北，清朝征伐李自成

李自成撤出燕京后,留下了多批细作,每批三五人不等,他们之间没有任何联系。他们接受的是相同的指令,各自报回自己所了解到的消息。这样做的目的,一是可以了解到燕京城内的情况,二是等情报汇集起来后,便于判断真伪。

事实证明这样做很有效。在河北时,大顺军所得到有关清军的情报都集中在粮食上。当时,李自成得出结论,清军没有能力派出大队人马追杀过来,派少量的人马把大顺军赶出河北是可能的,因为多尔衮不允许大顺军威胁京城。

李自成看过许许多多的兵书,所有的兵书都把论述的重点放在了用兵布阵方面,而对军队的供应问题很少涉及。《孙子兵法》是所有的兵书里写得最好的,涉及了军队的供应问题,但论述亦嫌原则、笼统。每当遇到这方面的困难和问题时,李自成觉得《孙子兵法》难以解决问题。《三国演义》中对这方面的事有一些描写,但多集中在描写辎重的重要性,对如何筹集粮草的事讲述甚少。几十年来,李自成觉得,下得精力最大,一直让人昼不得欢、夜不得眠的,就是军队的粮草供应问题和运输问题。

人们对"迎闯王、盼闯王,闯王来了不纳粮"的口号交口称赞,岂不知这个口号叫出之后,自己的军队陷入了何等的被动境地!这个口号是谋士们设计出来传到百姓中间去的。当时,他也认为是一个创举。这个口号对动员百姓、招募军队也确实起过很大的作用。不纳粮好是好,但军队吃什么呢?当初,军队人少,每到一地,单靠劫富豪就可以解决吃穿的问题了。可后来军队发展很快,当

地的富豪打光了,军队供应又指望什么呢?到头来,不得不恢复征粮征税。结果,不纳粮实际上变成了一句空洞的口号。

李自成看《水浒传》《三国演义》,看史书,上面动不动就是率军多少多少万,可从不写粮草从哪里来,实际上,这些写书人大多没有打过仗,并不真正晓得个中三昧。李自成倒有志写一部兵书,在书中专门讲一讲军队的粮草问题,只可惜他没有时间。

用追赃所得的部分银两把燕京的粮食买光西运的主意是李岩想出来的,这是一高招儿。当时李岩考虑,第一,清军长途跋涉,不可能携带充足的给养,他们进京,需要本地的粮草。没有粮草,现行筹备就得要时间,这就逼迫清军延迟追击大顺军的时间。第二,八旗军没有了粮食,极有可能发生内讧,从而削弱战斗力。第三,大军没有粮食,就要与民争粮。清军称自己是仁义之师,不抢不掠。而断粮逼他不得不抢,不得不掠。这样,他们仁义之师的招牌就得收起。

而令李自成吃惊的是,多尔衮经受住了考验。他虽不得不推迟进军的时间,但清军的内讧没有发生,与百姓争粮的事也没有出现。李自成在山海关领略了多尔衮用兵的厉害,如今又领略了多尔衮治军的本领。这事再次提醒李自成,绝对不能小看这个摄政者,绝对不能小看这个大清国。

多尔衮派出以英亲王阿济格为靖远大将军的大军西征的情报李自成收到了,派出以豫亲王多铎为定国大将军的大军南征的情报李自成也收到了。在回军的路上,李自成也安排了细作,同样是一地数批。有关两军出发后动向的情报,也由这些细作源源不断送了过来。

阿济格的大军分成了两支,一支由阿济格亲领,正由蒙古进入陕西北部。叶臣的大军占领山西全境后,正在永和赶造船只。

多铎的大军则分成了三路,一路在山东,两路在河南东部,三路大军正向南挺进,准备抢渡黄河。

李自成把刘宗敏、宋献策、刘希尧等召集到一起,分析军情。

到陕西后,李自成所做的就一件事——建立根据地。他看到了"流"的弊病,认识到如今的失败,就败在这个"流"字上。到哪里去都没有一个支撑,遇到什么风吹草动,就没有依靠。不错,他的"流"并不完全是自身造成的。敌军强大,你不得不走。可这两年,尤其是这一年,不能再说敌军是强大的。在中原,实际上掌控局面的是他李自成。从西北三个月打到北京，可在北京不能够站住脚跟，表面上看事情出在"快"字上，而实际上作祟的还是那个"流"字。为什么站不住？没有支撑，没有依靠。

山海关一战，多尔衮用兵如神，自然是取胜的关键。可细想起来，清军获胜的最根本原因，是他们有一个大清国。清军便有了依靠，军心稳定，无后顾之忧。燕京度过粮荒，是多尔衮的铁腕起了作用。但真正起作用的，还是清军有靠山。粮草的短缺只是一时的，大清国会源源不断把粮食和其他给养送过来。阿济格得以率军西来，就是得到了从朝鲜运到的粮食，从蒙古运到的马匹和牛羊。阿济格的大军之所以走河套，也是为了接近蒙古的给养供应线。那大清国是怎么来的呢？是一步步建成的。从努尔哈赤开始，到这次清军入关，爱新觉罗氏已经历经三代，花了几十年的时间。

李自成意识到，情况不允许他从容不迫地进行这项工程，因此他加快了节奏。清军待在燕京迟迟不动，曾给了他幻想，认为自己有了喘息的机会，有了翻身的机会。

而清军西征大军出动情报的到来，使李自成的幻想彻底破灭。在接到情报的那一刹那，一个不祥的念头曾猛然出现，难道我李自成就如此完结了吗？但他很快镇静下来，恢复了自信：不，我李自成不会败，现在只是遇到了挫折而已。想想看，十几年来我遇到了多少挫折，而哪一个挫折曾把我李自成压垮呢！

这天，刘宗敏、宋献策、刘希尧等集于大殿。大殿在李自成称帝登基时修饰过一次，所有的东西还大多是新的。

退到西安后，下面的人做好了修葺宫殿的方案，李自成知道后大发了一顿脾气，责备大家记不住他的训令，把钱花到了不该花的地方。李自成教育大家，不要让燕京带回的那点银子烫坏了手，以为那钱没地方使用。此后，他让人把那笔钱转支在了军训上。

宋献策到得晚，在等他时，李自成又想起了那个修葺方案，感想良多，遂对刘宗敏道："下一道旨，即日起，文武大臣三年内不许装修宅第，即使是自己的花费也严行禁止……"

刘宗敏听李自成这样说，连连称是。

宋献策到了，谈话进入正题。刘宗敏首先谈了自己的见解，意思是必须把清军拒于黄河以东,说现在大顺军士气有所恢复,又是本土作战,必然以一当十。而且经过几个月的修筑,边防工事甚为坚固,明沟暗壕纵横交错,清军到来,就陷入了迷魂阵中。另外,大顺军的粮草充足,从燕京运来的粮食,一粒还没有动着……

宋献策同意刘宗敏的分析,道:"只有保住陕西,圣上所看重之事才有可能实现。"

刘希尧也表示同意刘宗敏的见解,说清军的到来虽然改变了大顺原来的计划,但也不是没有好处。好处就是激励大顺军的士气,打退敌军之后,更有利于基地的建设。

最基本认识李自成与大家是一致的,即不能再退。不错,陕西以西还有大片土地。而如果陕西守不住,退向那里也是死路一条。再说,大军从山海关退到燕京,从燕京退到直隶西部,从直隶西部退到山西,又从山西退到陕西。陕西被视为义军的"老巢",如果再从"老巢"出去,那真的就像刘宗敏讲的那样,把人心退乱,把队伍退散了。

事情就这样定了下来,绝不放弃陕西。随后制定了部署:敌军从东、北两路杀来,东路极可能是疑兵,清军进攻的主要方向在北面。但东路又不能不防。这样,刘宗敏率大军主力十万人马去了神木、榆林、靖边一线,刘希尧率五万人马在延水关驻扎,一防山西之敌的东进,二可对北线进行策应。

宋献策留在西安,与李自成一起运筹全局。西安留驻的三万人马由高皇后率领,以作机动。

大家又谈到了牛金星的情况,在南下清军迫近的情况下,不知他那里如何调度,遂决定派人前往联络。

大清的作战方案,的确北面为主攻。阿济格率领的十万人马经宣化进入蒙古,从察哈尔进入土默特,在那里渡过黄河,进入伊克昭盟。渡河对清军的十万人马来说是一件困难的事,选在这里渡河,可以做到从容不迫、万无一失。

另外,土默特和伊克昭盟地势较为平坦,它们后面就是蒙古各部广袤的土地,东部就是大清国,这样,给养可以源源不断运过来。阿济格大军所需要的三十门大炮,就是从宁远由蒙古运过来的。几个月前,摄政王已经派人向留守盛京的何洛会发出命令，让何洛会将在宁远新铸的三十门大炮和弹药运到伊克昭盟。当阿济格大军到达时，那三十门大炮已经运达。

进入伊克昭盟，离陕西的神木不过两天的路程。

叶臣所率军队很快廓清了整个山西，按制定好的作战方案，叶臣一直在永和黄河岸边造船。

李自成判定驻扎在永和的这支军队是一支疑军，虽也没有错，但这一判断也并不全面。

阿济格的大军在伊克昭盟休整了两日。在这期间，已经派出的细作报回军情：大将刘宗敏率领十万人马已经在神木、榆林、靖边一线驻扎。神木、榆林、靖边俗称"三边"，这里原有人马三万，现三镇共有人马十三万，刘宗敏镇守的榆林六万，刘芳亮镇守的神木四万，田见秀镇守的靖边三万。

三边城防工程坚固，城外壕沟纵横交错，易守难攻，其中以靖边城防最为坚固。

阿济格召集各旗固山额真商讨作战方案，首先大家确定了主攻方向，集中力量攻打靖边。靖边城防最为坚固，为什么选靖边？主要是为出其不意。大顺军会认为清军选择的第一个攻击目标会是神木，因为那里靠近边界，城池不甚坚固。刘宗敏坐守榆林，明显是为了便于左右策应。要把三十门大炮集中在靖边，全力轰击。先行对外围进行轰击，任凭它壕沟纵横交错，炮弹所至，也会夷为平地。然后集中炮火攻城，任凭城池多么坚固，也经不起连续的轰击。这边靖边告急，那边刘宗敏就坐不住，要出动救援。清军在榆林通往靖边的路上设伏，要打他一个措手不及。最后，大家经过反复衡量，把设伏点选在了清平堡。因为这里更靠近边境，越过长城便可到达，可以得到伊克昭盟蒙古军队的支援，而且便于埋伏。更重要的一条是，这里是刘宗敏来靖边的必经之地。这样，清军便制定了两个集中的作战方案：一是集中炮火于靖边，二是集中兵力于清平堡。前者要达到的目标有两个：一是拿下靖边，二是把刘宗敏吸引过来。为了做到这一点，特别为了把刘宗敏吸引过来，阿济格等还做了相应的部署。

至于神木，可以暂时放下不去管它。如果刘宗敏救援靖边，决心在那里与清军决战，那神木的军队也可能被刘宗敏调过来。而如果那样，就再好不过了。

但把三十门大炮运过长城集中于靖边是一大难题。伊克昭盟贝勒阿可可赛自告奋勇,说这事包在他的身上。阿济格知道,包票易打,达标实难,火炮能不能运过去,关系到大战的成败,遂问阿可可赛有何妙计,敢于如此大包大揽。

阿可可赛回道:"谈不上妙计。靖边以西是定边,那边也是大顺的地盘。原来不晓得我军从何处进军,他们在定边曾有布防。我军再次出现后,他们确认了我军进军的方向,那边便疏于防备,前两天还从定边抽走了一万人马。靖边西去百里有一个安边堡,那里的长城城墙已经被毁,地形有利。从那里运大炮,别说三十门,就是三百门也可以轻易运过去。从那里到靖边,可以说就是一马平川了。"

阿济格听后甚为高兴,便把运送大炮的事交阿可可赛去办。

刘宗敏接到清军出现在靖边并用大炮猛然攻城的消息后大吃一惊,他完全没有想到清军会把攻击的目标首先放到那里。他一方面派人去向李自成奏报,并派快马前往神木通告军情,另一方面派出人到靖边,向守将田见秀传达他的将令,一定要坚持守城。同时向靖边派出探马,以防清军围城,田见秀的人杀不出,断绝了那边的消息。

田见秀送来的第一次军情报告,说靖边城外发现了清军,大概有两万人。相隔没有一个时辰,田见秀送来的第二次军情报告,说清军差不多有十万人,将靖边围了起来。

当天的黄昏,也就是第二次情报送出后一个时辰,田见秀又报告,他们遭到了清军炮火的猛烈轰击。

实际上,阿济格是故意放田见秀的人出城去向刘宗敏报告的,以便让刘宗敏相信清军的主力全在靖边这边。

刘宗敏不知是计,立即分析清军的作战意图,最后很自然地得出结论:清军猛攻靖边,是要将靖边拿下,然后东进,切断大顺军的后路,把大顺军压迫在一个狭小的三角地带。这个三角地带,东面是黄河,南面是清军,西北则是长城。

"阿济格的胃口真大!"刘宗敏叫了一声,"可你要鲸吞的却不是虾兵蟹将!"

探马陆续返回,急报一个接着一个——

清军猛轰靖边外围!

清军炸平了靖边外围的沟壑！

清军在猛烈攻城！

每次报告，刘宗敏都问围城清军是多少人。回答都说是十万之众。

刘宗敏还问城中大顺军的士气如何。

"士气高涨，大家誓与靖边共存亡！"

"传令大军出城向西开拔！"刘宗敏坐不住了。他已经传令榆林城中军马枕戈待旦，并向神木传去了同样的命令。

刘宗敏还派快马去神木传达命令，要刘芳亮立即率全部人马西行，向靖边挺进。

天很快黑了下来，大顺军顺着长城南的大路向西疾行不提。

大炮轰击之后，阿济格组织了数次佯攻，为的是吸引刘宗敏率兵来救。

清军用炮火继续向城中轰击，只要城头有人探头探脑，清军就向那里打炮，使大顺军不敢在城头向外探望。

城中的大顺军到处跑，到处窜，躲避清军的炮火，不晓得哪里是安全之地。田见秀四处巡查，鼓励军士们沉着应战，说榆林那边很快就会前来救援。

田见秀多次登上城头观察清军的动向，每次都被亲兵强拉硬扯拖下城来。

城墙已经被清军打烂，在这样的情况之下，清军是很容易攻进城来的，可清军的攻势并不凶猛，很像是在佯攻。这是怎么回事呢？田见秀派出多批军士，让他们杀出去向刘宗敏报告军情，但不知他们是不是杀了出去。

田见秀三天三夜没有合眼了，他一点困意也没有，自己也不晓得精神是哪里来的。

令田见秀感到高兴的是，军士并没有出现惊慌失措的情绪，而且，他感觉大家有与清军决一死战的气概，这与从燕京撤离的路上表现的那种颓废情绪形成了鲜明的对照。田见秀想到，这是圣上来陕西之后几个月进行训练的结果。还有一个重要因素：这些军士是李自成的老兵，他们大多是本地人。对他们而言，是为保卫家园而战。

就在这时，刘宗敏率军出动的报告送达了清营。接到报告后，阿济格一面命三万步兵悄悄驰向清平堡，一面下令攻城。结果不到一个时辰，城池拿下。随后，一声令下，清军三万骑兵撤离，风驰电掣般奔向清平堡。

阿济格是跟随三万骑兵走的。

刘宗敏是次日午后率军进入清平堡地界的。他带出了五万人马，只留了一万人马守城。他不打算在清平堡停顿。这里有一条山路，两边的山头层层叠叠，把一条大路夹在中间，地势十分险要。先头人马走了一顿饭时间，刘宗敏才到了这里。一进这条山路，刘宗敏浑身哆嗦了一下：啊！

他似乎预感到了凶险，故而在马上抬头张望两边的动静。

正在张望之际，轰！轰！轰！两边的山头上连续响起了沉闷的炮声。

刘宗敏迅速拨马奔上一个山头。这时他看清楚了，大路两边的山头上，一群群清军像蚂蚁一样涌了过来。几名亲兵一直紧紧地跟着他，刘宗敏让发令的亲兵用旗子发出了奋勇抵抗的命令。

清军像潮水一般涌过来，向大路上的大顺军冲去。

刘宗敏立即向身边的两名亲兵吩咐道："去向……将军传达命令，原地待命！"

两名亲兵下山去了。

两军在大路两侧拼杀着。

清军几次向刘宗敏所在的山头发起冲击，都被打退了。

实际上，真正看到刘宗敏发令兵那两面大旗的大顺军将领和军士没有多少，大家凭着感觉在战斗。刘宗敏带领的队伍，与靖边的大顺军军士一样，情绪稳定，斗志很高。因此，在士气上并没有被清军压倒。清军的习惯是厮杀时大喊大叫，此时的大顺军军士不想在清军面前示弱，也拼命地喊着。

刘宗敏见到后兴奋异常。啊！大顺军往日的威风回来了！

大概过了一个时辰的样子，刘宗敏觉得自己似乎听到了什么声音。它与山下大路上传过的声音混在一起，但它是从远方传来。再听，那是一种"嘚嘚—嘚嘚—嘚嘚"的响声。接着，他感到似乎大地在颤动——随着这种嘚嘚之声在颤动，他拨马向西张望，从远远的西方一个山头上，出现了一面旗——一面白色的旗，随后看到的是一匹马，转眼之间，是数面白旗，数匹战马，霎时间，便是一大队的士兵。

清军！清军的骑兵！

刘宗敏曾一度慌神儿：撤还是打下去？

但他很快镇定了下来。不，这或许是一支救援之军，人数有限——看清楚了再说！

厮杀在继续，大顺军越杀越勇，清军已处于明显的劣势。

打起仗来，军士们士气高昂、奋不顾身是不是一件好事？回答自然是肯定的。但是，这要看处于怎样的条件之下。现如今对大顺军来说，这就不能说是什么好事。

在西安宫中，李自成与刘宗敏、宋献策、刘希尧等商定，一定要在陕西抵抗清军。但是，在送别刘宗敏赶赴陕北战场的时候，李自成曾向刘宗敏提出一个问题，如果万一出现什么不测，难以抵挡清军的进攻那该如何？

刘宗敏实际上也思考过这样的问题。他说，对大顺来说，老本是军队，而不是地盘。

这次，君臣二人都讲了真话。实际上清军并不可怕，怕就怕在士气。他们都担心经过一番大的周折后大顺军的士气不济。他们都明白，没有旺盛的、高昂的士气的队伍是打不了胜仗的。

这样，李自成给了刘宗敏便宜行事的权力，真的发生不测，要保留实力。

撤，撤向哪里？他们并没有进行深入的讨论，因为到时会发生什么情况没法预料。但他们有一个大致的方向，撤向东南，进入两湖，那里有巨大的活动空间和回旋余地。李自成还说了一句："大不了入川，投奔张献忠。"

刘宗敏听后笑了笑，道："皇上会有机会与张献忠来一次煮酒论英雄。"

正因为靖边的大顺军显出了高昂的士气，才使刘宗敏轻易作出出兵救援的决定。眼下，正因为大顺军杀出了士气，才使刘宗敏沉住了气，决定等等看。

刘宗敏坚持看到清军骑兵的数量，结果是三万人马。

战局很快发生了变化。清军骑兵横冲直撞，大片儿刀当空飞舞，大顺军难以抵挡。刘宗敏下达撤退命令，自己带着亲兵和护卫队下山向东奔去。

叶臣收到自靖边发来的六百里加急命令，说清军已经攻克靖边、榆林和神木，要叶臣遵照原先作战方案，强渡黄河。

叶臣照命令而行，但渡河遇到了大顺军的顽强抵抗。第一条登岸的船，被从山上放下的礌石轧了个粉碎，一船的军士都死于非命。第二条船被从山上放下的礌石堵在了水中无法靠岸。军士们只好下水，蹚着冰冷刺骨的河水冲上岸去。但是，他们都被山上滚下的檑木打翻在地，动弹不得。第三条船上了岸，军士的下场与第二条船的军士命运一样……

清军的第一次冲击以失败而告终。

叶臣亲自到场指挥，一批又一批的船开过去，一批又一批的军士倒在了岸边。

礌石、檑木是有限的，滚下的礌石、檑木由密变稀，最后竭尽。但清军依然没能登上岸去，因为大顺军居高临下，成千上万的箭镞使清军吃了苦头。一直到黄昏，清军的尸体在河边堆积如山，河水被染成了红色。夕阳西下，整个山川都变得殷红了。

叶臣一筹莫展，他站在岸边，观察着对岸的地形。突然，有一士兵大叫："瞧啊！"

叶臣顺着那叫喊的军士手指所指抬头仰望，只见无边无际的枯枝败叶从对岸的山顶漫过，向东飞去。霎时间，狂风遮天蔽日吹了过来，携带的黄沙使整个山河顿显笼统。回头看大军的营帐，许多被掀向天空。叶臣连连叫苦，遂急令军士们回营去加固营帐。

回营之后，叶臣还惦记着岸边的船只。好在有西岸大山的遮掩，那些船并没有受到影响，这令叶臣感到稍许放心。叶臣很疲劳了，进入收拾好了的营帐，躺在榻上想迷糊一会儿，结果很快就进入了梦乡。

只是不到一个时辰，叶臣就被唤醒了，站在他面前的是二等昂邦章京阿明。叶臣很快清醒了，他知道肯定是有了重大军情。阿明报告，说黄河封冻了！

叶臣意识到情况的重大，立即爬起来奔向河边。

果然不错。原来河水滔滔，河面上漂浮着巨大的冰块，奔流不息。如今，黄河整个被一片白茫茫的冰覆盖着，看守船只的军士正在冰盖上滑行……

"命令！"叶臣立即向阿明高喊，"立即组织渡河！"

李自成接到刘希尧报来的清军趁黄河封冻过河的报告后，立即把宋献策、高皇后和高一功召到一起,分析军情、商讨对策。

在这之前,李自成已经接到刘宗敏的报告,说清军主力包围了靖边,正用大炮攻城,那边大顺军士气高涨,誓与城池共存亡。刘宗敏还说,清军的意图就是拿下靖边,然后东插,把大顺军压迫在陕北的三角地带,吃掉大顺军。为打掉敌军计划,他将率领榆林之军前往靖边救援。为策应援军,已经令神木之军出城向援军靠近。

接到报告后,李自成曾与宋献策等分析了刘宗敏的报告,大家一致赞成刘宗敏对陕北战局的分析,称赞他的作战计划。

接到刘希尧的报告,他们发现清军两路人马并不是孤立的,而是有统一的部署。

宋献策首先指明了这一点,说道:"我们先前曾把叶臣之军说成疑兵,如今看来是大错而特错了。这支队伍是要从中间插过来,将我军拦腰斩断,以便让阿济格在陕北痛痛快快地把那里的大顺军吃掉。"

"他白日做梦!"李自成叫了一声。他之所以如此自信,在很大程度上是受了刘宗敏特别强调大顺军士气高涨的影响。对于这一点,李自成向送报告的人问得很细。送报告的人还告诉李自成,不但靖边那边将士士气高涨,榆林的将士同样斗志昂扬——大家誓死保卫皇上,大家也誓死保卫家园。

李自成是很兴奋的,他所担心的就是士气方面的问题。他曾担心军士们的士气再也鼓不起来,现在看来,他把子弟兵们的尚武精神低估了。也正因为这样,他在观察问题时模糊了自己的眼睛,一切复杂因素他都丢开了。

李自成这一声"他白日做梦"就为商讨定了调儿,事情很快定了下来:李自成将亲率西安的三万留守人马赶往延水关,与刘希尧合兵,把叶臣赶过黄河去,然后北上与刘宗敏合军,将阿济格捏死在黄土高原上。

宋献策曾提出把西安拉空是不是一招险棋。对此,李自成道:"看似险,实无虞。南面,张献忠正在乌龟壳里忙着,现还不是他向外伸爪的时候;东面,清军远在千里之外……"

次日,李自成留高皇后、宋献策、高一功看守,亲领三万人马奔向延水关。保卫西安城的,就只剩下了一千多名隶属西安府的军队,还有就是李自成所领之军的病残人员。

第十七章 同甘共苦，豫亲王突袭西安

实际上，东边的清军并不在千里之外。

豫亲王多铎先是到达开封，在那里扎下了大营，拉开了攻城的架势。当时，开封还在大顺军的手里，守城的是大顺丞相牛金星。

按照摄政王的指令，豫亲王已经让两万名军士陆续离营，走上了西去之路，他自己也随最后一批离开了大营。这两万人马昼伏夜行，花了数天的时间，在陕县以南的山中隐藏了起来。十门大炮也运了过来。

为了实施袭击西安的作战方案，清军事先已经向西安派出了细作。

三万大军离开西安并不是机密之事，清军的细作当天就将这一军情送达豫亲王处。

多铎这次行动的目标是拿下西安，他命令大军做好了随时出动的准备。在燕京制订作战计划时，他曾将从陕县至西安这段路程和从西安到延水关的路程进行了反复的核算。从打听到大顺军出西安，到把情报送达，需要一天的时间。如果不出意外，清军到达西安城下时，大顺军北上大军差不多已经接近了延水关。西安城得知清军出现在城下去向李自成报告，到达李自成那里需要两天的时间。李自成得报决定率军返回救援，到达西安又需要两日。这样，给豫亲王攻城留下的时间是绰绰有余的。

这次作战的关键是要以迅雷不及掩耳之势拿下潼关。潼关是前往西安的必经之路，又不能提前行动。提前行动，过早暴露，李自成就要命北上援军回军。如果援军回来，攻打西安的计划就全部泡汤，因为多铎带的那两万人马是

照西安是一座空城来设计的。

两万人马潜伏在山中已经一天一夜,多铎从开封大营出发前,已派固山贝子瓦克达押运粮草先行,约定在这里会合。行前,他曾千嘱咐,万叮咛,不可有任何闪失。瓦克达还打了包票,并且立了军令状。可是,当多铎到达陕县时,却不见瓦克达的影子。大军随身自带的粮食已经吃光,天亮后各部来要粮草,多铎说后续粮草尚未到达,于是,他学摄政王初进燕京断粮时的样子,向各部发出禁令:"不许任何人外出打粮,违者定杀不赦。"

清军将领都明白,大家无论如何是不能出山去弄粮食的。现在是潜伏,如果四面出击,就要暴露,那样,整个作战计划就可能泡汤了。

大家饿了半日,到了下午,许多人就坚持不住了。多铎让亲兵到军士中去鼓劲,说八旗军不是懦夫,初到燕京时,三天三夜颗米未进,都挺过来了,现在一天都挺不住了?明天粮草就到了。放亲兵们走后,多铎忽然想起来,说明天粮草可以到达或许并不明智——如果到时候粮草来不了怎么办?随后又要派人去,让亲兵们不要跟大家讲这句话。但转念一想:去他的!到时候来不了再做道理。

亲兵们照本宣科,向各部传达了豫亲王的话,军士们果然受到鼓舞,平静了下来。

不出山,但在山中可以打一些野猪、山鸡一类的东西充饥。黄昏时,豫亲王的护卫已经打到两只野猪、一只鹿和几只山鸡。军中各牛录也都有所收获,断粮的第一天过去了。

天黑了下来。正值冬天,山中的天气又特别冷,多铎遂下令让各牛录的士兵轮流睡觉。

野味已经煮在锅里,有几只山鸡则架在火上烤着,香气四散。野味平日都是难得的东西,何况大家已经饿了一天。因此,众人闻着四散的香气,无不垂涎欲滴。

多铎也与军士一样在饿肚子。别看他纨绔之气浓重,平日花天酒地,可只要来到军中,他就能够约束自己,与士兵同甘共苦。军士们吃什么,他就吃什么,军士们住什么,他就住什么——他的大帐比一般的大些,那是出于将领们来议事的需要,但规格绝对是一样的。仗打起来,随处可以看到他的身影。正因为如此,军士们喜欢他,佩服他,敬重他。他平日的种种不是,也都被遮了过去。

他与大家一样,闻起那野味的香气来,同样是垂涎欲滴。此时,白银凤就在他的身边。由于她,多铎丢掉了靖远大将军的职务。如今,她怎么又出现在军营?

原来,撤掉他靖远大将军职务的圣旨一到,多铎就想到有可能是白银凤的事发,第一个措施便是把她藏了起来。后来事情渐渐平息,特别是被任命为定国大将军后,多铎便把她召进军营,让她随行。这次,她索性成了正白旗的编内人员,名字被写成了"白银俸"——吃白银俸禄者也。离开白银凤那些日子,多铎感到浑身不自在,他发觉自己离不开她。

白银俸依然是士兵打扮,她的身份亲兵们自然都清清楚楚。这白银俸是一个聪明人,她晓得讨好亲兵们的重要性,也有讨他们喜欢的本领。因此,她和亲兵们的关系都处得很好。尤其经过那场风波,她与亲兵们的关系越发好了。

在营中,白银俸的身份几乎已经不再是秘密。这样的风流事,如何传得不快呢?因此,知道豫亲王营帐藏娇的人已经绝不只是亲兵。只是,日子长了,大家也就习以为常,不再感到新鲜。

不用说,这次她也挨了饿。她与多铎挨着,多铎悄悄向她说道:"宝贝,可苦了你。"

白银俸嫣然一笑。

这一笑,就足够多铎受用了,他立即想出了一个主意,便转身吩咐一名亲兵:"去,去把头头们叫到这里来……"随后,他逐个点出将领的名字,"巴布泰、赖慕布、达尔哈、喀克笃礼、伊尔登……"

不大一会儿,众人都到了。多铎让他们围坐在篝火前,道:"瞧,深山老林、营帐、篝火、野味,这让我一下子想到了在家乡时的日子……我还想,这样的日子往后是越来越少了……想想看,我们这一仗把李自成赶出陕西,那离他消亡的日子就不远了。我们回军之后,把南明给灭了。然后,出一奇兵入川,把张献忠那个老儿一锅端掉。结果是什么呢?天下一统,天下太平。而到那时,再想过眼下这种日子,那就难上加难了。故而,我叫大家来聚一聚,热闹一番,也不辜负此种风景……"

巴布泰叫道:"酒是现成的,下酒菜也是好的,只是没有丝竹悦耳,没有舞姿悦目,你把大家叫来,岂不扫兴?"

众人都知道巴布泰讲话的意思,也都纷纷附会。

此时,赖慕布道:"我听说白银俸能够学得女腔,唱得绝妙小曲儿,人道唱起来竟能沉鱼落雁、闭月羞花,王爷想必是听惯了的,可我等从未听过。王爷把我等召来,与其让我等干坐着,倒不如请银俸唱上一曲儿,以解索然……"说罢,众人——包括豫亲王的亲兵和护卫——又是鼓掌,又是狂叫,一定要白银俸唱起来。

多铎也来了兴致,只是不晓得白银俸愿不愿意在这样的场合出手。于是,他侧身对着白银俸道:"饿了一天,不知还有没有力气唱上一曲献给大家?"

眼前的场景是白银俸从来没有经历过的,再加上多铎刚才对大清前景讲了那一番话,她的情绪也被调动了起来。现见大家情绪如此高涨,她越发地激动起来,于是道:"既是众位爷喜欢,小的就出丑唱上一曲……"讲这些话时,她学的是男腔。

她讲后,多铎第一个鼓起掌来。随后,众人重新又是鼓掌,又是狂叫。

白银俸清了清嗓子,唱了起来。那声音冲破黑暗,直上夜空,唱的是《玉蝴蝶》——

秋风凄切伤离,行客未归时。塞外草先衰,江南雁到迟。 芙蓉凋嫩脸,杨柳堕新眉。摇落使人悲,断肠谁得知?

这支曲子我们听到过——这是在山海关时,她给豪格唱的第一支曲子。

众人再次鼓掌,扯着嗓子狂叫。

白银俸又唱了《遐方怨》——

凭绣槛,解罗帏。未得君书,断肠潇湘春雁飞。不知征马几时归。海棠花谢也,雨霏霏。

众人越发地狂热了,白银俸随后又唱了《巫山一段云》——

蝶舞梨园雪,莺啼柳带烟。小池残日艳阳天,苎罗山又山。青鸟不来愁绝,忍看鸳鸯双结。春风一等少年心,闲情恨不禁。

众人依然狂叫不已。白银俸说实在无力了,便停了下来。众人哪里依她?重又是拼命鼓掌、拼命狂叫。

白银俸说再唱最后一支,遂又唱了《喇叭花》——

篱笆以外青青草,篱笆以内草青青,奴家居当中。
奴家居当中,蕊儿格外香,心儿格外红。
蕊儿格外香,心儿格外红。
香蕊召来采花蝶,红心引过采花蜂。
啊哟哟,蝶儿落在香蕊头,蜂儿钻进红心中,
啊哟哟,钻进红心中,让奴享受用……

众人的情绪被调动了起来,再次要白银俸继续唱。白银俸坚持不再唱,可掌声、叫声不绝。多铎只好亲自出面,对众人道:"我看得出,这宝贝最后吃的那一粒米早就消耗光了,连我看着都心疼……可大家又如此喜欢。这样吧,再唱一曲。说准,最后一曲……"

众人又击掌、狂叫。

多铎俯下身子对白银俸道:"唱那支《节节草》。"

白银俸听后嫣然一笑,唱道:

胖乎乎的身儿短短的节儿,
绿绿的小褂儿白白的裙儿。
一节一层缠绵意儿,
一节一个精气神儿。
奴家并无花开日,
奴家自有迷君时。

百花留君靠色艳,

奴家留君靠节实;

一节敞开一节入,

醉卧瀛台不说痴。

众人拼命鼓掌,但再也不能让白银俸唱了。

这时,野味已经煮熟,亲兵问是不是上菜。多铎笑道:"那更待何时?"

大家一手拿着野味吃着,另一只手端着酒杯喝着,依然是欢声笑语、热闹非凡。

多铎笑道:"今日做了赔本儿的买卖——原想到九哥会说笑话,请他过来说笑话大家乐一阵子,谁想,他来后施巧计,不知不觉占了我的便宜,让我的人唱了一阵子。不成不成,现在得扳过来,九哥,你得给大家说笑话,而且讲得能够让我们乐得破肚皮……"说罢,众人附会,又是顿足,又是狂叫。

巴布泰道:"讲笑话容易,讲了让大家乐也容易,只是讲得乐破肚皮就难了……好,讲一个,且说王五儿自幼不喜欢读书……"

讲到这里,赖慕布叫了起来,打断道:"改菜!下面无非是如何被逼上学,如何逃学……"

巴布泰道:"好,改菜。且说内东家长得漂亮且文采出众……"讲到这里他停了下来,"我是不知不觉中了十五弟的奸计,十三弟你们则糊里糊涂帮他。他要我一个人讲,我这里饥肠辘辘,讲下去还吃不吃?十三弟你们又帮腔说改菜!这一改,就成了你们嘴里吃着腥的,耳朵里听着腥的,而我则傻子一般在这里摆活……不干不干!"

多铎听了笑道:"你要什么价?"

巴布泰道:"咱们轮着来。况且这些腥玩意儿,你们肚里也不比我少。"

多铎笑道:"这也公平!"

众人大叫,表示赞同。

巴布泰这才道:"且说内东家长得漂亮且文采出众,教书先生心里早就动了邪念,只是无机可乘。一天,他教学生对对子,学生对不出,但次日来上学便能对上。这先生想,一定是内东家教了。心想,我何不乘机出一个让学生带回去,挑逗于她。于是,他出了上联:'千红万紫皆春色。'学生对不上,便又带回家让母亲帮他。内东家一看,心想这先生另有别意,我当正言对之。对曰:'百家诸子尽文章。'先生见对句庄重,便又出了一对给学生。学生又对不出,带回了家。对云:'春色恼人眠不得。'内东家一看,知先生居心不良,仍以正言对之曰:'诗书笑尔读难成。'先生仍不死心,又出一联道:'数迷山高,叫樵夫如何下手?'内东家一看此联歹心毕露,大怒道:'此人品行不端,如何叫他教子。'即下令逐客。先生大失所望,仍强词曰:'要我辞馆不难,必须将此联对上,方可从事。'内东家心想此无赖临行仍贼心不死,那就还他一联,遂出联曰:'鹰急犬快,驱狡兔赶紧离窝。'"

多铎听完,首先叫了起来道:"不够味!文绉绉,根本没味!"

众人也大叫:"没味!没味!"

巴布泰道:"那就再来一个。且说某甲卖古董为业,见儿媳花枝招展,他便起了爬灰之念。儿媳妇发觉后,便偷偷向婆婆讲了。一天,婆婆来到媳妇屋内,假装是媳妇,躺在床上等老不死的过来。老不死的来了,动手便摸。那女人夹紧,以做掩饰。老不死的以为是媳妇的,极口称赞,道:'远在婆婆之上。'婆婆听罢骂道:'臭老贼,一件旧家伙都认不得,还卖你娘的什么古董呢?'"

众人听了仰面大笑不止,多铎便转向达尔哈道:"你是不是卖过什么古董?"

此时达尔哈自己也大笑不止。多铎见他不回答,便道:"既然说不出,那你就来一个。"

于是达尔哈道:"兄弟同窗,兄奋志读书,已中状元,而弟白板一块。他的媳妇怨他道:'你看阿哥,人家发奋苦读,中了状元,阿嫂免不了扬眉吐气、得意扬扬,相形之下,叫我拿何脸面见人!'这弟弟道:'你光看见她此时兴高采烈,可哥哥一回来,瞧着吧,有她哭的日子哩。'他媳妇不解,再三询问。那弟弟道:'中状元却不难,就是要用功;可既要用功,必先将那玩意儿割了去,方能专心致志,高掇魁科。'他的媳妇听罢喟然道:'原来如此!既是这样,你不中状元,也就罢了。'不想,弟媳妇把这话告诉了嫂子。嫂子听了亦喟然道:'良人者,所仰望而终生也。今如此,我还有什么指望!'说着,不觉凄然神伤,原听到其夫得中那高兴劲儿顿时全消。状元回了家,自谓衣锦还乡,想必妻小皆大欢喜。可看他的老婆非但不喜,反抱头大哭起来,奇而问之。其妻曰:'你欲作状元,竟将那宝贝割去,是以有用之物换一无用之虚名耳——使我自此守起了活寡,却叫我如何做人去!'状元曰:'哪有这事?'媳妇听了将信将疑,及夜里上了床,便伸过手来,要证明究竟如何。一摸,原物依旧,不觉喜上眉梢。那状元却叹道:'真想不到,我这头名状元,竟不如一个××!'"

多多听了也自语道:"幸亏没在四书五经上用劲儿,不然苦读十年,考上个状元,还是他娘的××不如!"他这一说,众人乐得竟比听达尔哈讲的故事还厉害。

巴布泰不想放过白银俸,遂道:"小白唱曲儿是无人可比,不知肚里装没装我们讲的这些货色……"

这一提醒,赖慕布、达尔哈等狂叫了起来,齐声高呼:"来一个!来一个!"

多铎现时也想看看白银俸在这样的场合会拿出什么货色,因此也跟着大伙儿叫了起来。

白银俸道:"一捕役名叫张仁,他的老婆惯于偷人。张仁要出远差,甚不放心,用封条将老婆的阴户封了,上写'张仁封'三字。张仁走后,他的老婆将那封条扯去半边,照偷不误。这样,那封条便只剩下了'长二寸'三字。张仁回来验封,见后将老婆死死地打了一顿,边打边骂道:'贱人偷汉,情尚可恕。只不该另写长二寸三字去招摇——明明嫌我的小,喜人之长!若不打你,天理难容!'"

众人听了大笑。多铎笑出了眼泪,扭身低头悄悄对白银俸道:"我离开那些日子,也忘了给你贴上一封,故不晓得过后查封,那条子是否只剩下'夕金'。"

白银俸听后不由得大笑起来,道:"兴许后面多了两字……"

多铎忙问多哪两字?

白银俸道:"在内。"

多铎听罢仰面大笑,然后转向众人问道:"该哪个了?"

喀克笃礼上前道:"一人读书未成,学医。一日下乡看病,行至中途,甚觉口渴,便令轿夫寻茶。轿夫道:'来此荒郊无处寻茶,唯有村外有一学堂,尚可往来。可那教书先生性情怪僻,有人到他书房,必先要讲一番道学。讲对了岂止吃茶,连酒饭都有;若对不上,立即挥之出门。'医生道:'我乃儒医,满腹诗书文章,还怕他什么讲道?'遂乘轿赶到,叩门而入。见一先生,岸然道貌,欠身微让,拱手而言道:'足下此来,莫非讲道乎?'医生道:'特来借茶。'先生道:'且慢,我先出对你说,试试你的学问如何?'说着,看了看院内道:'碧桃满树柳千行。'医生对曰:'红枣二枚姜一片。'先生喜道:'语不忘本,儒医也。'遂捧香茶与之。医生畅饮,觉风生两腋,诗思益清,乃谢之而去。夏日,医生又下乡路经书房,不见先生。问之,知因天气炎热,先生移居竹林处去了,访之始见。先生曰别来无恙?我再出对你对一对——'避暑最宜深竹院。'医生对曰:'伤寒应用小柴胡。'先生盛赞,送点心给他吃,吃毕而去。至秋天,医生又到。先生又出对曰:'丹桂飘香,遍满三千界。'医生对曰:'梧桐子大,每服四十丸。'先生甚喜,以酒觞之。医生饮罢辞去。至冬日下乡又来相见。时正值大雪,先生又出对曰:'大地无分南北,遍洒梅花。'医生寻思良久,乃对曰:'小妾有样东西,倒悬药碾。'先生一闻此言,捋须大笑曰:'足下奇才妙想,竟将令妾那件东西拿了出来,与人作对。可谓先生说法,大公无我也矣!'遂设宴款待。医生满饮三杯,既醉且饱,拜谢二别。行至中途,在轿中甚觉高兴,乃吟诗曰:'乘醉归来喜可知,正是吾侪得意时。此去谁人还出对?闲时遣兴与吟诗。博来腹内三杯酒,全仗家中两片皮。从此门前悬人碾,个中居士是儒医。'"

众人乐了一阵,多铎定调道:"平常!"

众人皆道:"我们正等你讲不平常的!"

多铎道:"教书先生与东家说,令郎近来大有长进,特别是对对子,张口便有。东家高兴,便请先生吃酒。东家当面出对,让儿子对来试试,指盘道:'盘中鱼。'学生本不会的,一听茫然,抓耳挠腮,苦思不得。先生见状,心里着急,便以嘴示壶,意思让学生对个'壶内酒'。学生一见先生弄嘴,便说'先生嘴'。东家一听大怒,骂道:'你妈的×。'"

这果然是不平常的,大家听罢都笑得肚子疼了。

当日就这样散去。

次日天明将是一个难过的日子,因为粮草还没有到,而多铎是向军士们打了包票的,说这天粮草会到达。

但多铎是位福将。就在太阳从东面的山间露头的时候,放到西安去的细作赶到了大营,报告了西安的大顺军全部向北开去的消息。于是,多铎下令拿下潼关而早食!

大军开拔。

饥肠辘辘的士兵一天之内赶了一百多里的路，饿着肚子攻下潼关，这才有了吃的。

拿下潼关之后，多铎指挥清军马不停蹄连夜向西安进发，天明时，清军已经到达临潼。在临潼，清军遇到了大顺军的顽强抵抗，用去一个时辰，还没有把临潼拿下。幸而那十门大炮陆续赶来，多铎命最好的炮手上阵，向城池猛轰了一阵，清军才冲上去将临潼拿下。

清军继续前进。这时，将士们已经奔波了两天一夜，都想停下来，哪怕睡上半个时辰也好。多铎本人也疲惫不堪，但他必须坚持，必须前进。于是，他策马冲在前面，大声呼喊着。士兵们受到鼓舞，跟随他向前……

临潼这边的炮声惊动了西安城中的高皇后、宋献策等人，他们立即派人前往东边去查看。派出的人还没有回来，临潼守将杨旦派出的快马已经到达，说临潼城下发现了清军！

来人讲，清早，大家像往常一样正在校场演习，便有百姓慌慌张张从东边向城中跑去，边跑边喊鞑子兵过来了。细问那些百姓，方知果然是清军来袭。有的百姓说，他们在一处高地捡柴，亲眼看到鞑子兵从东面潮水一般涌了过来。杨将军急忙领演习之军进城，收起吊桥。这时，清军已经铺天盖地到达城下。后面的事，来人也不知。

高皇后、宋献策等人越听心里越急越怕，要知道，西安可是一座空城啊！

他们立即把高一功、李过等找来商量对策。

宋献策立即道："撤，而且事不宜迟……"

高皇后听后十分吃惊道："撤？敌军攻到大顺都城脚下，一箭不发就撤？"

宋献策着了急，催促道："皇后要即刻下令，不然就来不及了。皇后认为敌军攻到大顺都城脚下，一箭不发就撤，于情于理都难以接受。军家大事，当以理为先。实际上，即刻撤离是合理的。请皇后细想，我们发上一箭，是否于事有补呢？从报告得知，来犯之清军，不是小股的奔袭之兵。他们闯到西安城下，潼关并不是他们的障碍，这说明这股清军的实力非同一般。这样，我们若在城中坚守，其后果……"

宋献策没有再讲下去。高一功听明白了宋献策的意思，遂劝道："皇后，军师所言不差。舍弃都城,大家心里定是不好受的……"

高皇后听后垂泪道:"这我等如何向皇上交代呢?"

宋献策道:"恕臣冒昧,就是皇上处在我们的境地,他也会做撤离的决定……"

李过一直没有说话,他从心眼里同意宋献策的看法,认为在此情况之下以走为上计。

"快下懿旨吧,皇后!"高一功在一边催她。

高皇后大概依然是心中无底,看到李过,忽然想到他还没有讲话,便问:"李过,你的见解呢?"

李过回道:"回皇后,臣同意军师的见解。臣以为目前都城这点军马是绝对不可能抵御清军的。走,丢掉了城池,但保全了人员。而如果坚守,那到头来恐怕……"

讲到这里李过停住了,高皇后道:"讲下去……"

"恐怕……连人都保不住了。"李过讲完了自己的意思。

高皇后先是摇了摇头,最后咬牙道:"撤!"

整个陕西战事是洪承畴一手策划的,中心就是打李自成,一定不要站着打,而是要李自成跑起来,打一个跑着的李自成。为明臣时,洪承畴在西北与李自成周旋了数年,在与李自成的反复较量中,他摸到了战胜李自成的方法,逐渐形成了这样的战法。

不要站着打,就是不要叫李自成在某一个地方站稳脚跟,要赶着打,让李自成没有站脚之地,让他的粮草供应无处,让他在永无止境的奔波之中把精力耗尽,把实力耗光。

另外,洪承畴不打算让清军在陕西与李自成决战。陕西是李自成的老巢。这次退走,陕西成了李自成及大顺军的根据地,他们绝对不会轻易放弃。如果在这里与李自成决战,李自成会拼命抵抗,那将对清军不利。所以,整个战法,就是把李自成赶出陕西,让他动起来,在流窜中对付他、消灭他。

陕西作战,关键之点是拿下西安,而智取西安是关键中的关键。不拿下西安,李自成就不会轻易撤出陕西。而强攻西安,实际上等于与李自成在陕西决战。所以,西安必须智取。

而英亲王阿济格和豫亲王多铎认真地贯彻了作战意图,出色地完成了作战计划。

刘宗敏发现清军骑兵后,曾有一阵犹豫,后来看到清军骑兵铺天盖地而来,迅速下达了撤退令。大顺军撤出战斗后,清军一路追杀,大顺军损失惨重。

脱离清军之后,刘宗敏派快马去向刘芳亮传令,让他不要再回神木,而要率军南行,到延川与大军合军。因不知靖边田见秀军如何,他遂放出快马去打探消息。

刘宗敏让部下清点人数,得报尚有人马三万。

刘宗敏率军到达延川后,与刘芳亮军会合。

这时,田见秀赶到了,身边只剩下了不到百骑。随后,田见秀向刘宗敏报告了清军攻破城池、大顺军遭到残杀的过程。刘宗敏、刘芳亮、田见秀三人嗟叹了一番,遂率军向南进发。

李自成是到达延水关的第二天接到清军入袭西安的军报的。当时,他的第一个反应是惊愕,难道清军是从天上掉下来的?随后,他意识到了问题的极端严重性,陕西待不住了。

他意识到,叶臣的渡河依然是一次佯攻,目的是调动驻守西安的大顺军来这里防守,以便清军偷袭西安。他知道,宋献策一定不会做无谓的抵抗,但他担心皇后想不开。但情况究竟怎样,他一时也管不了了,他要思考的是眼下整个大顺军如何是好。

刘希尧建议回军去收复西安,理由是袭击西安的清军一定是从河南过来的,能够长途奔袭,人数肯定不会太多。

李自成犹豫着,他决定等一等,看看北线的情况再说。恰好刘宗敏等人率军赶到。李自成听刘宗敏诉说陕北大顺军失利诸事,并向刘宗敏等人通报西安失守的事。不多时,探马报道:"叶臣领兵向南去了。"

李自成不再犹豫,放弃回军收复西安的考虑。其他人也清楚,叶臣领兵南去,就是与西安的清军会合。说不定他们会有更大的阴谋,而清军更多的人马已经从河南那边源源不断地调过来。

那去哪里？大家最后商定，先向西走，避开清军的锋芒，然后折向商洛，从那里进入湖北。不晓得皇后、宋献策、高一功等人的情况如何，但愿他们向西撤，在那里能够和大队会合。令李自成感到最难舍的，是从燕京运来的上万石的粮食。那些粮食大部分存在霸上。皇后他们撤退，是肯定无法把那些粮食运走的。

其实，叶臣领兵去西安，并不是像李自成他们所想的那样，要应付李自成回军收复西安，而是要造成在西安合军的假象，使李自成放弃收复西安的打算。清军的目的达到了。

从这些情况看，清军在陕西的行动事事如意，计划获得完全成功，李自成被清军牵着鼻子，一步步走向了失败。

瓦克达此时赶到了西安，但没有带来粮食，好在大军已经不指望他运的粮食了。

原来，路上瓦克达的运粮队伍遭到了暗算。出发的当天夜里住下时，在马槽间有两名当地人出没，被牛录章京寇山儿发现杀死。经检查，马匹和粮草并没有什么损失。可次日出发时出现了状况，拉车的马儿相继拉稀，最后一匹匹倒在了路上。瓦克达呼天天不应，叫地地不灵，眼看着车辆停在路上动弹不得。他派人到周围村上去买牲口，周围的百姓听有军队出现，早已经牵着牲口上山躲了。运粮队伍一直在那里停了两天，瓦克达没有想出任何招儿来。他只好留下人马就地看守粮草，自带少量军士去找豫亲王报告。而他一直追到西安，才赶上了豫亲王。

没说的，多铎当场拘捕了瓦克达，准备回开封再做处理。

叶臣大军到达后，得报李自成去了商洛，多铎便按计划领兵返回河南。叶臣接管了西安，等候阿济格大军的到来。

此前多铎已经派兵去霸上看管那里的粮食，他走时，遂把看护那里粮食的事让叶臣做了安排。

顺治二年元旦的前三天，吴三椿和史可则奉史可法之命已经到了南京城。

南京城张灯结彩，喜气洋洋。皇宫一带更是热闹非常，彩灯高挂，锦旗招展，丝竹之声洋溢于宫内外，欢声笑语不绝于耳。吴三椿和史可则听闻后，心中都觉得不是滋味儿。

清军已经渡过黄河,兵分三路向这边杀来。为御敌,江北四镇做了必要的部署,但军粮匮乏越来越突出。吴三椿和史可则便是携史可法的奏折来京城讨粮草的,奏折已经递交三日,他们在等待结果。

前方十万火急等待粮草,这里却花天酒地!两位热血青年看了,如何不感慨万千!

一个多月之前,史可法曾上了《请讨贼御敌以图恢复疏》,那时也是他们奉命送到南京来的。写那疏时,吴三椿和史可则就在史可法的身边,因此,他们还记得疏的内容。

那时还没有得到清军南下的消息,但史可法判定敌必图南,而江南诸事,无事不表明难当敌冲,故而疏里写道:"我河上之防,尚未料理,人心不一,威令不行。近见北示,和议固断断难成,一旦南侵,即使寇势尚张,足以相距,两者必转而相合,先向东南。宗社安危,决于此日。"史可法还在疏中建议速发讨贼之诏,严责大臣与四镇,使悉简精锐,直指秦关,悬上赏以待有功,假便宜而责成效。史可法在疏中指出,兵行讨贼最苦无粮,搜括既不可行,劝输亦觉难强,似宜将内库一应本折,尽行催解,凑齐军需。为此他认为筹集军粮、保证供应是压倒一切的,"其余不急之工程,可已之繁费,一切报罢。朝夕之宴行,左右之贡献,一切谢绝。即事关典礼,万不容废者,亦宜概从俭约。必吾皇早作夜思,念祖宗之鸿业,怀先帝之深仇,振举朝之精神,萃四方之物力,以并于选将练兵,灭寇御敌之一事,庶乎人心犹可鼓,天意尚可回耳"。

可那封疏有怎样的结果呢?弘光帝批复说:"誓师北伐,光复旧业,岂非至愿。但外解不至,百用匮绌,时复亢旱,催科实难,捉襟见肘,徒烦仰屋。西宫大婚等费,日从省约,内库物料,正在议折,余者,朕已悉。"

嚯!好一个"外解不至,百用匮绌"!好一个"日从省约"!

既然百用匮绌,外解又不至,为什么还如此花天酒地!

吴三椿和史可则等待着,他们还有一线希望在。因为那次上疏时,清军还没有打来。而这次不同了,清军已经多路杀来,难道皇上昏庸如此,大兵压境,依然不顾前方将士死活,依旧纸醉金迷?只是,年前是不会有什么结果了。尽管街上热闹非常,他们并不想凑什么热闹,而是躲在驿馆之内睡起了大觉。

此时，弘光帝正在兴宁宫。他不言不语，自己在那里愁苦着。诸臣觐见，都以为皇上在为兵事发愁，于是一个个都跪在地上，叩头谢罪。等了半天，弘光帝这才开口道："朕所忧者，梨园子弟无一佳者。意欲广选良家，以充掖庭，唯诸卿早行之耳。"

众人听罢，个个目瞪口呆。此时，太监韩赞周不觉落下泪来，道："奴婢以陛下忧敌未宽，或思先帝，岂意思及此！"

这话讲得很重了，众人都为韩赞周捏着一把汗。但皇上并没有动怒，而是把头扭向了殿中柱上刚刚贴上的对联。众人随着皇上的目光看去，见上面写的是——万事不如杯在手，百年几见月当头。再见下联旁注，乃内阁大学士王铎奉敕书。

大家的目光不约而同转向了在场的王铎，王铎满面赤红，低下头去。

那么此时，史可法又是如何过除夕的呢？

史可法正督师扬州，南北檄文雪片般飞来，使他陷入文案之中，他已经一天一夜没有合眼了。夜深了，倦意向他袭来。但他不能睡，因为还有许多的文牍需要处理。他想喝一点酒，但有酒没肉。亲兵去伙房索要，伙房说肉已经按将军之命分给了将士。无奈，只好拿出一些盐豆。史可法酒量大，饮数斗而不醉，只是在军中，他是滴酒不沾的。这次他破了例，连进数十觥，思先帝、国事，不觉潸然泪下，最后靠到几上睡去了。

往日，天一亮，将士们便到史可法帐中点卯。这天大家照例集在辕门外，不见辕门开启。知府任民育出来接见众将，说："将军睡而未醒，不易得也。"众将退去，任民育命更夫仍击四鼓，告诫左右不要惊动。

不多时，史可法醒来了，他见天已大亮，可传来的是四更的鼓声，一时大怒，问："是哪个犯吾军令！"

将士进前述说任民育之意，史可法才平静下来，思前想后，他再次垂下泪来。

吴三椿和史可则在南京没有等到结果，就有快马从扬州来，急把他们召走了。

第十八章　国家之光，史可法以身殉道

在多铎率兵在陕西拼杀的时候，南明这边也在拼杀。不同的是，多铎这边是敌我两军之间的较量，而南明这边，却是自家兄弟之间的相互残杀。

河南总兵许定国与兴平伯高杰素来不睦，待高杰升为兴平伯，许定国愤然不平，遂暗下决心要找机会给他点颜色看。除夕前，清军大举渡河，高杰奉史可法之令率兵至归德，召许定国会面，许定国不予理睬。当时许定国率军驻睢州，高杰遂约巡抚越其杰、御史陈潜夫共往睢州见许定国。许定国不得已乃出城郊迎，约高杰等入城，设宴款待。高杰等无备，到了夜间，伏兵四起，越其杰、陈潜夫仓皇出逃，高杰死于许定国刀下。

得知主帅被杀，驻扎于城外的高杰部下遂杀入城中。当时许定国已经逃离，高杰部下迁怒城中百姓，大肆屠戮。

事情传到史可法那里，他急派吴三椿和史可则前往睢州，了解实情、处理后事。

吴三椿和史可则到了睢州，见局势已经趋于平静。他俩按照史可法的布置，对相关之事处理之后，返回了扬州。

就在向京城催粮之事仍无结果之时，有人向史可法报告，说在吴淞口，有一个和尚领着几百人在向百姓放粮，已经持续数日了。

报告时，吴三椿和史可则都是在场的。吴三椿听后先是一惊，知道那是无际大师干的，没想到他会来这一招。就在他如此思考的时候，就听史可法道："一个和尚？这就怪了，一个和尚哪里来的这么多粮食？"

吴三椿自然知道原委，但他不想揭开这个谜，身边一位副将却叫道："军粮有了！"

吴三椿听后吓得魂不附体。什么意思？去那里把粮食强行弄过来？这时，史可法说话了，道："这使不得！把那里的粮食弄过来，就无异于与民争食。"

史可则也插了一句："哥哥讲得好，不能那样干。"

事情就这样过去了。

之后，史可法与吴三椿的接触逐渐多了起来。史可法发现，这个操着辽东腔的年轻人不但有为国尽忠的一腔热血，有一股使不完的劲，更为可贵的是他对时局有清醒的判断，有些主意还带有战略意图。一天晚上，史可法处理完军机，想到帐外走走，便把吴三椿叫过来。散步时，不知怎的两个人谈起了李自成，谈起了山海关之战。史可法发现，开始吴三椿并不想谈这个题目，但经追问，吴三椿不得不承认他当时参加了那场厮杀，后来吴军失败，吴三桂降清，他便与一位朋友离开吴军，来到了江南。史可法并没有追问与吴三椿一起来的那位朋友去了哪里，而是问了他山海关之战的情形。尽管吴三椿用心地以一名普通军士的身份讲述着那里发生的一切，但史可法已经发现这位后生的不寻常。听完后，史可法问道："吴寿，你说吴三桂给多尔衮写信，是要清军从西面的蒙古那边越过长城进入中原，这事你是怎么知道的？"

史可法这一问，吴三椿发觉自己讲多了，于是回答道："不知这事从哪里传出来的，后来大家都知道了……"

史可法又问："你是说，多尔衮识破了吴三桂的意图，才改变了行军方向？"

吴三椿回道："清军过来之后，大家都这样说……"

史可法又问："你是说多尔衮领兵向山海关进发一日一夜走了两百里，到了山海关便歇了下来……"

吴三椿回道："是这样的……"

史可法继续问道："多尔衮屯兵关外，看着吴军和大顺军厮杀……"

"是这样的……"

史可法继续道："等吴军支撑不住了，吴三桂不得不去求多尔衮出兵……"

"是这样的……"

"高明啊！"史可法听后感叹，随后又问，"吴寿，依你观察，吴三桂原来的打算落空,那他不成功的原因何在?"

对这一问题,吴三椿在来南方的路上,和无际还进行了长时间的探讨。面对史可法,他有种讲出看法的冲动。但是这一想法一冒头,他就警觉起来,怕如此下去暴露了自己的真实身份,引出麻烦。于是他改变了主意,道:"如此深奥的问题,属下可从来没有思考过。"

史可法没有理会吴三椿刹那间想法的变化,自叹道:"吴三桂不该这么个打法!"

吴三椿想听听史可法的见解,于是问道:"依将军之意,该当如何呢?"

史可法没有回答吴三椿的问题,而是反问道:"吴寿,李自成山海关之败——就说这一仗,不涉及他的总体战略——败在哪里呢?"

吴三椿依旧回道:"如此深奥的问题,属下可从来没有思考过……"

史可法自叹道:"李自成不该是这么个打法!"

吴三椿又急忙问:"那依将军之意,该当如何呢?"

史可法道:"李自成之败,败在他压根儿就不该到山海关去。当时,吴三桂对他构不成多大的威胁,他只需在东线部署力量防着吴三桂就成了,为什么征伐山海关成了他天大的事情呢?而且,他是悬兵而动……"

听到这里,吴三椿在心里道:"将军你哪里知道,李自成有我吴三椿做他的'内应'这样的因素呢!"

这话他没有讲出口,也不打算讲出口。

史可法继续说道:"李自成来了,吴三桂不应该出城与李自成决战。谁不明白,山海关易守难攻?他来了,我在城中坚守不出,李自成攻城不下,自会退去。待李自成退时,再出城打他……这样浅显的道理,吴三桂怎么不解呢?这是让人难以想明白的。"

吴三椿心中道:"将军不明事情里面的玄机,自然不解……"

谈话终了,吴三椿说了一句:"这一切,多尔衮想必看得清楚,他避开了吴军设计的圈套,而很好地利用了吴军和大顺军的不虞之点……"

在吴三椿讲这个话的时候,史可法转向了吴三椿,认真地听着。

吴三椿却停了下来,史可法催道:"讲下去……"

"如果清军依照吴三桂的'请求'去了西协,那中原恐怕就不是现在这个局面了！"

史可法兴奋起来："讲得好！"

可谈话被打断了，一位亲兵来找史可法，说左良玉将军派人来见，史可法回帐去了。但这次谈话给史可法留下了很深的印象，所以史可法越发器重吴三椿。后来，他们又就江南的时局问题谈了几次。吴三椿认为左良玉在湖北的存在，可以牵制大顺的力量，因为李自成如果出陕西来犯，遇到的第一道关口就是左良玉。另外，清军渡过黄河三路大军杀来，右翼就暴露在左良玉军前。如果左良玉肯为社稷着想，一定大有作为。

史可法非常同意吴三椿的看法，他说左良玉已经派人前来表示效忠皇上，但对朝廷信任奸佞颇有微词。他想派吴三椿和史可则去汉口一趟，了解左良玉的真实想法，激发其斗志，为朝廷出力。

吴三椿和史可则遂携史可法书信一封，乘船逆流而上。三月的长江，两岸花红柳绿，一片生机。吴三椿和史可则无心欣赏江山美景，想的都是见了左良玉如何说服他一类的事，唯恐事情办不好，辜负史可法的重托。

三月二十日，吴三椿和史可则进入湖北境内。江上，各哨卡检查很严，吴三椿和史可则有史可法书信，便得以通行。又过了两日，江上气氛则表现异常，来往船只均被扣留，吴三椿和史可则的船只虽未被扣留，但军船责令他们靠岸停下。

他们停了差不多两个时辰，见西面有船队开了过来，黑压压一片，差不多把整个江面都占满了。看守他们的军士见状便道："左爷去京城'清君侧'的大军到了！"

吴三椿和史可则听罢，均惊得呆住了。

情况突变，看来史督师交给的任务已无法完成。现在的问题是，如何能够脱离此地，把突发的情况及早地报与督师知晓。那如何是好呢？两个人随即商定了对策。

不多时，只见一叶飞舟冲出船队，向这边驶来。船头站着一年轻将领，见吴三椿和史可则的船后，喊道："船上可是吴寿和史可则二位将军吗？"

吴三椿和史可则站定，拱手答道："正是末将……"

来者自报姓名道："我是左将军麾下参将唐世堂，左将军知二位将军到，特命末将前来迎接。"

吴三椿和史可则与唐世堂客气了两句,唐世堂便道:"末将这就引二位将军前去会见左将军。"

在座船上见到了左良玉,他们取出史可法的书信递给左良玉,左良玉看后冷笑道:"史督师就是为这事派二位不远千里前来见我吗?"

吴三椿和史可则已经商定,见到左良玉后都由史可则应对,于是史可则道:"这只是一个理由而已……"

左良玉听罢问:"这怎么讲?"

史可则回道:"路途遥远而艰险,马士英耳目遍地,为路上安全,史督师便写了这样的一封信……"

左良玉听罢想了一想,问:"那二位将军的来意究竟是什么?"

史可则道:"所谓天下英雄相惜,史督师所想的便是将军正在做的……末将是史督师之弟,这位将军乃史督师之主簿,史督师秘密派我二人前来,便是与将军商讨'清君侧'之事,不想,将军已经先行了一步……"

左良玉听罢大喜,遂指着身边一年轻将领道:"这是犬子梦庚,史将军有何训示,请梦庚接听。其余一切安排,也由他与二位将军商定……"

吴三椿和史可则注意到左良玉身体已经非常虚弱。他们心中都感到疑惑:这样的身体状况,为什么急不可待领兵东行,搞"清君侧"呢?

吴三椿和史可则与左梦庚商讨了史军与左军配合行动的诸多问题,之后,左梦庚自去见了父亲左良玉。趁此机会,吴三椿和史可则与船上军士聊了一阵,方知李自成已经从陕西经河南杀入了湖北。两人这才明白,左良玉不顾身体之衰而引兵东进,原来是为避李自成锋芒,"清君侧"不过是他撤出武昌的一个幌子而已。

不一会儿,左梦庚回来了,他对吴三椿和史可则说道:"大帅对史督师的决策极为赞赏,对双方商定的种种配合之策都表示赞成,即请二位回去向史督师报告,希望照定策而行。"

吴三椿和史可则的船只已经被拖来,他们登上自己的船,告别左梦庚,很快脱离船队。小船顺流而下,他们命令军士尽全力挥动船桨,恨不能马上飞到史可法身边……

原来，上年六月，御史黄澍到南京晋见弘光时，历数马士英之过。马士英怀恨在心，唆使他人攻击黄澍。弘光帝遂下令逮治黄澍，黄澍便逃去武昌投了左良玉，在左军中一再鼓动以"清君侧"为名讨伐马士英。这年三月，大顺军正由陕豫逼近楚地。左良玉曾与李自成较量多次，每每不胜。特别是崇祯十五年朱仙镇一役，左军被李自成打了个落花流水，从那之后，左良玉不敢正面与李自成接触。这次听说李自成从襄阳一带杀来，依然是闻风丧胆，想逃离武昌。黄澍"清君侧"的主张正好给他提供了一个幌子，遂说自己得了密诏，奉诏讨伐皇上身边佞臣。他自己则尽率所部离开武昌，直下南京。

左良玉的檄文传到南京，城中惊恐万状。

当时，清兵攻克了归德，长驱直入，扬、泗、邳、徐一带势同鼎沸。

弘光帝遂照马士英之意传谕，急令阮大铖、朱大典、黄得功、刘孔昭等人率师抵御左良玉，并撤江北防线之史可法、刘良佐等人统兵入卫京师，南下勤王。

在此之前，史可法曾上疏，说自古守江者必先守淮，守淮者必先守河。今敌自西来，直抵归德，我河险已失。而"北兵之南来则历历有据，声势震荡，远近惶骇。万一长淮不守，直抵江上，沿江一带，无一坚城，其谁为御之"？史可法建议"宿重兵于盱、泗、临淮、凤阳、寿州，控淮为守；以靖南一旅合广昌，以兴平一旅合臣之标兵，以东平一旅合淮抚，三方严备，形势相依，虏或不敢牧马南下也"。当时，弘光帝准奏。而当他整军在扬州誓师之时，得报左良玉东来，便知大事不妙。不久，即接到南下勤王之诏。无奈，史可法遂率部兼程入援。

左良玉东进之师到达九江，即令停舟北岸，邀九江总督袁继咸参与兵谏，但袁继咸犹豫未从。左良玉遂与袁继咸约，左军不攻城，驻军候旨。而这期间，左良玉与袁继咸的部下却各行其是，合谋里应外合，袁继咸的部下夜半放火开城门，左兵涌入城中。这时左良玉病势沉重，忽见岸上火起，忙问左右。左右告诉左良玉说，这是袁继咸自己烧了城池。左良玉知道这是骗他，遂大哭捶胸叹曰："吾负临侯！"临侯乃袁继咸的别号。左良玉喊罢，呕血而死。

左良玉死后，左梦庚秘不发丧，被诸将推为大帅，船队继续东下。

四月初九日，史可法率军到达南京城下，要求入朝面陈大计。马士英知道让史可法见到皇上对他有百害而无一利，遂放出风去说史可法此来将为左兵内应。这谣言很快传到了弘光帝的耳朵里,他遂下旨让史可法速回,不必入朝。

史可法知道是马士英在作祟,一时义愤填膺,乃登临燕子矶,南向八拜,恸哭率军而返。

豫亲王多铎率西去之军回到开封大营,已经是当年的二月。他遂指挥三路人马向南京进发,二十二日克归德,二十九日下颍州,随后东进,犹入无人之境,连克亳州、徐州,四月初到达泗州城下,守将李遇春举城叛降。

连续失去黄河、淮河天险,南明江北诸镇暴露于清军锋芒之下,形势危急。

刘泽清、刘良佐为避清军锋芒,均以入卫为辞率所部离开守地,唯史可法遵旨昼夜兼程北上。到天长后,他部署诸将急援泗州。俄报泗州失陷,他乃疾行一昼夜驰回扬州据守。

江北告警,请援兵之书不绝。弘光帝召对群臣,马士英仍力主抗御左良玉。而大理寺卿姚思孝、尚宝司卿李之椿等人则坚请防淮、扬。工科给事中吴希哲等也都说淮、扬之势最为急切,应急防御。于是,弘光帝对马士英说道:"左良玉兴兵逼近京师,是他的不是,可察其本意,似非真心反叛,如今应严防淮、扬,不可撤江防之兵。"

马士英见皇上如此倾向姚思孝等人,遂手指姚思孝等人厉声责之:"你等皆良玉死党,巧言惑君,罪该万死!"又对弘光帝道,"臣已调得功、良佐等渡江——宁可君臣皆死于清,不可死于良玉之手!"接着便怒目圆睁,声嘶力竭地大呼,"有异议者斩!"

弘光帝默然以对,诸臣咸为咋舌。

形势的严峻,吴三椿和史可则都看得十分清楚。江南诸镇守将走的走,降的降,就仅剩下扬州了。清军浩浩荡荡南下,其势不可阻挡。而扬州城即使城防坚固,也难以抵御清军的炮击。而更为重要的是,扬州已是一座孤城,任何援军都不要指望。

可吴三椿和史可则发现,史可法比往日任何时候都要沉着,他已决定与城池共存亡了。他们也决心与城池共存亡,与史可法共存亡。

探马来报,说清军的先锋已经到了城下。

吴三椿和史可则去城上观察敌情,他们从单筒望远镜里可以看到,清军正在安放红衣大炮。回来后,他们把情况向史可法报告了。

史可法听后没有讲什么,这样过了片刻,他才对吴三椿道:"吴寿,你那个山海关的故事还没有对我讲完,可我们这里的故事就要结束了。常言道:'天无二日,国无二君。'如今的中原大地上有四个皇上,北边的大清,西边的大顺,我们这里的大明,还有西南的大西。我们有几十万的军队,占据着最富庶的地方,可我们一败涂地。许多人骂马士英,怨马士英。马士英是该骂的,可弘光朝的覆亡,岂能只怨一个马士英。总而言之,我们的故事已经到了结尾,清军抵挡不住,就要过来了……"说着,史可法泪如雨下,拿起笔来,一连写了三封信。

第一封信是写给多铎的,全文是:

败军之将不可言勇,负国之臣不可言忠。身死封疆,实有余恨,得以骸骨归钟山之侧,求太祖高皇帝鉴此心,于愿足矣。弘光元年四月十九日,大明罪臣史可法书。

第二封信是写给太夫人的,全文是:

儿在宦途二十八年,诸苦备尝,不能有益于朝廷,徒致旷远于定省,不忠不孝,何颜立于大地之间!今以死殉城,不足赎邪,望母亲委之天数,勿笃过悲。儿在九泉亦无所恨。得副将德威完儿后事,望母亲以亲孙抚之。四月十九日,不孝儿可法泣书。

第三封则是给弟弟史可则的,全文是:

兄嘱吾爱弟可则三事:一、兄无子嗣,兄死后汝成史家独苗,继嗣之责,全仗小弟,望当之;二、兄死,舍老娘在堂,尽孝之责,全仗小弟,望当之;三、兄死,舍妻室在堂,悌道之责,全仗小弟,望当之。

之后,史可法把给多铎的那封信用镇尺压在案上,将给史可则的那封信交给弟弟,然后拿起给母亲的那封信,对吴三椿和史可则道:"你们拿这封信去南京……"

吴三椿和史可则立即同声道："战后再去……"

"不！"史可法厉声回绝道，"现在就去……去，去那里报告军情。"

吴三椿和史可则都清楚，史可法此时此刻让他们离开的用意是什么。故而，他们站在那里不动。

史可法见了，眼睛里充满了泪水，对他们道："可则，吴寿，这是军令……出发吧！"

吴三椿和史可则也垂下泪来，他们都知道，这是生离死别呀！

"走吧！"史可法平静下来，"不然，军情就报不出了……"

吴三椿和史可则离开了。随后，史可法站起来，奔向城北门。

吴三椿和史可则离开帅府，骑马走到街上时，清军的大炮已经响了起来。他们拨马奔向城南门，走到城下时，城墙已经被大炮轰毁，清军像潮水一般涌了进来。令吴三椿触目惊心的是清军的旗号，大大的一个"吴"字。

这时，史可则向他大喊了一声。吴三椿看去，史可则拨马进了一条小胡同。随后，他也拨马跟随史可则进了胡同。

他们进胡同后策马前行，到了尽头才发现，他们进的是一条死胡同。

他们拨马返回，走到中间，胡同出现了一条岔路，他们遂拨马进入。

从胡同里看过去，就可以看到大街了。街上并没有清军，想必是前一批清军杀过，后一批还没有赶到。他们想趁此机会冲出南门再做道理，于是各向坐骑猛抽了几鞭。

坐骑猛然向前，眼看要冲出南门了。就在这时，一发炮弹落了下来，不偏不倚，正好落在了史可则的马前。吴三椿的坐骑被气浪掀翻，霎时，他觉得自己将随史将军去了。

烟尘还没有散去，他从地上爬起来观察。他惊呆了，史可则在他身前躺着，满身是血。吴三椿急忙跪下去伸手去摸史可则的口部，透过弥漫着的烟尘，吴三椿已经看到，他的半个脸已经没有了。

天哪！吴三椿迅速把史可则的尸体拖进了一个门洞，从他的衣袋里掏出史可法写给太夫人和写给史可则本人的信。不晓得为什么，史可则的坐骑并没有被炸伤，而自己的坐骑反被炸死了。吴三椿收好了信，飞身上马准备冲出去。

这时,大街那边传来了喊叫声。吴三椿看去,又有一支清军冲过,旗帜上依然写着"吴"字。吴三椿百感交集,仰天大呼道:"吴三桂!"

吴三桂率军冲击扬州城的南门,他的前锋已经冲进城去,他亲自率领第二批军士向城内冲击。进入南门后不远,他似乎听到有人在呼叫他的名字。他感到诧异非常,此处皆是部下,哪个无礼敢直接叫他的名字?可他又觉得这个声音很是熟悉……

清军的大炮向城中猛轰了一阵之后,扬州城墙多处被击毁,清军从城毁处杀入,史可法骑在马上鼓舞将士们奋勇抵抗着。差不多就在史可则被炮弹击中的同时,一颗炮弹落在了史可法的马前,他被掀向了空中……

当史可法醒来的时候,发现自己是在一伙清军身边。随后,他听到有人嘟囔了一句什么话,他听不明白。他用力地转了转身,看到一个个子矮小的、三十岁出头、满面黝黑的清军将领站在那里。

"你肯定是他?"史可法听见那满面黝黑的将领在说话,问的是一名被俘虏了的明军军士。

"不会错!"那明军军士回了一声。

接下来,史可法看见那黑面的将领向身边的清军挥了挥手,并叽里咕噜地吩咐了些什么,随后,他被几名清军军士押解着,离开了现场。

史可法被押到了督府大厅,大厅里满是清军的士兵,在城里碰上的那个黑面清军将领,端坐在了正中的案前。一个多时辰前,史可法在那张案上写完三封信。那时他还是这里的主人,而现在,他成了阶下囚。

进入大厅之后,那坐在案前的黑脸将领离了座,过来给史可法松了绑,有人给他搬来一个椅子让他坐了。

"史将军,久仰你的大名啊!"那黑脸的将领给史可法松绑后,回到了原来的位置,大声喊了这样一句。

史可法听了便想逗一逗这位黑面的将领,问道:"将军尊姓大名?"

"本王一不改名,二不换姓,爱新觉罗·多铎是也……"

听多铎这样一说,史可法便抱拳道:"久仰,久仰!"

随后,多铎站起来走到案前道:"你别笑话,本王是个直肠子,凡事不喜欢拐弯抹角,我们摄政王给将军的那封信可收到了?"

史可法听后道:"往日之事提它做甚?现在将军有话,不妨明说。"

多铎听后大笑了一阵,道:"想不到,世上还有比我更痛快的。好,咱们开门见山。我遵照摄政王的命令,要活着捉到你,这一条做到了。摄政王还有第二项训令,说降你……这一条成与不成,全看将军。本王笨嘴拙舌,不善言辞。故而摄政王连稿子都给我准备妥,让我记下,见了将军便背出来。本王虽不才,记性自认尚可,现背与将军听一听:'累以书招,而先生不从,今既竭臣忠,不为负国,能为我收拾江南,当不惜重任……'如何?"

史可法觉得自己受到了侮辱,眼睛里溢满泪水。

多铎并不想伤了史可法,见他如此,自己便沉默下来。如此,大厅之内出现了一时的寂静。

"多铎将军,玩笑到此为止……"史可法打破了沉默。

多铎听出史可法口气有些不对劲儿,立即上前道:"我来时的确得了摄政王训令,要遇到将军,必以好言相劝,望将军归顺大清,共创大业。来前,还得承畴先生之托,要我好生对将军。即使没有这些,我也会如此劝将军,因为我一向是敬佩将军的。"

史可法听得出,此时多铎的一番话实为肺腑之言——连称谓都变了。他心潮澎湃,五脏六腑都在剧烈地翻滚着。提到洪承畴,史可法越发激动,悲愤之情难以自已。他一直想念着洪承畴,努力要自己理解洪承畴,很多的时候,他则怨恨洪承畴。即使朝廷腐朽,文死谏,武死战,这是天经地义的。他,洪承畴,一向备受敬重的师长,为什么会违背千年的古训,去投靠大清呢?

此刻的史可法变得不耐烦起来,大声对豫亲王道:"多铎将军,多谢你的美意。此时,可法但求一死耳。"

史可法这话一出,多铎便觉得大事不好。他一直在考虑是不是把史可法送去北京再做一番努力,或许,届时史可法会回心转意。但在摄政王向他布置规劝史可法事宜时洪承畴曾说,据他对史可法的了解,让史可法转弯子、归顺是非常困难的,甚至可以说是不可能的。之后,洪承畴还对他讲,如果届时史可法提出什么要求,可以尽量满足他。

史可法写给他的那封信还在桌上。多铎拿起那封信,从左手转到右手,心里充满了悲情。信中，史可法明确提出要求——也是唯一要求，是他死后，把他葬在南京。而如果把史可法送去北京，届时他依然不肯降服，那他归葬南京的愿望就不可能实现了……看来，只好成全他了。多好的一个人，竟然不得不选择死亡。多出色的人才，大清国竟没福任用！

这时，史可法又道："与城共亡，我意已决，即碎尸万段，甘之如饴。但城中百万生民，不可杀戮。"

多铎闻言，长叹了一口气。

大江都被清军封锁了，吴三椿到达江边时，浑身血迹，骑在马上沿江向西走着。突然，芦苇荡中有什么东西动了一下。吴三椿吃了一惊，定睛看去，原来是一小舟躲在里面。

"要过河吗？"一名老人从芦苇里探出头来问。

吴三椿做了肯定的答复，老人把船划了出来，是一叶小舟。看来，马匹是不能上去渡过的。

"马匹不能上船……"老人道。

一想清军随时都可以追过来，吴三椿不再犹豫，同意把马留下。

老船夫见吴三椿如此，便知乘者非渡江不可，于是便要十两银子，吴三椿答应了。老船夫或怕乘者渡江后变卦，便非要吴三椿上船前把银子给他。吴三椿掏出银子给了他，老船夫这才让吴三椿上船。

吴三椿又道："那马归你了……"

老船夫道："兵荒马乱，马匹——还是一匹军马——可不是什么好东西……要是平日，就那一匹马，我就送你几个来回了。"

吴三椿上岸不久，就从西方的天空传来风吼，那声音好像要把长江掀翻，要把大地吞没。吴三椿没了马，身上的银子也所剩无几，他只好步行赶往南京。

由于连日赶路，多铎已经一天一夜没有睡觉了，他听了史可法被处决的报告后，便睡下了。

一路过来，扬州是唯一抵御清军进攻的城市。清军死伤不少，这使清军感到十分恼火。于是，战斗结束之后，他们大开杀戒，对无辜平民下了手。

多铎被从梦中唤醒,得知下属在屠城,遂下禁令曰:勿杀无辜,勿掠财富,勿焚庐舍。

实际上,多铎的禁令是虚的。军士们有一条理由,说他们在继续抵抗,所以就要杀他们!抵抗在继续,故而杀戮也在进行。这是清军的逻辑。

扬州城破后,出现了很多与史可法一样慷慨赴死的人物。有知府任民育;城破后,他郑重换上明朝官服,端坐大堂恭候敌人,说:"此吾土也,当死此。"有吴尔壎;前一年,他在北京经不住大顺军拷打而屈降,引为奇耻。南归谒可法,请从军赎罪,断一指,寄其家人曰:"我他日不归,以指葬可也。"城破,他投井自尽。有副总兵马应魁;他每战披白甲,书"尽忠报国"四字于背,巷战中身亡。总兵刘肇基,骁将马应魁,幕僚何刚,天主教徒、炮队专家陈于阶,或是死于巷战中,或自杀殉国。

这样,清军按照他们的逻辑行事:汉人在抵抗,所以要杀他们,杀尽他们。于是纵兵屠掠,十日封刀,史称"扬州十日"。

之后,又有"嘉定三屠"。

顺治二年,也即明弘光元年五月初九日,清军破下江南,江阴县令闻讯逃遁,清朝县令张维熙到任。是日,明嘉定总兵吴志葵率百人白布裹头,昼伏东门外时家坟,晚间各持火把逼近县城,扬言捉拿张维熙,张维熙逃走。后吴志葵再临县城,士民夹道迎接复明之师。后来吴志葵退去。

不久,清军下剃发令,引起群情激愤,远近乡兵涌进城中。随后,明都察院观政、进士黄淳耀同胞弟渊耀,与前左通政侯峒曾等倡议守城。

七月初四日五更大雨滂沱,守城士民已露立三昼夜,饮食几绝,渐不能支。清兵乘机急攻,破东门涌入城内。侯峒曾仍坐镇城楼,其二子急呼道:"事急矣,何以为计?"

侯峒曾答道:"有死而已,所恨者枉送一城百姓耳。"急令二子离去,二子走数步又还。

侯峒曾怒道:"我死国事分也,祖母在,若辈应代我侍奉,恋我何为?"

二子恸哭而去,至孩儿桥皆被杀。侯峒曾自沉宣家池未死,遂被清兵杀害。

东门破,城中居民纷纷奔西门逃生,而清兵截断堵杀,居民投河死者无数。

时镇守西门的黄淳耀见大势已无可挽回,遂与其弟渊耀骑马至早年读书的西林庵,大声道:"大师急避,某兄弟从此辞矣!"遂索笔疾书,"遗臣黄淳耀于弘光元年七月初四日自裁于西城僧舍。呜呼!进不能宣力皇朝,退不能洁身自隐。读书寡益,学道无成。耿耿不灭,此心而已!异日寇氛复靖,中华士庶再见天日,论其世者,当知予心"。书罢,见弟渊耀已缢梁间,遂缢其侧。

南门守将张锡眉闻城破,偕妾投水死,留绝命诗一首:"我生不辰,侨居兹里。路远宗亲,邈隔同气。与城存亡,死亦为义。后之君子,不我遐弃。"

另有守城将领龚用圆、龚用广兄弟闻城破,拥抱恸哭道:"我祖父清白自矢,已历三世。今日苟且图存,有何面目见祖宗于地下?"语罢双双自溺而死。

辰时,降清将领李成栋入城下令鸣炮屠城。小街僻巷,无不穷搜。每遇一人,大呼献宝,献若不多,连砍三刀,物尽则杀。全城刀声砉然,号叫之声,动地惊天。悬梁者、投井者、断肢者、血面者、被砍未死、手足犹动者不计其数。骨肉狼藉,遍地皆是。投河自溺者不下数千人,是谓"一屠"。

初六日,李成栋纠集民船三百余艘,满载所掠金帛、女子、牛马猪羊驶往太仓。嘉定被屠后,葛隆、外冈、马陆、杨行等镇乡兵复聚,再议抗清,誓不反顾。二十六日五更清兵大队至葛隆,入镇后肆行屠杀,流血满地,是谓"二屠"。

二十七日,清军再屠嘉定,逢人便杀,不分老幼,所劫财物尽载太仓,是谓"三屠"。

当年,又有江阴之屠。

清江阴知县方亨上任伊始,便清查户口,强令剃发。这激起汉民的强烈反抗,市民罢市,聚十万众入城示威,高呼"头可断,发决不可剃"!众人怒杀方亨,公推陈明遇与阎应元组织抗清。

从六月到八月,江阴军民先后打退清军的多次进攻,重创攻城清军。清军将帅,包括贝勒博洛和尼堪、恭顺王孔有德率清兵二十四万携两百多门大炮围城战斗中,清军共损七万五千余人。守城军民表现出了大无畏的精神,阎应元率领全城军民与入侵者展开巷战,全部壮烈牺牲。城破后,清军下达了屠城令。

且说吴三椿到达巡抚府时,风刮得越发厉害了。吴三椿多次跟随史可法来镇江,与巡抚杨文骢已经相当熟悉了。吴三椿向杨文骢报告了清军攻入扬州城的情况,说史督师让他和史可则出来就是报告军情的。杨文骢听后大惊,遂一面传下令去,命军士们注意观察江上动静,严防死守,一面派快马六百里加急向京城报告。这样,吴三椿算是完成了史可法交给的一项任务。

杨文骢问了史可法的情况。吴三椿便把他临来时史可法写信等事讲了一遍,杨文骢感慨万分,遂问史可则哪里去了。吴三椿又把史可则被炸身亡的经过讲了一遍,杨文骢听后嗟叹不已,问吴三椿下一步有何打算。吴三椿说他手上有史可法的家书,史可则为国捐躯的事也需向太夫人报告,因此,他的当务之急是去南京。杨文骢遂给吴三椿备了马,并给了足够的盘缠,吴三椿辞别杨文骢到南京去了。

扬州失陷的凶信像江边的风吼一样传得飞快。当日,黄得功在板子矶大破左梦庚军的消息刚刚传到皇宫,弘光帝君臣高兴了还没有一顿饭时间,扬州失陷的凶信就到了。凶信一到,君臣们都傻了眼,上上下下寂无一言。如此呆了半天,弘光帝自己便有了一个主意……

攻下扬州城后,几乎没做停留,多铎即部署了大军渡江的事宜。

史可法犯了一个错误,没有及早地把江上的战船焚毁。他原想不到万不得已,他不会焚毁战船。因为过早地销毁战船,可能会造成恐慌,从而造成难以掌控的局面。清军来得凶猛,当他意识到形势危急需要把战船销毁的时候,实际上已经来不及了。多铎派兵迂回到江边,已经把所有的战船都拿在了手里。

分批渡江已经不成问题,但江南明军设有炮台,几十门大炮正对着江上。如果强行渡江,清军将有重大伤亡。怎么办?

多铎一直在江边转悠,忽然他有了一个主意。随后下令让军士们每人准备木板两条,火把十炬。军士们纷纷入户,将民户的门板、桌椅、扫帚诸物搜掠一空,百姓们叫苦不迭。

军士们将门板、桌椅结成大筏,然后把扫帚系在筏上。待号令一下,便在扫帚上浇了油,点燃,放入江中。大筏乘风破浪,顺流而下,火光冲天。

且说巡抚杨文骢,总兵郑鸿逵、郑彩正在岸上率领大军严阵以待,就见江北有了动静,千百战船浩浩荡荡开来,上面那千万支火把把江水都染红了。

打!

一声令下，万炮齐发，眼看炮弹在清军船间炸开，许多的战船被炸翻。但你越打，清军似乎大有越击越上之势。

杨文骢终于发现自己上了当，但这时炮弹已经光了。再看，清军的战船浩浩荡荡驶来，船上清军的喊杀声，压倒了江面上那怒吼着的风声。

这样的气势明军哪里见识过？没等清军上岸，明军军士已经四散了。杨文骢和郑鸿逵、郑彩被四逃的溃军冲散，杨文骢收拾了数十人逃向苏州，郑鸿逵、郑彩则登舟向东逃遁入海，去了福建。清军一举攻取镇江，然后向南京进发。

吴三椿进入南京城的时候，南京已经变成了一座烂城。街上行人很少，店铺几乎全部关了门，一群群不三不四的人呐喊着，游荡着，有的手里拎着箱子、大包小包，匆匆而过。接近皇宫时，那景象让吴三椿惊呆了：许多人无声地奔忙着，有的一个人扛着桌椅，有的两个人抬着桌案，有的人抱着衣物，有的人拖着幔帐……再往前走，那景象越发让吴三椿吃惊了，那些人都是从皇宫里奔出来的。这是怎么回事？细细看去，往日站在宫门口威风凛凛的武士都不见了踪影，宫门大开。吴三椿怀着莫名的恐惧继续前行，心想难道皇上不在宫中了？

前面就是马士英府邸了，还没有到，来来往往的人渐渐多了起来，那情景与吴三椿在皇宫所看到的情景相似，许多人无声地奔忙着，有的人扛着桌椅，有的人抬着桌案，有的人抱着衣物，有的人拖着幔帐……而远远地看马士英的府门，情形也跟皇宫一样，往日站在宫门口威风凛凛的武士都不见了踪影，大门洞开，那些拿着东西的人就是从那门里出来的。难道马士英也不在了？

吴三椿与无际住过的客栈就在马府的斜对门儿，吴三椿向那边看去，那里大门紧闭，再没有昔日繁忙的景象。

吴三椿继续前行，奔向史可法府邸。不多时，吴三椿看到了新的动向，不少的军士在往墙上贴着什么。吴三椿停下来，下马看贴的是什么。原来是勋臣忻城伯赵之龙出的安民告示，写有"大驾播迁，本府死守此土，已致书大清大帅，自有斟酌，尔民不必惊惶徙避"等语。吴三椿这才明白，原来皇帝走了，大概马士英也走了。他说"已致书大清大帅，自有斟酌"，这就意味着，南京剩下的大臣们要降清了。

又过了几条街巷，史府就在眼前。吴三椿牵着马到达门前，把马拴在拴马石上,叩响了大门。

门开了,史府的家人认识吴三椿。在后院门口,一个家人在那里守着。那人也认识吴三椿。

家人通报后,吴三椿被召入,向太夫人讲述了史可法派他和史可则来京的原委,特别讲了临别时的情景,并拿出了史可法写给太夫人的信。太夫人见只有吴三椿一个人来到,预感到事情的不妙。随后,吴三椿拿出了史可法写给史可则的信,又把史可则在路上被炸身亡的经过讲了一遍,忍不住落下泪来。太夫人安慰吴三椿道:"你不要伤心,你难道不因为有可则这样的一个朋友而感到自豪吗?"

"那当然……"吴三椿道,但他还是控制不了自己,泪水依然流着,"我很自豪。"

"那就挺起腰板儿站着,面对一切。"

"是!"

"你在路上走了几天?"

"两天……"

太夫人沉默了,半天才轻轻自语:"他大概已经走了……"

十分明显,太夫人这是说史可法。这时,已经止了泪的吴三椿再次流下泪来。

"谢谢你,一路辛苦了……你打算住哪里?"

吴三椿道:"我想陪老人家待几天……"

"你没有公事?"

吴三椿沉默了。

是啊,在国家存亡的紧急关头,他一个忠心报国的热血青年,是不应该躲起来不去拼杀的。可眼前去哪里呢?这样一个朝廷,这样一个昏君,这样一群朝臣,值得让自己献身吗?

这时,他想起了史可法。史可法为国捐躯了——他肯定已经捐躯。从他到史可法身边那一天起,他就没见过史督师有一丝一毫的懈怠。同是面对这样一个朝廷,同是面对这样一个昏君,同是面对这样一群朝臣,史督师一直兢兢业业,想着自己应该想的事,干着自己应该干的事,随时准备赴死,最后,他光明磊落地走完了一生。尽管他痛恨那些祸国殃民的佞臣,尽管他不满意皇上的荒唐作为,尽管他已经看透这样一个朝廷乃秋后之露……

"我要回前线去……"吴三椿回答太夫人道。

"这就是了……"太夫人高兴起来。

吴三椿辞别太夫人,走出史府。去哪里呢?

他正要上马,就听史府传出了哭声。吴三椿感到诧异,再次把马拴了准备进入史府,可家人告诉他道:"太夫人自缢身亡了!"

"苍天!"吴三椿仰面叫了一声。

第十九章　穷途悲歌,九宫山闯王出家

弘光帝确实走了。扬州失守的凶信传到皇宫,百官沉默一言不发的时候,弘光帝就有了一个主意——走!

当日下午,他召集梨园子弟入大内演戏,与诸太监杂坐酣饮。入夜二鼓时分,他便与两位宠妃及内官四五十人跨马从通济闸走出,奔向西南,百官无一知者。留下娥女优伶五六十人散乱于西华门内外,次日清晨,城中方觉,乃大乱。

马士英也确实走了。当日黎明,他听说皇上悄悄溜走,立即进皇宫携太后领家眷、家丁百余人出城。至孝陵,召守陵黔兵四百余人为卫队,护以南下。

天明,南京百姓见宫门不守,宫女乱奔,知君相俱弃城逃遁,无不惊慌。大胆之徒则闯入宫中、府中抢掠,御用物件遗落满街,马士英、阮大铖宅均被焚掠。随后,忻城伯赵之龙出了安民告示。左副都御史杨维垣亦出告示云:"天子出巡,乃古今暂避常理,本院唯有尽忠殉国。"

弘光帝、马士英一走,"太子案"又浮出水面。所谓"太子案",经过是这样的:鸿胪寺少卿高梦箕、舍人穆虎,于山东结识一自称崇祯帝太子的少年,便将这少年带来南京。因事关重大,高梦箕不便在南京久留,随后带少年去了浙江。可是不知怎的风声走漏,高梦箕不得不上报马士英。马士英随即转奏弘光帝,弘光帝遂遣太监往接。少年到南京后,弘光帝令群臣辨验。曾经在北京任东宫侍讲的方拱乾、刘正宗、李景廉等人均说不识,旧日东宫伴读太监丘执中亦说不识,大学士王铎则判定这太子是假的。而通政使杨维虹则明确讲,这自称

太子的少年实际上是驸马王某之侄名唤王之明者。这样，少年便被投入狱中待审。事一传出，风波立起。杨维虹造谣陷害，马士英、王铎欲害太子之说随即传出，而且愈传愈烈，世人皆信下狱少年为真太子。这期间，传来"北京太子案"，清廷判定为假，将那自称太子的男子杀掉了。现冒出了两个太子，一个死掉了，这一个还活着，究竟哪一个是真的？只是，此时舆论已然失控。朝廷亦有所忌惮，对自称太子的少年不敢加害，成一不了之局。

弘光帝走了，马士英走了，那些相信真太子的人们又想起了关押在牢中的少年。一位姓赵的监生要理一理这太子之事，很快，千余人集中在了他的周围。马士英、王铎是陷害太子的罪魁，马士英走了，但王铎还在，于是，赵监生等人找到王铎，带着他冲进监牢。进入牢中，众人打开单关"太子"的牢房，当着"太子"的面拷打王铎。王铎被打，须发俱尽。"太子"亟加制止，命将王铎暂拘于狱中。百姓拥"太子"出狱，进皇宫，至武英殿，要拥戴"太子"登基。一时找不到冠裳，就把弘光帝养的优伶唱戏用的龙袍龙冠取出给"太子"穿戴了。"太子"登上宝座，一时成了皇上。

次日午后，新皇上传出朱笔告示云："在京勋旧文武、先生士庶人等，念此痛怀，勿惜会议，予当恭听，共抒皇猷。勿以前日有不识之嫌，惜尔经纶之教也。"

告示只张贴在皇城，见到的人极少。而新皇上虽为百姓涌入皇宫，文武元老却没有一个人前来。新皇上见此光景，便降旨令释放王铎，仍以王铎为大学士，又召了几个人，命为礼部侍郎、大学士等。但王铎等人出狱后，却不知去向。

而此日文武诸大僚正聚于保国公朱国弼府中会议，商讨战守之策。朱国弼对众人道："弘光弃社稷人民而去，大义已绝，不足云皇帝矣！且京城兵饷无一可办，诸生更有何术，会议可也。"而没有一个人想到，此时此刻，在金銮殿的龙椅上还坐着一位皇帝。

清兵渡江攻克镇江后，一路直抵南京城下，驻于郊坛门。十五日清晨，正赶上大雨滂沱，赵之龙、朱国弼、钱谦益等手捧舆图册籍，冒雨淋漓，塞裳跪于道旁，等候清军训令。豫亲王多铎令他们到清营觐见，布置清军进城事宜。随后，令总宪李乔携回清朝晓谕南京官员军民告示，于城内通衢遍行张贴。礼部尚书钱谦益则被责令对南京宫禁进行清理。是日中午，洪武门大开，多铎率清军入城。忻城伯赵之龙率诸勋臣，内阁大学士王铎率诸大臣及都督十六员、巡捕提督一员、副将五十五员并城内官民在洪武门迎降，上报归降者总共马步兵二十三万八千余人。

豫亲王赞许赵之龙保城有功，特赏金镫银鞍马、貂裘八宝帽。随后设宴，与原南明诸臣席地共坐。席间提到"太子"事，豫亲王问太子何在，赵之龙坚持说此人并不是太子，真实身份是驸马王某之侄，名唤王之明。豫亲王存有疑问，道："逃难之人自然要改易姓名，说自己姓朱，你们不就早早地把他杀掉了？"

李国弼道："太子原不认定自己是王之明，马士英非让他承认不可……"

多铎听出了个眉目，知道南明诸臣在所谓太子问题上钩心斗角，遂大笑曰："老马奸臣一个，定而不可依，可诸君……"豫亲王忽然想到这样让这些人太丢面子，毕竟人们都是降了的人，随后便停住了。

第二天，豫亲王接受百官朝贺，投职名者络绎不绝。其中，李乔第一个剃了发，但他并没有受到赏识。他是一个文官，豫亲王知道后连声骂道："无耻无耻！"原来，当时的命令是"剃武不剃文，剃兵不剃民"。豫亲王最讨厌不凭真本事吃饭、专门钻营的人。

广昌伯刘良佐率兵三百赶来投降，并自请三日内擒拿到弘光帝。对此，尽管豫亲王同样判定此人在放大炮，亦属邀功请赏之列，但并没有讲出口来，淡淡地应了一句作罢。

自然，宁死不降的也大有人在。刑部尚书高倬自缢死了，工部尚书何应瑞自刎被救，后不知所终，张捷及杨维垣均自缢死。礼部主事黄端伯，当百官迎降时，独不赴，强令之出，乃写一帖与强令者，上面写着"大明忠臣黄端伯"。豫亲王倒是很佩服这个人，让人把他找来。他不听命，写下"问我安身处，刀山是道场"，后撞柱身亡。

弘光帝仓皇出逃，到了芜湖黄得功大营，随后议定前往杭州。黄得功命朱大典、方国安率所部先发，自己断后。时正于清军江上架完浮桥拟启程之际，却突然出现了情况。

原来，那刘良佐在朝贺宴上当面向豫亲王夸下海口，说三日捉到弘光帝。

但自己并没有取得豫亲王的信任,甚至没有取得好感。而席散之后,不少同僚白眼相向,有的当面讽言讥语道:"第一大功非将军莫属了……"

刘良佐听了憋了一肚子气,决心做出个样儿来给大清这位高傲的亲王看看。他断定弘光帝必来芜湖投黄得功,于是率军飞速向芜湖奔来。

黄得功在板子矶打了胜仗,大破左梦庚军,但自己也损兵折将,人马所剩无几。听得清军一路高歌猛进,黄军均闻风丧胆。现在刘良佐追来,以为清军杀到,还没见到杀来的军队什么模样,便都抱头鼠窜。黄得功虽奋起抵御,却被刘军一箭射死。

当时,弘光帝正在一船中,尚未启动。

刘良佐在乱军之中一直大喊,让部下寻找弘光帝。黄部左协总兵田雄听到了刘良佐的喊声,遂向弘光帝乘坐的船奔去。途中遇到了好友、右协总兵马得功。两人遂一起突入弘光帝舟中,将弘光帝背起,又让亲兵背了随行的汪、陈二妃,随后召集了数十名亲兵离开沙场,奔向南京。

他们挟弘光帝及汪、陈二妃到南京后,怕在街上行走惹出事来,便让弘光帝坐了一小轿入城,面目也被遮了起来,汪、陈二妃则每人骑了一头驴。这在当时的南京实在平常不过的,因此,不会引起什么人的注意。

如果没有什么意外的情况出现,人们好奇就好奇好了,不会出现什么事情的。但不晓得是怎么一回事,街上一家铺子里忽然传出了女人唱小曲的声音,这牵动了弘光帝的神经。他撩起面上的那块布,一定要看看这声音出自何人之口。祸由此出,他被人认了出来。

田雄、马得功一见大惊,立即命令军士们将弘光帝和汪、陈二妃与百姓隔开,保护他们迅速离开现场。

愤怒的百姓哪里肯放,在后面穷追不舍。田雄、马得功带领队伍和弘光帝及汪、陈二妃狼狈向前飞奔。要不是迎面来了一队清军,还不晓得会有怎样的后果。

弘光帝真的被捉到了,只是捉住弘光帝并把他送到多铎面前的是田雄和马得功,而不是刘良佐。多铎不管那么多,他便命人在皇宫的武英殿设宴,叫弘光帝、"太子"一起赴宴,并让弘光帝坐在"太子"的下位。

席间,多铎召二十八女优唱歌于侧,问弘光帝道:"汝先帝丧于闯贼之手,且自有子在,汝擅自称尊,合情乎？合理乎？"

弘光帝闻言,默然无语。

多铎又问："汝既擅立,不造一兵讨贼,又于义何？"

弘光帝依然默然无语。

多铎再问："先帝所遗太子,逃难远来,汝既不让位,又为何转辗磨灭之？"

弘光帝还是默然无语。

多铎见眼下光景,大笑不止,遂对在场的赵之龙道："原来,你们立了一个哑巴皇上……"

赵之龙闻言,满面愧色。

就在这时,外面一阵喧闹。没等多铎发问,就见刘良佐闯了进来。进殿后,只见他奔向田雄和马得功,不由分说就扯起两个人的领子,一边一个,大骂道："丧尽天良的东西！"

众人都被这突如其来的场景惊呆了,多铎却镇静如常,轻声对刘良佐道："将军放下他们,本王已经记下了你的好处,过后一定忘不了给你记功的——眼下不要搅了本王的盛宴……"

刘良佐气愤地把田雄和马得功放开,多铎让刘良佐入了席。

这时,北来"太子"说话了,道："皇伯手札召我前来,来了反不认,令改姓名,且酷刑加我。皇伯或不知……"

多铎一听乐了,道："你宽宏大量,此时此刻反替这哑巴皇上开脱,还说得过,说得过……"随后又转向弘光帝,"我军尚在扬州,你就迫不及待,三十六计走为上。这是你一个人想出来的,还是别的人教你的？"

这回弘光帝不再做哑巴,支支吾吾讲了一通,但众人皆不知其所云。

多铎见状大笑,道："原来是半个哑巴……"

此时弘光帝汗流浃背,恨不能找一个鼠洞钻进去。

吴三椿返回史府,吊唁了太夫人,并在灵前守候了一夜。次日,便离开了。

天下起了大雨,吴三椿乘马向北,无目的地走着。雨渐渐停了,阳光从云端斜着泻下。街上的行人很少,脸上俱表现得惶恐不安。

吴三椿继续向北走着,前面有一个粮店,这里聚集了许多的人。

就在这时,前面街上迎面来了一支队伍。等着买粮食的人迅速散去。吴三椿是明军装束,散去的人中,不少人出于好意,边散边向吴三椿喊,意思是让他躲避。有一位年轻人见吴三椿呆呆地不动,急忙跑过来抓住吴三椿战马的缰绳进了一个胡同。

吴三椿向那年轻人点头,表示谢意。

过来的队伍排列着整齐的纵队过了胡同口。

吴三椿的心立即紧缩了,他又看到了队伍的旗号上那个巨大的"吴"字。几乎同样的环境,一下子让吴三椿想起了史可则满身是血躺在地上的情景。于是,吴三椿又叫了一声:"吴三桂!"

吴三桂乘马走在了队伍的中间,他的身边是孙应援。吴三桂感到诧异非常,便问身边的孙应援可听到什么。孙应援摇了摇头。吴三桂心想明明有人在呼喊他的名字,怎么大家没有听见?而且他还觉得,这个声音很是熟悉。

吴三椿在胡同里独自待了很长的时间。看来,清军是和平进城的,明军没有做任何抵抗。

现在朝廷没有了,那个昏君不知去向,那一群朝臣大概都已经匍匐在了多铎膝下,抵抗已经没有了任何意义。

那么,去哪呢?

吴三椿拨马走出胡同,依然向北走去。不久,他发现自己已经到了法云寺。吴三椿的心再次像被人捅了一刀一样疼痛,他就是在这里结识了史可则而后结识史可法的。如今,史家兄弟都已经为国捐躯,而且,他们的母亲也已经西去。吴三椿遂又想到他和哥哥吴三桂,又想着刚才与"吴家军"相遇时的情景,想着自己当时的心情。不知不觉,他绕过法云寺来到了江边,登上了一个被废弃了的码头。他见到史可则的那天,就是在这里。江水滔滔,向东而去。他站在那里,看着逝去的江水,不由得落下了泪来。

最后他明白了,这里就是他的归宿。他闭上了双目,让身子前倾,以便坠入江中。

就在这时,一只有力的手臂挡住了他。他睁开眼睛,先是向下看那挡住了他的手臂。他发现,那手臂的腕上有一颗红色的痣,像一个"山"字,又像一朵燃烧着的火焰。他没有回头,就大叫了一声:"无际大师!"

高皇后、高一功和宋献策等率军撤出西安后,便北上去与李自成会师。结果到达蒲城境内时,遇到叶臣率领的南下清军。大顺军被打散后,高皇后、高一功率三千残兵向西撤到耀州,在那里打听李自成的消息。军师宋献策则不知死活。

且说李自成与刘宗敏等会师后,便决定走滏州—宾州—乾州一线,过终南山入关中,沿汉水入湖北,奔襄阳。

士气明显低落了,每天都在减员,到达汉中时已经有千余人掉队。如此带下去,到不了襄阳,人就可能走光了。

李自成遂与刘宗敏等商量办法。刘宗敏说应该想办法振作精神、鼓舞士气,于是决定召开一次誓师大会。当时,大顺军正在子午河。正好,宋献策率领千余人赶到了这里。宋献策向李自成奏报了撤离西安的情况,讲了北上与大军会师遭遇到清军被打散的经过。听罢,李自成稍稍放心,又见军师赶来,大家受到了鼓舞。

全军停下来,召开了誓师大会。李自成向将士们讲明撤出陕西的必要,特别讲明走是为了再回来,为了今后能够长期在家乡待下去。宋献策在会上还特别强调,大顺军是打不垮的。他和皇后遇到敌军,因寡不敌众,队伍被打散了。但将士们心向皇上,他与千余名士兵撤出战场后,一心想的是尽快找到皇上,与大军会师。

誓师大会有了积极效果,许多人明显振作起来。但是,粮食问题消磨着大家的意志。

粮草已经吃光了,鼓动可以撑一时,但难以持久。几万大军的肚子无法满足,这是无法回避的严重问题。

靠忍是不成的,这点李自成心里明白,可以忍一时,但不能长期忍下去。

没粮也是可以买的,可大顺军没有钱。他们在燕京靠"追赃"从明朝官员身上搞到的银子三年也用不完,只是,那些银子没有被带出来,也成了清军的囊中物。

又没粮,又没钱,怎么办?他们想出"借粮"的主意,就是向沿途百姓借粮,打一张欠条。

但眼下对大顺军来说,这种办法就无法实行。原因有三:一、大顺军在节节败退,那白条拿到百姓的手里,并没有预期价值,如果大顺不存在了,这条就成了废纸一张。二、李自成所过之处本为大顺的地盘,百姓已经是纳了钱粮的。现在名为"借用",实为"征用",百姓心里不痛快。三、百姓一般是自给自足,没有多余的粮食拿出来。这样,大顺军的"借粮"办法实际上无法实施,总不能长期饿着肚子行军打仗吧?

于是,"借粮"渐渐演变成了"打粮"。

什么是"打粮",说白了就是抢。

不想借也得借,军士们分成小队强行进入百姓家"借粮"。欠条是依旧要留下的,找到粮食,收拾个精光,放下一张条子走人。

开始时这个办法很有效,李自成睁一只眼闭一只眼。但是随后不久,连这一招儿都难以实施了。大顺军如此"打粮"的消息传开,后来即使进了百姓家,也很难找到粮食了。

如此饥一顿饱一顿,吃了上顿不知下顿,大顺军艰难地进入湖北。

高皇后与高一功率领残存人马在扶风等待李自成的消息,后来打听到李自成从自己的左翼插过向南去了,就赶了过来。她到达子午河时,听当地百姓讲李自成曾在这里驻扎,两日前向南开去,高皇后又率军追赶。接近安康时,发现有大军经过的痕迹,却是清军的弃物。高皇后判定清军已经赶在自己前面去追杀李自成,她十分焦急,立即派快马过去给李自成报信。

差不多两年前,李自成的大军在长江中游游弋,在东下占领南京还是北上京师动摇不定时,顾君恩献计既不让闯王去攻占金陵,也不让闯王北上京师,而是让闯王去取关中。他说金陵居下流,事虽济,失之缓;直走京师,不胜,退无归处,失之急;关中,大王桑梓邦也,百二山河,得天下三分之二,宜先取之,建立基业,然后旁略三边,资其兵力,攻取山西,后向京师,庶几进战退守,万全无失。李自成接受顾君恩的建议,行前,李自成将顾君恩派往襄阳,现在襄阳依然在顾君恩的手里。

顾君恩可不是一个消息闭塞之人,全国形势的变化他都看在眼里,他在襄阳迎接了李自成。

到了襄阳,简直就是到了家。几个月来,军士们第一次可以吃一顿饱饭,睡个安稳觉了。

李自成要在襄阳驻扎下来，但顾君恩却催李自成迅速离开，到湖北腹地去，道："第一，大顺军亟须一次胜仗鼓舞士气。占据武昌的是左良玉，他拥兵自重，占据长江天险，不可一世。可他的队伍士气不高，且左良玉是皇上的手下败将，左军见大顺军必怯。故而，取武昌又如探囊取物。第二，清军紧紧追来，如皇上留在襄阳，必与清军在此决战，而那对大顺军将是极为不利的。如皇上取了武昌，襄阳是一屏障，在此阻击清军，即使难以守住，也可给武昌那边的大顺军取得更多的备战时间。"

此话有理。但左良玉是不是就像顾君恩讲的那样成为惊弓之鸟，李自成心中没有底。另外，他对清军是不是就这样快地追过来表示怀疑。最后，李自成征求刘宗敏的意见。刘宗敏对左良玉倒是看透了，说道："拿下武昌，当不在话下。"

宋献策认识到眼下大顺军确实需要一场胜仗，留在襄阳，确如顾君恩所讲的那样是危险的。如果去武昌，虽不能肯定左良玉会如此害怕大顺军，但那种情况并不排除，因此，他做了肯定的回答。李自成受到了鼓舞，在襄阳只待了一天，就率大军离开，向武昌进发。

临别时，顾军恩再次提醒道："皇上一定不要在汉阳停下，而要想办法弄到船只，渡江到武昌去。"

之后，李自成不费吹灰之力占领了武昌，信心得到了恢复。

顾君恩的预判变成了现实，李自成把它看成了好预兆的应验，大顺军有救了。悬在高空的太阳，实际上还是眷顾他李自成的。

李自成兴奋起来，他几乎一天一夜没有合眼了，但他毫无倦意，迅速果断地、有条不紊地进行着各项部署：大力宣传这次胜利，鼓舞士气；派人四处寻找左良玉留下的军士和官员，恢复社会秩序，寻找左良玉没有运走的粮食；收集左良玉弃留的破船，请工匠修理……其中最重要的一项部署是派田见秀率领一万人马返回襄阳。

原来，李自成不太相信左良玉会如此害怕大顺军，估计与左军会有一番激烈的较量。因此向武昌进军时，他带着从陕西带来的所有人马。后来，李自成又想起顾君恩那"襄阳屏障"的概念，领悟到襄阳对保卫武昌的重要性。清军追来,襄阳是他们的必经之地,襄阳不失,就等于保住了武昌。这样,李自成才有了让田见秀回军去襄阳的决定。

实际上李自成的大军还在汉阳,因为船都被左良玉弄走了,剩下的都破烂不堪,不能使用。赶着修好了几条,采用轮番载运的办法将几千名军士运到武昌,武昌就算是接管了。李自成本人也还在汉阳,他派刘芳亮去了武昌。

刘宗敏病了,他上吐下泻,而且发起高烧来。路上他是被抬着进入汉阳的。李自成要刘宗敏好好接受治疗,一切军务暂免处理。

宋献策并不反对李自成派田见秀去襄阳,对李自成总的部署也是赞同的,但觉得李自成对尽快渡江的事看得不急不重,表示出了深深的忧虑。他曾向李自成提出此事,看来也并没有唤起李自成的足够注意。

李自成认为清军不会就这样快地到来,而眼下有许多的事情要做,而且急如星火。他掰着手指头问宋献策:"我们需要打一次胜仗,胜仗来了,咱们得宣传吧?进了城,秩序乱糟糟,不加整顿,无法向百姓交代吧?由于缺粮,我们吃到的苦头总不能忘记吧?你说,这些事哪样是可以停下来的?"

没有说动李自成。回来后,宋献策认为皇上讲的这一切,全然是建在清军短时间来不了的假设上的。而从陕西作战的经验证明,清军的行动往往出人预料。如果出现那种情况,大顺军就将……宋献策不敢往下想下去。现在需要的是什么?一、需要足够数量的船只。眼下,供几万大军一次渡过是神话,需要分批渡过。分十批,每船二十人,就需要两千艘。二、得有足够的时间。即使搞到两千艘船,而往返十次,得一天的时间。如果事急,那后果将是不堪设想的。眼下,船只的数量离两千还差得远。

想到问题的严重性,宋献策再次找李自成提出这一问题。

这次有了效果,李自成加强了找船、修船的力量,但仍然没有达到宋献策心中所要求的程度——全力以赴,让大军渡过江去是压倒一切的事。

宋献策没有放弃,他去找了刘宗敏。刘宗敏听后吓出了一身汗,他不顾亲兵的阻止,立即与宋献策一起见了李自成,陈述利害。李自成这才醒悟,连忙照宋献策之意下旨,让全军找船、修船。另外,他还向刘芳亮下旨,让刘芳亮同样把工作的重点转移到找船、修船上来。

效果很好。汉阳这边大大加快了找船、修船的进度,而武昌那边的收获最大——刘芳亮不但找到了几十条旧船,而且在江边还发现了十几条完好的船只。除命军士全力以赴找船外,李自成还把目光投向了民间——征用民船。

李自成又忙了一日,到三更时分他睡下了。他已经两日一夜没有合眼了,因此睡得很香。但他刚刚睡下不到两个时辰,就被叫醒,而当他看到榻前站着的是田见秀和顾君恩的时候,他还以为自己是在梦中。

"清军杀过来了!"田见秀和顾君恩向李自成报告,他呆住了。

李自成绝没有想到清军会来得这样快。

英亲王阿济格率领的清军一直尾随着李自成。在陕西时,阿济格命大军跟着大顺军作若即若离之态,目的在于不让李自成站住脚跟,逼大顺军进入湖北。等李自成进入湖北后,清军则加快了进军速度。

顾君恩与清军从来没有较量过,一料不到清军行动会如此迅速,二料不到清军作战如此勇猛。他虽然进行了部署,做了准备,但在李自成刚刚离开的当晚,清军就兵临城下时,他还是吃了一惊,觉得自己还有不少事没有来得及做。

清军炮火的猛烈程度也是他始料不及的,他眼看着城墙被清军的炮火摧垮,眼看着清军从垮了的城墙处像潮水一样涌入。大顺军虽然进行了抵抗,但顾君恩看到,大顺军根本不是清军的对手。

不到半个时辰,战斗结束,襄阳城成了清军的囊中之物。

顾君恩收拾残兵败将奔向武昌,并派快马前行,去武昌报告襄阳失守的消息。

一路之上顾君恩自思自叹,当初听到大顺军在山海关、燕京、山西、陕西一败再败的消息,自己内心一直埋怨李自成,嘲笑大顺军的将领,暗骂他们的无能。这次自己的惨败,使他认识到自己实在是坐井观天。另外,他也认识到自己的不足,动动嘴、出出主意还行,独当一面,守住一座城池,还是做不到的。

顾君恩率领残兵败将一路东行,在安陆遇到了田见秀。田见秀没有遇上顾君恩派出的报告襄阳失守消息的快马,只好与顾君恩军合兵返回。

顾君恩惊魂未定,就听殿后之军报来消息,说清军追过来了!

田见秀、顾君恩只好命令大军加快回撤步伐。

讲不清楚什么原因,顾君恩派出的快马并没有把襄阳失守的军情报到武昌。清军杀到的消息,还是田见秀、顾君恩带来的。

李自成似乎看清楚了清军作战的意图:第一步,把大顺军赶出陕西。第二步,进入湖北之后加快追赶步伐,不让大顺军站稳,要把大顺军压迫在襄阳歼灭之。而等知道大顺军东进取武昌时,日夜兼程,在大顺军渡江之前赶上,歼灭之。李自成感到庆幸,大顺军大部渡过了长江。

没有什么好犹豫的,要尽快把剩余的人马退到武昌去。

刘宗敏病着,李自成要亲自对刘宗敏渡江的事做出安排。刚刚到了刘宗敏那里,探马来报,说城东出现了清军!

情况紧急,刘宗敏对李自成讲,不要管他,快去指挥大军突围撤向江边。李自成坚持命人把刘宗敏抬上担架,并对刘宗敏身边的亲兵做了嘱咐。

就在这时,李自成又得到报告,说清军已经到达江边。

李自成和刘宗敏听后无不惊愕万分,李自成立即叫抬担架的军士抬着刘宗敏冲向江边,自己也带着亲兵跟了过来。

所谓江边,就是汉水和长江的汇合之处,而这里是李自成渡船的停泊之所。清军显然是为了抢占船只,阻止大顺军渡江。而如果船只真的被清军强占,那么,留在汉阳的大顺军就会被清军全部歼灭!

清军果然冲到了江边,正与准备渡江的大顺军进行激战。

李自成又对抬刘宗敏的军士下达命令,让他们无论如何也要把刘宗敏送上船。说完便冲向前去,要投入战斗。

情况万分危急,大顺军不能没有李自成。不知哪里来的一股神奇力量,刘宗敏一跃从担架上下来,两步便冲到了李自成的面前,一手拔出自己的剑,一手抓住李自成的手腕,带着他冲向一条船。

李自成的亲兵跟了过来,清军也冲了过来。刘宗敏挥动着手中的剑,砍杀着冲过来的清兵。此时他抓着李自成的手已经放开了,李自成也在冲杀着。

到了船前,刘宗敏又抓住了李自成的手,然后一扯一推,便把李自成推上了船。这是一条小船,几个亲兵为保护李自成也已上了船。就在这时,一队清军冲了过来,刘宗敏拼命将船一推,船离开了江岸。

李自成不愿意这样放刘宗敏而去,他拉住了亲兵划桨的手,要把船退回来。

冲上来的清军就要到跟前了。刘宗敏见李自成不忍离去，立即把剑横在颈上，大喊了一声："皇上走好！"

李自成退到了武昌。

刘宗敏死了，宋献策成了清军的俘虏，原来留在汉阳准备渡江没来得及渡过去的近一万大顺军军士全部被清军消灭。

尽管有长江天堑，清军一时攻不过来，但武昌是守不住的。与其有朝一日等清军杀来，还不如主动离开。李自成并不反对这种想法，问题是去哪里呢？

究竟去哪里，连顾君恩都没有了主意。但他有一个建议，要走就早走，以便尽量早地、尽量远地脱离清军。最后李自成作出决断，沿江而下，到湖北、安徽、江西交界处去。

左良玉死后，他的儿子左梦庚投降了清军，在九江驻扎。李自成东进受阻，遂焚毁仅剩之舟船，改变行军路线，率领残兵败将进入通山境内。

阿济格没能在李自成大军撤向武昌之前赶上大顺军。为了能够在汉阳赶上李自成的大军，阿济格派锡翰率领的正黄旗五千名蒙古骠骑兵拼命赶了一夜，但依然没能达到目的。后见李自成率军离开武昌沿江东下，便率军沿长江北岸追来。

李自成见清军追来，便进入九宫山内，余部已不足两万人，刘芳亮、顾君恩也被打散。士气低落，粮草断绝，大顺军又捡起了"打粮"的营生。所到之处，百姓纷纷逃离。

由于"打粮"，队伍分散开来，失去控制，许多大顺军军士乘机逃走。阿济格在各地路口设卡，检查出山行人。逃离的大顺军军士均落入清军之手。这样，李自成的队伍溃散了。

阿济格决心要捉住李自成，便悬赏，活捉李自成的，赏银一万，得死者赏银五千两。

李自成见如此下去等于等死，于是组织了一次突围。阿济格早有准备，哪能让李自成逃出去？结果，突围未能成功，反而丧失了大部分军士。

众人劝李自成乔装，想办法出山，李自成不从。

派人出山打探情况，回报清军设卡、悬赏之事。众人再劝李自成乔装，他仍不从，道："就是死，也带着大顺的行头上路。"

剩下在山里坚持的,均为大顺的铁杆儿,他们靠"打粮"、靠打猎,甚至靠挖野菜维持着。

在围困九宫山期间,清军已经占领了半个湖北,从西向东建立了郧阳府、襄阳府、安陆府、德安府、汉阳府、武昌府、黄州府,东面与安徽、江苏各州府连成了一片。九宫山已经受新建的武昌府管辖,就是说,阿济格现在已经是在自己的地盘上作战了。

阿济格见李自成还没有拿到,于是派人进山去搜捕。考虑到当地人对山中情况熟悉,便鼓励乡勇进山搜剿,并画出李自成的画像让他们拿着。活捉李自成得白银一万两,弄到个死的还可以得五千两呢,许多人因此行动起来。

坚持了三个月,李自成身边只剩下了不足千人。他们个个形容枯槁,衣衫褴褛。

当时进山是春天,大家还穿着冬装,他们是除掉棉衣里的棉花过了一个夏天的,秋天时他们还穿着夏装。秋天就要过去,天气一天天冷下来,如何挨过寒冷的冬日呢?

一日夜里,李自成昏昏睡去,他看到高皇后从远处走来。高皇后骑在马上,一身戎装飒爽英姿。李自成想到自己满身污垢、形容枯槁,与皇后一比,自惭形秽。但毕竟与高皇后已经多日不见,当下他也顾不上许多,就奔了过去。高皇后下了马,也张开双臂奔了过来。两人拥抱在一起,都大哭了起来。就在这时,听见轰轰的炮声传来,李自成顿时从梦中惊醒。周围漆黑一团,也并没有什么声音。李自成独自坐起来,回味着梦中的情景,不觉垂下泪来,叹道:"我李自成一生轰轰烈烈,难道现就如此终了了吗?"

他没有主意,也没有什么人好商量,这样再次想起高夫人,想起刘宗敏,想起宋献策,甚至想起了李岩。刘宗敏为他而死的一幕李自成是永远也不会忘记的,此时他感慨万分,他又想到李岩,就想到李岩的诤谏,就想到李岩的死。李自成痛恨自己多次不采纳李岩的建议,尤其悔恨当年不听从他下力气巩固陕西基地的建议,急急忙忙向京师进攻,造成了不可挽回的恶果!

李自成一个人在黑暗中出神,足足有一个时辰。天亮了,大家从柴堆里爬起来,又开始了——可以说是无谓的一天,如果李自成不就遣散的问题做出最后决断的话。

李自成做了决断,不再犹豫地下达了遣散令。绝大多数人都走了,他身边只剩下了十几个人。李自成带领不愿意离开的十几名亲兵迅速做了转移,因为留在原地,那是十分危险的。

　　正是由于这次转移,李自成才落入了虎口。

　　九宫山有九宫,也因此而得名。九宫都是道家的宫观,古时是很有名的。明末社会动乱,经济萧条,这些宫观中的道士大多离开,宫观年久失修,当地百姓把宫观中的桌椅门窗都弄回家当成了劈柴。

　　当日,李自成等人正在九宫之一的斗母宫酣睡,一群乡勇突然闯入,将李自成等人捉了。而乡勇为首者,乃当地富户程九伯。

　　程九伯早就打听到一群大顺军军士进入当地山中。清军不但向各地提供了李自成的画像,而且说大顺军大部已经被李自成遣散,剩余的人已经不多。只要看到仍有大顺军在活动,那其中有李自成本人的可能就很大。程九伯得到大顺军军士在当地出现的消息后,便异常积极地行动了起来。

　　当时,李自成还穿着龙袍,尽管那龙袍已经烂得不成样子了。

　　程九伯捉住穿着龙袍的人后,兴奋得要死,立即解着俘虏直奔县衙。

　　从观内出来走了没多久,程九伯见路边的一棵大树下站着一个和尚。那和尚等程九伯等人走近,便向他道了一声"善哉"。程九伯一看那和尚挡住了去路,便喝令他快快闪开。

　　和尚慢慢地问道:"施主押送的可是李自成吗?"

　　程九伯一听惊了一下,心想这和尚怎么知道我押的是李自成?又一想,不管和尚如何,赶路要紧,于是,再次喝令和尚闪开。

　　和尚又慢慢地说道:"施主有所不知,贫僧早先曾与李自成有一面之缘,今日碰上,敬请施主行一方便,让贫僧与他见最后一面……"

　　程九伯正对自己押解的穿龙袍者是不是李自成心中疑惑,一听和尚认识李自成,便想要和尚认一认。真的确定了,岂不是好事?于是回道:"那可要快些,不要耽误我们赶路……"

　　和尚走到李自成身边,细细看了一阵,转身向程九伯摇头。程九伯急忙问道:"怎么,他不是吗?"

　　和尚肯定地点了点头,而后又在被绑着的人群中搜寻。等走到一人面前时,和尚站定对那人道:"自成,你英雄一世,想不到,最后时刻竟然做出这偷梁换柱之事!"

程九伯呆住了,他想到在最险恶的时候,李自成如何会依然穿着龙袍?他必然会偷梁换柱,让别人穿上自己的衣服。他暗暗感激这个和尚,不然送到县衙,清军必让已经降了的大顺军士辨认,如果届时被认定是个假的,那他就吃不了兜着走了。

程九伯站在一旁静观事态的发展,见被指认的那人确实与穿龙袍的有些相像。那被指为李自成的人开始时有些诧异,随后哈哈大笑了一阵,道:"你我朋友了一场,不想在这里又见到了……大师指破奥妙,我气数既尽,又有如此不义之举,还有何颜面活在世上……"说完,那人双手一起夺过身边看守的刀,随即自刎。

程九伯一见急忙上前阻拦,但等他到时,那人已经倒在了血泊之中。

程九伯大怒,冲上来要杀那和尚,怒道:"让你这一闹,我丢了五千两银子。"

和尚回道:"贫僧可赔你。"

程九伯轻蔑地看着那和尚道:"你一个穷和尚……"

和尚一听,从腰间掏出三颗金锭,道:"这可够吗?"

金锭在闪光,程九伯垂涎三尺,凑了过来。

和尚道:"出家人以慈悲为怀,您取了这金锭,拖了这尸体去领银子,可把这些活着的人留下来。他们罪孽深重,我来超度他们,以便日后让他们重新做人。施主您哪,也积了德……"

这个账程九伯并不难算,认同了,自取了金锭,命人将李自成的龙袍脱了,盖在那尸体上。然后,他们抬着那尸体继续赶路。

这时,和尚解开众人的绑绳,李自成问道:"大师这是何意?"

和尚没有回答,而是把手举在胸前,念了一声:"阿弥陀佛!"

李自成发现,那手臂的腕上有一个红色的痣,像一个"山"字,又像一朵燃烧着的火焰。

程九伯将"李自成"的尸体先送到县衙,新任知县亲自把尸体送往清营。阿济格找归降的大顺军军士辨认,有说是的,有说不是的。最后,他从武昌把宋献策找来了。宋献策一看就知道是假的,但他脑子转得快,见英亲王如此重视这次辨认,竟把他从千里之外找来,肯定倾向于认为这李自成是真的。于是,他见到尸体后便大哭了起来——他向英亲王证实,这死去的就是李自成。

为这个李自成,阿济格已经费了很大的力,吃了很大的苦,他要把事情告一段落。有了宋献策的认定,他不想再折腾,便认定李自成已经死掉,大顺军已经被打垮。如此,他向北京报了捷。

第二十章 扫平割据,大清朝一统天下

豫亲王多铎坐镇南京。南京已经被改为江南省,应天府则改为江宁府。他的定国任务还没有最后完成。

弘光帝南京称帝时,乃安置潞王朱常淓于杭州。南直隶失守,马士英挟太后到了这里,群臣共劝潞王监国。潞王一再推托,最后不得不从,朝中依然由马士英、阮大铖当政。

受豫亲王之命,博洛大军来攻杭州,兵临钱塘江西岸,诸臣虑杭州不保,纷纷奔逃,马士英、阮大铖均弃潞王而去。潞王量力不能拒,乃不战而屈,开城出降,监国仅五日便宣告覆亡。

杭州失守后,朱聿键受群臣拥戴在福州监国,随后称帝,定年号为隆武。朱聿键乃朱元璋九世孙,太祖第二十三子唐定王朱桱之后。

朱聿键称帝后,博洛奉命进剿。

过后不到一个月,身在绍兴的鲁王朱以海在群臣拥戴下宣称监国。这朱以海乃明太祖朱元璋的十世孙,比起朱聿键小了一辈,但他并不把朱聿键这个叔叔放在眼里。

这样,博洛也就多出了一个进剿对象。而这后来冒出来的绍兴政权首当其冲,成了被博洛剪灭的第一人。

这鲁王倒有些实力,加上清军下达剃发令,激起江南百姓的反抗,许多地方组织起义军,大张反清旗号。鲁王有了可用之人,甚至不限于据守,而是要北上杭州,收复失地了。

尽管隆武帝与鲁王有矛盾，但在抗击清军方面找到了共同点。隆武帝清楚，绍兴是抵御清军的一大屏障，所谓唇亡齿寒，一旦绍兴失守，隆武朝就险了。于是，他也派出大军北上，协助鲁王抗击清军。兴化人江北总兵黄斌卿，于隆武帝即位之初即进献千金助军。随后他上疏毛遂自荐，率军去守舟山，说舟山为海山巨镇，舟船往来，饶鱼盐之利，西连越郡，北窥长江，乃进取之要地。

隆武帝见疏大喜，封黄斌卿为肃虏伯，赐剑印，命镇屯舟山，赐便宜行事之权。

黄斌卿率军离福州前，隆武帝先在午门饯行，颁发敕书，其中有这样的话："一统不全，即朕之不孝，二吴未复，即朕之不忠。盼望我孝陵，羹墙如见，可怜我百姓，汤火曷归！"又率文武群臣于郊外饯行。时军容整肃，观者夹道，甚为壮观。

且说鲁王这边，各路抗清义军纷纷抵临钱塘江南岸，连绵百里，兵营相望。鲁王赐兵部尚书张国维尚方剑，令其统帅诸军。随即支撑病体离开绍兴亲赴前线，以鼓舞士气。诸将于萧山西陵会师后，黄斌卿也领兵加入。当是时，清军统帅博洛奉命暂回南京，杭州仅留内院张存仁及总兵田荣等据守。明军全线出击，连战累日，每日多有战绩。不巧的是，当要拿下杭州的时候，急风暴雨骤至，火炮弓矢不得发，张国维只好收兵。

杭州之战，是清军过江之后明军取得的第一次胜仗，大大鼓舞了士气。但是，失败也激发了清军的斗志。豫亲王多铎十分恼怒，即令博洛返回杭州，并下令三个月为期，拿下绍兴和福州。

此后，清军与明军双方展开了多次激战。

由于明军对清军的进攻做了顽强的抵抗，豫亲王三个月为期的目标未能实现，灭掉绍兴和福州政权用了近两年的时间。最后，隆武帝朱聿键、鲁王朱以海均被俘获，投入隆武帝军内的马士英、阮大铖被杀。

李自成所率大顺军主力在九宫山被歼后，高皇后和高一功、田见秀、张鼐、袁宗第、刘芳亮、刘希尧兄弟、刘体纯、郝摇旗等人集结于鄂东南及湘东，屡遭重挫，最后被隆武帝招安一起抗击清军。隆武朝覆灭之后，他们也被打散，不知所终。

此后，南明两广总督丁魁楚、广西巡抚瞿式耜拥立朱由榔于肇庆监国。朱由榔是明太祖朱元璋十一世孙,万历帝第八子桂王朱常瀛之第四子。

广西巡抚瞿式耜素与桂王朱常瀛父子情谊深厚。隆武朝覆亡之信传至广西,瞿式耜便飞舟至肇庆,约两广总督丁魁楚共立朱由榔监国。

清兵连下福建漳州、江西赣州。消息传至肇庆,朱由榔大惊失色,生移跸梧州之念。当晚,瞿式耜入朝,始知朱由榔移跸意,力谏不听,朱由榔率众臣匆忙逃往梧州。

这时,桂林有靖江王朱亨嘉监国,加上梧州的监国朱由榔,西南又是"天有二日"。而没有几天,又有人凑热闹:南明大学士苏观生、何吾驺等拥唐王朱聿鐭在广州称帝,以明年为绍武元年。朱聿鐭,隆武帝朱聿键之四弟,隆武元年封唐王。

这时,清军放慢了进军速度,情况稍有缓解,逃到梧州的朱由榔又回到了肇庆,并宣布称帝,定年号为永历。这样,在西南,不但三个南明政权并存,而且其中有两个皇帝。

当时清将佟养甲、李成栋已率兵出福州,经漳州袭取潮州,进占惠州,潮、惠两府官吏皆降附。李成栋即用两府原来的官印行文广州,报平安。绍武军信而不疑,泰然不为备。李成栋选精骑三百兵发惠州,昼夜兼程抵广州城下。又以十数人乔装舵工混入城内,直至布政司衙门前,于纷攘人群之中,去头巾,现发辫,挥刀砍杀,大呼清兵已到。城中顿时大乱,混乱中后续清骑杀入。绍武帝易服逾垣出逃,为清兵所获。就这样,三百人端掉了一个王朝。

清军追来,永历帝弃梧州奔全州,后又移跸武冈。清军孔有德部进逼武冈,永历帝先逃奔到柳州,又逃往桂林,后又逃到南宁……

李自成既灭,反清势力只剩下了西南一隅的南明小朝廷永历和张献忠的大西,摄政王命豫亲王、英亲王回京。

豫亲王多铎、英亲王阿济格作为大清国定国的勋臣,受到隆重热烈的欢迎。顺治帝率文武百官郊迎于琉璃河,进京后,犒赏封爵,热热闹闹庆贺了三天。

就在多铎、阿济格回京的第二天,京城发生了一件令人想不到的事。一大早,肃亲王豪格便像戏文里讲的那样,上身左袒,背着荆条来到豫王府,痛哭流涕,一定要多铎拿荆条狠狠地抽他,说他做了对不起老叔的事。几年前,他曾暗中指使二等昂邦章京阿尔塞诬陷老叔在山海关抢占民女,并把民女带入军营。而诬告后,他让阿尔塞自杀,并将涉案人正白旗牛录章京萨洛和正白旗士兵尚阿隐藏了起来。这等行为违背了祖训,丧尽了天良,是国法难赦、天理难容的。近日他每每想起,悔之莫及,昼不思茶饭,夜不得安眠,良心驱使,负荆请罪,以释疚恨之郁。至于处分,削爵收产合乎法理,杀头充军实属应当。

多铎闻言,惊得半天没有回过味儿来,随后他被豪格的哭声所感动,立即将他扶了起来。

多铎想,事情已经过去了很长时间,即使当时留了点伤疤,那它也已经被时日抚平了。另外,当时豪格的作为并没有造成实质性的损伤,他没有当上靖远大将军,去与李自成较量一番,但得到了定国大将军的帅印,剪灭了南明。到江南走了一趟,他也不枉度一生了。还有,那白银凤是豪格送的,多年来给自己诸多快乐,论起来,这也算得上一项好处。再说自那事后,豪格也并没有再找什么麻烦,一直两相无事……

豪格现在又负荆请罪,哭成了一个泪人,多铎不但原谅了他,而且感到豪格可怜、可爱了。

"陈芝麻烂谷子的事还提它干嘛?阿尔塞死了,拿出几千两银子给他的家属不就完事了?萨洛和尚阿藏了,现在让他出来!"多铎的意思是说事情要私了。

豪格并不同意,道:"我学老叔的品行——做事敢作敢当,绝不再混混沌沌过日子……"

多铎再次被感动了:"好样的小子!那你打算怎么办?"

"我已经写了认罪表,呈给了摄政王。"

多铎听后大吃一惊。写一个认罪表呈上去,那就意味着死路一条!不能就这样把小命搭上呀!

"这样好了,我去找摄政王,请求他留你一条命……"

豪格一听愣了片刻,立即重又跪下道:"如果老叔请得侄儿一命,豪格一定重新做人,不辜负老叔的一番苦心……怕只怕豪格罪孽深重,再也得不到悔改的机会了……"说着又流下了泪来。

多铎道:"你放心好了,这个世上,只要我多铎身子上扛着一个脑袋,那就不会有一个无头的肃亲王!"

多尔衮接到了豪格的认罪表。

他看后先是一惊,想不到豪格会呈上这样一表。但思前想后,觉得他的这一行动不足为奇。

多铎在山海关抢占民女案,据刑部所掌握的情况,阿尔塞诬告之举系有人指使,而线索渐渐向豪格身上集中,但还无法最后做出判定。现在豪格所讲,与刑部所掌握的材料吻合。而近两年来,特别是刚刚过去的这一年,豪格确实有些变化,不再像往日那样怨天尤人,对事情也变得积极起来,并且有了不少好的建议。譬如前不久,他提出应该向张献忠发出招降书,分化大西群臣,着手准备入川征伐之事。

因而,多尔衮看到豪格的认罪表后十分高兴,立即拿着那表进了皇宫。

福临长大了,三年时间,他的个儿长了一头。随着年龄的增长,他的见识也在增多。他看罢摄政王带过来的认罪表,先是一惊,随后心中犯了嘀咕。摄政王收到这认罪表,自己不做处理,大清早就进宫把表交给朕看,用意何在?三年前,是他坚持给豪格复爵的。而从时间上看,肃亲王干这诬陷之事,是复爵之后不久。摄政王自己不做处理,拿过表来给朕看,是不是在表明:瞧!当年我不同意给肃亲王复爵,你偏坚持。这不,复了爵,肃亲王就干出了如此龌龊之事,现在看你怎么处理吧!

另外,福临也怨恨起自己的这位哥哥来,心想:大哥,你老实享受王爷的荣华富贵不就得了,为什么如此不安分,弄出一个没影的豫亲王抢占民女的事来?这下好了,害人不成反害了自己,何苦来哉!再说,你如此不争气,也把朕弄到了一个尴尬境地,现在让朕如何是好?

想来想去,福临有了主意,争取主动,不要等摄政王把他的处理意见讲出来,自己先表明态度!随后,他狠狠地对摄政王道:"有负朕意!有负朕意!想不到,竟然干出如此伤天害理之事,定杀无赦!"

福临的狠劲儿倒让摄政王吓了一跳,心想这下得费一番功夫,才能劝谏皇上认同自己的处理意见了。于是,他劝道:"皇上息怒。"

福临依然气鼓鼓的,不停地道:"定杀无赦!定杀无赦!"

"皇上息怒……"随后,摄政王又道,"皇上,依臣之见,肃亲王干出这样的事来,实在可气。可肃亲王之所为,并没有造成多大实际危害。现在他主动上表揭发自己,表示愿意接受惩处,实属难得。肃亲王的这一作为应当受到肯定和表彰,不然,今后哪个还愿意反省自己、揭露自己呢?故而,臣的意思是从轻发落……"

福临一个字一个字地听着摄政王的话。他再次吃惊了,心想摄政王竟为肃亲王讲好话?要从轻发落?自己本想顺着摄政王的意思表态,没想到却与摄政王的见解背拗了。他忽然又有了一个新想法,看自己坚持己见,摄政王会有什么样的表现,于是道:"摄政王所言不错,可依朕之见,定斩不容!"

摄政王见福临如此执拗,便思索着用什么办法说服皇上。过了一会儿,就听他道:"皇上,方才臣讲了可赦的两条理由。臣想到,肃亲王自己揭露自己,并非偶然。过去,他有自私、狭隘的毛病。近年,他有了明显的转变。尤其是近一年,他的变化很大,毛病去了许多。他出了许多的主意,有些是很好的主意。臣还想到,如今李自成灭了,江南之地也被涤荡,只剩下了西南一隅。四川还有个张献忠,台湾还有个郑成功,还有许许多多的事情要做。皇上,臣是一个要强的人,但能力有限。在这样的情况之下,臣所希望的是朝中上下一致,尤其爱新觉罗氏要团结一致。皇上,臣收到肃亲王的认罪表后所产生的感觉,比灭了一个南明政权还要快慰。皇上,如果我们不从这一点上看,而是拘泥于一事一案,那我们就可能只顾一招儿,不顾全盘。正是从这一点出发,臣以为对肃亲王还是从轻发落为好……"

福临心中感动了,他开始怀疑往日对摄政王的看法是否正确。

一次,辅政王济尔哈朗及内大臣等人定议,以皇叔父摄政王多尔衮代天摄政,赏罚等于朝廷,请崇隆体统,一切仪制亦应加礼。此议启奏摄政王后,摄政王固辞不受,说:"予在皇上之前,不敢违礼。如在他处,可按汝等之议行之。"

次日,摄政王乘轿入朝,诸臣皆跪迎。摄政王见状立即返回,召大学士刚林、祁充格道:"诸臣为何跪我?今我所入者,君之朝也。"

又一次,摄政王集诸王、大臣等遣人传语曰:"今观诸王贝勒大臣,但知谄媚于予,未见有尊崇皇上者,予岂能容此!昔太宗升遐,嗣君未立,诸王贝勒大臣等率属意于予,跪请予即尊位。予曰:'尔等若如此言,予当自刎,誓死不从。'遂奉皇上缵成大统。似此危疑之时,以予为君,予尚不可,今可不敬皇上而媚予,予何能容?自今以后,可悉识之。有尽忠皇上者,予用之爱之,其不尽忠不敬事皇上者,虽媚予,予不尔宥也。二圣所贻之业,予必力图保护,俟皇上春秋鼎盛,即行归政。予之声名,岂渺小耶!"

福临回想起来,虽然不觉得摄政王本人在他面前有越轨之举,但其心中是不是真的尊重一个不懂事的孩子?特别是在别的人拼命谄谀摄政王的时候,他是不是真心实意地要别的人来尊重一个不懂事的孩子?这样的问题,在他心中一直没有找到答案。

现在看来,自己的怀疑或许是不对的。

另外,他还听说摄政王对大学士们讲了这样的话:"我素性遇有干誉邀名之事,不唯我不肯为,即见人为之亦不胜其羞耻。文王泽及枯骨,古今相传,以为美谈。向使桀纣行之,便贻笑于后世。古今异势,不相沿而治。若必执尧舜之道行之今日,亦有不便者。唯因时制宜,务使百姓普被恩泽方可。若沾沾小惠,我所不为也。"

看来,摄政王确实有不图虚名的品德。

还有这样的一件事,一日,六部都察院诸臣入见摄政王,摄政王谕诸臣曰:"方今江南平定,人心归附,若不乘此开基一统,岂不坐失机会。诸臣各宜同心一力,因时建功。凡属职业当务,切实恪共底绩,毋尚虚名,徒饰浮说。又曰:明季诸臣窃名誉,贪货利,树党羽,肆排挤,以欺罔为固然,以奸佞为得计,任意交章烦渎主听,令主心志眩惑,用人行政颠倒混乱,以致寇起民离,祸乱莫救。覆辙在前,后人炯鉴,亟宜痛加悛改,岂容仍袭故套,以蹈颠蹶。今天下已将混一,百事创始,政务殷繁,一切事宜当从实遵行。其含糊无用之言,必不可听。以后内外大小诸臣,宜共体此意,永为遵行。"

福临看出,今天摄政王对肃亲王之事的思考,是从国家大局出发的,于是道:"摄政王说的是,对肃亲王朕同意从轻处理……"

事情就这样定了下来,肃亲王受到了处罚:罚银一万两,另拿出白银五千两充作对阿尔塞的抚恤。这样,他不但保住了性命,而且还保住了爵位。

肃亲王喜出望外,对豫亲王好好感谢了一番,进宫谢了恩,并找到摄政王表示重新做人。

涉案人正白旗牛录章京萨洛和正白旗士兵尚阿得到赦免,藏身多年,有了出头之日。

事情传开后,许多人惴惴不安,生怕自己往日与肃亲王干的坏事被告发出来。但事实上,这样的事并没有发生。

与豪格关系最近的当属希福,他已经恢复了大学士的官衔。豪格主动找到希福,说他往日糊涂,干了些见不得人的事,现在要痛改前非,重新做人。特别表示往日的事已经过去,他好汉做事一人当,不会牵涉任何人。

希福对豪格的巨变感到不解,但想到往日做的事都是为了肃亲王,既然他自己要改邪归正,那他希福用不着再动什么脑筋了。希福吃了定心丸,其他有关的人心里也变得踏实起来。

按照肃亲王的提议,福临已经下诏招抚张献忠,曰:

> 明祚衰微,臣奸政舛,人心瓦解,国祚沦亡。今天下一统,率土臣民皆朕赤子。张献忠前此扰乱,皆明朝之事,因远在一隅,未闻朕抚绥招徕之旨,是以归顺稽迟。朕洞见此情,故于遥发大军之前,特先遣官赍诏招谕。方今有志之士,皆欲争先归顺,建立功业。张献忠如审识天时,率众来归,自当优加擢叙,世世子孙永享富贵。所部将领头目兵丁人等,各照次第升赏。倘迟延观望,不早迎降,大军既至,悔之无及。

半年过去后,不见张献忠回应,多尔衮遂召集文武百官议定讨伐。

何人来挂帅呢?经多铎提名,多尔衮最后确定由豪格为靖远大将军,统领官兵往征四川。令衍禧郡王罗洛浑,多罗贝勒尼堪,固山贝子满达海,镇国公喀尔楚浑、岳乐、努赛等率军同往。

多尔衮、豪格与罗洛浑以及多铎、阿济格、洪承畴、宁完我等人多次商量,最后制定了入川作战方案。不日,豪格率十万大军上了路。行前,像前两次出征一样,举行了隆重的誓师仪式。

且说张献忠自三年前在成都登基、宣布建立大西国后,派兵四处征讨,已经将四川全部扫平。大西军每到一处,都打土豪、办劣绅,向百姓分粮分物,闹得热火朝天。

只是这张献忠天生嗜杀,再加自幼痛恨豪富人家,带兵每到一处,所有豪富之家,不但大多败在他的手下,而且许多人都丢了性命。入川后,张献忠越发变本加厉,以杀戮为乐,人们在血腥的现场,往往能够看到他的身影。

如果明,包括南明亡于腐,李自成的大顺亡于流,那么,张献忠的大西,则亡于残。

张献忠虽然把打土豪所得部分粮食、物件分给了民众,但他并不得民心。明朝的残存军队和当地豪富武装,对大西进行报复,往往伤及那些拥护大西军的百姓。这样弄得人心惶惶,许多人在心惊胆战的状态下过日子。

许多大臣看到了危险性,纷纷劝谏,但张献忠把忠言当成耳旁风。张献忠的义子孙可望对张献忠的做法深为担忧,就曾劝谏道:"父王为此,实不思已甚!父王为百姓之首,如一身之肢体然,今手足已去,其头安能存哉?有王无民,何以为国?"

张献忠亦不听。

于是许多人不再去管他,有的辞了官,有的则选择了另外一条路。

且说朝中有个将领姓刘名进忠,他对张献忠的危险做法屡进忠言,但张献忠不听。不但不听,而且把他贬在边关——镇守朝天关。刘进忠遂萌叛志。

肃亲王豪格率军抵陕南,刘进忠乃打开朝天关,率众迎降。

当时,张献忠驻扎在西充凤凰山下的太阳溪畔。刘进忠引清军奔驰一千四百里,于某日黎明抵达张献忠营地。当时大雾弥天,敌军近在咫尺,张献忠却毫无察觉。

清军是由豪格亲领的,很快进入张献忠大营。这时,大西军军士发现了清军,哨兵火速入告张献忠。张献忠听后大怒——怒在哨兵扰乱军心,于是,把相继入报的几个人都杀掉了。及确知清兵来了,仓促间,张献忠不及披甲,急率兵将出营迎战。这时浓雾消散,一切都一目了然。刘进忠看到了张献忠,对身边的豪格道:"那穿蟒袍的就是张献忠!"

张献忠也看到了刘进忠,恨得咬牙切齿,正要引弓射刘进忠时,肃亲王已经发箭,一箭飞来,正中张献忠左胸。可怜这张献忠英雄一世,叱咤风云,顿时呜呼哀哉。

随后,清兵涉水而进,奋力掩杀,大西军因主帅阵亡顿时溃退。

这豪格真乃福将一员,率大军入川作战,几乎未费吹灰之力,便打败了张献忠。他派人回朝报捷,意欲班师。多尔衮闻报大喜,至于班师之请,多尔衮却没有应允。因为张献忠虽死,但其他将领还在,大西军尚有不少人马。于是,多尔衮谕豪格在川内继续进剿。

张献忠好打,但肃清其残余势力的任务并不容易完成。因为一来,四川盆地地势所限,四面高山,大西军逃入后,进剿困难。二来,四川地面大,大西军有较大的回旋余地。这样,豪格在川内又待了近两年的时间,方把境内大西军残余荡平,随后再次报捷。

四川全境已在掌握之中,永历小王朝只盘踞于贵州一隅,郑成功不足为患。所以,多尔衮非常高兴,决定陪福临及百官隆重郊迎豪格。

郊迎的前两天,多尔衮收到钦天监监正汤若望的奏折,谈及扩建观象台之事。看到汤若望的奏折,多尔衮想到曾答应汤若望,要到他的观象台去看看。再加上前不久,发生了利类思、安文思事件,牵涉汤若望,差范文程去调查处理,案子还没有了结,他想趁去观象台之机,亲自询问一些情况。特别是多尔衮想陪皇上到那里去一趟,使皇上在天文等方面增长一些见识,了解西洋的一些情况。他记得有一次给皇上讲汤若望的天文学问,皇上表现出了极大的兴趣。随后,摄政王进宫把自己的想法奏给福临,福临听罢立即答应了。

福临早就想见一见汤若望,见识一下他那个神奇的观象台。摄政王提出明天陪他前往,他感到兴奋异常。他听了许多有关汤若望的神奇传说,但疑窦比听到的故事还要多。于是,他决定召有关人员进宫,将一些事情讲一讲。大学士冯铨对汤若望了解最多,可惜已经于不久前去世了,剩下的大学士中,对汤若望了解最多的,当属范文程。于是当晚,福临便把范文程召进了宫。

福临要求范文程从头给他讲一讲汤若望,范文程便奏道:"臣是于顺治元年开始接触汤若望的。我军入主北京后不久,摄政王下达严令,要求内城居民,限三日内尽行迁居外城,腾出内城供八旗军居住。令出的当天,就有一给摄政王的奏折出现在臣的案上,臣打开看时,是一外国人上的表,这人就是汤若望。汤若望当时住在宣武门的天主堂内,他的奏折是用汉文写的。汤若望的奏折是说他奉前朝皇帝令修历法,写了历书多种,正付工镌版,尚未完成,而版片已堆积累累。堂中供像礼器、传教所用经典、修历应用书籍、测量天象之各种仪器,件数甚多,一并迁于外城,不但三日限内不能悉数搬尽,且难免损坏。他说这些东西修整既非易,购买又难能随时寄来。因而恳请仍居原寓,照旧虔修。臣知道入京后,摄政王就有集中人力制定新历法的想法,臣也听说崇祯皇帝生前已经在让外国人制定新历法,但并不晓得那外国人是谁。接到汤若望的奏折后,臣立即呈给了摄政王,摄政王随即批示:'恩准西士汤若望等安居天主堂,各旗兵弁等人,毋许阑入滋扰。'这样,汤若望的天主堂保住了。此后,汤若望多次奉召入朝,向摄政王力陈新历之长,并进献了新制的舆地屏图和浑天仪、地平晷、望远镜……"

讲到这里,福临打断了范文程的话问道:"慢,慢,你说都有什么?"

范文程于是重复了一遍:"新制的舆地屏图和浑天仪、地平晷、望远镜等。"

范文程一面说着,福临一面默默地数着:"新制的舆地屏图、浑天仪、地平晷、望远镜……对,这些东西朕都是看过的,许多并不晓得它们的用处。"

范文程继续道:"当年,汤若望曾显示过本领。他用新法测得八月初一日将有日食,并算出了初食、食甚、复圆的时刻。当时,掌管钦天监的是原明旧臣,他们也测得了日食,同样演算出了初食、食甚、复圆的时刻。但是,双方出示的时刻是不同的。谁是谁非?摄政王下旨,派大学士冯铨当场检验。大家看着各家提供的时辰表,举目望着天空的日头。钦天监旧官所测初食时刻已到。大家屏住呼吸,每个人都举着一片熏上烛烟的玻璃,目不转睛地看着日头,结果什么事情也没有发生。这意味着,钦天监旧官的旧法应被淘汰。可汤若望的计算又如何呢?大家继续等待着。等啊等,汤若望所算初食时刻到了。大家依然屏住呼吸,每个人依然都举着一片熏上烛烟的玻璃,目不转睛地看着日头。分秒不差,初食开始,随后,观察食甚、复圆,汤若望所算时间亦分秒不差。"

福临闻言陷入深思之中,半天才道:"奇怪!朕一直觉得奇怪!这日食、月食竟能够算它出来!范爱卿,你晓得这里面的道理吗?"

范文程回道:"臣亦不甚了了……"

福临道:"这是明天朕要让汤若望讲解的第一个问题,你接着说。"

范文程又道:"这样,汤若望受到摄政王的重用。皇上是否知道,当年皇上在紫禁城登基,那十月一日的吉日,就是摄政王让汤若望选定的……"

福临听后道:"是这样吗?朕并不知晓。"

范文程继续说道:"最终,汤若望得到了钦天监监正的差使,负责制定我朝新的历法。这项工作用时一年,最后制成《时宪历》于顺治二年颁布实行……"

讲到这里,福临打断范文程道:"前不久听说汤若望碰到了什么麻烦,是怎么回事?"

范文程回道:"肃亲王在四川捉住了传教士利类思、安文思。他们在那里拼命地维护、帮助张献忠,对我军入川极尽破坏之能事。肃亲王差人将他们押解进京。两人曾托汤若望依仗与摄政王的关系说情释放他们,汤若望没有应允。利类思、安文思遂对汤若望进行报复,暗中联络一批教士,其中包括在天津传教的卫匡国,北方传教会长傅泛济,向摄政王上书陷害。摄政王下旨让臣查办,臣了解了内情后,已向摄政王奏报,案子尚未处理。"

福临听后笑道:"想来,上帝身边也不平静……"

范文程听后也笑了起来,继续道:"前两天,汤若望已经知道那些人在闹腾,但不放在心上,认定自己所做的对上帝有利,刚刚上本要求扩建了观象台,并……"

福临打断了范文程的话道:"停住吧,朕明天就去那里——现留一个悬念给朕,以便赶明儿去了看得新鲜。"

次日,按照多尔衮的意思,大家都穿了便装,这使福临感到异常惬意。除福临、多尔衮外,还有宫廷总管魏国征、宫廷侍卫统领图赖、摄政王侍卫统领孙童儿等人。

他们首先到了位于宣武门内的南教堂,这里是汤若望的起居处。原本大家是直接去观象台的,但福临对西洋人的生活起居很感兴趣,便提出先到这里来。

汤若望事先已经接到通知,便独自一个人站在大门口迎候。

远远地,福临已经看到一位身材高大、身穿法衣、胡须灰白的老者站在门前。等他与多尔衮走近时,就见那老者用手在胸前画了一个十字,微微欠身道:"臣迎候陛下、殿下……"

走近了,福临这才看清楚,实际上汤若望并不甚老。他的一双蓝色的眼睛,闪着睿智的光芒,目光坚定而又深邃,皮肤白皙而红润。他的话是笑着讲的,一排洁白的牙齿异常醒目。

汤若望引福临、多尔衮进了院子。一进院,便听到一阵"迎接陛下、殿下"的嗡嗡声。原来,院子里站满了迎候皇上和摄政王的教士,个个身穿法衣,大多像汤若望那样碧眼白肤。

福临来教堂的意图早已向汤若望说明,所以汤若望引福临、多尔衮一行看了弥撒堂,看了大家的住处,看了洗浴室,看了厨房和食堂。福临无不感到新奇。

多尔衮也是第一次到教堂来,第一次看西洋人的起居处,也增长了不少见识。

结合各处的参观,汤若望相应地向福临、多尔衮讲了上帝,讲了耶稣,讲了基督教。

参观过程中,汤若望特向福临和多尔衮介绍了一名来华多年,前不久回国去了解新的地平晷制作方面的难题,新近返回的教士。说他带来了欧罗巴诸国新的情况,由于近日太忙,还没有来得及呈奏塘报。

原来,之前汤若望形成了不定期地向摄政王多尔衮呈报塘报的惯例:每有外国大事传来,他就写一奏折呈送多尔衮参阅。多尔衮对这种塘报非常重视,大凡塘报送达,多尔衮是必看的。现在听说有了新的情况,他立即问道:"又有什么大事发生?"

当时的欧洲,以英国的变革最为抢眼,因此,汤若望曾重点奏报了他所了解到的英国的情况。

"克伦威尔成了气候。国王的军队在普雷斯顿已经被击溃,国王被俘……"汤若望道。

汤若望曾向多尔衮讲过英国内战的来龙去脉,他知道克伦威尔何许人,听汤若望说国王被克伦威尔捉到,甚感惋惜。只是,英吉利、德意志、法兰西,等等,都在千里以外,所以,英王打胜也罢,打败也罢,都是无所谓的事。而与大清国有直接关系的是荷兰,因为荷兰占着台湾,收复台湾,一直是多尔衮思虑之事,于是问道:"荷兰国内情况如何?"

汤若望回道:"现荷兰国内倒还平静,它的忧患在国外。欧罗巴有识之士都认为，不用几年，它和英国必有一战……"

摄政王问："为什么呢？"

汤若望回道："因为它们正在海上争霸……"

福临没有听明白摄政王与汤若望这番对话，他也不感兴趣。他们离开教堂，去了观象台。在路上多尔衮又问汤若望，按照教规，传教士究竟能不能兼任官职？

汤若望知道多尔衮关心这一问题，听后道："这也并无明文规定，且各处规定也不尽相同。如果把范围说大些，传教士乃神职人员，而神职人员兼任皇家职务的，在欧罗巴那是俯拾皆是的。殿下想必还记得臣讲过的黎塞留吧？"

多尔衮点了点头。

汤若望继续道："他在几年前去世——去世前，他是红衣主教，可又是法兰西的宰相，这就可见一斑了。"

在这里，不晓得汤若望是有意还是无意，他实际上已经偷换了概念，从而将神职人员和传教士混为一谈了。多尔衮是异常精明的，但一来他对教会之中的事一知半解，对诸如神职人员、传教士这样的概念分得不是十分清楚；二来他的脑子不在这些小的事情上。故而，他认为汤若望是对的。

多尔衮觉得自己得弄清楚案子的是非曲直，遂回头对跟在身后的孙童儿道："不要忘记回去告诉范大人，要他找到北方传教会长傅泛济和教士卫匡国，让傅泛济收回他的讼状，要卫匡国不要瞎掺和，否则，立即驱逐；对利类思、安文思，要严加惩处；钦天监上书的那批旧臣，发配充军。"

孙童儿连声回道："记下了。"

大家到了观象台，汤若望先领福临、多尔衮等转了一圈，看了紫微殿、漏壶房、晷影堂等，然后登上了观象台。上面立着若干件青铜铸的宏大而精美的仪器，福临从来没有见到过，多尔衮也是第一次见。

在天体仪旁，汤若望给福临和多尔衮讲解它的用途。说到地球是圆的时候，福临让汤若望停下来，道："在宫里早就听人说地是球形，我们是站在圆球上的。朕听后质问他们，天圆地方，自古亦然，怎么到了我们这一代，忽然地变成了圆的？他们无言以对。今日玛法也这么说，那就请告诉朕，这到底是怎么一回事……"

福临对汤若望的称谓让多尔衮吃了一惊。就听汤若望回道："陛下,现在权且相信臣的说法,待臣讲完天体运行情况的事后,再回过头来陈奏陛下所提的问题。"

福临接受了,听汤若望讲解天体运行的知识,讲了太阳,讲了地球围绕太阳旋转,讲了月亮围绕地球旋转,随后又反问道："日食、月食的事为何可以预测呢?"

说到这里,福临打断汤若望道："朕正想问这个问题。听人说,几年前八月初一日闹日食,玛法预测得最准。朕就纳闷,那怎就能够预测,而且还能够做到分秒不差呢?"

"臣正要回答这一问题。"随后,汤若望讲述了太阳、地球、月亮运行的轨道和规律,讲明运行之中形成日食和月食的道理。接着,汤若望解释了地球是圆形的问题,"太阳是圆形的,月亮也是圆形的,这我们是看得到的。而日食时,圆圆的月亮影子留在太阳上,也证明月亮是圆的。同样的道理,月食时,留在月亮上的地球的影子是圆的,也就证明地球是圆的。"

福临相信是这样的,但依然产生了许许多多的疑问。最后,他问道："玛法说地球在不停地转动着,那我们站在它上面,为什么不被甩出去呢?"

汤若望没有急于回答,他晓得小皇帝脑子里会有许许多多的问题。一来,许多的问题不是三言两语就可以讲明白的。二来,是他想吊吊小皇帝的胃口,以便创造日后与福临会面的机会,于是道："陛下有什么问题可一并提出。有些恐怕不是一时能够禀奏明白,有些则可能连臣都不明白。故而,容臣听后思考一番,回头找一些资料,陛下择日召见臣,臣再次禀奏。"

多尔衮已经看出汤若望的用意,笑了笑,表示赞同。

随后,福临一连串提了几十个问题,诸如:

说太阳是"恒星",不动;金星、木星、地球等是"行星",围绕太阳在旋转,这是由谁规定如此行事的?

光亮来自太阳,热也来自太阳,那太阳的光和热是哪个给它的?

既然说太阳、月亮是固定不变的实体,为什么我们有时看它们大些,有时又看它们小些?

说地球在不停地旋转着,那我们为什么并不觉得眩晕?

……

最后，福临还向汤若望提道："既然天体运行是这个样子的，那欧罗巴所信仰的上帝，他的位置在哪里？说上帝安排了一切，那么又是哪个安排了上帝？"

这最后一问显然是亵渎神灵的，汤若望却理解这个不信教的小皇帝为什么提出这样的问题。

多尔衮见福临一口气问了这许多的问题，而且问题也都是他本人在心里盘问需要弄明白的，因此，他觉得这个侄儿是一个肯于用心求学的孩子，心中很是高兴。对于最后一个问题，多尔衮也觉得有些唐突，但对一个不信教、不谙教规而又肯于用心的少年来讲，提出这样的问题也是自然的。

这之后，大家又看了赤道经纬仪、黄道经纬仪、象限仪、纪限仪、地平经纬仪和玑衡抚辰仪等。

因为次日要郊迎肃亲王，福临和汤若望约定，后天汤若望进宫去讲解福临提出的那些问题。

临别时，福临又亲切地叫了汤若望一声玛法。

第二十一章 勇士落幕,多尔衮身死名灭

肃亲王的大营驻扎在京南琉璃河。前一天,魏国征曾去那里看了作为顺治帝迎接肃亲王的现场,场地就设在军营中。当年,顺治帝和摄政王郊迎豫亲王、英亲王,场地都是在军营之中。

这是一次重大的活动,对许多的官员来说是很光彩的。因此,大家都起得很早,早早地梳洗穿戴了,上朝等候。

福临一直沉浸在观看观象台的兴奋之中。当日清早魏国征前来,他的脑子里依然回想着那位碧眼白肤的玛法讲解天象的种种画面。

多尔衮批阅了半夜的文牍,睡得很晚。出城时,他让五千名蒙古骠骑兵陪同皇上。连他也讲不清楚,自己为什么会突然有这样一个决定。

由锡翰做统领的五千名蒙古骠骑兵接到令旨,在皇上出发前已经全部整装待命。

正黄旗固山额真鳌拜在京城留守,图赖在宫廷留守。

卯正时分,福临大驾出宫。銮驾之后,便是锡翰统领的五千名蒙古骠骑兵。他们一色的黄骠马,马匹个个精神抖擞;军士一身正黄旗装束,个个斗志昂扬。

多尔衮在福临之后,后面依次为郑亲王济尔哈朗、礼亲王代善、豫亲王多铎、英亲王阿济格、饶余郡王阿巴泰、定南王孔有德(由恭顺王改封)、靖南王耿仲明(由怀顺王改封)、平南王尚可喜(由智顺王改封)以及大学士洪承畴、范文程、宁完我、刚林、祁允功、六部尚书、固山贝子瓦克达、固山贝子尼堪、辅国公满达海等人。

沿途百姓纷纷挤到街上，观看皇上的銮驾。

由于五千名骠骑兵跟随銮驾一起进营，将花费很长的时间。因此离肃亲王大营三里许，多尔衮命锡翰和骠骑兵停下，等待皇上返回时再行护驾。

豪格早就率众将在辕门外候驾。福临一到，豪格等人便跪拜接驾。

福临下了辇，多尔衮等人下了马。福临把豪格扶起，豪格又拜见了多尔衮，随后，与济尔哈朗、代善、多铎、阿济格等人一一见过，而后引福临等进入军营，到达犒军现场。

现场设在一片白果树林中，中间的正位两边是两排桌子，两排桌子的后面挂着幔帐，幔帐的后面则都是营帐。

酒宴已然上齐，福临在正中的桌前就座，右手依次是多尔衮、多铎、阿济格、阿巴泰、孔有德、耿仲明、尚可喜、洪承畴、宁完我、刚林，左手依次是济尔哈朗、豪格、罗洛浑、吴三桂、范文程、祁允功、豪格麾下的将领等人。

乐起，福临给豪格赐酒，然后给豪格麾下的将领赐酒，场上山呼万岁。多尔衮给豪格赐酒，然后给豪格麾下的将领赐酒，场上再次响起欢呼声。随后，大家归座畅饮。

酒过三巡，就见豪格站起身来，走到福临面前道："请皇上更衣……"

福临确实需要方便了，遂站起身来。豪格走上来，引导福临离席，撩起幔帐，向前面的营帐走过去。

在多尔衮身后的孙童儿注意到豪格的举动，遂凑近多尔衮轻轻叫了声："摄政王……"然后，目视豪格离去的身影。

多尔衮经孙童儿提醒，也惊了一下，转过身来看着右边的多铎。而多铎也正目不转睛地注视着那边。而后，多铎转过身来看多尔衮，两个人的目光会合在了一起。

就在这时，豪格一个人回来了。只见他站在福临落座的那张桌前，大声喊道："大家肃静了！本王刚刚奉皇上更衣，得皇上旨，说摄政王多尔衮结党营私，欺君罔上，特命本王……"

说到这里，就听席下有人大喊："豪格，狗杂种！你矫旨谋反，天理难容！无能之辈，还想成什么气候吗？"

众人看去，喊叫者乃豫亲王多铎也。

说时迟，那时快，豪格一见多铎大喊，那圣旨也不再宣读了，转身抄起案上一只酒杯，向多铎这边打来。顿时，从两边幔帐后蹿出几百名武士，他们呐喊着向多尔衮、多铎、阿济格这边奔过来。

在豪格刚刚宣布圣旨的时候，多尔衮做了两项布置：命孙童儿带着在场的护卫去保护皇上；命苏克萨哈急速出营，去调锡翰的骠骑兵。

孙童儿的行动分散了伏兵的力量——一部分人去拦截孙童儿等人。

多铎、阿济格以及身边的护卫都拔出了腰刀，迅速将多尔衮围在了中央。

这突然的事变考验着在场的每一个人。一边说遵皇上的圣旨锄奸，一边说是矫旨谋反，孰是孰非？必须立即做出选择。当然，也可以观察事态的发展，最后再做定夺。

眼下的形势，瞎子也可以看得明白。豪格是有准备的，而且有足够的人手。而多尔衮、多铎、阿济格一边事先毫无准备，就现场那么几十个人。

但不管怎么说，阿巴泰、孔有德、耿仲明、尚可喜、吴三桂、洪承畴、宁完我、刚林、范文程、祁允功都站到了摄政王一边。

在场的将领中，罗洛浑首先站出来，到了多尔衮一边，这没有什么奇怪的。另外，在场的将领中，有一部分是正黄旗的，镶黄旗的，正白旗的，镶白旗的。八旗将士的旗籍观念是根深蒂固的，在万分危急之际，他们毫不犹豫地站到了多尔衮一边。

尼堪、满达海则站在那里没有动。

济尔哈朗有一段时间处于相当尴尬的境地。许多人不顾生死，纷纷站到了多尔衮一边，他迟迟没有动作。是非曲直他看得是清楚的，但形势逼迫他站着不动，他也不想做殉葬品。好在这种尴尬境地很快就不复存在了，豪格的伏兵很快将他"保护"了——将他团团围起，让他毫无作为。

代善则较早地得到了这种"保护"。

由于伏兵的冲击，多尔衮这边的人很难再聚到一起，现场形成多个中心厮杀着。多尔衮已经多年没有上战场了，即使他领兵打仗，也不曾亲自上阵拼杀。故而，他手中那把剑挥起来显得甚为生疏。当队伍被冲散、多尔衮也不得不单独作战时，豪格冲了过来。

罗洛浑一直与豪格在一起，他觉得自己有失察的大罪。当日军营中突然发生了这一切说明豪格做了精心的准备、周密的布置。他作为大军的副帅,对这一切,竟然毫无察觉,这是不可原谅的。

多尔衮让他回营去调人马过来,但豪格对他已经有了防范,几十名军士一直围着他拼命地冲杀,使他难以抽身。他向其他将领喊话,可那些将领的处境与他一样,冲不出包围圈。

多尔衮并不是豪格的对手,两个人拼杀了没有半袋烟的工夫,多尔衮的左肩上就中了一剑。幸亏多铎的一名侍卫赶过来拦住了豪格,多尔衮这才得以喘一口气。

多尔衮这边伤的伤、亡的亡,人数明显减少,而豪格那边却越杀越勇。

那名侍卫很快就被豪格砍死了,他再次向多尔衮扑来。多铎见豪格缠着多尔衮不放,便想冲过去,但立即被豪格的人拦住了。

罗洛浑见多尔衮处在危急之中,拼着命杀了过来,与多尔衮并肩作战。

豪格怒不可遏,他大声喊话,调来了更多的人。

多尔衮的伤口流血不止,也只有强忍着与豪格拼杀。

这时他脚下一滑,摔倒在地上,豪格的剑顺势砍来。罗洛浑眼快身快,飞一般冲了过来,一剑打飞了豪格的剑。

就在这时,一名军士"嗖"的一声向罗洛浑挥刀过来,罗洛浑应声倒地,躺在了血泊之中。

多尔衮见状心如刀绞,精神已经难以集中。豪格从一名军士手中夺过一把刀,猛地向多尔衮砍来。

这时,山崩地裂般的响声从辕门那边传来,豪格不由得停下手。

随后是翻江倒海的气势——锡翰一马当先,苏克萨哈紧跟其后,五千名蒙古骠骑兵杀到了。

战马嘶鸣,军刀闪亮,豪格的军士纷纷伏倒。转眼间,包围多尔衮的那些军士大部被砍杀,锡翰到了多尔衮面前下了马,几名骑兵也下了马,把他保护了起来。多尔衮见状,向他发话道:"快去找皇上!"

这突如其来的变化令豪格感到心惊胆战。眼看就要得手了,现在却大势去矣。他仰天长叹了一声,站起身来正要自刎,却被锡翰用套马杆套住。

锡翰把豪格交给他的骑兵,便领着部分人按照多尔衮指的方向去找皇上。

福临被劫持在了一个帐篷里,孙童儿率侍卫前来保驾被挡,一直在与豪格的军士拼杀。锡翰率领骑兵赶到,打散了那些军士,将福临救了出来。

福临受了惊,打那天开始一直惊魂不定。

罗洛浑死了,阿济格受了伤,阿巴泰受了伤,孔有德受了伤,尚可喜受了伤,洪承畴受了伤。最严重的是,多尔衮不但受了伤,而且从被俘的豪格亲信口中得知,豪格的剑已经被毒药浸泡过,如果是那样,多尔衮还中了毒。

事情发生之后,人们都很疑惑,豪格不是已经悔改了吗,怎么突然干出了如此惊天动地之事?而实际上,所谓悔改,是豪格设下的一个骗局。而他的高明之处,在于他几乎欺骗了所有的人。

走到这一步,对豪格来说是艰难的。它不但有风险,而且需要付出种种难以忍受的痛苦,尤其是精神上的痛苦。他必须低下头去,接受屈辱。他必须忍耐,而且是长时间的煎熬。为了保证最后的成功,他必须把自己一层层包裹起来,并且为了成功,他必须失去朋友、同盟者,一个人单打独斗。但这一切他都做到了。他不顾屈辱,向多铎负荆请罪,对多尔衮低三下四。他在四川一待就是三年,而最后的行动计划原本可以希望在杀掉张献忠之后就实施的,由于多尔衮让他把川内张献忠的残余势力完全灭掉,他不得不苦苦地又等了两年多。

为了这最后的一搏,豪格做了长时间的精心准备。首先,他物色了执行他命令的杀手。在消灭张献忠余部的战斗中,豪格所带的队伍中杀出了一支劲旅,他们是正黄旗的一个牛录。由于作战勇猛,这个牛录得到了金头牛录的称号。金头牛录的牛录章京包猴儿,也成了全军闻名的人物。豪格选中了金头牛录,选中了牛录章京包猴儿。在回来的路上这三个月的时间,每晚扎营,豪格总是与金头牛录单独在一起。

豪格告诉金头牛录和牛录章京包猴儿,这个世界上,皇上是神圣不可侵犯的,保卫皇上可以不惜生命。

金头牛录属于正黄旗,正黄旗是皇上亲领的旗。忠于皇上,为皇上去死,对金头牛录的军士和牛录章京包猴儿来说,那是天经地义的。他们见豪格如此地忠于皇上,便对他有了特殊的亲切感。他们愿意在豪格的指挥下,做一切事情。

其次,豪格与金头牛录的营帐,总是远离大营中的其他营帐,成为大营之中一个相对独立的系统。而且,豪格和金头牛录的营帐的方位总是固定不变的,他们组成了一个"问"字,金头牛录的营帐组成"门"字,豪格的营帐便是"门"字里面那个"口"。没有人怀疑豪格的用意,这样的安排对他是很安全的。

三个月以来,天天如此。

福临和多尔衮郊迎、犒军那天,现场的形式就是这样的。福临正中间的那桌案,便在豪格大帐的前面。两边的桌案,则完全被金头牛录的营帐包围着。而牛录章京包猴儿所率领的金头牛录的军士们,当天就在他们的营帐里,这一布局没有引起任何人的怀疑。

当天清早,天还没有亮的时候,豪格便把金头牛录和牛录章京包猴儿召到一起,拿出一帛卷,神秘而坚定地向大家宣读了皇上的密旨:摄政王兄弟欺君罔上,密谋篡位,罪大恶极,密令他借郊迎犒军之机除之。

场面顿时紧张了起来,没有一个人对圣旨的真伪提出质疑。大家坚信效忠皇上的时刻到了,个个义愤填膺,跃跃欲试。

豪格又做了一番动员,并决定届时以他掷杯为号,大家一齐出动,并力讨贼。随后,豪格又宣布从即时起,任何人不得擅自行动,大家要相互监督,确保机密。

在犒军前一天,豪格已经向营中各旗下达命令,明日皇上和摄政王前来犒军,为保证安全,大家要好好待在营中,任何人不得以任何理由出营,违者定斩不赦。

一切准备就绪,他对胜利有百分之百的把握。

他对大营中的队伍做了安排,事实说明是有效的。整个厮杀过程,大营稳如泰山。但他对辕门那边的布置出现了疏漏。他原想在那里部署一部分军队,后来认为那会不利于保密,因此,便没有在辕门特别安置什么人。正是这一疏忽,使他的绝妙设计最后归于失败。

苏克萨哈被派出营去联络锡翰,凭他的经验,觉得立即闯出去必被豪格的人发觉,从而白白断送自己的性命。他迅速隐蔽在幔帐之中,寻找着机会。豪格的人冲出来,他没有被发现。后来,双方进行了惨烈的厮杀,这让苏克萨哈有了机会。他分析了眼前的形势,十分明显,多尔衮这边凶多吉少,他想找个地方隐蔽起来。但他随后想到,在外人眼里,他是多尔衮百分之百的心腹亲信。因此,即使躲过了这一劫,豪格得势后,他也难免一死。如果他能够冲出去把锡翰弄来，那豪格就完了。而那样，他的功劳就非同小可。

正好，金头牛录的马匹都在帐外的马厩里。不由分说，苏克萨哈冲了过去，一剑下去，将一匹马的缰绳砍断，拨马向辕门奔去。他一面飞奔，一面高喊："打开辕门！"

辕门有几名军士在看门，他们听到了里面的厮杀声，但不清楚究竟发生了什么事。见一骑飞速驰来，来不及做出任何反应。辕门正好半开着，苏克萨哈紧催坐骑，出营去了。

豪格的作为激起了许多人的愤怒，大家纷纷要求处死他。

多尔衮说服了众人，把豪格囚了起来。多尔衮讲，当年的阿敏那样的凶残，太宗都没有对他实施极刑。莽古尔泰谋反，太宗对他更是宽宏大量。因此，多尔衮坚持旧例，只像处置阿敏一样，把豪格囚禁起来。最后，大家只好听从。

起初，大家主张搜集豪格更多的罪行公示。多尔衮也没有接受，说："其他所有的罪行，难道还比最后这种罪行更重吗？"

许多人劝他休息一段时间，他答应这段时间过后他就休息。而事态的发展却令他不得不躺在床上休息了，他的剑伤发作了。

剑伤一直没有封口，现在伤处由红变黑，开始不断地流出黑水。原来伤处疼痛还有感觉，现在没有知觉了。

又过了两天，多尔衮发起烧来，很快陷入昏迷。他躺在床上，双目紧闭，浑身发抖。

大家慌了神，问御医能不能解毒。御医一直在试着治疗，但多尔衮的病情却一日重似一日。最后，竟不但滴水不进，而且终日处于昏厥状态。

大家，包括福临在内，都急得团团转，眼看着多尔衮的病情一日重似一日，毫无办法。

大臣们推多铎临时摄政，并尊为叔父摄政王。

次日清晨，大家又聚在摄政王府，依然急得团团转。

在太阳从摄政王府东墙上射下第一缕晨光的时候，众人见多尔衮的眼睛动了一下，随后，见他左手轻轻一动，嘴里也在讲着什么。众人立即凑了过来。

就在这时，外边来报："一位自称山芹道长的人要求进府，说来给摄政王医病……"

"快请！"多铎、阿济格同时道。

道士被领了进来。果然是山芹道长！他鹤发童颜，一件灰色的道袍，背上斜着背了一只葫芦。

多铎、阿济格见过道长，把他领到多尔衮床前。

山芹道长查看了伤口后道："不妨事……"

多铎和阿济格以及在场凡是了解山芹道长情况的人，听了他简单的三个字后所产生的那种感受是无法形容的。他们觉得，原来那猛然倒过来的泰山，一下子停住了。

真所谓手到病除，山芹道长的一剂药多尔衮喝下去，身上便开始退烧；第二剂喝下，多尔衮醒了过来。见山芹道长在床前，向他点头示意。第三剂喝下，伤口开始收口。

之后，山芹道长离开了，临走时他留下了一句话——力戒忧烦。

福临听说多尔衮醒过来，非常高兴。只是，心中的波澜再次涌起。

对于那天肃亲王大营发生的事，福临不但受了惊，而且有了心事。福临绝对想不到豪格会干出这样的事。不是好好的吗？原来做错了事，认识到了，负荆请罪了，而且在四川干得好好的，怎么说反就反？他的认错是假的？他自那以后的所作所为都是假的？真是人心隔肚皮，真真假假，让人摸不清，哪些是真的，哪些是假的。

随后，福临又想到自己一向是同情豪格的。尽管在豪格自曝诬陷多铎事后，自己曾经主张对他严加惩处，但实际上，自己同情、庇护豪格，那是举朝上下有目共睹的。现在，豪格犯下了这十恶不赦的谋反大罪，别人会怎么看自己？特别是多尔衮、多铎、阿济格等如何看？

就在福临胡思乱想、疑虑多端之时，一名贴身太监告诉他，朝中有人相信，那天，皇上被豪格领走那会儿，皇上确实向他下了讨伐多尔衮的圣旨。

"岂有此理！"福临听到那话时勃然大怒。

此后福临忧心忡忡。

恰好，当天多铎进宫有事向他奏报。福临觉得必须把事情讲清楚，于是便问多铎，听没听到说是他给豪格下了讨伐摄政王的圣旨的议论。

多铎听后表示他并没有听到这种议论，即使有这种议论也是荒唐的。再说，人们不明真相，有这样或那样的说法也是自然的。他请皇上不要想得过多。

福临闻言，稍稍放心。随后，魏国征有事请见皇上，福临向魏国征问了同一个问题。魏国征说他并没有听到这种议论，并说即使有这种议论也是荒唐的。再说，人们不明真相，有这样或那样的说法也是自然的，请皇上不要多想。

福临听后越发放心了。

多尔衮退烧的次日，福临来摄政王府看视。多尔衮尚不能起床，见皇上来了表示不安，问了皇上今日的情况。福临在多尔衮昏厥时曾经来过，现见多尔衮气色渐渐地缓了过来，感到很是宽慰。

临走时，福临忽然又想起有关他下旨给豪格的事，认为有必要把事情讲清楚，于是道："摄政王，近日朝中有人传言，说那天在肃亲王大营，朕被豪格领走那会儿，的确向他下了讨伐的圣旨。朕对这种无中生有的……"

多尔衮听后感到一震，而福临讲起来这事来那激动的神情，更是让他感到吃惊，忙道："皇上，臣并没有听到这种议论，即使有，这种议论实属荒唐。再说，人们不明真相，有这样或那样的说法也是自然的，请皇上不要多想。"

有了多尔衮的这一番话，福临更是放下心来。

福临离开了，但还没有出摄政王府，他猛然觉得有什么地方不对劲儿，他们怎么讲了同样的话？

太后一直注意朝中的变化。

当天，豪格谋反之事传入宫中时，她吓得魂不附体。她知道，这是大清建国以来最严重的一场危机，她立即向佛祖进行了祷告。后来，叛乱被平息，她紧张的心情才平静下来。随后听说多尔衮中了毒，她又忧心忡忡。

后来有一天，太后把刚林召到了后宫。

"《明史》编到了哪里？"太后一见面便向刚林提出的问题让他吃了一惊。

顺治二年，摄政王命三院大学士洪承畴、范文程、宁完我、刚林、祁允格等人为总裁官编写《明史》，此事一直在进行中。但太后为什么问起这事来，刚林感到了突然。

太后让他坐下，他谢了座，做了回答。

太后又问道："那你们已经写完了万历皇上那一段——那一段是哪个总审的？"

刚林回道："是祁允格。"

太后想了一下，又问道："那段史实的大概，你总知道吧？"

刚林做了肯定的回答。

太后点了点头道："好，那就请给我讲一讲……"

刚林不晓得太后的意图，按他所了解的给太后讲了一遍。其中，免不了谈到万历年幼，张居正辅佐，尽管张居正鞠躬尽瘁，但他死后万历亲政，仍受到不公的待遇，以致被挖骨扬灰。

听完，太后很长时间没有说话，最后她道："跟我所知道的大体相仿。你回去向三院大学士传懿旨，协商吏部和礼部，册叔父摄政王多尔衮为皇父摄政王，即刻办理。"

刚林一听这话，便明白了太后的意图，诺诺而退。

刚林退去后，太后依旧坐着不动，心事重重，神情凝重。苏麻喇姑给她递上茶去，太后接过喝了。苏麻喇姑收了空盅，站在那里道："太后，去歇一歇吧。"

太后上了榻，对苏麻喇姑道："这样做是不是能够保得朝廷的安定，也未可知。但有一点肯定无疑，那些仇视大清的人，那些闲着没事嚼舌头的人，却找到了把柄……由他们去吧！"

多铎当摄政后方知道这个差使的辛苦。他并不像多尔衮那样顾及长远，为大清的未来安排着一切，而只是应付门面。即使这样，他依然忙得不可开交。一会儿吏部有新任命、新升迁的官员让他审批，一会儿工部修这弄那，问他要钱，一会儿兵部上报十万火急的折子，请求为前方调运粮草，一会儿刑部上报应该钦定的案件，需要他定夺。刚刚过去的豪格叛乱案，牵涉的人很多，许多需要钦定，仅应付这一摊儿，就够他忙活的。

多铎一向是一个得清闲就清闲的人，如今日理万机，没黑夜没白天地干，他哪里受得了？没几天，他便病倒了。

接下来，我们又要提起一个人，这人就是白汉臣。这白汉臣把迁西的粮食运到京城解了急，给多尔衮留下了深刻的印象，他便在吏部挂了号。不久，工部侍郎出现空缺，永平知州戚峙充任，知州又出现空缺，吏部便报了白汉臣。报到多尔衮那里，当时，户部侍郎的位置当时也空缺，多尔衮认为这白汉臣到朝里来做户部的事更为合适，于是，圈定白汉臣做了户部侍郎。这白汉臣上任后干得很出色，阿济格大军的粮草，多铎大军的粮草，大多是由他筹办的。

白汉臣进京后，白银凤还一直陪伴着多铎。白汉臣又娶了一个妾，照管着他和白银凤的孩子。

白汉臣和白银凤的关系，只有豪格了解一些，但也是一知半解。当时在山海关那边白银凤勾引肃亲王的时候，说是白汉臣的妹妹。两个人都姓白，豪格一直认为他们是兄妹。

白银凤也曾多次找机会刺探多铎是不是知道她的真实身份，事实证明，多铎并不晓得。为了确保秘密不泄露，白银凤就干脆不讲这个"哥哥"。

多铎带兵打仗的时候，白银凤一直跟着。回京后她单独住着，并不在多铎府内。

白汉臣进京后，白银凤曾偷偷去看了孩子，但次数极少。因为白银凤知道，一旦被多铎发现，凭他那火暴的脾气，那一切就全都玩完了。

母亲很少有不想自己的孩子的。多铎病倒后，正好白汉臣派人偷偷告诉白银凤孩子生了病，白银凤放心不下，便偷偷去看了孩子。结果，发现孩子是在生天花。白银凤不敢留下，一般是晚上来，四更归。

没几天孩子好了，白银凤虽恋恋不舍，也只好不再过去。没两天，她自己也发起烧来，并且背上开始出痘。整个院子别人都好好的，唯独她一个人出天花，她怕豫亲王知道后追究，便严令知情的几个丫头向外严密封锁，只说她生了病。同时悄悄让人领大夫进来诊治，并让大夫保守秘密。

多铎歇了几日，能够起身活动了。刚刚能够下床，他就想着白银凤，坐着车子过来了。

听闻多铎过来，白银凤大惊，以为他已经知道她去看孩子的事，抱病前来问罪了。

多铎已经到了门口，白银凤在心里编造了一套对付他的说辞，尤其不能让他知道她已经得了天花。于是，她赶紧命丫头们收拾了，自己强打精神下床迎候。

不用说,多铎一露面,白银凤就已经看出自己的疑虑是多余的。多铎一见白银凤就冲了上来,将她紧紧地抱住,又是叫娘又是喊爹,不由分说就与白银凤云雨起来。

白银凤怀着巨大的恐惧顺从了多铎,她知道,这样一来,极有可能把天花传给多铎,而一旦被传染,作为旗人,他那是异常危险的。

多铎什么也没有察觉。刚刚干完事,就有人来找他,说多尔衮那边有事,急需他去一趟。他最后亲了白银凤,就离开了。

多尔衮叫多铎,是告诉他自己接受众臣的劝告,将到草原上去休养些日子。随后,就朝中诸事对他嘱咐了一番。

多铎一直主张多尔衮好好地休养一段,见他同意,非常高兴地说:"哥,你尽管去休息,朝中的事千难万难由兄弟顶着!"

于是,多尔衮去了口北。

多尔衮走了不到七天,多铎天花的症候便逐渐显现,御医也做出了明确的诊断。

朝中顿时紧张起来。御医使出了最大的本事,但多铎的症候一日重似一日,最后竟然高烧昏迷了。

多尔衮被召了回来,他没有回府,就直接奔了豫亲王府。

豫亲王已经昏迷了好几天,原本矮小的形体,如今消瘦到皮包骨,脸上满是脓包,贴近他,就感到身置一盆炭火之前。见了多铎这般模样,多尔衮不由得流下泪来,喊了一声:"十五弟!"

已经昏迷多日的多铎这时缓缓地睁开了眼睛,见是多尔衮坐在了床头,脸上立即露出了笑容,随后,两滴泪水从他那干涸的、像火炭般的眼睛里淌出来,嘴轻轻地动着。多尔衮俯下身子,听到多铎在说:"哥,替不了你了……"

随后,多铎合上了眼睛。

多年以来,多尔衮第一次如此动容。他趴到多铎的身上,大哭了起来。

多尔衮又病倒了,大家的担心超过了以前的任何一次。因为大家一直记着,山芹道长临走前曾放下的那句话——力戒忧烦。

一系列的事变,尤其是多铎的突然离世,如何让多尔衮避免忧烦呢?

随后,又接连发生了令人痛心的事情——礼亲王代善病逝,不几天,阿巴泰病逝。无疑,他们的去世,与不久前发生的肃亲王叛变之事不无关系。代善那时受到惊吓,回来一病不起;阿巴泰当场受了伤,精神上受到极大刺激。其日,他突然昏厥,不治身亡。

多尔衮认为代善和阿巴泰的死与自己有关。他对豪格的谋反毫无戒备,致使让这两位老王送掉了性命。

多尔衮觉得,自己的身子有些支撑不住了。但朝中出现危机,他必须挺住。

近来,多尔衮夜里不断地做梦。开始几天,梦境是紊乱的,梦中头绪很多,事情似乎样样急切,但醒来后,什么也没记住。他的精神一天不如一天,身子也在消瘦。他觉得自己难以支撑,有时不得不停下手上的事,躺在榻上歇一会儿。

一天夜里,多尔衮又在做梦,这次他的梦是清晰的。他梦见自己是在盛京,在母亲的身边。母亲告诉他说:"孩子,你过于劳累了,睡一觉吧!"

多尔衮躺在母亲的怀里睡了,而且很快睡着。他又做了一个梦,他梦见自己是在天空飞翔,他本想从高空看看盛京周围是个什么样子,看看中原大地是个什么样子。但顿时觉得厌倦了,他开始感知自己的身体。初始感到身子很轻很轻,最后竟觉得自己没有了重量……

次日寅时三刻,摄政王府传出了哀声:"皇父摄政王薨了!"

豫亲王、礼亲王、饶余郡王相继去世,特别是摄政王的去世,震撼朝野。大臣们都在思考,大清国怎么办?

多尔衮去世后,刚林看到太后的英明,她很快找到洪承畴、范文成、宁完我等一干人,商量如何才能使朝廷的传统不因多尔衮的去世而改变。

他们想了一些主意,由刚林和范文程进宫向太后奏报。

之后,他们的第一项措施是要福临亲政。

这样,他们一边准备摄政王、豫亲王、礼亲王、饶余郡王等人的丧事,一边则准备福临亲政的事,大家忙得不可开交。

一连串的事变,也弄得福临心惊胆战。他希望自己早日主政吗?不。由多尔衮摄政,他觉得很好。一用不着自己操心受累;二用不着终日陷入事务堆里去,干那些令人烦恼的事;三用不着就用哪个不用哪个得罪什么人。

但多尔衮去世了,自己也差不多到了亲政的年龄,大家让他出来,他只好答应。

虽然亲政了，毕竟年龄还小，需要有人辅政。眼下，两个摄政王没有了，还剩下一位辅政王济尔哈朗。按说，辅政王应占据第一的位置，可刚林在见福临的时候，却有意让阿济格来坐辅政的第一把交椅。福临只觉得把郑亲王放在次位，不好向他交代，表示了异议。刚林没有坚持，郑亲王遂明确为第一辅政。

但随后，福临就听贴身太监说，英亲王阿济格感到甚为不满，说辛辛苦苦为皇上打下江山，眼下是卸磨杀驴了。

福临听后，一方面骂阿济格放肆，另一方面又觉得害怕，想不到这样的事情做起来竟然如此不顺。

日子来临，福临在太和殿举行了亲政大典。而让他感到不快的是，自己亲政后做的第一件事，竟是操办多尔衮的丧事。

按照阿济格、刚林等人上的表奏发诏曰："太宗文皇帝升遐之时，诸王大臣拥戴皇父摄政王，其坚持推让，扶立朕躬。又平定中原，统一天下，至德丰功，千古无两。不幸以疾上宾，朕心摧痛，中外丧仪，合依帝礼。呜呼！恩义兼隆，莫报如天之德，哀荣备至，式符薄海之心。"

随后，又给多尔衮举行了隆重葬礼。

过了数日，阿济格又有表上，请追尊皇父摄政王为皇帝。福临遂颁诏云：

  当朕躬嗣服之始，谦让弥光，迨王师灭贼之时，勋猷茂著。辟舆图为一统，摄大政者七年……追尊皇父摄政王为成宗义皇帝，妃为义皇后，同配于太庙。

这一系列事让福临产生了极其复杂的心理感受。首先，他感到心神不定，甚至感到害怕。

其次，他感到沮丧。他虽然亲政了，却受这些人的摆布，左一道疏，又一道表，逼着自己在那上面签字画押，丧气至极！无聊至极！

最后，他怨恨。怨恨自己充当了这样的一个角色，先前年纪小，主不了事；现在大了，依然是傀儡一个。他恨，恨肃亲王豪格，弄出这样一招儿，害人害己。恨英亲王，恨刚林，逼人太甚……

太后一直惴惴不安，几次向佛祖祈祷，都没有得到回应，遂决定亲去五台山，衷心地再求佛祖。于是，她留下一道懿旨给福临，便带了苏麻喇姑等人前往五台山。太后给福临的懿旨是这样的：

为天子者，处于至尊，诚为不易。上承祖宗功德，益廓宏图；下能兢兢业业，经国理民，斯可为天下主。民者国本，治民必简任贤才，治国为亲忠远佞，用人必出于灼见真知，莅政必加以详审刚断，赏罚必得其平，服用必合乎则，毋作奢靡，务图远大，勤学好问，惩愤戒嬉……诚守此言，岂唯福泽及于万世，亦大孝之本也。

出京后的第一天夜里住下来，太后做了一个梦，梦见一个年轻的和尚，操着地道的辽东口音告诉她，说太后是不应该出宫的。醒来后，太后感到诧异，但想总是一个梦，没有把它放在心上。

次日夜里，太后又做了一个梦，梦见一个中年的和尚，操着浓重的陕北口音告诉她，说太后不应该再往前走，应该回銮。

第三天的夜里又做了同样的梦，只是这次进入梦境的和尚变成了两个——前两天那两个。醒来，太后再次感到诧异，为什么两天做相同的梦？她说给苏麻喇姑听，苏麻喇姑说这是太后不放心出来，挂着朝中的事所致。太后以为有理，继续前行，而太后依然夜夜做那样的梦。

七天后，太后一行到达五台山。

显通寺的住持是无际方丈，当他出迎太后把手放在胸前低头念"阿弥陀佛"的时候，太后发现他的手臂上有一块红痣，像一个"山"字，又像一团燃烧着的火焰。

方丈的身边有两个僧人，一个高高的个子，在随无际方丈低头念"阿弥陀佛"的时候，发着浓重的陕北口音。另一个僧人个子不高，较为年轻，在随无际方丈低头念"阿弥陀佛"的时候，则发的是地道的辽东口音。

太后看到那两个僧人后不觉一惊，那年轻的僧人像她第一次梦中的和尚，那中年的僧人像她第二次梦中见到的和尚。

正在感到诧异之际,就听无际方丈道:"太后,贫僧不得不明告太后,您出宫便有灾星入宫。如果太后能够回銮并且七日内赶到宫禁,那或许可将灾星驱逐出宫。晚了,就不成了……"

此刻太后没有犹豫,立即回銮。但她在路上却耽搁了。到达徕源时,天降雨雪,她回到京城,已经是第十日了。进入京城,她就有了一些异样的感觉,而一进宫门,她就知道京城出了大事!

前天,有人告发多尔衮病危时,曾找侍女吴尔库尼等人,嘱咐她们备下八补黄袍、大东珠、素珠、黑狐裘等物,待死后,要她们悄悄放入棺内。

告发者不是别人,正是多尔衮身边的亲信苏克萨哈。

为查证是否属实,他们已经挖了摄政王的坟墓,打开了棺椁,棺椁中果然有八补黄袍等物。

据此,朝廷判定多尔衮生前阴谋篡逆,收回他的一切尊号和爵位,尸首被暴……

阿济格为此发了疯,被赐死。

刚林以阿谀多尔衮被处死。

洪承畴、范文程、宁完我,已经被拘禁,正等候发落。

魏国征被免去了宫里的职务,出了宫。

图赖也被免职。

济尔哈朗则成了唯一辅政。

希福重新被任命为大学士。

犒军事件后,苏克萨哈已经被任命为内大臣,现在又高升了,得到一等昂邦章京的爵位。跟苏克萨哈一起告发多尔衮谋反的三个女奴,两个已经悬梁自尽,另一个失踪。

太后闻言,无限悲痛。两个剪不断的情结一直在折磨着她,她叹息将"皇叔"改为"皇父"的努力,没有阻挡悲剧的发生,"皇父"毕竟不是父亲。她悔恨自己没有听从神灵的指示,先是没有回京;后来返回了,又没有拼命赶路。如果她在京城,所有这一切是绝不可能发生的。

她一连思考了两天,面对眼下的形势,究竟应该如何……

最后,她只有承认现实。